觅渡，争渡，惊起一滩鸥鹭

（文艺理论·评论编）

易洪斌 著

时代文艺出版社

图书在版编目（CIP）数据

觅渡，争渡，惊起一滩鸥鹭 / 易洪斌著 . —长春：时代文艺出版社，2018.3（2021.5重印）
（米萝文存）

ISBN 978-7-5387-5473-5

Ⅰ. ①觅… Ⅱ. ①易… Ⅲ. ①中国文学－当代文学－作品综合集 Ⅳ. ①I217.2

中国版本图书馆CIP数据核字（2017）第139237号

出品人　陈　琛
责任编辑　李贺来
装帧设计　陈　阳
排版制作　隋淑凤

觅渡，争渡，惊起一滩鸥鹭

易洪斌　著

出版发行 / 时代文艺出版社
地址 / 长春市福祉大路5788号　龙腾国际大厦A座15层　邮编 / 130118
总编办 / 0431-81629751　发行部 / 0431-81629755
官方微博 / weibo.com / tlapress　天猫旗舰店 / sdwycbsgf.tmall.com
印刷 / 保定市铭泰达印刷有限公司
开本 / 710mm×1000mm　1 / 16　字数 / 374千字　印张 / 31.75
版次 / 2018年3月第1版　印次 / 2021年5月第2次印刷　定价 / 88.00元

图书如有印装错误　请寄回印厂调换

我到人间只此回

——《米萝文存》总序

这部"文存"，自度系"速朽之作"，于浩瀚的文化生态而言，几乎是一种可有可无的存在。自古以来，"悔其少作"，废弃不成熟时的肤浅文字，乃是不少高人雅士的做法。我非雅士高才，虽无论文或画，可能永远也达不到自己和他人皆满意的境地，但还是敝帚自珍，将这部好不容易才整合成的"文存"作为"我写故我在"的证言，付梓出版，留给现在和以后还能记起我、想了解我的家人和朋友们。

"我到人间只此回"，虽然此理人尽皆知，但当清末民初女词人吕碧城如此温婉、诗意地将"人总是要死的"这个残忍的真理表述出来时，仍然令人心生无尽感慨。这世界上的任何之地，很多你没去过，有些地方你去过，从可能性上讲，只要你愿意，没去过的你可以去，去过的也可再去。唯独"人间"这个地方，你离开后就再也别想故地重游了。

　　我们在人生之路上或急或缓地跋涉，或是自觉地朝向某个目标，或是漫无目的地徙行；或一路艰难困厄，风雨交加，或一路春风得意马蹄疾；或走得步步有雷声，处处留下巨大深刻的足印，或雨过地皮湿，什么痕迹也留不下，但不论你走对走错，走好走坏，走长走短，其实都是在由人生的起点走向人生的终点。

　　这么说来，人的生命之始就蕴含着生命之终，出场就是为了有朝一日的退场。而人生的价值就在这一始一终、一出一退的两点一线之间。但是，除极少数英雄豪杰能通过自己的人世游给"人间"打下"到此一游"的巨大印记，影响着历史进程、留下或物质或精神的历史遗存外，一般的凡夫俗子、芸芸众生在结束自己的人世游之后即灰飞烟灭了，就仿佛你从未来过这世界一样。生命的这种速朽性、唯一性给古往今来的人生旅者留下了无尽的咏叹和怅惘！

　　不过，有一种东西，或许多少能弥补你的不甘与遗憾，也许能让你再现逝去的生命、回味自己曾经历过的时代风云，所曾有过的思想情感，看世界、看人生的视角，且可让旁人从中体味到那曾经存在过的充满七情六欲的鲜活的你——这就是你留下的文字，你创作出的作品。

　　所幸者，几十年来，从在麓山湘水畔嬉戏于湖湘文化和佳山秀水间的懵懂少年，到负笈京华的莘莘学子，从曾一度沉迷于文史哲，怀揣建功立业幻梦的大学生，到被那场"十年浩劫"搅得心灰意冷；从几乎一夜之间经历两重天的由首都到落藉千里之外长白山林区山沟沟；从"天之骄子"的大学生到"四个面向"接受"再教育"的"臭老九"；从当滚木工的"臭老九"变成"老木杷"认可的"工人师傅"，到不期然地获得写作画画一展所能的机会；从林业局无所不写、勤勉劳作的宣传干事，到被人赏识成为一家地区小报的编辑记者；从1976年的十月惊雷、第二次"解放"，到1978年改革开放大潮动地而来的百废复兴更新万象，到经历一系列政治动荡、解放思想的过程，由普通新闻从业者被任命为一家省报的主管；再到走完一个甲子有余，从行政工作岗位上离任，聊作书画手艺人至今，这大半生虽无太大的起落，亦无可资炫耀的成就，但却经历了前人和后人无法再经历的国家和民族从低谷到中兴，从积贫积弱走向繁荣富强当惊世界殊的沧桑巨变——这一切都发生在我这区区几十年的人生中，正如吴祖光先生题写的"生正逢时"所示，难道不是此生有幸吗？幸中值得一提的是，在这由"青春颂"到"白头吟"的半个世纪中，由于兴趣和工作需要，陆陆续续、零零散散写下了若干文字，尽管其中不少难登大雅之堂（这次选取了其中除时政、新闻、人生思考之外的一些篇什）和自己也难以计数的画作。这些，正是此回"人世游"的足痕。它既是对"已经逝去的青春岁月"的致意，又是不受时光磨灭而继续存在的历史，一份一个人的生命史。

这些文字和书画基本上都在各级各类刊物上发表过，有的还集结成册出版了。只是，时过境迁，它们大多散佚、湮没在各个角落里。倘再不钩沉抉微，就真的"零落成泥辗作尘"了。古人云，"文章千古事"。我等凡夫俗子决不会有此奢想，但也不希望当初挤奶般挤出的文字成为转瞬即人间蒸发的"朝露"。所以，到了"七〇"后这个生命的节点，不管有无迟暮之感，我还是费力劳神地将能找到的文字归拢一处，整编成这部《文存》，大体分为五编：

一、"觅渡，争渡，惊起一滩鸥鹭"——文艺理论·评论编。

二、"维纳斯启示录"——美学编。

三、"怪侣奇踪"——小说编。

四、"凡圣之间"——散文编。

五、"指上崩云控万骑"——绘画编。

要说明的是，本"文存"选录的这些东西既是一定时代的产物、也是我本职工作的副产品，因此，必然带着当时的局限，和自己在认识上、才学上、修为上的种种不足与缺失。"卑之无甚高论"可以一言以蔽之。倘若读者诸君竟还能从中得到一点收益，那笔者真是三生有幸了。

数十年来，之所以在繁冗的行政管理工作之余还要将有限的时间和精力花在纸笔上，在多个领域逡巡出没，成为名副其实的"万金油"，除了兴趣，除了工作需要，还出于这样一种想法：一个人的潜力有可能超出自己的估计，关键是能否开发出；一个人的才华和工作、职业也往往是不一致的，关键是要对此有足够的认识和把控。这就需要不断地多方面地尝试，看看到底什么才是最适合自己的，自己最大的潜力究竟在哪里。这种探求，既是对自己的不断发掘和认识，也是人生一大乐趣。

逝者如斯夫！

回首过往数十载的人生，诸多事物连同我们的生命都在消逝，我们过往的记忆和思想感情也终将随同我们的生命一起逝去。差堪自慰的是，唯有存留在纸上的这些文字和图画还将作为第二个自我在身后依托于读者或长或短地继续它的人世游。这或许能让它避免"速朽"吧。

这，就是"我到人间只此回"的感言。当然，希望此番人世游勿止步于此。"老骥伏枥，志在千里"——只是，笔者还有这个"致千里"的幸运吗……

2017年2月15草

2017年12月25定

鸣　谢

　　在本书集稿、打印、编排、出版过程中，承蒙刘丛星、葛世文、陈琛、郭力家、李贺来、冯卓、宋殿辉、刘影、吴英格、邢大路、史秀图、陈龙等同志和朋友的真诚支持与大力协助，终使此《文存》得以顺利付梓。谨此向各位致以深切的谢忱！

米　萝

2017年2月22日

C目录
Contents

马恩列斯文艺思想讲解

觅渡，争渡，惊起一滩鸥鹭

一分历史十分情

寂静的风景

马 恩 列 斯
文艺思想讲解

（时代文艺出版社 1986年2月出版）

Karl Marx

F. Engels

W. Ульянов (Ленин)

И. Сталин.

马克思 恩格斯 **文艺思想讲解**
列 宁 斯大林

论"美的规律"

人类自身的发展曾经创造了许多美妙而神奇的东西,它们就像古希腊神话中人面狮身的怪物司芬克斯一样,反过来又向一代一代的人提出了难解之谜。美和艺术就是如此。从原始社会的自然之美、穴壁之画、狩猎之舞,到文明时代的世态人情和仿佛凭着魔力产生的文学艺术,人们亲手创造了它,欣赏它,可是,它的魅力究竟从何而来?其本质和规律是什么?对这些问题的探索尽管代不乏人,尽管先哲们也提出了不少天才的猜测,然而这个"司芬克斯之谜"的谜底却长期锁在五里雾中。

马克思、恩格斯在创立辩证唯物主义和历史唯物主义过程中所阐明的科学的实践观,以及他们关于"劳动创造了美""人也按照美的规律来塑造"等精辟论述为我们提供了解开这个千古之谜的钥匙。这是美学思想史上一个重大的突破,为建立科学的美学体系奠定了坚实的理论基础。

一、美的本质的探索历程

列宁曾强调指出,马克思主义的科学理论不是偏离人类文明发展大道的个别天才头脑的产物，恰恰相反，它是以对过去文化遗产的批判性继承作为自己发展的起点的；"马克思的全部天才正在他回答了人类先进思想已经提出的种种问题。"①马克思主义的美学理论当然也不例外。为了更好地理解和掌握马克思、恩格斯关于美的本质、"美的规律"的理论，有必要对以往在这个问题上的探索和争论做一大略的回顾。

美和审美涉及到主体和客体双方。作为哲学的概念，主体与客体分别指的是具有意志和意识，能够认识和改造客观世界的人，和存在于人的意识之外，不以人的主观意志为转移，但又是人认识和实践对象的客观事物。二者的分化和统一，是在人类社会实践的基础上实现的。而美，在人们的审美活动、审美经验中正是"一分为二"：一方面它以具体的感性形象呈现在人们的视、听感官面前，另一方面又只有人才能感知它、欣赏它。任何人，不管唯心的还是唯物的，对这个现象都无法回避，而只能解释。因此，从古希腊的柏拉图开始，关于美的本质和规律的探讨就是和哲学的基本问题——即思维和存在，主体和客体的关系问题的思考联系在一起的。

历来的唯心主义哲学家、美学家多倾向于从思维（精神）、从主体的方面去解释美。客观唯心主义虽然一般并不否认现实世界的存在，但却把这客观存在着的现实世界当作某种不依存于人的意识的绝对精神的"摹本"和"外化"，表现在美学上，就是源远流长的"理式"论、"理念"说。古希腊的柏拉图在美学上是持客观唯心主义观点的，他认为"理念"是所谓的"美本身"，"这美本身，加到任何一件事物上面，就使

---

① 《列宁全集》第19卷第1页。

那件事物成其美，不管它是一块石头，一块木头，一个人，一个神，一个动作，还是一门学问。"①新柏拉图派的创始人、中世纪宗教神秘主义哲学的始祖、处于古代与中世纪之交的罗马哲学家普洛丁也认为，事物"之所以美，是由于它们分享得一种理式"，"凡是物质还没有完全由理式赋予形式，因而还没有由一种形式或理性统辖着的东西"②就是丑的。德国古典哲学最著名的代表、客观唯心主义大师黑格尔则提出了"美就是理念的感性显现"的论点，他说，"感性的客观的因素在美里并不保留它的独立自在性，而是要把它的存在的直接性取消掉（或否定掉）""美是理念，即概念和体现概念的实在二者的直接的统一，但是这种统一须直接在感性的实在的显现中存在着，才是美的理念。"③这种由柏拉图开其端的"理念"论、"理式"说，在18世纪的德国唯心主义哲学家、唯意志论者叔本华，和19世纪著名的黑格尔派美学家费歇尔那里也有它的投影。前者主张把审美对象"不当作个别事物，而当作一种理式来认识"，正因为"一切事物都是一种理式的表现；所以一切事物也都是美的"④，后者则宣称美是理念在个体的显现，断言"假如原先没有一个主体，美就绝不存在"⑤。这就由客观唯心主义走向主观唯心主义了。实际上，客观唯心主义与主观唯心主义并没有原则性的区别，只不过在客观唯心主义那儿不依存于人的意识而存在的绝对精神（"理念""理式"），到了主观唯心主

---

① 柏拉图《文艺对话集》，人民文学出版社1963年版第188页。

②《西方美学家论美和美感》，商务印书馆1980年版（以下同）第54页。

③ 黑格尔《美学》，商务印书馆1979年版（以下同）第1卷第142页、149页。

④《西方美学家论美和美感》第225页、226页。

⑤《古典文艺理论译丛》第8期第2页。

义那里就进入了人的头脑，成了依存于人的意识而存在的主观精神，因而美也就是主观的产物。如18世纪英国著名的唯心主义哲学家休谟就认定，"美并不是事物本身里的一种性质。它只存在于观赏者的心里"。[①]这种美的主观说在德国古典哲学的代表人物之一康德那里发挥得更为充分："为了判别某一对象美或不美，我们不是把（它的）表象凭借悟性联系于客体以求得知识，而是凭借想象力（或者想象力和悟性相结合）联系于主体和它的快感和不快感。鉴赏判断因此不是知识判断，从而不是逻辑的，而是审美的。至于审美的规定根据，我们认为它只能是主观的，不可能是别的。"[②]

　　这就可以看出，无论是客观唯心主义还是主观唯心主义，其共同特征是颠倒了物质与精神、客体与主体的关系，因而不能正确地解释美这种社会现象，揭示它的本质。正因为如此，也就不能对诸如美的起源、创造和欣赏的规律做出合理的解释，要么归结为神，要么归结于人的心灵的特殊构造。普洛丁说，"心灵一旦经过了净化，就变成一种理式或一种理性，……完全隶属于神，神才是美的来源"，"物体美是由分享一种来自神明的理式而得到的"[③]。欧洲中世纪初期的新柏拉图主义者、神学家圣·奥古斯丁干脆认为美在上帝。休谟则说，"美只是圆形在人心上所产生的效果，这人心的特殊构造使它可感受这种情感"，"这种情感必然依存于人心的特殊构造"[④]，如此等等。总而言之，美不是人世间的现实花

---

① 《西方美学家论美和美感》第 108 页。

② 《西方美学家论美和美感》第 151—152 页。

③ 《西方美学家论美和美感》第 57 页、54 页。

④ 《西方美学家论美和美感》第 109 页。

朵，而是神或上帝光芒的反射，是心灵的主观感觉，因而是虚幻的镜花水月；审美能力也不是后天形成的，而是与生俱来的。

对此，唯物主义哲学家、美学家历来持相反的观点，认为美不在主观而在客观，不在精神而在物质。稍后于柏拉图的古希腊哲学家亚里士多德指出，"美要依靠体积与安排""美与不美，艺术作品与现实事物，分别就在于美的东西和艺术作品里，原来零散的因素结合成为统一体。"[①]意大利文艺复兴时期的艺术巨匠达·芬奇指出，美感的根源在于事物本身，"欣赏——这就是为着一件事物本身而爱好它，不为旁的理由。"[②]英国18世纪的著名艺术理论家越诺尔兹说："我们无法设想有一种超越自然的美，正如无法设想……有什么优美是在人心界限以内产生的。……自然是，而且必须是，我们的一切观念所自出的源头。"[③]在美的本质问题上持唯物主义立场的英国18世纪著名的政治家博克指出，"我们所谓美，是指物体中能引起爱或类似情感的某一性质或某些性质"[④]。德国伟大作家歌德则嘲笑了那些"想通过一些抽象名词，把我们叫作美的那种不可言说的东西化成一种概念"的美学家是"自讨苦吃"，指出"美其实是一种本原现象""自然永远是美的"，事物的构造符合它的目的（即"自然定性"）才显得美[⑤]。可见，唯物主义总是力图从事物的本身，从客观存在，从客观方面去探求美的本质的。这种努力在俄国19世纪的革命民主主义思想家那里获得了新的突破。别林斯基和车尔尼雪夫斯基

---

① 《西方美学家论美和美感》第39页。

② 《世界文学》1961年第8，9期（合刊）第206页。

③ 《西方美学家论美和美感》第115页。

④ 《西方美学家论美和美感》第118页。

⑤ 爱克曼辑录《歌德谈话录》，人民文学出版社1978年版第132页。

都强调美在现实、美在生活的思想。别林斯基说，"在活生生的现实里有很多美的事物，或者，更确切地说，一切美的事物只能包括在活生生的现实里。"[①]车尔尼雪夫斯基指出，"美是生活"，"任何事物，我们在那里面看得见依照我们的理解应当如此的生活，那就是美的；任何东西，凡是显示出生活或使我们想起生活的，那就是美的"[②]。将美的根源直截了当地与人类的社会生活现实联系起来，这无疑是美学思想史上一个了不起的成就，也是马克思主义产生之前最先进的美学思想。

但是，马克思主义以前唯物主义关于美的本质、美的规律的探索，仍然存在着一个严重的缺陷，就是这种探讨虽然扭转了物质与精神、存在与思维在唯心主义那头足倒置的状况，肯定了美在人间、在尘世的地位，但是却带有直观的、机械唯物主义的性质，没有看到主体与客体、主观与客观之间的辩证关系，忽视了美的社会性，因而他们对美本身的考察多停留在美的事物的自然属性（数学的、物理的、几何的、生物的）和形式特征上。从比柏拉图更早的赫拉克利特起，到后于柏拉图的亚里士多德、达·芬奇、博克、歌德，历代的唯物主义哲学家、美学家以至文学家、艺术家，都对美的形式、美的感性特征做过精细的分析，指出了美在于和谐，和谐在于对立的统一；美依靠体积与安排，把零碎的因素结合为一体；美的特征在于小、光滑、逐渐变化、不露棱角、娇弱以及颜色鲜明而不强烈，等等，从而丰富了关于形式美理论的宝库。而在这方面，一些唯心主义的哲学家、美学家以及文学家、艺术家也做出了同样的贡献，如

---

① 《别林斯基论文学》，新文艺出版社 1958 年版第 7 页。

② 《西方美学家论美和美感》第 242 页。

13世纪欧洲的基督教神学家和经院哲学家圣·托马斯·阿奎那就提出过完整、和谐、鲜明的美的三要素说；17世纪、18世纪之交的英国美学家夏夫兹博里指出："凡是美的都是和谐和比例合度的"；休谟也说美是各部分之间的一种秩序和结构，等等。当然，唯心主义者之所以能做到这一点，并不是因为他们也和唯物主义者一样，承认美在客观，而是他们把美的事物当成"理念""理式"的外化对象或主观意念产物加以研究的结果，在出发点和基本立场上，二者有质的区别。但是无论如何，旧唯物主义仍然没能科学地揭示美的本质和规律，因而对诸如事物的某些自然属性和形式因素为什么美、为什么会使人产生美感的问题，还是没有做出令人满意的回答。

别林斯基、车尔尼雪夫斯基关于美在现实、美是生活的观点无疑揭示了美与人类社会生活的联系，肯定了美的社会性，但是他们不完全了解人类社会生活的基本特征是实践性，不了解人类最基本的实践活动是人类所从事的物质生产劳动，而不了解这一点，就无法了解那只有通过实践活动——首先是创造物质财富的生产活动的桥梁才得以实现的主客体之间、主观与客观之间、归根结底也必然是精神与物质之间的交互作用和辩证统一的关系，也无法了解社会生活的本质。因此，在别林斯基、车尔尼雪夫斯基那儿，美的社会性的揭示仍然还不等于美的本质和规律的揭示。

值得注意的是，在对美的真相的探求中，我们常常能看到一种矛盾的现象，这就是唯心主义美学家在论证美在精神、美在主观的同时，又往往在字里行间透露出美在物质、美在客观的思想，而唯物主义美学家在强调美在物质、美在客观时，则又谈论主体的认识、感情、想象对于美和审美的作用、意义。即以康德和别林斯基而论，一个说"自然产生了美这一思想"，"对于自然美，我们必须到我们之外去寻找一个根据"（康德），一个则说"美都是从灵魂深处发出的，……这美隐藏在创造或者观察它们的那个人的灵魂里"（别林斯基）。类似的情况在二千多年的美学史上是屡见不鲜的。难道这些美学家真的失去了思维的连贯性或者改变了自己的观点吗？当然不是。这种现象只是表明，在美和审美的问题上，要将主体与客体、主观与客观截然分开是困难的，二者那难分难解的关系直如梦魇一般纠缠着人们的头脑。如客观唯心主义大师黑格尔关于"美是理念的显现"的命题和战斗的唯物主义者车尔尼雪夫斯基关于"美是生活"的定义，尽管一个是唯心的，一个是唯物的，但都包含着甚至连他们自己也未见得意识到的深刻矛盾，包含着主体与客体、主观与客观彼此渗透、互相统一的思想。黑格尔说"美是理念，即概念和体现概念的实在二者的直接的统一"，怎样统一呢？这要靠人的实践活动，"因为人有一种冲动，要在直接呈现于他面前的外在事物之中实现他自己，而且就在这实践过程中认识他自己。人通过改变外在事物来达到这个目的，在这些外在事物上面刻下他自己内心生活的烙印，而且发现他自己的性格在这些外在事物中复现了。人……在事物的形状中他欣赏的只是他自己的外在现实。"[1]黑格尔还说，类似"这种需要贯串在各种各样的现象里，一直到艺术作品里的那种样式的外在事物中进行自我创造（或创造自己）"，因此，"艺术表现的普遍需要……也是理性的需要"[2]。这就表明，黑格尔所说的"实践"并不是我们了解的实践，而只限于精神活动，即他的"绝对精神"的"创造劳动"，亦即"绝对精神"的"外化"，这同他的"美是理念的显

---

① 黑格尔《美学》第 1 卷第 39 页。

② 黑格尔《美学》第 1 卷第 39 页、40 页。

现"是一致的。但是，在黑格尔这唯心的外壳中，却包含着主体认识、影响、改变客体，在客体中实现自己，使人的本质对象化的合理内核。稍后于他的德国古典哲学中最杰出的唯物主义哲学家费尔巴哈，继承并发挥了黑格尔关于人的本质对象化的辩证法思想，使它变成了关于美的唯物主义见解。费尔巴哈指出："人的绝对本质，人的上帝就是人自己的本质。因此对象支配他的力量就是他自己的本质的力量。例如感情的对象的力量就是感情的力量，理性的对象的力量就是理性自身的力量，意志的对象的力量就是意志的力量。"所以，"理性的对象就是对象化的理性，感情的对象就是对象化的感情。"[①]黑格尔和费尔巴哈在美学上的这种见解为马克思主义实践观点美学的创立提供了宝贵的思想资料。车尔尼雪夫斯基是以费尔巴哈学说作为自己美学思想的哲学基础的，他关于"美是生活"，关于"任何事物，我们在那里面看得见依照我们的理解应当如此的生活，那就是美"[②]的观点，就可以明显地看出人的本质对象化的思想对他的影响，因而也就是肯定了主体、主观对于美和审美的意义。

在审美实践活动中，主体和客体、主观和客观的这种辩证关系不仅纠缠着人们的头脑，而且也启发着人们的头脑。在一些哲学家、美学家就美是主观的还是客观的进行争论的同时，也有另一些人试图在此之外走出一条新的路子来，从而提出了美在"关系"的看法。如17世纪法国杰出的哲学家、物理学家笛卡儿就认为，"所谓美和愉快所指的都不过是我们的判断和对象之间的一种关系"，由于这种关系是多种多样、千变万化的，

---

① 《十八世纪末—十九世纪初德国哲学》，商务印书馆 1975 年版第 548 页、551 页。
② 《西方美学家论美和美感》第 242 页。

所以不但有各种各样的美，而且同一事物对不同的人会引起不同的感觉，"可以使这批人高兴得要跳舞，却使另一批人伤心得想流泪"[①]。这样，笛卡儿就用主客体关系的多样性说明了美和美感的多样性，从而单刀直入地触及到了美那"一身而二任"的特殊本质，对于后人的思考具有很大的启发性。又如18世纪法国资产阶级启蒙思想家、百科全书派领袖、杰出的唯物主义哲学家狄德罗指出，"我把一切本身有能力在我的悟性之中唤醒关系概念的东西，称之为在我身外的美；而与我有关的美，就是一切唤醒上述概念的东西。""就哲学观点来说，一切能在我们心里引起对关系的知觉的，就是美的。"[②]那么"关系"是什么？狄德罗举例说，如果人们对"他就死"这句话是在什么场合由什么人说的、有着怎样的含义一无所知，那就对此话"觉得既不美，也不丑"；假如一个战士在他的两个弟兄已经牺牲，他为了保卫祖国而仍然同三倍于己的敌人英勇搏斗，当战士的妹妹问起他的情况时，战士的父亲回答说"他就死"，这时，原来不美不丑的答话"他就死"，就以"逐步揭露其与环境的关系"而显得美，"成为绝妙好词"[③]。可见，狄德罗说的"关系"是指人与人、人与环境的关系，这是在从孤立的人或物之外去探求美的本质，是在从社会关系上去解答"司芬克斯之谜"，因此在某种意义上它比车尔尼雪夫斯基的"美是生活"的定义更为深刻。

但是，笛卡儿也罢，狄德罗也罢，他们都像黑格尔、车尔尼雪夫斯基以及其他哲学家一样，始终没有对人类社会的实践活动做出科学的解释，

---

① 《西方美学家论美和美感》第79页。

② 《文艺理论译丛》1958年第1期第18页。

③ 《文艺理论译丛》1958年第1期第22页。

而科学地解释人类的实践活动正是正确地理解主体与客体、主观与客观的关系，揭示美的本质和规律的钥匙。这个艰巨任务历史性地落到了马克思主义创始人的肩上。

二、马克思恩格斯的实践观

应当指出，马克思、恩格斯没有留下以概念的系统来阐述美学体系的专门著作，他们生活在欧洲19世纪的特定历史条件和政治环境中，全部精力都献给了更为切近的无产阶级求解放的政治斗争和理论斗争，他们对美和艺术的见解就散见于这些主要是论述哲学、经济学、历史和阶级斗争的著作之中。但是，正因为他们不是局限于一隅、就美谈美（这恰恰是以往许多美学家的根本缺陷），而是从深广得多的哲学—经济学高度和历史—现实的背景上来考察美和艺术的，所以，马克思、恩格斯才有可能在创立辩证唯物主义和历史唯物主义的新的世界观的过程中，批判性地继承前人的理论成果，为马克思主义实践观点的美学奠定了基石。

在被恩格斯称之为"包含着新世界观的天才萌芽"[①]的《关于费尔巴哈的提纲》这一文献中，马克思指出，以前包括费尔巴哈在内的一切旧唯物主义不满意唯心主义的抽象思维，而诉诸感性的直观，但是他们"对事物、现实、感性，只是从客体的或者直观的形式去理解，而不是把它们当作人的感性活动，当作实践去理解，不是从主观方面去理解"[②]，因而不

[①]《马克思恩格斯选集》第 4 卷第 209 页。

[②]《马克思恩格斯选集》第 1 卷第 16 页。

能正确地解释主体与客体的辩证关系，结果，"和唯物主义相反，唯心主义却发展了能动的方面，但只是抽象地发展了"①。而离开实践讲主观能动性，只能把能动性归结为抽象的精神活动。马克思主义的新的世界观是从人同客观世界的交互作用的关系上去理解实践的，既承认客观世界的现实性，又承认人通过实践改变客观世界的可能性，不仅肯定人是环境和教育的产物，认为改变了的人是另一种环境和改变了的教育的产物，而且强调"环境正是由人来改变的，而教育者本人一定是受教育的"②。总之，"环境的改变和人的活动的一致，只能被看作是并合理地理解为革命的实践"③。

这种新的科学的实践观贯串于此后马克思、恩格斯的著作之中，也形成于、包含在这以前写成的《1844年经济学—哲学手稿》（以下简称《手稿》）里。正是这部《手稿》第一次提出了"人也按照美的规律来塑造"的著名论点。诚然，《手稿》不是美学专著，而是青年马克思二十六岁寓居巴黎时为了进行政治经济学和哲学方面的研究而准备的一部写作大纲，它由三个手稿组成。第一个手稿的前三部分主要是马克思摘录或概括资产阶级经济学即"国民经济学家"那些反映了资本主义生产的真实情况、说明了资本主义社会发展规律的重要言论，马克思在《异化劳动》一节中把它简略地概括如下："我们是从国民经济学的各个前提出发的。我们采用了它的语言和它的规律。我们把私有财产，把劳动、资本和土地的分离，

---

① 《马克思恩格斯选集》第 1 卷第 16 页。

② 《马克思恩格斯选集》第 1 卷第 17 页。

③ 《马克思恩格斯选集》第 1 卷第 17 页。

以及工资、资本利润和地租的分离，还有分工、竞争、交换价值概念等等，当作前提。我们从国民经济学本身出发，用它自己的话指出了：劳动者降低为商品，而且是最无足轻重的商品；劳动者的贫困同他的产品的质量和数量成反比（应是'成正比'之笔误——译者注）；资本之积累于少数人手中，即垄断的更可怕的恢复，是竞争的必然结果；最后，资本家和地租生活者之间、农民和工业劳动者之间的区别消失了，而整个社会必然地分化为两个阶级，即有产者阶级和无产劳动者阶级。"[1]

但是马克思也对国民经济学家的错误进行了揭露和批判，指出资产阶级经济学家站在维护资本主义统治的立场，只罗列资本主义的弊病而不寻求其病根所在。这样，马克思就"不得不去弄清楚私有制，贪欲跟劳动、资本、地产这三者的分离之间的本质联系，以及交换和竞争之间、人的价值和贬值之间、垄断和竞争等等之间、这一切异化和货币制度之间的本质联系"[2]，以便创立新的政治经济学。

资产阶级经济学家"在想说明什么的时候，总是使自己置身于一种虚构的原始状态。这样的原始状态是什么也不能说明的"[3]。马克思恰恰相反，他创建新的经济学不是从虚构的东西出发，而是"从一个现有的经济事实出发"，这就是"劳动者生产的财富越多，他的产品的力量和数量越大，他就越贫穷。劳动者创造的商品越多，他就越是变成廉价的商品，随着实物世界的涨价，人类世界也正比例地落价。劳动不仅生产商品：

---

① 《1844年经济学—哲学手稿》，刘丕坤译，人民出版社1969年版（以下同）第42—43页。
② 《1844年经济学—哲学手稿》第44页。
③ 《1844年经济学—哲学手稿》第44页。

它还生产作为商品的自己本身和劳动者，而且同它生产一般的商品成正比。"①马克思尖锐地指出："这一事实不过表明：劳动所生产的对象，即劳动产品，作为异己的东西，作为不依赖于生产者的独立力量，是同劳动对立的。劳动产品是固定在对象中的、物化为对象的劳动，是劳动的对象化。劳动的现实化就是劳动的对象化。在国民经济学以之为前提的那种状态下，劳动的这种现实化表现为劳动者的非现实化，对象化表现为对象的丧失和为对象所奴役，占有表现为异化、外化。"②这种异化劳动是私有制带来的，是资本主义的病根。这是贯串于《手稿》中的基本思想。随着这个思想的展开，马克思论述了劳动、私有财产、共产主义等重大问题，指出人要全面发展他肉体和精神两方面的"本质力量"，必须彻底废除私有制和异化的劳动，而这只有在共产主义时代才有可能。到那时，人在认识和改造客观世界的实践中会获得最大的自由，从而创造出高度发达的精神文明和物质文明，使人与自然、人与人、主体与客体、存在与思维等种种对立归于消失。

应该指出，"异化""外化"的概念不是马克思的首创。在黑格尔那里，"异化""外化"也叫"对象化"，他认为自然界和人类社会都是"绝对精神"的"异化"或"外化"，并且用这种观点来解释人类的生产或劳动的异化、外化。"黑格尔站在现代国民经济学家的立场上。他把劳动看作人的本质，看作人的自我确证的本质；他只看到劳动的积极的方面，而没有看到它的消极的方面。劳动是人在外化范围内或者作为外化了的人的自为的生成。黑格尔只知道并承认一种劳动，即抽象的精神的

---

① 《1844年经济学—哲学手稿》第44页。

② 《1844年经济学—哲学手稿》第44页。

劳动。"①也就是他的"绝对精神"的创造活动。费尔巴哈批判了黑格尔的唯心主义观点，在马克思以前已把在黑格尔那儿头足倒置的精神与物质的关系正过来了，由意识和自我意识这个概念和对立面的抽象关系转到人本身对自然的现实关系。在《基督教的本质》一书中，他从这种现实的关系出发，论证了"人的绝对本质，人的上帝就是人自己的本身"②，所谓"神"不过是人在宗教中将自己作为"物种存在"的人类本质"异化"的结果；不是上帝创造人，而是人按自己的形象创造了上帝。而黑格尔的"绝对精神"正无异于宗教神学中的"神"或"上帝"，二者都起着"创世主"的作用，都是人的本质的"异化"。人要恢复自己的本质，实现人性的复归，就必须消灭"异化"。

应当指出，马克思虽然沿用了黑格尔、费尔巴哈的"异化"概念，但却用它来批判资本主义，论证资本主义灭亡和共产主义实现的历史必然性，这是他在创立马克思主义的进程中思想发展的重要一步。并且他在对国民经济学的批判中以此为武器清算了黑格尔的唯心主义实践观和费尔巴哈的机械（直观）唯物主义实践观。马克思肯定了黑格尔提出的人的自我生成是一个过程，人是人自己劳动的结果的思想，认为这是黑格尔的伟大之处，但是又尖锐地批判了黑格尔的劳动概念是抽象的、唯心的。指出："人的本质，人，在黑格尔看来是和自我意识等同的。因此，人的本质的一切异化（在他看来）都不过是自我意识的异化。"③"既然被当作

---

① 《1844 年经济学—哲学手稿》第 116—117 页。

② 《十八世纪末—十九世纪初德国哲学》第 548 页。

③ 《1884 年经济学—哲学手稿》第 118 页。

主体的不是现实的人本身，因而也不是自然界，——因为人是属人的自然界，——而只是人的抽象，即自我意识，所以，物象只能是外化了的自我意识……亦即只是抽象的物，抽象之产物，而不是现实的物。"①而马克思却同黑格尔和费尔巴哈相反，他不但肯定了费尔巴哈指出的人的自然本质，而且进一步强调了人的社会本质；人是"站在牢固平稳的地球上吸入并呼出一切自然力的、现实的、有形体的人"②"是类的存在物"③——"社会的人即合乎人的本性的人。"④人的自然生成过程不是黑格尔所归结的一部精神的逻辑和思辨的历史，而是一个物质的辩证发展过程，劳动也不是黑格尔所认为的抽象的精神活动，而是物质的生产活动。既然如此，那就需要一个存在于主体之外的感性的物质的外部世界作为人的劳动的对象。在《手稿》中马克思指出："没有自然界，没有外部的感性世界，劳动者就什么也不能创造。自然界、外部的感性世界是劳动者用来实现他的劳动、在其中展开他的劳动活动、用它并借助于它来进行生产的材料。"⑤这就批判了黑格尔的唯心主义劳动观，将劳动置于唯物主义的基础之上。二十多年之后，在《资本论》第一卷中，马克思不但坚持了这个思想，并且对劳动过程中的人和自然之间的关系做了进一步的阐述："劳动首先是人和自然之间的过程，是人以自身的活动来引起、调整和控制人和自然之间的物质变换的过程。"⑥劳动

---

① 《1844 年经济学—哲学手稿》第 119—120 页。

② 《1884 年经济学—哲学手稿》第 120 页。

③ 《1884 年经济学—哲学手稿》第 50 页。

④ 《1884 年经济学—哲学手稿》第 73 页。

⑤ 《1884 年经济学—哲学手稿》第 45 页。

⑥ 《资本论》第 1 卷人民出版社 1975 年版第 201 页。

是人和自然（物）的交互作用的统一过程，人和自然（物）的交互作用统一于劳动，这就是马克思主义的唯物辩证的劳动观，也是马克思主义的实践观。

正因为《手稿》中马克思关于劳动、关于实践的观点已经初步具有辩证唯物主义的性质，所以他能在此基础上比较正确地解决主体与客体的关系问题。他在《对黑格尔辩证法和一般哲学的批判》一节中指出，由于人在黑格尔那里成了"绝对精神""外化"的抽象物，所以"现实的人和现实的自然界不过成为这个潜在的、非现实的人和这个非现实的自然界的宾词、象征。因此，主词和宾词之间的关系是绝对地颠倒的：这就是神秘的主体—客体，或包摄客体的主体性；就是作为过程、作为把自己外化出去并且从这种外化返回自身、同时又使外化回到自身的主体的绝对主体，以及作为这一过程的主体；这就是在自身内部的纯粹的、不停息的旋转。"①在这里，马克思批判了黑格尔对主客体关系的颠倒，但同时拯救了黑格尔关于主客体关系思想中的辩证法，这就是主体对客体的能动作用、主体和客体的关系不是僵化不变的等合理成分。紧接着，马克思、恩格斯在同年年底合写的《神圣家族》中，又对以布鲁诺·鲍威尔及其伙伴组成的青年黑格尔派进行了深刻的批判，指出他们一伙"用虚幻的联系、神秘的主客体来代替世界秩序和世界事件之间的自然的合乎人性的联系，这就像黑格尔用那一身兼为整个自然界和全体人类的绝对的主客体——绝对精神来代替人和自然界之间的现实的联系一样"②。同时强调"为了实

---

① 《1844 年经济学—哲学手稿》第 129 页。
② 《马克思恩格斯全集》第 2 卷第 213 页。

现思想，就要有使用实践力量的人"①。这就进一步阐明了在实践中主客体之间的关系和联系。"正像社会本身创造着作为人的人一样，人也创造着社会。"②马克思在《手稿》中所表述的这个思想，同他第二年（1845年）在著名的《关于费尔巴哈的提纲》中提出的"环境正是由人来改变的"论点也是完全一致的。

诚然，《手稿》还不是成熟的马克思主义著作，马克思在分析和论证某些问题的时候，还没有完全摆脱思辨哲学的方法，并使用了许多人本主义的哲学概念来表述他的正在形成中的辩证唯物主义认识论的实践观。这是我们在理解其思想内容时必须注意的。

掌握《手稿》中的经济学—哲学思想对于理解马克思主义创始人的美学思想有着重要的意义。因为人类的精神生产是以物质生产作为前提的，物质生活的生产方式制约着整个社会生活、政治生活和精神生活的过程，而主体和客体的分化与联系也只有在社会实践中才能实现，所以，包括美和艺术在内的精神生产也只有在人类物质生产和社会实践的基础上才能得到科学的说明。正因为这样，《手稿》作为一部经济学—哲学著作，才能为美的本质、美的规律等问题的研究指明方向，具有哲学方法论的巨大意义。

但是，马克思主义创始人关于美的本质和规律的思想并没有就此止步。随着新的世界观的日渐成熟，这些思想也相应地得到了发挥和发展。在此后的著作中，《手稿》中某些黑格尔、费尔巴哈的表述方式和痕迹（如"异化"的概念等）逐渐被淘汰了，但是由《手稿》开其端的用人

---

① 《马克思恩格斯全集》第 2 卷第 152 页。
② 《1884 年经济学—哲学手稿》第 75 页。

类的物质生产、经济活动说明精神生产、美和艺术，在实践中去把握主客体关系的科学方法和基本论点，却不但没有放弃，而且在《资本论》第一卷、《政治经济学批判》及其导言，以及恩格斯的《劳动在从猿到人转变过程中的作用》等一系列著作中得到进一步的贯彻和发挥，从而在美的本质、美的创造、美的发展等方面丰富和发展了"美的规律"的学说。因此，要完整、准确地理解和把握马克思、恩格斯关于"美的规律"的理论，就必须将《手稿》和他们的其他著作结合起来，从马克思主义哲学的实践论体系之中，从人类社会实践同自然界的关系、人类社会自身的历史发展的广阔背景上来予以考察。

三、人的本质对象化与自然的人化

如何理解主体和客体的关系，是揭示美的本质和规律的首要问题。马克思主义创始人批判地继承、革命地改造了黑格尔关于人是人自己劳动的产物和费尔巴哈关于人的本质就是人自己本身的思想，运用辩证唯物主义和历史唯物主义的科学方法，从人类的社会实践，从人和动物的生产的区别入手，考察了主客体的关系，从而揭开了"美的规律"的第一个层次，阐明了美的本质。

人类的社会生活本质上究竟是精神的还是物质的？两千多年来的争论使这个问题云遮雾罩；马克思拨雾清云，明确指出："社会生活在本质上是实践的。"[1]正是最基本的实践活动——劳动，不但使人具有了人的

---

[1]《马克思恩格斯选集》第 1 卷第 18 页。

五官和四肢，而且使他的生命活动具有了意识。马克思在《手稿》中对人和动物的区别做了深刻的分析："动物是和它的生命活动直接同一的。它没有自己和自己的生命活动之间的区别。它就是这种生命活动。人则把自己的生命活动本身变成自己的意志和意识的对象。他的生命活动是有意识的。……有意识的生命活动直接把人跟动物的生命活动区别开来。正是仅仅由于这个缘故，人是类的存在物。换言之，正是由于他是类的存在物，他才是有意识的存在物，也就是说，他本身的生活对他说来才是对象。只是由于这个缘故，他的活动才是自由的活动。"①这段话包含着丰富的思想。

一、动物没有思维，没有对于自身的自我意识，它的一切活动受其生理本能的支配，因而"它没有自己和自己的生命活动之间的区别。它就是这种生命活动"；动物混同于自然界，本身就是自然界，对于它来讲，无所谓实践，自然也谈不上什么主客体之分。人则不同，人虽然也是自然的一部分，但人有意识，能实践，包括动物界在内的整个大自然是他认识和实践的对象，都是相对于人这个主体而言的客体。因此，在和自然的关系上人高于其他一切生物——动物之于自然是消极被动地适应，人之于自然是积极能动地驾驭，这就是二者的区别。二、"有意识的生命活动直接把人跟动物的生命活动区别开来"，这意味着人类脱离了动物界而成为"完全形成的人"；"由于随着完全形成的人的出现而产生了新的因素——社会"②。所以，人之为人一开始就是社会的现象，"人是类的存在物"，即"社会的存在物"③。而作

① 《1844年经济学—哲学手稿》第50页。

② 《马克思恩格斯选集》第3卷第512页。

③ 《1844年经济学—哲学手稿》第76页。

为社会的人的这种自觉的有目的的自由的活动,正是构成"美的规律"的第一个层次——人的本质对象化和自然人化的历史前提。

早在原始狩猎时代,茹毛饮血的"太古初民"们就迈开了人类实践的第一步。消极地适应自然、寻找野生植物充饥已不能满足原始人的生活需要,为了求得生存和发展,他们必须有效地防避猛兽的侵害、开辟更丰富的衣食之源,而人的"脑髓和为它服务的感官、愈来愈清楚的意识以及抽象能力和推理能力的发展"[①],又为人自觉地利用事物的客观规律去实现趋利避害的目的提供了可能。在艰苦的狩猎活动中,原始人是需要付出巨大的努力才能达到捕获野物以满足自己和部落需要的目的的;而人在肉体和精神两方面的本质力量愈强,如强健的身体、聪敏的思维、娴熟的技巧、丰富的野生动物知识等,他就愈是能完满地实现自己的目的。在以后的文明社会中,人也同样需要充分发挥自己作为人的本质力量,才能按照自己的目的和需要能动地改变客观事物。大如古代世界的"七大奇观",小如日常生活中的衣饰器物,它们的创造都需要发挥人的聪明才智,付出辛勤的劳动。这样,"在劳动过程中,人的活动借助劳动资料使劳动对象发生预定的变化。过程消失在产品中。……劳动物化了,而对象被加工了。在劳动者方面曾以动的形式表现出来的东西,现在在产品方面作为静的属性,以存在的形式表现出来。"[②]这"在劳动者方面曾以动的形式表现出来的东西",就包括了人在生产过程中发挥出来的本质力量,这个本质力量当然"不是单个人所固有的抽象物";把人的本质当成单

---

① 《马克思恩格斯选集》第 3 卷第 512 页。

② 《资本论》第 1 卷,1975 年版第 205 页。

个人所固有的抽象物，这是被马克思批判过的费尔巴哈的观点。在马克思看来，"如果说人是一个特殊的个体，并且正是他的特殊性使他成为一个个体和现实的、单个的社会存在物，那么，同样的他也是总体、观念的总体、可以被思考和被感知的社会之主体的、自为的存在"①。正因为人是人类社会中的一分子，所以"甚至当我从事科学之类的活动，亦即当我从事那种只是在很少的情况下才能直接同别人共同进行的活动的时候，我也是在从事社会的活动，因为我是作为人而活动的。"②这就不但批判了把人的本质归结为单个人所固有的抽象物的观点，而且也摒弃了把人的自然性归结为人的本质的观点。人的本质"在其现实性上，它是一切社会关系的总和"③。这一本质力量通过人的生产劳动实践，"以存在的形式表现出来"，体现在被猎获的野兽，制造的工具和一切创造物，一切被人征服、改造、掌握了的自然物上了。这些，都是人"实际创造"的"对象世界"，人只能凭借这种种现实的感性的对象，才能实现和证明他作为主体的人的本质力量，这样，人的本质就在客体上对象化（亦即在对象上物化）了，人"把自己的生命活动本身变成自己的意志和意识的对象"。

这个人的本质在自然物上对象化的过程也就是《手稿》中谈到的"自然人化"的过程，二者是同一实践过程的互相联系、互为依存的两个侧面，是主体和客体交互作用所造成的实践过程和实践结果所引起的主客体双方的彼此渗透、辩证统一，它深刻地表现出人的生产同动物的生产

---

① 《1844 年经济学—哲学手稿》第 76 页。

② 《1844 年经济学—哲学手稿》第 75 页。

③ 《马克思恩格斯选集》第 1 卷第 18 页。

的质的区别。动物只是在饥饿时才在本能驱使下进行生产（猎食），它的生产同它的肉体的需要直接相联系，而人则可以摆脱肉体的直接需要来生产（即为精神需要而生产，如创造美和艺术），可以自由地与自己的产品相对立，将它作为自己的对象；"一切动物的一切有计划的行动，都不能在自然界上打下它们的意志的印记"①，而人却可以在自然中实现他所意识到的目的；动物只生产本身：维持生存、繁殖后代，"而人则再生产整个自然界"②，这就是在人的实践活动的连续不断的影响和作用下，自然界的一部分改变了过去的原始状态，如被驯养的禽兽，被开垦的土地，被征服的河流，被创造出来的衣饰建筑器皿等一切有用之物，在这些客体上面当然对象化了人的本质；自然界还有一部分虽然没有经过人的直接改造，但它们通过人的实践成了人的认识对象，这种认识对象既可以是科学的，也可以是艺术的，都体现着人的本质。黑格尔虽然是唯心主义者，但在这一点上做过很好的解说："人还通过实践的活动来达到为自己（认识自己），因为人有一种冲动，直接呈现于他面前的外在事物之中实现他自己，而且就在这实践过程中认识他自己。……人这样做，目的在于要以自由人的身份，去消除外在世界的那种顽强的疏远性"③。费尔巴哈也说："那些离开人最远的对象，因为是人的对象，并且就它们是人的对象而言，乃是人的本质的显示。月亮、太阳和星辰都向人呼喊：……认识你自己。……动物只为生命所必需的光线所激动，人却更为最遥远的星辰的无关紧要的光线所激动。"④马克思显然继承和发挥了这种思想，指出，

---

① 《马克思恩格斯选集》第 3 卷第 517 页。

② 《1844 年经济学—哲学手稿》第 50 页。

③ 黑格尔《美学》第 1 卷第 39 页

④ 《十八世纪末—十九世纪初德国哲学》第 547—548 页。

"人（和动物一样）赖无机自然界来生活，而人较之动物越是万能，那么，人赖以生活的那个无机自然界的范围也就越广阔。从理论方面来说，植物、动物、石头、空气、光等等，部分地作为自然科学的对象，部分地作为艺术的对象，都是人的意识的一部分，都是人的精神的无机自然界，是人为了能够宴乐和消化而必须事先准备好的精神食粮；同样地，从实践方面来说，这些东西也是人的生活和人的活动的一部分。"[1]自然物就是这样体现着人的本质而实现了"自然的人化"。毫无疑问，这一切只有在人类社会中才能发生，因为"自然界的属人的本质只有对社会的人来说才是存在的；……只有在社会中，自然界才表现为他自己的属人的存在的基础。只有在社会中，人的自然的存在才成为人的属人的存在，而自然界对人说来才成为人。"[2]这种人化的自然是历史的产物，是人类世世代代活动的结果，它深深地打上了社会的印迹，渗透着人的本质，体现着人和自然、主体和客体、主观和客观的辩证统一。

人作为主体，通过生产劳动的实践将自己的本质转移到、体现在活动过程及其结果上，使其对象化，这是美和美感得以产生的现实的土壤和源泉。马克思说："我在我的生产过程中就会把我的个性和它的特点加以对象化，因此，在活动过程本身中我就会欣赏这次个人的生活显现，而且在观照对象之中就会感受到个人的喜悦，在对象里认识到自己的人格，认识到它是对象化的感性的可以观照的因而也是绝对无可置辩的力量。"[3]

---

[1] 《1844年经济学—哲学手稿》第49页。

[2] 《1844年经济学—哲学手稿》第75页。

[3] 转引自《美学问题讨论集》第6集第187页。

十分清楚，人之所以会欣赏自己的活动及其成果，会由对它的观照中感受到个人的喜悦，就是因为这个活动及其成果上对象化了人的个性，显现了个人的生活，体现了人的人格。美的起源史以大量的事实证明了这一点。普列汉诺夫在《论艺术》一书中举例说，非洲的野蛮人爱用杀死的动物的鲜血来涂抹自己的身体，用虎的皮、牙、爪或野牛的角来装饰自己。为什么？因为猛虎、野牛之类是这些原始部落居民的征服品，是他们生产活动的结果，是他们艰苦豪放的狩猎生活的感性显现，在这些野兽身上体现着作为征服者、胜利者的原始猎手的积极本质，用这些野兽的牙、爪、角、皮乃至血来装饰自己，也就是肯定、显示、炫耀自己的勇敢、智慧、灵巧和力量。马克思在《政治经济学批判》中谈到贵金属的审美属性时也曾指出："一般金属在直接生产过程中的重大意义是同它们当作生产工具的作用联系在一起的"，但是，金银"在很大程度上使它们丧失了一般金属的使用价值所以存在的那种属性。……它们的美学属性使它们成为满足奢侈、装饰、华丽、炫耀等需要的天然材料，总之，成为剩余和财富的积极形式。它们可以说表现为从地下世界发掘出来的天然的光芒，银反射出一切光线的自然的混合，金则反射出最强的色彩红色。而色彩的感觉是一般美感中最大众化的形式。"①在这里，马克思深刻地说明了美、美感同实践，同人的本质对象化和自然人化的依存关系。从表面上看，金银之所以具有美学属性，之所以为人欣赏，是由于它们具有"天然的光芒"和色彩，因而它们的美在于其自然属性。但事实是，不同的色彩在光学上不过是根源于电磁辐射的不同波长而已，本身谈不上什么美与丑。人之所以以

————————

① 《马克思恩格斯全集》第13卷第144—145页。

金银为美，归根到底是因为金银同其他美的事物一样，是人的本质力量的确证，是物化了的劳动，是人化了的自然。其美的根源在人类的社会实践中。金银作为深埋在地下、混杂于沙砾里的矿物，只有通过挖掘、陶冶的劳动才能在人眼前发出光芒。因此，"这些物，即金和银，一从地底下出来，就是一切人类劳动的直接化身"①，在它们那"表现为从地下世界发掘出来的天然的光芒"中，闪烁着劳动者在采金劳动中发挥出来的积极本质的光彩，于是，这种"天然的光芒"才"人化"为美的光芒。只是由于其稀少、贵重，其物理性能又不适于做工具，因而"在很大程度上使它们丧失了一般金属的使用价值所以存在的那种属性"，而被用作货币和贵重器皿，"成为满足奢侈、装饰、华丽、炫耀等需要的天然材料，……成为剩余和财富的积极形式"。

这种情况在现实生活中也随处可见。一位战士往往会保留他曾穿过的一套军服，曾经战斗过的地方的一片树叶，一朵山花；一位拓荒者常常会将自己亲手盖起来的简陋房屋的照片保存起来，等等。这不仅是纪念品，而且是他通过流血流汗所发挥出来的积极本质的物化了的证据，对此，他不仅怀念，而且欣赏。在这里，人直接观照到的是活动及其结果的外在感性形式，使他"感受到个人的喜悦"的则是通过这感性形式对象化了的积极本质，这个本质原是人（主体）的，现在却以物（客体）的形式存在于人自身之外了，"成为对象化了的人"，于是，这些物就像"镜子，对着我们光辉灿烂地放射出我们的本质"②，而成为美的客体，美的对象。所以，人的

---

① 《资本论》第1卷，人民出版社1975年版（以下同）第111页。

② 转引自上海文艺出版社出版的《美学》第3辑第91页。

欣赏物，欣赏美，实际上是欣赏自己的本质，它使人感到一种创造性的、由于肯定了自己、确证了自己的力量而引起的欢欣愉悦的感情，这就是美感，它不同于口腹之欲得到满足而产生的生理快感，它是人得到的一种心理上而非生理上的满足，精神上而非肉体上的享受。因此，人的实践、人的生产劳动不仅创造物质产品、物质财富，也创造了精神产品、精神财富。

在人类实践的漫长历史过程中，这些体现着人的本质因而"显得美"的物（客体）又以其无限丰富的感性形式，及其在实践中形成的意义，不断作用于人（主体）的感官和思维，历史性地形成了人的审美心理结构和审美意识，使人"不仅在思维中，……而且以全部感觉在对象世界中肯定自己"[1]，具有"在他所创造的世界中直观自身"[2]的审美能力。恩格斯在1840年6月所写的《风景》一文中谈到对自然美的一番感受时这样写道："如果你站在宾根附近的德拉享菲尔斯或罗甫斯倍克的顶峰上，越过飘荡着葡萄藤香味的莱茵山谷，眺望那与地平线融合在一起的远处青山，瞭望那泛滥着金色阳光的绿色原野和葡萄园，凝视那反映在河川里的蔚蓝色天空，——你会觉得天空同它所有的光辉一起俯垂到地上和倒映在地上，精神沉入物质之中，言语变成肉体并栖息在我们中间"[3]。显然，处在极低水平生产力下的原始人是不会产生这种审美感受的（普列汉诺夫就指出，"原始的部落——例如，布什门人和澳洲土人——从不曾用花来装饰自己，虽然他们住在遍地是花的地方。"[4]）。这难道不正是由于实践范围

---

① 《1844年经济学—哲学手稿》第79页。

② 《1844年经济学—哲学手稿》第51页。

③ 《马克思恩格斯论艺术》（四）第387—389页。

④ 普列汉诺夫《论艺术》，三联书店1964年版第32页。

的广狭不同、认识水平的高下不同、使人的本质对象化的客体不同，因而人在不同实践中形成的审美心理结构、审美意识、审美能力以及审美感受也不同吗？马克思之所以能"从那些由于劳动而变得粗黑的脸上看到全部人类的美"①，而资产者及历来的剥削者对此却嗤之以鼻，不以为美，反以为丑，这难道不正说明由于阶级的出现，同一客体在不同阶级的实践中所形成的意义不同，因而各个阶级会由此而产生不同的审美意识吗？所以马克思说："即从主体方面来看：只有音乐才能激起人的音乐感；对于不辨音律的耳朵说来，最美的音乐也毫无意义，音乐对它说来不是对象，因为我的对象只能是我的本质力量之一的确证，从而，它只能像我的本质力量作为一种主体能力而自为地存在着那样对我说来存在着，因为对我说来任何一个对象的意义（它只是对那个与它相适应的感觉说来才有意义）都以我的感觉所能感知的程度为限。所以社会的人的感觉不同于非社会的人的感觉。只是由于属人的本质的客观地展开的丰富性，主体的、属人的感性的丰富性，即感受音乐的耳朵、感受形式美的眼睛，简言之，那些能感受人的快乐和确证自己是属人的本质力量的感觉，才或者发展起来，或者产生出来。……总之，人的感觉、感觉的人类性——都只是由于相应的对象的存在，由于存在着人化了的自然界，才产生出来的五官感觉的形成是以往全部世界史的产物。"②

这就深刻地说明：一、人的审美能力、审美感觉不是天生的，而是在后天的审美实践中形成的，因而具有社会性；二、在审美实践中，由于

---

① 转引自 1957 年第 3 集《学习译丛》第 48 页。
② 《1844 年经济学—哲学手稿》第 79 页。

相应的审美对象的存在才形成了人的审美能力和审美意识；三、审美对象之为审美对象，又是人的本质在客观事物上对象化的结果；四、因此，人的本质不同，成为他对象的客体也不同，只有适应其本质的事物才是其对象，所以，一定的事物只对一定人的一定感官（眼或耳）才有审美意义，同样，一定的事物只能使一定人的一定感官产生美感；五、这一事实雄辩地证明了主体与客体、美感与美在实践基础上的历史性的辩证统一。

在自然美和人的审美能力、审美意识产生和形成的同时，人类还创造和发展了更高级的审美形式——艺术，开拓了艺术美的领域。正像"劳动创造了美"[①]一样，劳动也创造了艺术。关于这个问题，前文已有阐述，这里需要指出的是，任何种类的艺术作品，不论它产生在什么时代，出于何种目的与动机，它们归根结底都寄寓了人的愿望、理想和对生活的评价，都是人的本质对象化的结果。因而它也如自然中的美一样，能引起人的愉快之感和审美追求，以致在人类实践的漫长过程中逐步发展成人类认识、反映、掌握和评价世界的一种特殊审美方式。

总之，人的本质对象化和自然人化的历史过程决定了美的本质和特征。美是人的生活、人的性格、人的本质在具有一定感性形式的物上的"显现"，是社会内容在物的自然形式上的"积淀"，因此美不纯然是客体的自然属性，它也包含着主体的社会属性，它本质上是主体与客体在实践中的辩证统一，必然是具体的而不是抽象的，是形象的而不是逻辑的。事实表明，只有客体而无主体本质力量的对象化，客体就仅仅是一种只具自然属性而与美无关的客观存在，而不是美的形象；同样，光有主体的本

---

① 《1844年经济学—哲学手稿》第46页。

质力量，而无展开它、体现它的客观对象，也是不可思议的，当然也不会有美。马克思在《手稿》中，在"对属人的现实的占有，属人的现实同对象的关系，是属人的现实的实际上的实现"这句话之后，加上了一个注："因此，正像人的本质规定和人的活动是形形色色的一样，属人的现实也是形形色色的。"①这就是说，不同人的本质和实践的范围及性质是各不相同的，不同的本质在不同的实践中借以对象化的客观事物也各有异，有的事物（如狮虎、河海、雷电）能体现人的勇猛、有力、雄浑等本质，而形成壮美的形象；有的事物（如风花雪月）则能体现人的温柔、轻盈、幽婉等本质，而形成优美的形象，如此等等。所以，"属人的现实"，包括成为人的审美对象的客体是形形色色、千姿万态的。在这里，主体与客体、事物的社会属性和自然属性通过千差万别的方式和途径在实践的基础上统一于特定的审美对象了。艺术和艺术美当然也是如此。

劳动创造了美，实践创造了美。"生产不仅为主体生产对象，而且也为对象生产主体"②，马克思这个论断不仅适用于人类的物质生产，同样适用于精神生产。在人通过实践创造美和艺术的同时，也就创造了具有审美能力和审美意识的人，而人的审美能力和审美意识的发展，又必将推动新的美和艺术的创造，"一件艺术品——任何其他的产品也是如此——创造一个了解艺术而且能够欣赏美的公众"③。美和艺术的全部发展史证明了这一点。这是"美的规律"的第一个层次。

---

① 《1844年经济学—哲学手稿》第77页。
② 《马克思恩格斯选集》第2卷第95页。
③ 《马克思恩格斯论艺术》（一），第207页。

四、合规律性和合目的性的统一

马克思恩格斯科学地论证了美是主体（人）的积极本质在客体（物）上的感性显现，揭示了美的社会本质。但是，他们对"美的规律"的考察并没有就此止步，而是更深入地探索了创造美的规律，令人信服地指出，人要使自己的积极本质在实践中发挥出来，并在他所利用、所征服、所创造的客观事物上对象化，那么，他的这种实践活动就必须是成功的，即是说，能达到他的目的，满足他的社会的需要，是合乎目的性的。而要做到这一点，人的活动就必须合乎客观规律，只有合乎规律地去活动，人才能在实践中获得成功，才能实现他征服世界、改造世界的主观目的，客观世界才能成为人的本质力量的确证，人的本质力量才能借客体而对象化，获得美的感性形象。因此，合规律性和合目的性的活动，是创造美的基础，是主客体关系在"美的规律"中更深一层的表现。

在《手稿》中，马克思是这样提出"美的规律"的：

动物只是按照它所属的那个物种的尺度和需要来进行塑造，而人则懂得按照任何物种的尺度来进行生产，并且随时随地都能用内在固有的尺度来衡量对象；所以，人也按照美的规律来塑造物体。[1]

这里的所谓"尺度"，是一个哲学上的概念，指的是质和量的统一，即"度"，它规定着一事物不同于另一事物的本质和特征。所谓"物种的尺度"也就是事物的本质、规律及由此所形成的事物的性状，它是物种自身所固有的属性，是属于客体的；世界上有多少种物，就有多少种"尺

---

[1]《1844年经济学—哲学手稿》第50—51页。

度"。例如马克思讲的"植物、动物、石头、空气、光等等"，它们作为不同的物种，各有不同的尺度，动物不同于植物，生物不同于石头、空气、光等无机物，动物中的肉食动物不同于草食动物，肉食动物中的猫科又不同于犬科，而同属猫科的虎和猫也不尽相同，如此等等。当然，人作为"万物之灵长"，他的尺度又区别于其他宇宙万物中的任何一种。马克思曾举例来说明这一区别："蜜蜂建筑蜂房的本领使人间的许多建筑师感到惭愧。但是，最蹩脚的建筑师从一开始就比最灵巧的蜜蜂高明的地方，是他在用蜂蜡建筑蜂房以前，已经在自己的头脑中把它建成了。劳动过程结束时得到的结果，在这个过程开始时就已经在劳动者的表象中存在着，即已经观念地存在着。他不仅使自然物发生形式变化，同时他还在自然物中实现自己的目的，这个目的是他所知道的，是作为规律决定着他的活动的方式和方法的。"[①]这里深刻地指明了动物的生产和人的生产的不同：动物只能"按照它所属的那个物种的尺度和需要来进行塑造"，蜜蜂造蜂房，蜘蛛结网，老虎猎食，都是按照它的生物特性和生存本能进行活动，所满足的是它们的肉体需要，是消极被动地适应自然规律和外界环境，没有任何预定的目的，更谈不上自觉地按照别的物种的尺度来生产了。人则不同，他作为有意识的社会的人，能通过实践认识和掌握各种事物的法则和性状，并加以自觉地运用，从利用客观规律来驯养动物、种植植物、开垦田畴、从事建筑到进行社会活动、文艺创作、科学实验，莫不表明他"懂得按照任何物种的尺度来进行生产"，表明"劳动过程结束时所取得的成果在劳动过程开始时就已存在于劳动者的观念中了"。

[①]《资本论》第 1 卷第 202 页。

不过，人的生产之区别于动物的生产，还在于人"随时随地都能用内在固有的尺度来衡量对象"。从马克思的基本思想和关于"美的规律"的具体论述来看，所谓"内在固有的尺度"指的是人作为"物种"之一所具有的本质和特征，它是属于主体的，包括了人的需要、目的、愿望、要求、理想等一切从人的本质（"全部社会关系的总和"）中产生出来的因素。人之所以要按照物种的尺度（规律、法则）成功地进行包括生产劳动在内的实践，为的就是使实践及其结果适合人的需要，达到他的目的，体现他的愿望、要求和理想；反言之，人为了实现自己的目的，他就要根据这个目的这样或那样地去利用客观规律，例如为了发电，就拦河筑坝造成水的落差；为了航运，就疏通河道，为了灌溉，就开挖水渠。在这里，人们都在按照水的尺度（规律）行事，但由于目的不同，用以衡量对象的主观尺度（需要）不同，所以"按照物种的尺度来进行生产"的方式、方法和方向也不同，一句话，人的目的"是作为规律决定着他的活动方式和方法的，他必须使他的意志服从这个目的"①。

然而，这两种尺度不是并列的。当人用"内在固有的尺度"去衡量对象，通过改造对象以满足自己的需要，实现自己的目的时，他不能不受客观规律的制约，他只能顺应客观规律，否则就会失败，就无法使自己的积极的本质力量发挥出来，也造就不了可使这种本质力量对象化的事物，所以，"外部世界、自然界的规律，机械规律和化学规律的区分（这是非常重要的），乃是人的有目的的活动的基础"②。原始人虽然智力尚未充分

---

① 《资本论》第 1 卷第 202 页。
② 《列宁全集》第 38 卷第 200 页。

开发，但无论是在草泽林莽中的渔猎活动，还是在岩壁上再现这种活动图景，只要是成功的，就必然是自觉或不自觉地符合了某种客观规律的（如渔猎规律、艺术创作规律）。而"人离开动物愈远，他们对自然界的作用就愈带有经过思考的、有计划的、向着一定的和事先知道的目标前进的特征"①，这种特征又是伴随着人对客观规律认识的深化而发展的。正是由于"美的规律"涉及主客体双方，涉及对客观规律即"物种的尺度"的掌握，和主体"内在固有的尺度"即人的目的、要求的应用，所以，人对"美的规律"的掌握程度就取决于对客观规律认识的深度，亦即人的行为"合规律性"与"合目的性"的程度。人的主观意图愈是与客观规律相吻合，他取得的实践成果就愈辉煌，就愈是能在这成果上"直观自身"的积极本质并产生审美愉悦。

但是，全部历史和现实的经验都告诉我们：由于"自由自觉的活动恰恰就是人的类的特性"②，因此几乎没有什么人的活动不受一定目的的驱使，不和对客观规律的一定掌握相关联，否则人就不成其为人；甚至人对客观规律的违背也是以其行为的某种程度、某些方面的合规律性和合目的性为前提的，这正是"社会性的人"和动物的根本区别。这就产生一个问题：就"美的规律"而言，所谓的"合规律性"与"合目的性"究竟怎样理解？是不是只要合乎某种规律和目的就能创造美和真正的艺术？

恩格斯在《自然辩证法》中，在谈到人"通过所做出的改变来使自然界为自己的目的服务，来支配自然界"时，指出："但是我们不要过分

---

① 《马克思恩格斯选集》第 3 卷第 516 页。
② 《1844 年经济学—哲学手稿》第 50 页。

陶醉于我们对自然界的胜利。对于每一次这样的胜利，自然界都报复了我们。每一次胜利，在第一步都确实取得了我们预期的结果，但是在第二步和第三步却有了完全不同的、出乎预料的影响，常常把第一个结果又取消了。"①他举例说，美索不达米亚、希腊、小亚细亚以及其他各地的居民，为了想得到耕地，把森林砍光了，结果他们做梦也想不到，这些地方后来竟因此而成为荒芜不毛之地，因为他们使这些地方失去了森林，也就失去了积聚和贮存水分的中心。又如阿尔卑斯山的意大利人，在山南坡砍光了在北坡被十分细心地保护的松林，他们也没想到，这样一来，他们把自己区域里的高山牧畜业的基础给摧毁了，他们更没料到，他们这样做，竟使山泉在一年中的大部分时间内枯竭了，而在雨季又使更加凶猛的洪水倾泻到平原上。这里十分明显的是，不论是美索不达米亚等地的居民还是阿尔卑斯山的意大利人，他们砍伐森林的行动在某种意义上都是合乎规律（采伐规律）又合乎目的（得到耕地）的，是两种"尺度"的吻合。然而，这种局部的"合规律性"违背了更大范围内自然界的有机联系，违背了生态平衡规律；以这种"合规律性"为基础的目的则是狭隘的、短浅的，不符合包括这些居民在内的整个人类的长远利益。因此，尽管这些居民在砍伐森林、开辟耕地的生产劳动中也发挥了他们的体力和智力，也感受到了创造的欢乐，但是在人类能动地改造自然界的广阔范围内，他们并不是以美的创造者的姿态出现的，他们本身滥伐滥砍森林的行为也不具备审美意义，因为他们所发挥出来的本质不是进步人类在改造大自然的实践中发挥出来的积极本质。所以，我们要"一天天地学会更加正确地理解自

---

① 《马克思恩格斯选集》第 3 卷第 517 页。

然规律，学会认识我们对自然界的惯常行程的干涉所引起的比较近或比较远的影响"①。在社会生活中更是如此。不仅进步的人们对社会规律的认识是逐步加深的，就是落后的人们、反动势力，其活动也不能不自觉或不自觉地遵循某种规律，以实现其某种目的；否则，就一天也混不下去。在他们活动范围内的那些事物，小而至于上流社会中金莲三寸、细腰一掬的病态美人，大而至于遭到马克思痛斥的拿破仑第三的雾月政变，当然都体现出了他们的阶级本质，因而在他们看来都是"美"的，然而，由于其活动、目的违背了整个社会的发展规律和广大人民的利益，其本质是没落腐朽的，所以这种"美"一旦放到历史的熔炉中就会立即显示出丑的真相来。

这就深刻地表明，就"美的规律"而论，所谓"合规律性"与"合目的性"，是一个历史性的概念，它们所包含的内容是不断丰富和发展的。最初，在原始社会美的起源阶段，"合规律性"与"合目的性"是在人的生产区别于动物的生产——人的活动总是合一定规律、有一定目的——的意义上说的；后来，随着人类实践领域的扩大和认识的深化，所谓"合规律性"与"合目的性"，就不仅是指简单活动（如制造工具、猎捕野兽）中人的行为要合一定规律、有一定目的，而且是指人在复杂高级的社会实践（包括生产劳动）中，能从事物的总体和全过程上把握事物内部的各种联系，使自己的有目的的行动合于支配、推动整个自然界和社会发展的总规律、总趋向，如生态平衡规律、社会革命规律、文艺发展规律等等。人的认识愈是符合事物发展的总的规律、总的趋向，他的行动就愈是自觉；人的目的愈是以这种总规律、总趋向为依据，他的活动就愈是有益于人类

①《马克思恩格斯选集》第3卷第518页。

和社会的进步，其功利性就愈是广阔，人发挥出来的本质力量就愈是丰富、巨大。一把简单粗陋的原始石斧和中世纪雕花镂空、珠光宝气、危楼高耸的哥特式大教堂，一场围猎野牛的搏斗和震撼资本主义世界的巴黎公社起义，都是合规律性与合目的性的，但是，在人类对自然界和社会的认识、掌握的历程上，在人的活动于人类和社会有益的程度上，前者和后者又分属于多么不同的梯级！这些事物都是美的，但它们所对象化了的人的本质在其丰富性、复杂性、深刻性上又是多么的不同！它们的美学价值及给予人的审美感受又是何等多样！正由于"美的规律"中"合规律性"与"合目的性"具有这样的内涵，所以，尽管每一个人，每一个集团和阶级都在按一定的规律进行有一定目的的活动，都在各自本质力量所能达到的范围内创造着"美"，但是，这种由个人、集团和阶级所创造的"美"到底能在多大程度上加入到人类的美的洪流中去，那要以创造这种"美"的实践究竟合什么规律和目的为转移。无论如何，违背自然和社会发展规律、有害于人类和社会进步的实践是绝不能创造美的。

美的这种特性不能不在艺术创作中表现出来，这就是艺术、艺术美的真实性和功利性，亦即人们所说的"真"与"善"，它是和艺术与生俱来的，是艺术和艺术创作的题中应有之义。看看原始时代艺术家的创作吧！西班牙勒文特那飞跑的人群手持弓箭追猎四蹄腾空的山羊的岩画，不正是生动逼真地反映了原始居民的狩猎生活吗？不正是起着帮助当时人们熟悉狩猎活动、掌握狩猎技巧、激励斗志的功利作用吗？当然，正如原始时代的美同粗陋的实用主义和使用价值紧密相连，有用的就是美的一样，原始艺术也是直接与生产劳动融合在一起的，它所揭示的客观规律只能以当时人在狩猎实践中所能认识到的为限，它要达到的目的也就同这种狩猎生活直接相关。这在上面已经谈过了。所以，这种原始的艺术不能在更深刻的程度上、更广阔的范围内揭示客观规律，其社会功利性也是狭隘的。

人类脱离原始社会后，随着生产力的发展带来的社会进步和实践的不断深化，对艺术的真实性与功利性必然提出更高的要求。正如马克思、恩格斯所指出的，艺术的真实不能只是细节的真实、现象的真实，而应当是典型的真实、本质的真实；而它所要求的功利性也不是个人或小集团或没落阶级的私利，而是人民群众、进步势力、先进阶级的公利。如马克思、恩格斯予以高度评价的莎士比亚的剧作、歌德的《浮士德》、巴尔扎克的《人间喜剧》、伦勃朗的绘画以及被列宁称为"俄国革命的一面镜子"的托尔斯泰的作品，深刻地揭示了政治领域中、阶级关系上的历史发展趋向，昭示着生活的真理，因而革命人民和无产阶级可以从中获得巨大的教益。在我们时代，有了马克思主义科学理论的指导，文学艺术能更深刻、更全面地反映生活的真实，也就必然具有更深远的功利价值。

这里要特别提及美和艺术的形式问题。马克思说："劳动是活的、塑造形象的火。"①美和构成艺术形象、艺术作品的形式也是人的合规律性与合目的性活动的必然结果。因为在人类社会的各种实践活动中，那合乎规律与目的的事物都必然是于人和社会有益的，是体现着人的积极本质力量，因而它的外在感性形式（线条、形体、颜色、节奏等）就必然成为引起审美愉快的美的形式。在以后的实践中，人又有意识地将这些使他觉得愉快的形式赋予他的活动及其结果，使他制造的工具、建筑的房屋、开垦的农田、生活的环境以及他自己的形体动作不但实用、有效、有益，而且

①《马克思恩格斯全集》第46卷（上）第331页。

具有美的形式。久而久之，这种美的形式就与特定的具体事物分离开来，获得了独立的美学意义和审美价值，以致人们不为实用而单纯为了审美去追求这种形式，从而不断发展和丰富了人类的形式美的宝库。所以，所谓美，也就是具有合规律性与合目的性内容的事物以其外在形式体现着的感性形象，亦即真（合规律性）、善（合目的性）、美（合规律与合目的的形式）三位一体的形象。艺术作品、艺术形象也是如此。原始岩画中那弓背屈腿的赭红色野牛，正是原始人狩猎活动的精神产物，野牛的形体、动作、颜色也正是原始人对野牛的审美意识的物化形态。对于文明时代的艺术家来讲，艺术形式也不是信手拈来、可这样也可那样的，而是随着艺术家对生活的认识、思考而形成的、发现的，就是说，艺术家为了恰到好处地揭示生活的真实，表达他对生活的评价和理想，就必定要探求、发现、创造一定的艺术形式，只有这种形式才足以完美地表现作者的风格、塑造艺术家心目中的形象，它是艺术家独特的表现方式，因而也是不可替代的。唯其如此，文学艺术史上才有那么一系列绝不雷同的艺术形象，才有那么一大批独具风格的优秀作品。

正因为美是合乎规律与目的的事物的感性形象，正因为艺术作品和艺术形象是艺术家借助感性的艺术形式将对生活的认识和评价物化的结果，因此，生活中的美也罢，艺术中的形象也罢，都是理性与感性、抽象与具象的辩证的、历史的统一。在美的形成中，在艺术形象的创造中，那使人得以自由自觉活动的理性，那使人得以合规律合目的行动的抽象思维，曾发挥过巨大的、决定性的作用，而在美的形式上面，在艺术形象上面，又积淀着人的认识成果，结晶着艺术家的思想感情。总之，从自然界到人类社会，从生活领域到艺术领域，举凡一切已经产生出来的成为人的审美对象的事物，都"是人的本质力量的打开了的书本，是感性地摆在我们面前的、人的心理学"①。在这个意义上可以说，美是理性的感性形象，是真理的具体显现，是人的心灵的镜子。

五、从必然到自由

"美的规律"既然是一种涉及主体与客体的社会规律，它在人类认识世界和改造世界的历史长河中，也同样经历着从必然王国到自由王国不断发展的历史。在这方面，马克思主义创始人也有极其精辟的见解。

前面已说过，主客体的分化和统一是在实践的基础上实现的。对于作为主体的人而言，存在于他主观意识之外的外部物质世界，是受客观规律支配的，这种客观规律不以人的主观意志为转移，总是一定要这样或那样地起着作用，规定着事物的发展进程和方向，因而具有必然性；人作为有意识的社会的人，具有认识和运用客观规律去实现自己的目的的能力；而人类要生存和发展，就不能不努力使自己的认识和行动符合事物的规律（"按照任何物种的尺度来进行生产"），以便使活动过程及其结果符合自己的主观需要（"用内在固有的尺度来衡量对象"），这也是带有历史必然性的。所以，掌握客观规律、实现主体目的是人类实践的固有特征。当马克思说"人也按照美的规律来塑造"时，他指的就是：只要有人类的实践，那么，不管作为实践主体的人是否意识到，他总是自觉不自觉地按照主客体统一的法则去从事物质生产和精神生产以创造美和艺术的。所以

---

① 《1844 年经济学—哲学手稿》第 80 页。

即便是在原始蒙昧时代，处在极端艰苦生活条件下的"太古初民"们，在其力所能及的实践范围中也会不自觉地进行着美和艺术的创造；所以，在过去的私有制社会中，尽管奴隶、农民和工人还不可能意识到马克思揭示的这个"美的规律"，但在客观上，他们都以一种历史的必然性服从这个规律的支配，都是美的创造者，正如他们不懂得历史发展规律但依然是历史的创造者一样。

但是，被"美的规律"的必然性所支配着不自觉地进行美的创造，同掌握"美的规律"自觉自由地进行美的创造，无论是质上还是量上都是不同的。在以往的私有制社会中，虽然在"美的规律"支配下，"劳动创造了宫殿"，创造了从古埃及金字塔、古希腊的建筑、雕塑直到资本主义社会的难以胜数的文化艺术珍品，虽然在这些创造物上凝聚着人类一般的劳动即马克思所说的"抽象劳动"，具有合规律性与合目的性的形式，因而创造了美，但是，这种创造都是以阶级社会中政治压迫和经济剥削下劳动者及其劳动的"异化""外化"为代价的。以金字塔而论，它是奴隶主阶级运用政权的力量强制奴隶们劳动的产物，是劳动者被掠夺的结果，金字塔的每一块砖上都浸透了民工的斑斑血泪，对劳动者来讲，他为修筑金字塔而支出的"具体劳动"只是"为劳动者创造了贫民窟"，"使劳动者成为畸形"[1]，"对劳动者说来，劳动是外在的东西，也就是说，是不属于他的本质的东西；因此，劳动者在自己的劳动中并不肯定自己，而是否定自己，并不感到幸福，而是感到不幸，并不自由地发挥自己的肉体力量

---

① 《1844年经济学—哲学手稿》第46页。

和精神力量，而是使自己的肉体受到损伤，精神遭到摧残。"①一句话，劳动者在自己的"具体劳动"中丧失了自身。因此，劳动的成果金字塔等成了劳动者的异己物、对立物，他憎恨它，而不是欣赏它，它对于他来讲不是美，而是丑。在资本主义初期，当工人阶级尚未由"自在的阶级"变成"自为的阶级"，还不懂得自己穷困苦难的社会根源时，他的劳动及其结果对他同样是如此。18世纪下半叶到19世纪初叶英国工人反对劳动工具本身、捣毁机器的"卢德运动"，就是在这样的历史社会背景下发生的。不仅是金字塔，甚至"最美丽的景色"，忧心忡忡的穷人对之"都无动于衷"②。在劳动者对劳动及其成果失去兴趣并憎恶它的情况下，劳动者既不会为开拓生产的深度和广度而主动地去探索客观规律，也不可能在劳动中实现自己的目的，这就必然要使美和艺术的创造在质和量上都受到历史性的限制。在过去的私有制社会中，不仅劳动人民创造的文化艺术珍品被剥削阶级所占有，劳动者自己的生活中缺少美，而且整个的自然、社会环境不可能被人自觉地、有计划地加以改造和美化，人们甚至还破坏着已创造出来的美。不仅如此，无论在剥削者还是劳动者那里，还会产生出畸形美、怪诞美，从车尔尼雪夫斯基批评过的"苗条到可以迷惑上流社会美的鉴赏家的程度"的细腰，到被列宁讥为"我不懂它们，它们不能使我感到丝毫愉快"③的表现派、未来派、立体派艺术都属此类"美"。实际上，这是对美和艺术的一种糟蹋。

---

① 《1844年经济学—哲学手稿》第47页。
② 《1844年经济学—哲学手稿》第80页。
③ 《列宁论文学与艺术》，人民文学出版社1960年版第912页。

要获得能动地运用"美的规律"创造美和艺术的自由，首先必须改变使劳动者及其劳动"异化"的私有制社会制度。毫无疑问，社会主义社会是迄今为止唯一能为人类开辟将"美的规律"由必然变为自由的广阔天地的社会。在社会主义制度下，废除了私有制，从而扬弃了异化劳动，人由"为对象所奴役"变为对象的主人，人的生产（包括艺术生产）不再是强制的而是自愿的，劳动者在自己的劳动中不是否定自己而是肯定自己，不是使自己的肉体受到损伤、精神受到摧残，而是充分发挥人在肉体和精神两方面的积极力量，从而一方面使人对客观世界的认识和改造达到新的深度和广度，推动生产方式的革新和新的生产对象的出现，另一方面大大丰富了人在精神和肉体两方面的需要，这样，我们就会看到，"人的需要的丰富性，从而生产的某种新的方式和生产的某种新的对象在社会主义的前提下具有何等的意义：人的本质力量的新的显现和人的存在的新的充实。"①这里所谓的"人的存在"，指的就是能成为人的本质力量和人的性格、人的生活的感性显现的客观事物，亦即相对于审美主体而言的审美客体，这种"人的存在的新的充实"也就是美的充实、审美对象的充实。从马克思、恩格斯创立科学社会主义学说、自有社会主义运动以来，劳动者的形体之美、精神气质之美、无产者的斗争之美以及反映这种现实美的艺术之美，无一不是"人的本质力量的新的显现和人的存在的新的充实"。这已由无产阶级在推翻旧世界、建设新世界的伟大实践中新开拓的自然美、社会生活美和新创造的文学艺术美所证明。

但是，社会主义社会也并非臻于至善的理想境界，它还要向共产主义

---

① 《1844年经济学—哲学手稿》第85页。

社会发展。在共产主义社会，被私有制和私有观念禁锢、摧残的"一切属人的感觉和特性"①得到了"彻底解放"，"人与人之间的兄弟情谊在他们那里不是空话，而是真情，并且从他们那由于劳动而变得粗犷的容貌上向我们放射出人的高贵精神的光辉"②，达到心灵美与形体美、内美与外美的高度和谐，人的本质对象化和自然人化的统一贯串于人类实践的方方面面和全过程，于是，"对象性的现实在社会中对人来说到处成为人的本质力量的现实，……成为确证和实现他的个性的对象"③，凡是与人类社会有关的一切都在人的认识和掌握之中，到处都闪耀着美的光彩，这时，也只有在这时，"人和自然界之间、人和人之间的矛盾"，"存在和本质、对象化和自我确立、自由和必然、个体和类之间的抗争"才获得"真正解决"④。它表明，由于人对"美的规律"由不完全的自由进到了完全的自由，人面狮身的司芬克斯才会由于它的千古之谜被人解开而烟消火灭，所以马克思说，共产主义"是历史之谜的解答，而且它知道它就是这种解答"⑤！

---

① 《1844 年经济学—哲学手稿》第 78 页。

② 《1844 年经济学—哲学手稿》第 93—94 页。

③ 《1844 年经济学—哲学手稿》第 78—79 页。

④ 《1844 年经济学—哲学手稿》第 73 页。

⑤ 《1844 年经济学—哲学手稿》第 73 页。

论浪漫主义文学潮流

18世纪末到19世纪三四十年代，浪漫主义文学潮流席卷了欧洲。它作为政治领域中阶级斗争、社会变革在文学领域中的反映，引起了马克思和恩格斯的关注。他们对浪漫主义文学潮流及其作家、作品所做的评论，虽然不像对现实主义的论述那样系统、全面，但却包含着许多极其深刻的历史和美学的见解，是我们在研究马克思主义文艺思想时，所不能忽视的。

一、对浪漫主义文学思潮影响的清算

19世纪三四十年代，浪漫主义文学思潮虽然在英、法等国已逐渐走向衰微，但在经济上、政治上相对落后的德国却仍有相当广泛的影响。青年马克思一接触思想界，最吸引他的就是这股浪漫主义的文学潮流。马克思的岳父冯·威斯特华伦男爵就是其中的一个。《马克思恩格斯传》的作者科尔纽指出："他喜欢浪漫主义的文学，还特别喜欢荷马和莎士比亚的作品。马克思对浪漫主义文学的爱好便是受了他的影响。"[1]马克思后来

---

[1] 科尔纽《马克思恩格斯传》第 65 页。

就读的波恩大学，讲授文学和哲学的就是德国浪漫主义的理论家之一弗里德里希·史雷格尔。而在整个浪漫主义文学运动中，诗歌是作家最常用的文学形式，无论是积极浪漫派还是消极浪漫派，都特别强调诗人和诗歌的作用，前者如雪莱认为，"诗人们是世界上未经公认的立法者"，是"祭司"，是"号角"，是"力量"，而"诗确是神圣之物"[1]，后者如史雷格尔则宣称，"只有浪漫主义的诗像史诗那样能够成为整个周围世界的镜子。成为时代的反映"[2]。因而这一时期诗歌尤其是抒情诗盛行，深刻地影响着当时的社会风尚和社会审美心理，难怪青年马克思曾一度热衷于诗神缪斯，写了大量的渗透浪漫主义精神的诗作，向未婚妻燕妮倾注了他火一般的激情。他还写过幻想剧本《奥兰内姆》和幽默小说《蝎子和费里克斯》。1841年初，史雷格尔与其兄奥古斯特·威廉·史雷格尔合办的《雅典娜神殿》杂志，发表了他1837年写的题为《狂歌》的两首诗：《小提琴手》《夜恋》。当时的《法兰克福会话报》在一篇通讯中评论说："这两首诗确实是很狂的，但显示了独特的才能。"新发现的布鲁诺·鲍威尔致马克思的信中写道："我祝贺你荣获《法兰克福会话报》授予的诗坛桂冠，你的卓越才能值得嘉奖！"[3]不过，马克思本人不久就对这种浪漫主义的诗歌创作失去了热情，1837年11月10日他给父亲的信中说："请允许我像考察整个生活那样来观察我的情况，也就是把它作为在科学、艺术、个人生活方面全面地展示出来的精神活动的表现来观察。"[4]通过对自己

---

① 见《外国文学教学参考资料》第3册第197—198页。

② 见《外国文学教学参考资料》第3册第63页。

③ 转引自《马克思恩格斯思想史》，上海人民出版社1982年版，第26页。

④《马克思恩格斯全集》第40卷第9页。

的生活和文艺创作的审察，他对自己的浪漫主义诗作表示了不满。他认为浪漫主义是纯理想主义的，是某种非常遥远的彼岸的东西。"一切现实的东西都模糊了，而一切正在模糊的东西都失去了轮廓。对当代的责难、捉摸不定的模糊的感情、缺乏自然性、全凭空想编造、现有的东西和应有的东西之间完全对立、修辞学上的考虑代替了富于诗意的思想。"①马克思对他的小说和剧本也做了自我批评："理想主义渗透了那勉强写出来的幽默小说《斯科尔皮昂和费利克斯》，还渗透了那不成功的幻想剧本（《乌兰内姆》），直到最后它完全变了样，变成一种大部分没有鼓舞人心的对象、没有令人振奋的奔放思路的纯粹艺术形式。"②梅林在《马克思传》中写道："总的说来，这些青年时代的诗作散发着平庸的浪漫主义气息，而很少响彻着真实的音调。而且，诗的技巧是笨拙的，这种情况在海涅和普拉顿之后是不应该再出现的。"③马克思对自己的作品不满，不仅仅是对自己创作才华的否定，从更深刻的意义讲，也是对浪漫主义的否定。青年马克思正是经过这种自我否定，从德国浪漫派的思想中走出来，转而到哲学和现实生活中去探求真理，从而逐步地树立科学的现实主义文艺观。

青年恩格斯在文艺思想上也经历了和马克思大致相同的历程。确如科尔纽所指出的："正当卡尔·马克思从启蒙主义转向浪漫主义，随后又转向黑格尔主义时，他的未来的朋友和战友恩格斯通过更加曲折的道路达到了同样的观点。"④

---

① 《马克思恩格斯全集》第40卷第9—10页。
② 《马克思恩格斯全集》第40卷第14页。
③ 梅林《马克思传》，人民出版社1965年版第20页。
④ 《马克思恩格斯传》，三联书店1963年版第151页。

恩格斯在爱北斐特上理科中学时就喜好绘画、音乐、诗歌，对中世纪的英雄史诗和骑士传奇很有兴趣，非常喜爱德国的民间文学，比起马克思来，恩格斯的天然禀赋似乎更倾向于一个诗人。他在诗歌创作上也同样表现出浪漫主义的影响。他第一次公开发表的诗作《贝督因人》便是用哀歌的形式写的，不论从诗歌的题材、主题思想以及采用的形式，都具有明显的浪漫主义风格。他来到不来梅初期所写的悲喜剧《刀枪不入的齐格弗里特》，也反映了这种特点。齐格弗里特是古老的德国民间传说中的一个英雄人物，他不满于平庸的宫廷生活，无意继承王位，而以无比英勇的战斗豪情去迎接命运的旋涡，建立卓越的功勋。恩格斯通过民间文学中的这种浪漫主义传统题材的再创造，和象征手法的描绘，使之体现了时代的精神和作者渴求自由解放的火一般的热情和美好理想。联系此后不久恩格斯所写的《德国民间故事书》一文的内容来看，青年恩格斯在审美创造中的浪漫主义倾向，是深受德国民间传说的浪漫主义精神影响的，因而也表现出更为明显的与社会现实斗争相联系的积极乐观的战斗精神。正因为如此，当他跟当时还具有进步意义的文学团体"青年德意志"发生联系，并热情地参与这一运动，接触到更广泛的社会生活实际以后，他对德国文学中那种脱离现实，背离时代精神的消极浪漫主义就越来越疏远，乃至十分厌恶了。他在给青年时代的好友威·格雷培的信中写道："我的精神倾向于'青年德意志'，这并不损害自由，因为这一作家小组与浪漫主义的蛊惑性的学派等不同，它不是闭关自守的团体；他们也想而且竭力使我们19世纪的观念——犹太人和奴隶的解放，普遍的立宪制以及其他的好思想——为德国人民所掌握。"[1]

①《马克思恩格斯全集》第41卷第488页。

　　当然，要真正搞清马克思、恩格斯在对待浪漫主义文学的态度上为什么会发生变化，不考察哲学对他们的影响是不行的。

　　恩格斯曾说过，要了解德国文学，就必须"了解德国文学的必然补充——德国哲学"①。这是有其深刻的历史原因的。18世纪下半叶到19世纪初，德国的资本主义发展远远落后于英、法等国，德国资产阶级相对软弱，具有典型的两面性和动摇性，一方面对压抑资本主义发展的封建势力怀有不满，向往革命，另一方面又害怕无产阶级会在革命中壮大起来，因而不敢采取实际的革命行动，它"只是用抽象的思维活动伴随了现代各国的发展，而没有积极参加这种发展的实际斗争"②。18世纪末到19世纪初以康德、费希特、谢林、黑格尔的唯心论为代表的德国古典哲学，就是上述这样一种处于矛盾地位的德国资产阶级的意识形态。它作为哲学领域中的浪漫派运动，同文学领域中的浪漫派运动互为呼应，有着相当密切的关系。当时，不仅康德、黑格尔等哲学家写过皇皇的美学论著，高谈文学艺术问题，而且不少著名的文学家在论述文艺问题时也离不开哲学的思考，歌德和席勒就是如此。这种情况正如稍早于马克思、恩格斯的法国浪漫主义文学代表德·斯太尔夫人所指出的："法国可以为有一大批第一流的、知识渊博的学者而感到骄傲；但在那里，知识却很少同哲学上的睿智相结合。在德国，两者现在已几乎不可分割。"③

　　马克思、恩格斯处在这样的社会环境之中，在倾心于浪漫主义文学的

---

① 《马克思恩格斯全集》第1卷第647页。

② 《马克思恩格斯全集》第1卷第462页。

③ 德·斯太尔夫人《德国的文学与艺术》，人民文学出版社1981年版第316页。

同时也对哲学发生了浓厚的兴趣。1835年，马克思由波恩大学转入黑格尔生前讲过学的柏林大学，正是在这里，对现实，对生活，对人生的严肃思考，使马克思看到了消极浪漫主义脱离生活真实的软骨症从而逐渐失去了对它的热情。黑格尔的学生、法学教授爱德华·甘斯所坚持并宣传的黑格尔关于发展的观念，进一步启发了马克思的头脑，使他转而致力于哲学的研究。深奥的黑格尔哲学强有力地吸引住了这个正需要穷究事物本原的年轻人，他草拟了一篇题为"克莱安泰斯，或论哲学的起点和必然的发展"的论文，开始将哲学与文学艺术结合起来加以研究。但是，对黑格尔哲学的深入钻研不仅没有使马克思成为黑格尔的信徒，反而使他对这种以唯心框架构筑起来、为德国反动统治者作辩护的官方哲学产生了不满，他参加了具有反对普鲁士封建专制政府的倾向、对抗保守的老黑格尔派的学术团体青年黑格尔派小组。几乎与此同时，恩格斯也常到柏林大学听课，并且也加入了青年黑格尔派。在同老黑格尔派展开的哲学论战中，青年黑格尔派的杰出代表、德国古典哲学的最后一位大师费尔巴哈对马克思、恩格斯的精神产生了巨大的影响。费尔巴哈通过批判神学和唯心主义，推翻了唯心主义的统治地位，"直截了当地使唯物主义重新登上王座"，马克思和恩格斯热烈地拥护这种新观点，用恩格斯的话来说，"我们一时都成为费尔巴哈派了。"①但是，马克思和恩格斯在费尔巴哈影响下批判黑格尔唯心主义的同时，还克服了费尔巴哈哲学的重大缺陷——唯心主义历史观，这样，他们就"离开黑格尔走向费尔巴哈，又进一步从费尔巴哈走向历史（和辩

---

① 《马克思恩格斯选集》第4卷第218页。

证）唯物主义"①，创立了马克思的科学世界观和方法论。

这种世界观和认识论最鲜明的特点之一，就是它的实践性，如恩格斯所说，"它不是从原则出发，而是从事实出发。被共产主义者作为自己前提的不是某种哲学，而是过去历史的整个过程，特别是这个过程目前在文明各国的实际结果。"②列宁也指出："生活、实践的观点应当是认识论的首要的基本的观点。"③正是这种观点导致马克思、恩格斯在文学上"一生恪守""文学应当接近真实和实际领域"④的现实主义原则。耐人寻味的是，马克思的女儿劳拉·拉法格后来把马克思早期的三册诗歌送给梅林时，曾在信中说："我必须告诉您，我父亲对这些诗歌是很不重视的，每当二位老人家谈到这些诗歌时，他们就对青年时代的这种孩子气的傻事发出由衷之笑。"⑤这则轶事，不也可以使人约略窥见马克思主义创始人"一生恪守"的原则吗？看到这一点，将有助于我们理解马克思主义创始人对浪漫主义文学运动的论述。

二、浪漫主义思潮产生的历史根源的科学分析

依据唯物史观的原则和方法，马克思、恩格斯不是孤立地就浪漫主义谈浪漫主义，而是在考察18、19世纪欧洲经济、政治状况的基础上来研究

---

① 《列宁全集》第 38 卷第 386 页。

② 《马克思恩格斯全集》第 4 卷第 311 页。

③ 《列宁全集》第 14 卷第 142 页。

④ 柏拉威尔《马克思和世界文学》第 26 页。

⑤ 梅林《马克思传》第 696 页，注 19。

浪漫主义这一文学现象，是把它同整个社会变革联系起来，作为一个统一的、有机的整体来研究的，这就将对浪漫主义文学运动的分析置于科学的基石之上，从而突破了资产阶级论者的狭隘局限，得出他们所不能得出的正确结论。

浪漫主义作为文学上的一种创作原则，与现实主义一样源远流长。亚里士多德早在《诗学》中就说过，古希腊作家索福克勒斯是"按照人应有的样子来描写"，而欧里庇得斯则"按照人本身的样子来描写"，这里指的就是浪漫主义与现实主义两种不同的创作原则和倾向。在人类漫长的艺术实践中，浪漫主义与现实主义一起得到了发展。但是到了18世纪末到19世纪上半叶，浪漫主义文学却异军突起，在马克思、恩格斯之前，这一文学现象就已经在思想界、文艺界引起了广泛的注意，许多知名之士对此都发表过看法，用歌德的话来说，就是浪漫主义的概念"现已传遍全世界，引起许多争执和分歧"，形成了"人人都在谈"浪漫主义的热闹局面[①]。歌德自己就有过不少关于浪漫主义的论述。他说："我主张诗应采取从客观世界出发的原则，认为只有这种创作方法才可取。但是席勒却用完全主观的方法去写作，认为只有他那种创作方法才是正确的。为了针对我，来为他自己辩护，席勒写了一篇论文，题为'论素朴的诗和感伤的诗'。他想向我证明：我违反了自己的意志，实在是浪漫的，说我的《伊菲姬尼亚》由于情感占优势，并不是古典的或符合古代精神的，如某些人所相信的那样。史雷格尔弟兄抓住这个看法把它加以发挥，因此它就在世界传

---

① 爱克曼辑录《歌德谈话录》第 221 页。

遍了。"①在这里，歌德将从客观出发和从主观出发的不同当成古典主义（即现实主义）与浪漫主义的区别，将主观性作为浪漫主义的标志和特征，应该说是很有见地的。他看到了消极浪漫主义脱离实际、耽于幻想的"病态、软弱"，因此又说："我把'古典的'叫作'健康的'，把'浪漫的'叫作'病态的'。"②稍后于他的海涅则说得更尖刻："德国的浪漫派究竟是什么东西呢？它不是别的，就是中世纪文艺的复活，这种文艺表现在中世纪的短歌、绘画和建筑物里，表现在艺术和生活之中。这种文艺来自基督教，它是一朵从基督的鲜血里萌生出来的苦难之花。"③

席勒则在《论素朴的诗和感伤的诗》一文中，力图从历史的角度探讨人与自然的关系，以求得对浪漫主义的合理解答。他认为在风俗淳朴的古代社会，人与自然融为一体，近代由于工商业文明造成人与自然的分裂和对立，人已与自然脱节，却又留恋人类童年的素朴状态，想重新"回到自然"而实际上不可能，这就产生了"感伤的"浪漫主义的诗。他还指出，浪漫主义就是"把现实提高到理想，或者是表现理想"④。在他看来，浪漫主义的理想就是"回到中世纪"，因此他又把"回到中世纪"作为浪漫主义的定义。至于歌德提到的德国耶拿派作家、消极浪漫主义代表人物之一史雷格尔则说"浪漫主义的诗是包罗万象的进步的诗"，"浪漫文艺是一种前进的综合文艺。……被认为是它的第一条法则的，是诗人的为所欲

---

① 爱克曼辑录《歌德谈话录》第221页。
② 爱克曼辑录《歌德谈话录》第188页。
③ 海涅《论浪漫派》，人民文学出版社1979年版第5页。
④ 《西方文论选》上卷第490页。

为、不能忍受任何约束的法则。"①对浪漫主义做了完全唯心的解说。他的友人、法国浪漫主义运动的先驱史达尔却认为"浪漫诗就是多少由骑士传统产生的诗"②，如此等等。

应该承认，以上的这些看法虽然存在着种种缺陷，还是或多或少表述了浪漫主义的一些特征，但是，它们不是一概将浪漫主义视作"病态的"，就是统统封为"进步的"，从而在"浪漫主义"的笼统提法下混淆、甚至颠倒了积极的、进步的浪漫主义与消极的、反动的浪漫主义的原则区别，不能科学地揭示这一文学现象产生的社会历史根源及其阶级本质，因而不能正确地说明18世纪与19世纪之交的浪漫主义潮流。这是这些论者的历史的和阶级的局限性之所在。

真正给予浪漫主义文学运动以科学说明的不是文学家，而是早年受过浪漫主义影响，后来又清算了这种影响的无产阶级革命家马克思、恩格斯。

18世纪上半叶，由于长期对外战争和沉重的税收造成的经济凋敝、人民反抗，以及工商业的进一步发展，法国的封建专制制度由它发展的顶点坠落下来，出现了空前的社会危机。经济上日趋巩固的资产阶级同封建专制王朝之间的矛盾急剧发展，反映资产阶级要求的社会思想逐渐形成，以伏尔泰、孟德斯鸠、卢梭、狄德罗、爱尔维修、霍尔巴赫等人为代表的先进思想家，以其对封建专制制度的批判和社会革新的理论，汇合成为启蒙思潮，尽管他们所代表的社会力量和政治主张不尽相同，但在"不承认任

---

① 见《外国文学教学参考资料》第3册第63页、64页，《欧洲文学史》下卷第33页。
② 见《外国文学教学参考资料》第3册第65页。

何外界的权威"，"把理性当作一切现存事物的唯一的裁判者"认为"一切都必须在理性的法庭面前为自己的存在做辩护或者放弃存在的权利"①这一点上则是共同的；"他们要求建立理性的国家、理性的社会，要求无情地铲除一切和永恒理性相矛盾的东西"，而"这个永恒的理性实际上不过是正好在那时发展成为资产者的中等市民的理想化的悟性而已"②。这种思想在打击封建制度和唤醒革命意识方面发生了很大的作用，为法国资产阶级革命做了思想上的准备。可以说，1789年至1794年的法国资产阶级革命以及欧洲在这次革命影响下掀起的革命浪潮，就是以这种启蒙思想为旗帜的。

法国和欧洲资产阶级革命及其后果在不同的社会阶级和阶层中引起了不同的反响。

作为革命对象的封建贵族，失掉了往昔的统治地位和封建特权，对资产阶级革命的胜利以及资产阶级启蒙运动怀着强烈的仇恨，对包括资产阶级革命在内的人民革命运动充满了深刻的恐惧，他们进行了疯狂的反扑。在法国，1794年大革命结束后，热月党实行打击民主派的白色恐怖政策，助长了王党分子的气焰，连续掀起叛乱和暴动，拿破仑帝国崩溃和拿破仑百日政变失败又导致了波旁王朝的两次复辟，复辟后的波旁王朝力图恢复封建贵族地主的统治地位。在这样的现实土壤中伴随着这种政治要求产生的没落封建贵族的理想和所追求的生活制度，就是中世纪的封建统治，是政治上的反动浪漫主义。马克思指出，这些"当前的基督徒兼骑士的、现

①《马克思恩格斯选集》第3卷第56页、297页。
②《马克思恩格斯选集》第3卷第297页。

代兼封建的、简言之即浪漫主义原则的无数代表"[1]，不是向未来而是向以往去寻找自由。在他们看来，"革命不是向新天地过渡，而是回到古老的世界，不是新纪元的开端，而是'美好的古老时光'的复还"[2]；"复辟时期的活动家们并不讳言，如要回到美好的旧时代的政治，就应当恢复美好的旧的所有制，封建的所有制，道德的所有制。"[3]

但是，历史的行程粉碎了封建贵族在政治上、经济上的浪漫主义幻想。1830年法国爆发了推翻波旁王朝的七月革命，结束了复辟时期；1831年英国推行了旨在反对土地贵族和金融贵族政治垄断的选举法改革，使封建贵族"再一次被可恨的暴发户打败了。从此就再谈不上严重的政治斗争了。他们还能进行的只是文字斗争。但是，即使在文字方面也不可能重弹复辟时期的老调了。……他们用来泄愤的手段是：唱唱诅咒他们的新统治者的歌，并向他叽叽咕咕地说一些或多或少凶险的预言。这就产生了封建的社会主义，其中半是挽歌，半是谤文；半是过去的回音，半是未来的恫吓；它有时也能用辛辣、俏皮而尖刻的评论刺中资产阶级的心，但是它由于完全不能理解现代历史的进程而总是令人感到可笑"[4]。这时的封建社会主义（即政治上的封建浪漫主义）比复辟时期及复辟时期以前的封建浪漫主义更加反动，他们毫不掩饰自己对资产阶级批评的反动性质，"他们控告资产阶级的主要罪状正是在于：在资产阶级的统治下有一个将把整个旧社会制度炸毁的阶级发展起来。他们责备资产阶级，与其说是因为它

---

① 《马克思恩格斯全集》第 1 卷第 58 页。

② 《马克思恩格斯全集》第 9 卷第 215 页。

③ 《马克思恩格斯全集》第 4 卷第 536 页。

④ 《马克思恩格斯全集》第 1 卷第 274 页。

产生了一般的无产阶级，不如说是因为它产生了革命的无产阶级。"①因此，在1848年法国无产阶级起主要作用的革命时期，尤其是在革命失败之后，这些封建社会主义的代表们就别有用心地颂扬资产阶级，把它誉为"自然的首领"，劳动的"领袖"，而同时却极力诋毁和诬蔑无产阶级，甚至直接"参与对工人阶级采取的一切暴力措施"②，帮助反动派镇压1848年的法国革命。

正是在对18世纪末、19世纪上半叶欧洲政治、经济状况所做的历史的、阶级的分析的科学基础上，马克思主义创始人指出："法国革命以及与之相联系的启蒙运动的第一个反作用，自然是把一切都看作中世纪的、浪漫主义的"③。这种政治上的封建浪漫主义反映到文学领域中来，就是德国以史雷格尔兄弟为代表的耶拿派反动浪漫主义，英国以湖畔派诗人华兹华斯为代表的反动浪漫主义，法国以夏多布里昂为代表的反动浪漫主义。这种浪漫主义反映了贵族的没落情绪和一些被法国雅各宾革命专政吓破了胆的小资产阶级分子的情绪，他们反对资产阶级革命，幻想历史车轮倒转，拥护封建复辟，把古代宗法式社会理想化，总之，是从反动的立场批评启蒙思想和资产阶级革命。这种浪漫主义虽然在19世纪二三十年代之交已趋于消歇，但在1848年革命时期又曾以反对无产阶级政治要求和社会要求的形式露头，法国反动浪漫主义诗人拉马丁就是其代表人物之一。

但是，法国革命以及与之相联系的启蒙运动还有第二个反作用。法

---

① 《马克思恩格斯全集》第 1 卷第 275 页。

② 《马克思恩格斯选集》第 1 卷第 275 页。

③ 《马克思恩格斯选集》第 4 卷第 366 页。

国和欧洲资产阶级革命是在倡导建立"理性的国家、理性的社会"的启蒙思想影响下进行的；然而，资产阶级的"理性"原本产生于资产阶级反对封建主义、争取自身地位的历史时代，随着历史的发展，这种"理性"产生的历史条件和资产阶级的地位、状况，到了19世纪已经和18世纪大为不同，而且，这种思想对于资产阶级本身来说，实际上也不过是它的"理想化的悟性"而已。因此，它必然与19世纪资本主义秩序确立后的社会现实产生明显的矛盾。正如恩格斯指出的："当法国革命把这个理性的社会和这个理性的国家实现了的时候，新制度就表明，不论它较之旧制度如何合理，却绝不是绝对合乎理性的。理性的国家完全破产了。卢梭的社会契约在恐怖时代获得了实现，对自己的政治能力丧失了信心的市民等级，为了摆脱这种恐怖，起初求助于腐败的督政府，最后则托庇于拿破仑的专制统治。早先许下的永久和平变成了一场无休止的掠夺战争。理性的社会的遭遇也并没有更好一些。富有和贫穷的对立并没有在普遍的幸福中得到解决，反而由于沟通这种对立的行会特权和其他特权的废除，由于缓和这种对立的教会慈善设施的取消而更加尖锐化了；工业在资本主义基础上的迅速发展，使劳动群众的贫穷和困苦成了社会的生存条件。犯罪的次数一年比一年增加。如果说，以前在光天化日之下肆无忌惮地干出来的封建罪恶虽然没有消灭，但终究已经暂时被迫收敛了，那么，以前只是暗中偷着干的资产阶级罪恶却更加猖獗了。商业日益变成欺诈。革命的箴言'博爱'在竞争的诡计和嫉妒中获得了实现。贿赂代替了暴力压迫，金钱代替了刀剑，成为社会权力的第一杠杆。初夜权从封建领主手中转到了资产阶级工厂主的手中。卖淫增加到了前所未闻的程度。婚姻本身和以前一样仍然是法律承认的卖淫的形式，是卖淫的官方外衣，并且还以不胜枚举的通奸作为补充。总之，和启蒙学者的华美约言比起来，由'理性的胜利'建立起来的社会制度和政治制度竟是一幅令人极度失望的讽刺画。"①

当资产阶级民主主义的进步代表们以他们理想的尺度来衡量眼前的现实时，不能不产生深刻的失望，对启蒙学者的理论产生深刻的怀疑。现实生活中劳动群众的苦难和斗争又引起他们的同情。他们开始思考群众的贫困，探索消除社会混乱和建设一个公正社会的途径。在这种历史背景下，先是产生了以受到法国革命前平均主义和空想共产主义思想影响的巴贝夫为代表的法国平等派运动，后又出现了19世纪初以圣西门、傅立叶和欧文为代表的空想社会主义。空想社会主义以极大的热情和义愤批判了资本主义制度，揭露它的不合理方面，提出消灭阶级差别的方案，要求建立合理的社会。但是，空想社会主义作为现代无产阶级尚未充分发展时期的产物，在理论上是不成熟的，这种"不成熟的理论，是和不成熟的资本主义生产状况、不成熟的阶级状况相适应的。解决社会问题的办法还隐藏在不发达的经济关系中，所以只有从头脑中产生出来。"②因此，空想社会主义的理论家也只能和18世纪的启蒙思想家一样，把"理性和永恒正义的王国"当作未来的合理社会；实现这个社会的途径也不是由无产阶级进行政治斗争，而是空想的社会实验。不过，空想社会主义关于"理性王国"的观念与启蒙思想家的看法是截然不同的，它认为，启蒙思想家追求的"理性王国"也是"不合乎理性和不正义的，所以也应该像封建制度和以往的

①《马克思恩格斯选集》第3卷第297—298页。
②《马克思恩格斯选集》第3卷第299页。

一切社会制度一样被抛到垃圾堆里去。"①

在这样的历史背景下，法国革命以及与之相联系的启蒙运动产生了第二个反作用，"而这种反作用是和社会主义趋向相适应的，……他们在最旧的东西中惊奇地发现了最新的东西，甚至发现了连蒲鲁东看到都会害怕的平等派……"。②与政治上的反响紧相联系，深受影响的就是文学领域中的积极浪漫主义。积极浪漫主义文学的卓越代表，在德国有海涅，在英国有拜伦、雪莱，在法国有雨果、欧仁·苏、乔治·桑、贝朗瑞。这派作家反映了资产阶级民主派的思想情绪，他们失望于法国革命的后果，怀疑启蒙思想家提出的"理性王国"，或多或少受空想社会主义的影响。他们不满资本主义的现实，揭露其黑暗、抨击封建专制统治和教会，支持民主革命和民族解放运动，要求实现自己的民主理想。当然，积极浪漫主义也有它的历史局限和阶级局限，这一派作家作为资产阶级民主派在文学上的代言人，其思想依然跳不出资产阶级人道主义、个人主义以及"平等""自由""博爱"的藩篱，因此，他们大多数人的作品在震荡着反封建、争民主强音的同时，也流露出强烈的个人主义、悲观主义和虚无主义的思想。

这样，马克思、恩格斯就从历史发展的背景上揭示了浪漫主义潮流产生的社会阶级根源和思想基础，科学地阐明了浪漫主义文学现象的本质，从而为我们提供了区分消极浪漫主义和积极浪漫主义的尺度；并从这种尺度出发，从政治倾向、世界观和艺术上对浪漫主义不同流派的作家及作品

---

① 《马克思恩格斯选集》第 3 卷第 406 页。
② 《马克思恩格斯选集》第 4 卷第 366—367 页。

做出了深刻的分析和评价。

三、对浪漫主义作家作品的评论

应该承认，欧洲历史上的浪漫主义文学虽然有消极和积极、反动与进步之分，但毕竟还是在一个统一的艺术形式中运动的，这不仅因为它们都是法国大革命以及与之相联系的社会思潮在文学领域中的反映，而且两派在艺术表现手法上也有一些共同的特征：首先，不论是积极浪漫主义还是消极浪漫主义，都带有明显的主观色彩，强烈的个人感情。这些作家或是从封建贵族的立场出发，或是从资产阶级民主派的立场出发，都对现实不满（虽然不满的性质不同），都追求自己的理想（虽然理想的性质也不同），都有强烈的个人感情要抒发，因而都将古典主义所宣扬的理性看作是一种束缚，他们反对古典主义，特别着重描写作家个人的主观世界对外部世界的内心反应和感受，或是抒发悲观厌世的怀古幽情，或是描写与现存社会格格不入的叛逆性格。其次，不论是积极浪漫主义还是消极浪漫主义，都对民谣和民间传说怀着很大的兴趣。浪漫主义（Romanticism）这个名词就起源于中世纪一种叫作"传奇"（Roman）的民间文学体裁。积极浪漫主义将民间传说作为创作的素材和借鉴，借用其中的人物，学习其富有号召力和战斗性的诗歌格律；反动浪漫主义则借用民谣、民间传说的形式，将人民群众中受封建思想影响的落后因素当作普通人民的"纯朴"来宣扬，以对抗资本主义文明，浇他们自己心中的块垒。第三，浪漫主义文学都注重对大自然景色的描写。他们继承了卢梭提出的"回到大自然"的口号，经常以大自然的"美"和现实生活中的"丑"（尽管两派作家各有其丑）相对比，大自然成了他们笔下嘲讽现实、寄托理想、抒发感情的"不说话的形象"，崇拜自然成了当时一种社会风尚。当然，浪漫主义文学的共同特征不止于此，然而就从以上几点也可以看出，浪漫主义文学是在一种统一的艺术风格中运动的。

但是，马克思、恩格斯对浪漫主义的评论却不是从这种共同的艺术风格开始的，或者说主要的不是在艺术方面。首先，他们总是联系社会历史发展的趋势，着眼于揭示浪漫主义不同流派的作家及其作品的政治倾向和阶级属性。比如反动浪漫主义作为对法国大革命以及与之相联系的启蒙思想的反动，不论表现为1789年法国大革命后对资本主义的全盘否定和对封建专制制度的怀念、美化，还是表现为1848年法国无产阶级起主要作用的革命时期，尤其是革命失败后对资产阶级的百般赞扬，对无产阶级的极力诋毁，其共同点是反对社会进步，妄图倒转历史车轮；而且，反动浪漫主义者作为封建贵族、大资产阶级在文学上的代言人，"在政治实践中，他们参与对工人阶级采取的一切暴力措施"①，这对马克思、恩格斯毕生所致力的无产阶级革命运动是极为有害的。马克思、恩格斯作为在批判旧世界中发现新世界的革命家，其批判的锋芒自然要指向反动浪漫主义及其代表。正像马克思早就预告过的那样，"什么也阻碍不了我们把我们的批判和政治的批判结合起来，和这些人的明确的政治立场结合起来，因而也就是把我们的批判和实际斗争结合起来，并把批判和实际斗争看作同一件事情。"②

---

① 《马克思恩格斯选集》第 1 卷第 275 页。

② 《马克思恩格斯全集》第 1 卷第 417—418 页。

    法国反动浪漫主义作家夏多布里昂（1768—1848）出身于旧贵族家庭，政治上一直忠于正统王朝，法国革命爆发后曾在反革命战争中负过伤，波旁王朝复辟时期曾充任大臣，代表法国出席过在维罗那召开的"神圣同盟"的最后一次国际会议，写了《维罗那》一书，是法国反动政治舞台上的一个重要角色。对于这样一个人物，马克思曾专门给恩格斯写过一封信，指出，他"领导了侵略西班牙的战争"，"至于说到政治，这位先生在他的《维罗那会议》中就把自己完全暴露出来了，而且问题只在于他从亚历大·巴甫洛维奇（亚历山大一世）那里得到了'现款'，还是仅仅由于一些阿谀逢迎就被收买了，本来对于这些阿谀逢迎，这个沾沾自喜的蠢材是比谁都更敏感的。[①]"憎恶之情溢于言表。法国另一个反对浪漫主义诗人拉马丁（1790—1869）也出生于旧贵族家庭，早在20年代就开始了政治生活，他虽然在1830年七月革命后曾一度由保守主义立场转到资产阶级自由主义立场，宣传人道主义思想，但到了1848年二月革命时，他又以临时政府首脑的身份反对工人阶级的政治要求和社会要求，为路易·波拿巴的独裁铺平道路。马克思一针见血地指出："这个代表二月革命的人物，就他的地位和他的观点看来是属于资产阶级的。"并痛斥他在激烈的阶级斗争中将对革命人民施加反革命暴力的临时政府"命名为'消除各阶级间所存在的可怕误会的政府'"[②]。恩格斯也指出："拉马丁一天比一天变得更加可恶。他在自己的一切演说中只是面向资产者讲话，力求安慰

---

① 《马克思恩格斯论艺术》（二）第 241 页。
② 《马克思恩格斯选集》第 1 卷第 399、404 页。

他们。……毫不奇怪，这些下流家伙真是厚颜无耻。"[1]他们不止一次称拉马丁为"没有骨气的拉马丁"，"具有'高贵心肠'的叛徒"，"狂妄自大的恶棍"，"是这个在诗歌的花朵和辞藻的外衣蒙盖下出卖人民的时代的卓越人物。"[2]值得注意的是，马克思恩格斯不但对反动浪漫主义作家的政治批判严厉无情，而且对积极浪漫主义作家政治上的缺点错误也没放过，他们对雨果的批评就是一个典型的例子。

作家直接卷入政治斗争，不独反动浪漫主义流派如此，积极浪漫主义流派亦然，这是欧洲18、19世纪浪漫主义文学运动的一个特点。维克多·雨果（1802—1885）是法国积极浪漫主义的卓越代表人物，在中学时代，由于受波旁王朝桂冠诗人、反动浪漫主义作家夏多布里昂盛极一时的虚名的影响，他曾表示要"成为夏多布里昂，否则别无他志"。他在政治上同情保皇党，创作过歌颂王朝和天主教的颂歌；1826年他开始从保皇主义立场转到资产阶级自由主义立场上来，从而在文学创作上也站到了新兴的积极浪漫主义一边。1827年他发表的剧本《克伦威尔》和《克伦威尔序言》是这种转变的标志。1830年2月，他的剧本《欧那尼》在古典主义的大本营法兰西剧院上演，这个积极浪漫主义的剧作从内容到形式都打破了古典主义的僵化框框，以在古典戏剧中被美化的帝王将相作为揭露和批判的对象，熔悲喜剧于一炉，表现出一种崭新的风格。这自然引起了保守势力和反动浪漫主义的敌视，他们制造舆论，曲解、诬蔑、嘲笑、攻击，政府检察机关也刁难、扣压。"上法兰西剧院笑《欧那尼》去！"成了1830

---

① 《马克思恩格斯论浪漫主义》第95—96页。

② 《马克思恩格斯论浪漫主义》第100页。

年春流行于巴黎街头的时髦话。而雨果的拥护者也不甘示弱,该剧公演之日,在青年诗人戈蒂耶的带领下,一批穿着奇装异服以示对传统习惯反抗的青年赶到剧场捍卫演出,喝彩助威,终于使这出戏连演一个半月之久,轰动一时,大获成功,这就是有名的"欧那尼事件"。至此,积极浪漫主义终于在与古典主义的对垒中占了上风,揭开了欧洲文学史上新的一页。然而,就是这位雨果,由于自己的摇摆不定的资产阶级自由主义立场所致,后来一度与七月王朝妥协。1848年巴黎无产阶级在二月革命中提出推翻七月王朝、建立共和国的口号以后,他才明确地站在共和的立场上。但到了1848年年底的总统选举中,他又投票支持路易·波拿巴。

对于雨果,马克思、恩格斯并没有因为他在文学上的重大贡献而原谅他政治上的错误。针对雨果在1848年革命中的所作所为,马克思尖锐指出:"企图使国民议会赞同拿破仑的书信而挽救总统的,并不是内阁,而是维克多·雨果。滚蛋!滚蛋!"[1]言辞不可谓不激烈。而当普法战争"具有一种不愉快的性质"时,"维克多·雨果用法文写无聊的东西"(即1870年9月10日的呼吁书《告德国人》),也曾引起恩格斯的不满[2]。在其他一些文章、书信中,这两位革命导师还对雨果政治上的糊涂、错误进行过批评。这说明,马克思、恩格斯是严格恪守自己的历史唯物主义原则和政治立场的,尽管按照他们所确定的区分浪漫主义文学不同流派的尺度来衡量,雨果无疑应属积极浪漫主义的营垒,但是,当他一旦越过那条政治界线,起着与历史发展相反的作用时,马克思、恩格斯的批评就随之而至了。

---

① 《马克思恩格斯论浪漫主义》第103页。

② 《马克思恩格斯论浪漫主义》第104页。

由此不难理解，为什么《青年英国》的作家卡莱尔，当"他在文学方面反对了资产阶级，而且他的言论有时甚至具有革命性"时，恩格斯会怀着那样的赞赏之情去读他的"绝妙地描述了英国资产阶级及其令人作呕的贪欲"的《过去与现在》一书，并且"希望已经摸索到正确道路的卡莱尔还能够沿着这条道路走去。我以自己和其他许多德国人的名义对他寄以最美好的愿望。"①而当后来卡莱尔倒向反动浪漫主义一边，在1848年之后走向反动贵族的"英雄崇拜"，肉麻地把资本家作为"民族的自然的领袖"和"工业首领"来加以礼赞时，马克思、恩格斯就对他加以猛烈抨击，指出"二月革命使卡莱尔成了彻头彻尾的反动分子；他不再向庸人们发出正义的愤怒，却对那把他抛到岸上的历史巨浪发出狠毒的庸俗的怨言。"②

正是从这种鲜明的原则立场出发，马克思、恩格斯高度评价了那些直接投身于进步事业的积极浪漫主义作家及其创作实践。法国诗人贝朗瑞（1780—1857）就是其中突出的一个。贝朗瑞出身于巴黎平民，从小受到具有共和思想和爱国热忱的姑妈的影响。1814年，正当支持波旁王室复辟的反法联军兵临巴黎城下时，贝朗瑞就在《可能是我最后的歌》中表示了强烈的民主主义激情："不顾生死存亡，我们决不为法兰西的敌人歌唱。"波旁王朝复辟以后，他因以自己的歌谣猛烈抨击了国内外封建反动势力，而成为反动统治者的眼中钉，他的歌集被查禁，他自己曾两度被监禁和课以罚金，但他回答敌人的是更猛烈的"炮火"。他一共出了四部充满战斗性的歌集。虽然在1830年七月革命的关键时刻他曾一度动摇，但当

---

① 《马克思恩格斯论浪漫主义》第38页。

② 《马克思恩格斯论浪漫主义》第38页。

七月王朝的反动性充分暴露后，他又觉悟过来，不但拒绝当部长，拒绝加入学士院，而且出了第五部战斗的歌集。

对于自己的活动，贝朗瑞是引以为荣的，他说，他曾"为了人民的权利"以自己的歌"向两个王朝进击"。的确，在同时代的进步诗人中，还没有谁像贝朗瑞那样紧踏着时代的鼓点前进，把自己的文学创作同当时的人民革命斗争结合得那样紧密。这同他亲身经历了1789年以来人民群众的革命运动，同他关于"文学应为人民而耕耘"的文学主张，是分不开的。因此，他既同在古希腊罗马文学里讨生活的伪古典主义划清了界线，又反对崇尚中世纪的反动浪漫主义，而将现实斗争作为创作"获取灵感"的源泉；从这种主张出发，他选定了最能及时反映现实，也最能为人民所接受的诗歌形式——歌谣，作为自己的战斗武器。他使用这种武器得心应手，矛头直指复辟王朝的最高统治者国王以及贵族和反动教会；到了七月王朝时代，人民的新敌人大资产阶级的丑恶形象又成了他鞭挞的对象；与此同时，他的歌谣还描绘了千百万穷苦人的厄运，浸透着诗人的无限同情。而到了七月王朝末期，高昂的战斗民主精神甚至使他能够通过歌谣预言了1848年二月的资产阶级民主革命。可以说，在当时的积极浪漫主义作家中，还没有谁的作品像贝朗瑞的歌谣那样发挥过如此之大的现实威力，那样受到广大人民群众的喜爱，而受到反动势力的仇视。因此，马克思、恩格斯高度赞扬贝朗瑞及其诗歌。在二月革命的头几天，马克思即以"各国人民团结友好民主联合会"副主席的名义，在写给共和国临时政府的贺信中将他称为具有"先知之明"的"不朽的贝朗瑞"①。直到1854年，马克

---

① 《马克思恩格斯论浪漫主义》第87页。

思在给恩格斯的信中还提到贝朗瑞这位"伟大的人物"。

对于英国进步浪漫主义大诗人拜伦（1788—1824）和雪莱（1792—1822）的诗作，马克思、恩格斯也是从它的政治倾向和社会影响上予以充分肯定的。这两位诗人继承了启蒙思想和民主思想的传统，始终同情法国革命，并且亲身参加了欧洲一些国家的民族解放运动，反对反动的英国王室和托利党政客，反对教会和"神圣同盟"。这种进步思想体现在创作中，使他们的作品具有要求摆脱封建束缚、追求个性解放、向往民主和民族独立的强烈政治色彩和战斗激情。在工人阶级尚未成熟的条件下，这在一定程度上是符合广大人民的利益和愿望的，因而在被压迫群众中获得了广大的读者，发挥了积极的社会作用。恩格斯强调指出："天才的预言家雪莱和满腔热情的、辛辣地讽刺现在社会的拜伦，他们的读者大多数也是工人；资产者所读的只是经过阉割并使之适合于今天的伪善道德的版本即所谓'家庭版'。"[1]在其他著作中，恩格斯不止一次地点明拜伦和雪莱作品的阶级性质及社会影响。

马克思对19世纪法国积极浪漫主义的代表人物乔治·桑（1804—1876）也给予了很高的评价。乔治·桑是位典型的浪漫主义作家，她明确宣称自己是从与批判现实主义作家巴尔扎克"极不同的观点来看人类事件的"，这就是通过"把人类描绘得如我所希望的那样，如我所认为应该的那样"来反衬、批判"当代那些冷酷无情的人和事"之不合理。她的一生经历了法国从1830年7月革命到1871年巴黎公社这一系列重大政治斗争，积累了比较丰富的政治斗争经验，又深受空想社会主义思想的影响，并且

---

①《马克思恩格斯全集》第 2 卷第 528 页。

同情无产阶级革命和社会主义。她和她的作品在法国文学史上占有一个重要的位置。马克思在《哲学的贫困》一书中指出："只有在没有阶级和阶级对抗的情况下，社会进化将不再是政治革命。而在这以前，在每一次社会全盘改造的前夜，社会科学的结论总是：'不是战斗，就是死亡；不是血战，就是毁灭。问题的提法必然如此。'（乔治·桑）。"[①]这里引用的乔治·桑的话，出自她的历史小说《杨·惹慈加》的序言。马克思之所以欣赏它，移用它作为自己对一系列重大政治问题见解的结论，就是因为乔治·桑的这句名言概括了丰富的斗争经验，表达了深刻的思想。并且，马克思还在《哲学的贫困》一书上亲笔题词"献给乔治·桑女士"。这也表现了革命导师对这位杰出的进步女作家的敬重。

乔治·桑的作品之所以具有进步的政治倾向，这同她的作品的内容和性质是密切相关的。乔治·桑早期的小说是所谓的"个人小说"，写的都是爱情故事，且多为爱情悲剧。她于19世纪30年代后期接受空想社会主义的影响后，开始转入"社会小说"，《木工小史》《康絮爱罗》《安吉堡的磨工》《魔沼》《小法岱特》《弃儿弗朗沙》等作品的主人公都是"引车卖浆者流"：细工木匠、吉卜赛歌女、机械工、磨工、孤女、农夫、牧羊女等等，作家描写了这些"下等人"的悲欢离合、喜怒哀乐，倾注了作家对现代资产阶级社会丑恶现实的反感和对理想的人与人关系的向往，使作品染上了空想社会主义的色彩，而这，正是对资本主义的关系和习俗的否定，是乔治·桑作品的积极社会意义之所在。恩格斯曾指出："法国大部分优秀思想家对共产主义的成长都是表示欢迎的。……乔治·桑……以

①《马克思恩格斯全集》第4卷第198页。

及其他许多人，都或多或少地倾向于共产主义学说。"①

海涅也是受到马克思、恩格斯高度重视的浪漫主义诗人。虽然他在少年时期受过史雷格尔兄弟的影响，是吃浪漫主义的乳汁长大的，但他在政治上，例如对法国大革命和对德国现实的态度，就和早期的消极浪漫主义迥然不同。马克思、恩格斯最为赞赏的是海涅那种敢于把批判的笔锋指向黑暗的旧势力的胆识和革命勇气。马克思在讲到罗马诗人贺雷西"大胆支持正义事业"的作品时写道："老贺雷西有些地方使我想起海涅。"②在批判英国唯心主义哲学家耶利米·边沁时，马克思又说："如果我有我的朋友亨利希·海涅那样的勇气，我就要把耶利米先生称为资产阶级蠢材中的一个天才。"③特别是结识马克思以后，海涅在政治思想上有了更大的进步，写下了许多闪耀着社会主义思想光芒的卓越的政治诗，这更是早期浪漫主义者望尘莫及的了。

其次，马克思、恩格斯还从世界观的高度对浪漫主义的不同流派做出了深刻的剖析，批判了浪漫主义作家及其作品所表现出来的主观的、唯心的思想倾向，而对那些符合历史发展趋势、包含唯物主义因素的预见给予了肯定和赞扬。

不论是积极浪漫主义还是消极浪漫主义，虽然在政治倾向上有所不同，但从思想渊源上来看，基本上都没有跳出以康德、费希特、谢林和黑格尔为代表的唯心主义体系。以某些积极浪漫主义作家所崇信的空想社会

① 《马克思恩格斯全集》第1卷第583页。
② 《马克思恩格斯全集》第31卷第273页。
③ 《马克思恩格斯全集》第23卷第669页。

主义来说，在社会历史观上就是唯心主义的。列宁说过："空想社会主义不能指出真正的出路。它既不会阐明资本主义制度下雇佣奴隶制的本质，又不会发现资本主义发展的规律，也不会找到能够成为新社会的创造者的社会力量。"[①]这就必然给进步浪漫主义作家的创作带来先天的不足。我们在前面提到的马克思在《神圣家族》中对法国作家欧仁·苏的长篇小说《巴黎的秘密》的批评就可以说明这个问题。

欧仁·苏早年深受启蒙思想家卢梭思想的影响。七月革命后，随着工人农民日趋贫困和阶级矛盾日益尖锐，欧仁·苏从傅立叶的空想社会主义学说中获得了思想共鸣，决心以小说为穷人鸣不平，并向社会提供他苦心思虑的济世之方，轰动整个法国的长篇连载小说《巴黎的秘密》就是这样一部作品。在《巴黎的秘密》和他后来的另一作品《流浪的犹太人》中，娼女、屠夫、教士、悍盗、公证人、首饰匠、手工工人、工场主等等，成了社会生活舞台上的主角，欧仁·苏通过这些人物的关系和命运，描绘了资本主义工业化之后城市下层人民生活的情景，形象化地宣传了傅立叶主义的改造世界的方案和民主思想。这是欧仁·苏的小说同过去那些专门讴歌统治者的小说在性质上的一个根本区别。这在当时是有一定的进步意义的，因而受到马克思、恩格斯的注意。但是，在《巴黎的秘密》这部小说中，由于作者用善与恶这两种抽象概念和道德原则去图解巴黎社会的现实生活，符合青年黑格尔派的主观唯心主义的思辨原则，因而受到他们的叫好，并发表署名施里加的评论，把这部小说吹捧为"批判的史诗"。因此，马克思、恩格斯在撰写《神圣家族》这一清算青年黑格尔派的著作时不能不论及欧仁·苏的这部

---

① 《列宁全集》第 19 卷第 7 页。

作品。

马克思在《神圣家族》的第五章和第八章中，一方面批判了《巴黎的秘密》在思想内容和创作上所表现出来的唯心主义的思辨原则。这也正是青年黑格尔派和欧仁·苏共同的哲学基础。例如，在欧仁·苏的笔下，主人公鲁道夫这样的上等人体现了"精神"，而玛丽花、"刺客"、"校长"这些卑贱的下等人则代表了"群众"，鲁道夫在为"拯救世界"而进行的微服巡行的过程中，改造了许多下等人："先把玛丽花变为悔悟的罪女，再把她由悔悟的罪女变为修女，最后把她由修女变为死尸"[①]；还把"刺客"改造成驯服的仆人，变成自己的"一头非比寻常的、有道德的看家狗"；把悍盗"校长"改造成了灵魂的悔悟者。小说的这种描写和对人物的处理，正是遵循青年黑格尔派所宣扬的意识决定存在、思维外化现实的思辨原则。所以马克思说作者是"用虚幻的联系、神秘的主客体来代替世界秩序和世界事件之间的自然的合乎人性的联系，这就像黑格尔用那一身兼为整个自然界和全体人类的绝对的主客体——绝对精神来代替人和自然界之间的现实的联系一样。"[②]

同时，马克思对《巴黎的秘密》所宣扬的乌托邦的社会改革方案也进行了深刻的批判。鲁道夫是欧仁·苏所臆造的一个人物，这个人物惩恶扬善，济困扶危，改造社会的方案是"贫民银行"和"模范农场"，这两种组织都是建立在富人发善心的基础上，是作者按照傅立叶派空想社会主义所设想的"法朗吉"组织忠实复制出来的，它不触动资本主义的现存秩

[①]《马克思恩格斯论文艺和美学》，文化艺术出版社 1982 年版第 100 页。

[②]《马克思恩格斯全集》第 2 卷第 213 页。

序，不主张阶级斗争，却又要改变被压迫者的悲惨处境，因而是彻头彻尾的空想。马克思辛辣地嘲弄了鲁道夫的空中楼阁式的济世之方，说："这位显贵的老爷很像'青年英国'社的活动家，他们也想改革世界，建立丰功伟绩，并且染上了类似的歇斯底里症。"①而"青年英国"社则是一个由代表封建贵族利益的英国托利党人在19世纪40年代初组成的思想——政治社团，他们鼓吹的是倒退到宗法制的中世纪去的封建社会主义，这在无产阶级已作为独立的政治力量登上历史舞台的时代，就不仅是空想的，而且是反动的。《巴黎的秘密》通过鲁道夫的形象将这些东西当作"社会福音"加以宣扬，只能起到麻醉人民的作用。无怪乎小说在报上尚未刊完，一个资产阶级评论家就欢呼说，如果作者把《巴黎的秘密》永无休止地写下去，那么"整个法国将专注于读报上的连载小说，再也不会发生革命了"。虽是夸大之词，却也道出了小说的消极一面。

积极浪漫主义这种思想上的局限也不同程度地表现在其他作家的著作中。《巴黎的秘密》发表后的第八年即1851年的12月2日，拿破仑的侄子路易·波拿巴（即小拿破仑）发动了反革命政变。12月11日，雨果发表宣言以示反抗而遭到失败，被迫流亡国外。第二年他出版了辛辣嘲讽拿破仑三世的小册子《小拿破仑》。与此同时，马克思写成并发表了他的重要著作《路易·波拿巴的雾月十八日》。这两本书论述的都是小拿破仑的反革命政变，但是它们的理论基础，即贯串于全书的历史观却大相径庭，这不能不引起马克思的重视，他在自己著作的序言中将这两本书做了比较分析，严肃地指出了雨果在《小拿破仑》一书中表现出来的历史唯心论：

---

① 《马克思恩格斯论文艺和美学》第136页。

"维克多·雨果只是对政变的负责发动人作了一些尖刻的和俏皮的攻击。事变本身在他笔下却被描绘成了晴天的霹雳。他认为这个事变只是一个人的暴力行为。他没有觉察到，当他说这个人表现了世界历史上空前强大的个人主动作用时，他就不是把这个人写成小人而是写成伟人了。……相反，我则是说明法国阶级斗争怎样造成了一种条件和局势，使得一个平庸而可笑的人物有可能扮演了英雄的角色。"①实际上，这种唯心历史观还表现在《小拿破仑》的姊妹篇——雨果1853年发表的《惩罚集》中。在这本诗歌集里，雨果愤怒地抨击小拿破仑的反动统治，但同时也不自觉地夸大了个人在历史上的作用。马克思对《小拿破仑》的批评用于《惩罚集》也是恰切的。

与雨果相仿的是英国诗人拜伦。他的作品中也时时流露出那种夸大个人作用、脱离群众的唯心历史观。诚然，拜伦是进步浪漫主义文学运动中最杰出的诗人，在《恰尔德·哈罗德游记》《编织机法案编制者颂》等诗歌中，他激烈地反对当时窒息个人自由的英国大资产阶级和土地贵族的联合统治，同情欧洲资产阶级民主革命和民族解放运动，并且因为这种政治态度而被统治阶级驱逐出英国；在国外，他参加了意大利烧炭党人反封建专制的革命活动，投身于希腊反抗土耳其统治的民族解放战争，写下了哲理诗剧《曼弗莱德》、神秘剧《该隐》、长篇叙事诗《堂·璜》等作品，表达了作者对封建专制和金钱统治的轻蔑与仇视，塑造了一个个叛逆的性格。但是，在拜伦的整个创作和作品中，始终渗透着浓厚的资产阶级个人主义意识和厌倦生活、蔑视群众、看透一切的悲观情绪和虚无主义思想。

---

① 《马克思恩格斯选集》第 1 卷第 599 页。

他作品中的主人公如哈罗德、该隐、唐·璜等，一方面是疾恶如仇、反抗黑暗和暴政、追求个人发展的超凡英雄，另方面又是孤标傲世、行踪诡秘、脱离社会和群众的孤独绅士。

这正反映了他世界观中致命的弱点。拜伦从来没有明确意识到封建制度和资本主义制度的剥削性质，他要求的不是人民群众的解放，而是个人的绝对自由。他自己也说过，他同情弱者，但一旦当权者受到挫折，他就会逐渐变为极端的保皇主义者，因为他也同样仇恨民主的专政。在这种思想支配下，当阶级力量对比发生逆转时，他在政治上必然也将走向反面。但是他幸而在发生这种逆转之前去世了。马克思对拜伦是了解和喜欢的，但他也清醒地看到了拜伦世界观中根深蒂固的消极因素对他自己今后的发展会起什么影响，一针见血地指出："拜伦在三十六岁逝世是一种幸福，因为拜伦要是活得再久一些，就会成为一个反动的资产者。"①这个论断既体现了马克思对诗人的爱惜，又表达了马克思对诗人世界观中消极因素的否定。

不过，马克思、恩格斯在批评浪漫主义作家世界观中的消极因素如主观主义、个人主义、唯心史观、虚无主义等等时，也敏锐地发现、充分地肯定了进步浪漫主义作家世界观及作品中的唯物主义成分。进步浪漫主义作家在思想的整体上当然没有超出资产阶级世界观的范畴，但是，他们中不少人毕竟是站在时代潮流、社会变革的前列的，这就为他们深入群众、直面现实提供了可能，因而产生了唯物主义的思想因素。马克思、恩格斯对代表小资产阶级激进政治倾向的进步浪漫主义诗人雪莱的评价就说明了

---

① 《马克思恩格斯论艺术》（二）第 261 页。

这一点。

雪莱虽是拜伦的挚友，但他代表的是比较激进的小资产阶级。与拜伦的消极、悲观、孤独的思想情绪不同，雪莱始终是乐观的，相信人类能够掌握自己的命运，未来大有希望。在他的第一首长诗《麦布女王》中，诗人通过仙后麦布女王带领纯洁少女伊昂珊到宇宙中去观察人类的过去、现在和未来这种梦幻和寓言的形式，抨击了私有制，表达了对广大人民的同情和对社会变革的信念。在《解放了的普罗米修斯》中，他更是倾诉了对未来美好社会的热烈向往，坚信历史必然要将骑在人民头上的专制君主赶下宝座。正是由于雪莱诗中这些革命的理想主义的光辉，恩格斯称他为"天才的预言家"[①]。雪莱的预言并不是小资产阶级狂热的产物，而是他对历史进程深刻观察的结果。在未完成的论文《诗辩》中，他认为诗人"不但深刻观察了现在的实际情况，发现现存事物应该遵守的法则，而且还从现在观察到将来"。这种唯物主义倾向使他看到了人民群众的巨大力量，他的《伊斯兰的起义》《解放了的普罗米修斯》《希腊》等长诗中的主人公多是群众的英雄。也正是这种唯物主义的思想预示着他与拜伦截然不同的发展趋向，然而他过早地去世了。马克思非常"惋惜雪莱在二十九岁时就死了，因为他是一个真正的革命家，而且永远是社会主义的急先锋"[②]。

再次，马克思、恩格斯还从美学上和艺术上对浪漫主义文学做了分析，着重批评了某些浪漫主义诗人、作家脱离现实的观念化倾向以及反动

---

① 《马克思恩格斯全集》第 2 卷第 528 页。
② 《马克思恩格斯论艺术》（二）第 261 页。

浪漫主义文学矫揉造作的艺术风格。

众所周知，浪漫主义创作方法的一个基本特点，就是从作家的主观愿望或理念出发去解释世界和描写世界，或者说它是按照作家主观上所希望的样子去描写生活，从而区别于现实主义那种真实地描绘生活的创作原则的。这种对主观理想的偏颇，每每使一些作家在创作中不尊重生活的真实，以致带来对生活的严重歪曲。马克思在对《巴黎的秘密》一书的评论中就指出，由于作者按照思辨的原则用抽象的善恶观念去评价一切人，这就把"现实的人变成了抽象的观点"①和"批判的变态"②，使书中大多数人的性格和命运"描写得很不合理"，而经过作家主观"改造"过的种种现实都成了"对现实的歪曲和脱离现实的毫无意义的抽象"③。这不仅使小说在很大程度上失去了它的真实性，同时也违背了艺术创作的规律，严重地削弱了它的审美价值。恩格斯对"真正的社会主义"诗人卡尔·倍克的批判也着重指出了这一点。在《卡尔·倍克》《诗歌和散文中的德国社会主义》等著作中，恩格斯这样写道："他不是在现实世界中生活和创作诗歌的活动着的人，而是一个飘浮在云雾中的'诗人'，但这些云雾不过是德国市民的朦胧的幻想罢了。"④并强调指出："倍克——他那漫无边际的混乱的空想使他不能塑造出性格来，并且使他所有的人物都讲同样的话；倍克……已暴露了他多么不善于了解性格，更不用说创造性格了，他不能再有比写悲剧更不幸的想法了。"⑤

---

① 《马克思恩格斯论文艺和美学》第 121 页。

② 《马克思恩格斯论文艺和美学》第 90 页。

③ 《马克思恩格斯论文艺和美学》第 105 页。

④ 《马克思恩格斯全集》第 4 卷第 242 页。

⑤ 《马克思恩格斯论艺术》（四）第 352 页。

　　马克思对法国作家夏多布里昂的艺术风格的批评，更是我们大家所熟悉的。如前所述，夏多布里昂是反动浪漫主义的一个代表人物；他不仅政治上反动，而且为人狂妄浮夸，喜欢卖弄。在自传《墓外回忆录》中，他把自己写成一个英雄人物，甚至自比拿破仑，恬不知耻地说："如果我在这时死去，如果夏多布里昂先生不存在了，世界会有多大变化啊！"在《基督教的真谛》一文中，他极力鼓吹从基督教教义、宗教仪式中挖掘"诗意"、唤起美感，甚至把天主教看作是文学创作的源泉。他的代表作品《勒内》的主人公勒内是一个具有忧郁、孤独、厌世性格特征的"世纪病"典型，集中反映了大革命后没落贵族阶级消极颓废、悲观绝望的精神状态，也可以说是作者本人反动、颓废的思想感情的自我表现。夏多布里昂的反动政治倾向、思想感情以及个人品格也必然要反映到文风上来。因此马克思对他的批判是极其尖锐的："这个写起东西来通篇漂亮话的家伙，用最反常的方式把18世纪贵族阶级的怀疑主义和伏尔泰主义同19世纪贵族阶级的感伤主义和浪漫主义结合在一起。自然，从文风上来看，这种结合在法国应当是件大事，虽然，这种文风上的矫揉造作有时一眼就可以看出（尽管施展了一切技巧）。"[1]马克思还指出："这个作家我一向是讨厌的。如果说这个人在法国这样有名，那只是因为他在各方面都是法国式虚荣的最典型的化身，这种虚荣不是穿着18世纪轻佻的服装，而是换上了浪漫的外衣，用新创的辞藻来加以炫耀；虚伪的深奥，拜占庭式的夸张，感情的卖弄，色彩的变幻，文字的雕琢，矫揉造作，妄自尊大，总之，无论在形式上或在内容上，都是前所未有的谎言的大杂烩。"[2]夏多

---

　　①《马克思恩格斯全集》第28卷第401页。

　　②《马克思恩格斯全集》第33卷第102页。

布里昂是贵族浪漫主义的典型代表，马克思对他作品风格的评论也可说是对这一类作家文风特点的概括。

当然，马克思主义创始人对浪漫主义文学在艺术上的成就并不是完全否定的。法国浪漫主义作家大仲马就是马克思"最喜欢"的作家之一。他还经常阅读司各脱的那些富有浪漫主义特色的历史小说，对作品里的惊险而曲折的情节特别感兴趣，并称赞这位作家的"长篇小说《清教徒》是一部典范作品"[①]。恩格斯对拜伦诗歌中的那种"豪放的想象"，对"雪莱诗中的深刻的感情，优美和独特的自然图景"也始终是很赞赏的[②]。恩格斯称雨果为"伟大的法国老人"[③]，既是对雨果一生的毫不虚伪的民主精神的赞扬，也是对这位伟大的浪漫主义作家艺术成就的肯定。这也说明，尽管马克思、恩格斯在文学创作上更多地强调现实主义的原则，并且不满于某些浪漫主义作家脱离实际生活的主观臆想，但他们对一些积极的浪漫主义作家的艺术成就及其艺术方法上的长处并不是一笔抹杀或抱有任何偏见的。

今天，浪漫主义作为一种席卷社会的文学运动已经成为历史的陈迹。但是，它作为文学史上的一页自有其独特的价值，马克思、恩格斯对浪漫主义文学运动的科学分析更是闪烁着唯物史观的思想光辉。学习和掌握马克思主义创始人这种科学的思想方法，对我们认识和评价一切复杂文学现象是很有意义的。

---

① 《回忆马克思恩格斯》，人民出版社 1973 年版第 5 页。

② 《马克思恩格斯论艺术》（四）第 397 页。

③ 《马克思恩格斯论文艺和美学》第 823 页。

斯大林论社会主义文艺

社会主义社会是人类历史上从未有过的新社会，随着经济基础和政治制度在性质上的根本改变，作为意识形态的文学和艺术也不能不相应地发生变化，从而在文学艺术如何真实地反映社会主义制度下的生活、如何发挥文学艺术的社会功能，以及无产阶级政党怎样领导社会主义文学艺术等方面都提出了一系列崭新的课题。

斯大林是一位伟大的马克思主义者，他在领导苏联近三十年之久的社会主义实践中，运用马克思主义的原则、指针和方法，对社会主义现实主义的创作方法、社会主义文艺的教育作用，以及有关发展社会主义文艺的方针政策等问题做出了富于创造性的论述。这些论述是马克思主义文艺理论在新的历史条件下的发展，对于我们今天的社会主义文艺事业仍然有着指导意义。

一、关于社会主义现实主义

社会主义文艺要坚持社会主义现实主义的创作方法是斯大林文艺思想的一个重要组成部分。这种创作方法的形成和出现有其深刻的社会历史根源，但它在1932年由斯大林明确加以肯定并做出理论上的阐释，则首先是针对"俄罗斯无产阶级作家联合会"（简称"拉普"）的"辩证唯物主义方法"而来的。

20世纪20年代初期，苏联刚刚结束了内战，为恢复遭到严重破坏的国民经济实行了新经济政策，在政治领域中则同公开或隐蔽的阶级敌人进行了激烈的斗争，以巩固新生的无产阶级政权。与过渡时期政治经济的这种复杂状况相适应的是思想文化领域中形形色色的派别和团体的竞相出现及其内部的不断分裂。为了立即结束文艺界的混乱状态，在文化战线上"战胜资产阶级"，建设无产阶级的文化，1922年12月7日，以内战结束由前线转业到文化岗位上的共产党员、共青团员和从行将解体的"无产阶级文化派"组织中分离出来的工人诗人、青年作家为主体，共同组成了新的文学组织"十月"小组；1923年3月，根据"十月"小组的提议，在莫斯科召开了第一届无产阶级作家代表会，会上成立了"莫斯科无产阶级作家联合会"（简称"莫普"）；1925年1月，又以"莫普"为中心，召开了第一次全苏无产阶级作家会议，成立了"全苏无产阶级作家联合会"（简称"瓦普"），并组成了作为"瓦普"领导核心的"俄罗斯无产阶级作家联合会"（简称"拉普"）。到了1928年，召开了第一届全苏无产阶级作家代表大会，大会决定取消"瓦普"，成立以"拉普"为核心的"全苏无产阶级作家联合会联盟"（简称"伏阿普"）。但是，不论是"莫普""拉普"（过去为"瓦普"）还是"伏阿普"，其领导核心都是"拉普"，因此，"拉普"就成了这几个组织的统称。它在全国各地、各加盟共和国都成立了相应的基层组织，其成员由"十月"小组成立之初的十五人发展到数千人，到1932年解散时已逾万人，一些著名作家，如绥拉菲莫维奇、马雅可夫斯基、革拉特科夫、法捷耶夫、富尔曼洛夫、肖洛霍夫等都是"拉普"的成员，"拉普"成为在苏联文化界影响最大的文艺团体。

"拉普"的存在是一个复杂的政治和文化现象。一方面，在"拉普"早期所发表的文献中，它坚持无产阶级的党性原则，认为在阶级社会里，文学同其他部门一样，是为一定的阶级服务的，在过渡时期，无产阶级文学是具有深刻党性的文学，是"作为对群众感情上起深刻影响的强大工具的文学"；革命浪漫精神是无产阶级文学的"创作材料"，无产阶级文学的任务是"写出场面广阔的作品"，"纪念碑式的作品"；它反对意象派、未来派、象征派等形式主义派别，提倡"以内容为主"，"内容决定形式"，等等。这些都是对的，反映出"拉普"的高涨的革命精神和社会主义积极性。同时，在"拉普"的早期活动中，还同托洛茨基—沃隆斯基取消派文艺理论进行了旗帜鲜明的斗争。1923年9月，托洛茨基从他所谓的社会主义不能在一个国家里首先取得胜利的理论出发，在《真理报》载文大谈他对建设无产阶级文化的见解，宣称革命前无产阶级一无所有，不能创造自己的文化；在革命中无产阶级得集中精力进行政治斗争，无暇顾及自己的文化建设；革命胜利后无产阶级的专政是一个很短暂的过渡阶段，没有必要去谈论新文化的创造；无产阶级专政成为不必要之后建立的文化却"将不具有阶级的性质了"，因此，托洛茨基断言：无产阶级过去没有，今后也不能建立自己的文化和文学艺术。这种观点得到了20世纪20年代重要的文学批评家沃隆斯基的赞同，他公然重弹托洛茨基的滥调："在无产阶级专政的过渡时期，没有也不可能有无产阶级文艺。"他们的这些理论遭到了"拉普"作家的坚决反对，该组织中的"岗位派"在《艺术中的党的政策》《沃隆斯基主义必须消灭》等一系列文章中全面批驳了这种取消派理论。1925年第一次全苏无产阶级作家会议的决议中正确地指出：“对无产阶级文化和无产阶级文学的否定，同取消派的观点有历史上的、原则上的联系。取消派的观点是1922~1925年间以俄共内部‘反对派’的名义形成的，它是小资产阶级要逐步取消无产阶级专政并把国家扭转到‘民主’轨道上去的压力的反映和表现。”决议将对无产阶级文艺的否定称之为“运用于意识形态和艺术问题上的托洛茨基主义”，从而正确地维护了无产阶级文学的历史地位。正由于“拉普”在理论上的这些建树和斗争，使它得以对苏联社会主义文学的发展起过一定的积极作用。

但是另一方面，“拉普”在文艺思想上和组织活动中又存在着严重的“左”的错误。这首先表现在它推行反现实主义、反真实性原则的“辩证唯物主义方法”。它的一些领导人和理论家以唯我独革的“左”的面目出现，提出了“为文学和艺术中的辩证唯物主义方法而斗争”的口号。“拉普”总书记A·阿维尔巴赫宣称：“谁要不懂得马克思主义的世界观就是掌握现实的方法，那他就什么都不懂。”这种观点影响甚大，连法捷耶夫在1929年也说过：“在我们看来，无产阶级的基本的、主导的艺术方法将是什么样子的呢？我们想，最彻底的方法，即辩证唯物主义方法，将是最先进的、主导的艺术方法。”实质上拉普派的上述主张是反马克思主义、反现实主义真实性原则的。

马克思主义创始人历来主张现实主义的创作方法，高度重视文艺反映生活真实的问题。恩格斯说：“照我看来，现实主义是除了细节的真实之外，还要真实地再现典型环境中的典型性格。”[1]马克思也一贯强调艺术

①《马克思恩格斯选集》第4卷第462页。

描写的真实性，反对拉斐尔式的夸张的表现方法，他们赞赏的往往都是那些艺术地反映了生活的本质、具有高度艺术真实性的作品。列宁也非常称赞托尔斯泰深刻揭示生活真实的"最清醒的现实主义"，认为一个真正伟大的作家"一定会在自己的作品中至少反映出革命的某些本质的方面"。可以说，用现实主义的方法反映生活的本质真实的思想，是马克思主义文艺理论的基石之一。马克思还指出，用哲学的方式掌握世界是不同于用艺术的方式掌握世界的①。这里的区别在于，一个是抽象的理论概括，一个是具体的形象反映，一个从具体形象中抽取本质，一个在具体形象中揭示真实。辩证唯物主义作为哲学世界观，只能为观察社会和文学艺术提供正确的方法，而不能代替文艺创作中的现实主义。"拉普派"抛弃现实主义的创作方法，而将哲学掌握世界的方式直接搬到文艺创作中去，错误正在于用逻辑代替形象，从抽象的教义出发对生活进行图解，当然不可能反映生活的真实。

其次，"拉普"派的错误还在于他们歪曲列宁关于党的出版物的原则。列宁是这样谈论问题的："这个党的出版物的原则是什么呢？这不只是说，对于社会主义无产阶级，写作事业不能是个人或集团的赚钱工具，而且根本不能是与无产阶级总的事业无关的个人事业。……写作事业应当成为有组织的、有计划的、统一的社会主义民主党的工作的一个组成部分。"②显然，列宁说的是包括文学在内的整个写作事业应当成为党的事业，接受党的领导，服从党的利益。文学家的作品是不是党的文学，

---

① 《马克思恩格斯选集》第 2 卷第 104 页。
② 《红旗》杂志 1982 年第 22 期发表的新译文《党的组织和党的出版物》。

不在于作家是不是党员，而在于他的作品是不是符合党的利益，是否为千千万万的劳动人民服务。然而"拉普"派却将列宁的思想主张庸俗化，以作家是不是党员作为区分其作品是不是党的文学、无产阶级文学的唯一标志，认为只有他们这些"无产阶级作家"才能掌握"辩证唯物主义的创作方法"，又只有掌握了这个"最先进"的创作方法的人才能写出"马克思主义的作品"。于是，"辩证唯物主义的创作方法"就同党的文学画上了等号，这样，势必宗派主义地将一大批非党作家排斥在"党的文学"的大门之外，甚至驱赶到敌人一边去。事实也正是如此，在"拉普"派看来，不少作家尽管在政治上拥护苏维埃，在艺术上卓有成就，也是"非我族类，其心必异"。它的某些领导人就公开提出"没有同路人；不是同盟者，便是敌人"的口号；认为这些作家"只能歪曲地反映革命，不能把读者的心理和意识组织起来使之适应无产阶级的最终任务"，因而"不可能具有积极的教育意义"。他们在一些刊物上公开点名攻击一系列所谓的"同路人"作家，如把阿·托尔斯泰列入"路标转换派"的反革命行列，甚至污蔑高尔基是"昔日鹰之首，今日蛇之王"，说高尔基的《我的大学》是"与革命毫无共同之处"的作品，等等。在1925年的第一次全苏无产阶级作家会议的决议中，他们干脆宣判："同路人文学在根本上是反对无产阶级革命的文学。"从而激起了一大批作家的强烈不满，严重地挫伤了他们的革命积极性，分裂了社会主义的文艺队伍。随着时间的推移，"拉普"派及其所主张的"辩证唯物主义的创作方法"的危害也愈来愈明显。为了社会主义文艺事业的健康发展，联共（布）中央于1932年4月做出了关于取消"拉普"及其有关文艺团体，成立统一的苏联作家协会组织的决议。

　　但是，"拉普"的"辩证唯物主义创作方法"的提出并不是偶然的，而是早期苏联文艺在其发展历程中一种带有历史必然性的现象，在其荒谬的形态下，至少反映出这么一种现实和要求，这就是十月社会主义革命胜利后，由于社会制度的根本变革，生活的急遽发展，旧的传统的现实主义已经不适应新的形势，迫切需要一种更全面、更深刻地反映社会主义现实的创作方法，而苏联自高尔基以来优秀作家、艺术家的创作实践，《母亲》《恰巴耶夫》，及《夏伯阳》《毁灭》《铁流》《水泥》《战舰"波将金号"》等一批优秀作品的出现，已经在艺术上形成了一些新的特点，积累了一些新的经验，这使得用一个新的美学概念来表达一种新的艺术方法成为可能。"辩证唯物主义创作方法"就是这种时代要求的折光，它同样是植根于这种现实可能性的土壤之中的。这样才能理解，为什么在"拉普"解散前，包括"拉普"在内的苏联文学界就已开始了对这种新的美学概念的探索。例如，早在1926年，一位作家在他的记事本上就写过，"我们的现实主义具有社会主义的内容"；1928年3月，在全俄无产阶级作家协会会议上做的《关于全俄无产阶级作家协会的工作》的报告中，则提出要"用无产阶级现实主义的方法表明个人在集体中的地位和作用"；马雅可夫斯基主张把无产阶级文学的基本方法叫作"倾向性的现实主义"；阿·托尔斯泰则要以"宏伟的现实主义文学来和唯美主义相对抗"；还有人提出了"红色现实主义""革命现实主义""新现实主义""浪漫主义的现实主义"等一系列概念。这些提法、概念虽然形形色色，但是在寻求一种能反映现实革命发展的真实面貌的新型现实主义方法上却是一致的。只是由于"拉普"的主要领导人如阿维尔巴赫等将"辩证唯物主义方法"钦定为必须遵守的原则，才束缚和阻碍了其他作家对新型现实主义的正常探讨。"拉普"的被解散和"辩证唯物主义创作方法"错误的被清算，终于为社会主义现实主义方法和"写真实"要求的变为现实，开辟了道路。

1932年5月20日，在莫斯科文学积极分子会议上，苏联作家协会筹备委员会的组织委员会主席格隆斯基说："我们对作家的基本要求是：写真实，真实地描写我们的现实，现实本身就是辩证的。因此，社会主义现实主义方法是苏联文学的基本方法。"5月29日，《文学报》社论使用了"社会主义现实主义"的提法，指出："群众要求艺术家真诚地、真实地、用革命的社会主义现实主义去描绘无产阶级革命。"同年10月26日，斯大林在高尔基寓所同参加一次文学座谈会的苏联作家、评论家会见时，确认了这个提法，并做了重要阐释。斯大林针对"拉普"用世界观代替创作方法的"左"的错误，针对从概念出发图解生活、脱离生活真实的反现实主义倾向，提出："你们不应该用抽象的观点来装满艺术家的脑袋。他应该知道马克思和列宁的理论，但也应该知道生活。艺术家首先应该真实地反映生活。如果他真实地反映我们的生活，那么他在生活中就不可能不觉察到、不可能不反映使生活走向社会主义的东西。这就是社会主义艺术，这就是社会主义现实主义。"[1]随后，在1934年苏联第一次作家代表大会通过的《作家协会章程》中，正式规定"从现实的革命发展中真实地、历史具体地去描写现实"的社会主义现实主义是苏联文学创作与文学批评的基本方法[2]。

可见，这种崭新的社会主义现实主义创作方法的确立，是跟联共（布）党中央和斯大林的倡导分不开的，它总结了苏联无产阶级革命文学

---

① 转引自《论文学艺术领域中的党的政策》，莫斯科1958年版。

② 《苏联文学艺术问题》第25页。

的历史经验和革命作家、艺术家的集体智慧，是斯大林对马克思主义文艺理论和社会主义文学事业的重要贡献，在无产阶级文学的发展史上具有划时代的意义。这种创作方法最本质的特点，在于它的思想基础是马克思主义，由此决定了它的一系列不同于旧现实主义的基本特征。

第一，社会主义现实主义要求从现实的革命发展中真实地、历史具体地去描写现实。

马克思主义认为，世界上没有静止、孤立的事物，一切都处在发展变化之中，包括社会主义社会在内的一切社会生活也是如此。但是，社会主义社会的生活同过去一切社会的生活却有着本质的不同。一般来讲，过去的社会生活是被社会发展客观规律的必然性所支配着的，自发地起着变化，当过去时代的作家对这种生活"做真实的、不加粉饰的描写"[①]时，他运用的就是现实主义方法，这种方法能按照生活的本来面目再现生活，因而通过生动的艺术形象能反映出那支配着生活的自发起作用的客观规律——这正是旧现实主义的特点，同时也是它的局限性之所在。社会主义社会的建立却是马克思主义掌握群众的结果，在社会主义社会中，生活已不再是被自发起作用的客观规律所支配着，而是被自觉按客观规律办事的无产阶级和劳动人民所能动地掌握着，在马克思主义的指导下，生活中新生的、先进的、革命的事物不断战胜、取代旧的、落后的乃至反动的事物，从而不断"使生活走向社会主义"，这就是现实的革命的发展。要反映这种生活，旧现实主义显然是不适应了，因为这种现实主义不是以对生活的马克思主义认识为基础，而是以作家对生活的个人认识为基础，这就

---

① 高尔基《论文学》第 163 页。

使旧现实主义在反映生活上带有很大的局限性，往往是死板地、简单地描写"客观现实"，表现不出现实的革命的发展。社会主义现实主义本身却是由社会主义社会生活所决定的，是以马克思主义为指导的，只有它，才能从事物的矛盾斗争中去把握生活，真实地反映出"使生活走向社会主义"的内在动因、内部规律及其发展趋向，展示出这个历史过程中新陈代谢、除旧布新的全部复杂性及其本质，从而达到从现实的革命发展中真实地、历史具体地描写现实。以斯大林高度评价的《恰巴耶夫》而论，虽然它出现在正式确定社会主义现实主义这一创作方法的概念以前，但却体现了这一创作方法。这部小说反映的是苏联国内战争时期消灭高尔察克匪帮的斗争生活，这种斗争过程本身就是现实的革命的发展，用旧的现实主义或批判现实主义方法显然是难以表现甚至会加以歪曲的。高尔基说："刻画时代的英雄时应当用与他相称的表现方法，如果现实主义方法会妨碍你们，那就寻求别的方法吧，研究出它们来吧。"①正是生活的逻辑和对生活的马克思主义认识导致富曼诺夫采用了新的创作方法，他通过传奇式的人民英雄恰巴耶夫和政委克雷契诃夫之间的矛盾及其解决，通过恰巴耶夫师团同高尔察克匪帮的斗争及其胜利，表现了新事物战胜旧事物、人民革命和社会主义走向胜利的历史必然性和发展规律；小说结尾，恰巴耶夫虽然牺牲了，但是恰巴耶夫式的新指挥员已成长起来，继续着恰巴耶夫的事业，展示出无产阶级事业永不凋谢的活力之所在。这一切，不用社会主义现实主义的方法是无法表现的。

第二，社会主义现实主义在真实地反映现实生活的革命发展时，必然

① 《苏联作家论社会主义现实主义》第10页。

要展示由这种生活中产生出来的生活理想，从而将革命浪漫主义包容在现实主义之中。

理想是基于对生活发展的认识而产生的对未来生活、未来事物的希望和追求。社会主义现实主义同自然主义和旧现实主义的又一重大区别，正是在能否展示生活理想这一点上。自然主义的创作方法是有闻必录、机械地、烦琐地复制生活，尽管自然主义的文艺作品在某些细节上惟妙惟肖，但在整体上却只能捕捉和表现生活的表面现象，而不能揭示事物和生活发展的规律和趋向，因而无法展示出关于明天的理想。而旧现实主义，也由于时代的局限，由于没有先进世界观的指导，不可能自觉地反映事物发展的规律和趋势，当然也就不能从现实的发展中去把握生活的理想。至于作为资本主义社会内部矛盾尖锐化在文艺上反映的批判现实主义，也不能摆脱阶级和历史的局限，它在揭露、批判封建社会、资本主义社会的罪恶时，却不能指出产生罪恶的根源，不能指出社会发展的方向，因而不能从生活中汲取理想和诗情。所以，在批判现实主义大师笔下的生活图画都由于缺乏理想之光的照耀而显得暗淡、消沉。

社会主义现实主义则不同，它所要反映的社会生活是无产阶级和人民群众在马克思主义科学理论指导下自觉掌握客观规律改造世界的历史过程，是在共产主义理想之光照耀下不断将理想变为现实、又不断由现实走向理想实现的历史过程。高尔基正是据此认为，对于社会主义社会来讲，不仅有过去和现在的现实，而且还有"第三种现实——未来的现实"，"如果没有它，我们就不会理解社会主义现实主义方法是什么"[1]。所

---

① 高尔基《论文学》续集，人民文学出版社 1983 年版第 508 页。

以，作为社会主义现实主义作家，理所当然应该从马克思主义的科学社会主义学说的高度，从无产阶级及其政党所提出的远大目标的高度，来观察既往和现实，预见未来，从而将革命浪漫主义精神包容在社会主义现实主义之中，通过自己的作品从现实的革命发展中展现出未来的方向、生活的明天，"像探照灯一样帮助照亮前进的道路"①，坚定人民的斗争信念，鼓舞群众的革命热情。被公认为社会主义现实主义文学奠基之作的高尔基的《母亲》正是这样从现实的革命发展中展现革命理想、洋溢着革命浪漫精神的优秀之作。

第三，社会主义现实主义从现实的革命发展中去把握生活的本质、展示发展的趋向，必然要将促成现实的革命发展、代表发展趋向的先进阶级和人民群众作为主要的描写对象。

众所周知，在社会主义社会诞生之前，人类历史一直是在私有制的轨道上运动的。广大人民尤其是劳动群众处于政治上无权的受压迫地位。在这样的社会中，历史虽然也在前进，但却是以一个私有制社会形态取代另一个的方式实现的。因此，历来的现实主义作品，一般不可能将劳动人民作为其主要描写对象。到了资本主义社会，劳动群众的灾难，剥削阶级的贪婪、腐朽、暴虐、没落，在更深刻的程度上表现出来，构成了广阔的社会生活图景。在这样的现实生活土壤中产生出的批判现实主义作家如巴尔扎克，其作品的成就之所以被恩格斯称为"现实主义的最伟大胜利之一"②，就在于它真实地描写了资本主义社会的丑恶本质及其灭亡的必然

---

① 《日丹诺夫论文学与艺术》，人民文学出版社 1959 年版第 42 页。
② 《马克思恩格斯选集》第 4 卷第 463 页。

趋势；这些作品即便反映了新的社会力量的崛起，那也不是劳动人民，而是如"圣玛丽修道院的共和党英雄们"[①]，至于人民特别是劳动人民本身则始终只居于陪衬的地位。当然，狄更斯、欧仁·苏等作家也曾在他们的一些作品中描写了"穷人和受轻视的阶级"，甚至把他们作为作品的主人公；但是，作品中的这些主人公在现实生活中是受压迫的，他们对现实的抗争也往往是消极的或自发的，作家描写他们的命运和痛苦，也主要为的是揭露压迫者和剥削制度的罪恶。

社会主义社会中情形就完全不同了。社会主义制度的建立使公有制取代了私有制，使过去处于无权地位的无产阶级和劳动人民成了国家的主人，成了推动生活走向社会主义—共产主义的主力。正如斯大林所指出的，"把领袖看作唯一的历史创造者，而不把工人和农民放在眼里的时代已经过去了。现在民族和国家的命运不仅仅是由领袖决定的，而首先和主要是由千百万劳动群众决定的"，他们"才是真正的英雄和新生活的创造者"[②]。社会制度的根本变革和阶级关系的根本转化必然引起现实主义内涵的变化。这种新型的现实主义继承了恩格斯提出的"对现实关系的真实描写"的基本原则，但它所反映的是社会主义走向胜利的现实；它虽然并不放弃对社会主义社会中残存的旧社会遗迹的暴露、抨击和社会主义自身某些不完善之处的揭示和批评，不排斥对各阶级各类型人物的塑造，但在整个文艺对社会生活的反映中将它置于次要的地位，而将肯定和歌颂以人民群众为主体的社会主义建设实践作为整个文艺事业的重要任务。

---

① 《马克思恩格斯选集》第 4 卷第 463 页。

② 《斯大林全集》第 13 卷第 228 页。

因此，要忠实地反映千百万人民群众推动生活走向社会主义—共产主义的真实图景，过去那种将人民置于陪衬地位的旧现实主义和以暴露封建社会、资本主义社会黑暗现实为特征的批判现实主义，是完全不能适应了，只有传统现实主义在新的历史条件下的新发展——社会主义现实主义，才能胜任这个使命。

社会主义现实主义的创作方法和"写真实"的原则确立后，对苏联建设和发展社会主义文艺起了积极的作用，出现了如《钢铁是怎样炼成的》《青年近卫军》《列宁在十月》《列宁在一九一八年》等优秀作品。但是，也要看到，任何定义、原则、口号都有其特定的含义，都不是万能的。社会主义现实主义作为一种创作方法也不能包罗万象，而有一定的应用限度和范围，它主要是针对对社会主义现实的描写提出来的，它不会、也不应排斥别的行之有效的方法和手段，不能模式化、凝固化、成为定于一尊的自我封闭系统。可是，在后来的一段时间里，苏联理论界、文艺界正是犯了这一错误，以致反而束缚了文学艺术事业的发展。但这不是社会主义现实主义创作方法本身的过错，而是指导思想上绝对化、形而上学的结果。只要我们正确地按其本义来理解它、掌握它，那么，它至今仍不失其生命力。

二、要"以社会主义精神教育劳动人民"

文艺作为一种社会意识形态，从来有着一定的社会目的，发挥着一定的社会作用。斯大林指出："上层建筑是由基础产生的，但这绝不是说上层建筑只是反映基础，只是消极的，中立的，对自己基础的命运、对阶级的命运、对制度的性质漠不关心的。相反地，上层建筑一出现后，就要成为极大的积极力量，积极帮助自己基础的形成和巩固，采取一切办法帮助新制度来摧毁和消灭旧基础与旧阶级。"①正是依据对经济基础与上层建筑辩证关系的马克思主义观点，斯大林在倡导社会主义现实主义，强调文艺"写真实"的同时，十分重视文艺的教育作用。他认为，社会主义文艺要发挥其独特的社会功能，"在精神上影响群众，帮助工人阶级和它的政党以社会主义精神来教育劳动人民，组织群众为社会主义奋斗，提高他们的文化水平和政治战斗力。"②文学艺术按其本性来讲是能实现这一点的，因为它作为一种意识形态，一种精神产品，就是要诉诸人的思想和感情，在潜移默化的熏陶和感染之中帮助人们提高思想境界，加深对生活的认识，增强改造自然和社会的能力，陶冶高尚的情操，这是文学艺术义不容辞的责任。社会主义的文学艺术更当如此，面对着旧社会遗留下来的封建的资产阶级的旧思想意识，面对着社会主义革命和社会主义建设的艰巨任务，面对着培养社会主义新人的宏伟目标，文学艺术决不能无动于衷、超然事外，它必须也必然和社会主义的整个事业共同着生命，以其独特的功能为这个事业服务。否则，就不成其为社会主义的文学艺术。

真实性是文艺的生命。凡是真实描写生活的作品，由于反映了生活的某些本质方面，所以总是具有一定的认识价值和教育意义的。然而在社会主义社会产生之前，真正揭示了生活真实的文艺多是揭露统治阶级罪恶和

① 《斯大林论文学与艺术》，人民文学出版社1959年版第4—5页。
② 《斯大林论文学与艺术》第76页。

旧社会黑暗的作品，批判现实主义作为现实主义发展的成熟阶段，其认识价值和教育意义也即在于此，相反，那些粉饰反动统治阶级的罪恶，为其歌功颂德的作品，几乎无一例外是反现实主义的，因而只能起麻痹人民、维护剥削阶级统治的消极、反动作用。可见，文艺是否具有教育作用的一个重要前提就在于它的真实性。斯大林认为，要正确反映生活，就"必须按生活的实在情形来考察生活"。他指出："我们看到生活处在不断的运动中，所以我们应当把生活当作动的东西来考察，并且要问：生活走向哪里去？我们看到生活是一幅不断破坏和创造的图画，所以我们应当把生活当作既破坏又创造的过程来考察，并且要问：生活中破坏的是什么？创造的是什么？"①

用这种辩证观点观察社会主义社会，我们就会看到，生活中那正在创造着的东西就是"使生活走向社会主义的东西"（如当时苏联蓬勃开展的劳动竞赛、斯达汉诺夫运动，等等），就是不断涌现的共产主义新人和千百万人民群众在社会主义建设的伟大实践中焕发出来的新思想、新品德、新风尚，就是各种社会主义新事物，这些构成了社会主义社会生活的主流，决定着生活的本质。作为社会主义现实主义的文艺，愈是真实地描写了使生活走向社会主义的过程和事物，作品就愈有认识价值和教育意义。还以小说《恰巴耶夫》为例，作者并没有企图将他的小说当成某种政治观点的传声筒，但是由于它运用社会主义现实主义的方法，对苏联国内革命战争时期的传奇式英雄恰巴耶夫及其师团的战斗生活进行了概括、集中和提炼，塑造了一位体现了无产阶级品格的红军指挥员的崇高艺术典型，深刻而生动地反映了党领导的人民革命事业前进的广阔历史进程，表

---

① 《斯大林全集》第 1 卷第 275 页。

现了人民群众"为苏维埃工农政权而斗争的历史行动的伟大性"①，从而超越了传记文学的藩篱，达到了高度的艺术真实。作品不但帮助读者认识历史，认识革命，认识党，而且以革命英雄主义、共产主义的强大精神力量感染、激励、教育了一代又一代人，"动员人民执行新的任务，同时提醒人民关于社会主义建设事业的成就和艰难"②。正是出于对文学与艺术教育作用的高度重视，斯大林还一反人们历来为名人之作作序的惯例，亲自为一位名不见经传的小人物的小册子《群众的竞赛》作序，热情洋溢地写道："我认为叶·米库林娜同志的小册子是根据竞赛的实际材料来连贯地叙述竞赛是劳动群众自己的事情的初次尝试。这本小册子的价值在于它朴素而真实地叙述了构成社会主义竞赛内部动力的那些伟大劳动高潮的深刻过程。"③这就再一次肯定了文学艺术作品的价值是同它的真实性紧密相连的。

但是，用社会主义精神教育人民，并不局限于描写生活中创造着的东西，"使生活走向社会主义的东西"，虽然描写、歌颂、肯定这些，无疑是社会主义文艺的主要任务。正如任何事物都不是"纯粹"的一样，社会主义社会也绝不会是纯粹的、完美无缺、一尘不染、臻于至善的。由于旧社会留下的残余和痕迹，由于一定范围内阶级斗争的存在，由于非无产阶级思想意识的影响，也由于社会主义在某些体制方面的不完善，在社会主义社会中还有着消极的东西和阴暗面，如封建家长作风、官僚主义、贪污腐化、自私自利、唯心主义和形而上学，等等。当然，这些消极的东西在

---

① 《斯大林论文学与艺术》第 76 页。
② 《斯大林论文学与艺术》第 76 页。
③ 《斯大林论文学与艺术》第 61 页。

社会主义社会的生活中不是主要的，并且注定是要被破坏、被消灭的，但它毕竟是客观的存在，文学艺术要"真实地反映生活"，要教育人民懂得生活的全部复杂性，就不能排除对这些消极事物和阴暗面的揭露、批判，排除了这些，就不是彻底的唯物主义和完全的真实，就只能把人搞得头脑简单、思想僵化，在严峻的斗争面前失去清醒的认识和政治警觉。所以，斯大林既强调、提倡描写和歌颂那些"使生活走向社会主义的东西"，也非常重视运用批评和自我批评的武器揭露生活中的消极面。针对一些人"认为他们那里似乎一切都很顺利，认为必须把脓疮掩盖起来，似乎用不着批评，因为批评会损害地方当局和地方工作人员的威信"的错误看法，斯大林明确指出："不要怕把生活中的片断暴露在光天化日之下，不管它们是何等令人不快。我们必须使我们的同志有所转变，……使他们不去掩盖脓疮，而相反地来帮助我们揭露我们的错误，纠正这些错误，并且按照目前党所拟定的路线进行工作。"①

为什么揭露错误就能有助于纠正它，使工作转移到党的路线上来呢？因为用典型化的方法将生活中那被掩盖着的，或是分散的、为人所习见的缺点、错误和消极面暴露出来，能引起人们极大的重视，使他们警醒，而它们作为反面教材，又能从另一个侧面加深人们对生活的认识，在比较中弄清什么是正确的，什么是错误的，从而更好地理解和执行党的方针、路线，激励人们起来同这些不合理现象做斗争。

正因为用文艺作品暴露、批判丑恶的东西，在对人民进行的社会主义思想教育中能起到独特的、十分重要的作用，所以斯大林将那些"心

---

① 《斯大林全集》第 7 卷第 23 页。

里燃烧着真理的火花，愿意不顾一切地揭露和纠正我们的缺点"的作家、艺术家称之为"改进我们党和苏维埃的地方建设工作方面的一根主要的杠杆"①。诗人别德内依等作家就曾受到过斯大林的称赞和保护："……杰米扬·别德内依的功劳，就在于他们有足够的勇气把实际生活中的片断抽出来给全国看。这个功劳一定要指出来。"②当有人指责这些作家时，斯大林着重指出："我认为这里应当谈的不是揭露我们工作中的缺陷的个别作家的缺点和他们的过激行为，而是他们的功劳。"③在《论列宁主义基础》这篇著名论文中，当谈到如果不把俄国人的革命胆略和美国人在工作中的求实精神结合起来，那么它在实践中就很可能堕落为空洞的"革命的"玛尼罗夫（果戈理《死魂灵》中所刻画的一个贵族地主的形象）精神时，斯大林特别提到了作家伊·爱伦堡的小说《共产主义的完人》："这篇小说中描写过一些患有这种病症的'布尔什维克'的典型，说他们立意拟定一个理想的完人的标准……结果竟在这个'工作'中'淹死'了。这篇小说虽然有过于夸大的地方，它正确地抓住了这种病症却是毫无疑义的。"④从这些论述中可以看出，斯大林是多么重视文艺作品对生活的干预和对错误东西的揭露，即便作家和作品存在某些缺陷，但只要大方向正确，他就予以肯定和支持。

对于开展批评和自我批评，揭露社会主义社会生活中的消极面，当时在苏联有不少的人是有顾虑的，他们担心这样做会授敌人以口实，被敌人所利用。1929年，在国外疗养的高尔基就曾经给斯大林写信，谈到国

---

① 《斯大林全集》第 7 卷第 23-24 页。

② 《斯大林全集》第 7 卷第 21 页。

③ 《斯大林全集》第 7 卷第 23 页。

④ 《斯大林论文学与艺术》第 77 页。

外的俄国侨民和资产阶级报刊利用苏联报刊披露出来的反面材料进行反苏宣传的情况，表示了自己的忧虑和不安。对此，斯大林在回信中友好而坦率地做了回答，指出：“我们不能没有自我批评。无论如何不能，阿列克塞·马克西莫维奇。没有自我批评，机关的停滞和腐朽，官僚主义的滋长，工人阶级创造主动性的破坏就不可避免。当然，自我批评会给敌人提供材料。在这一点上你是完全正确的。但是它也为我们的前进，为劳动者建设力量的发挥、为竞赛的展开、为突击队等等提供了材料（和推动力）。好处是会抵消和盖过坏处的。”①这里，斯大林更看到了批评与自我批评会提供推动力，这就是文学作品揭露出来的缺陷、错误会从反面教育人民群众，激励人民奋起同旧事物做斗争，它给社会主义事业带来的巨大利益远远超出了敌人利用那些材料进行反动宣传所造成的损害，因此，“好处是会抵消和盖过坏处的”。正是基于这种坚定的信念，斯大林认为，不论是处在顺境还是逆境，揭露生活中的消极面对于革命事业都是绝对必须的。据苏联出版的《战争年代的总参谋部》一书第三章所载，在伟大的卫国战争时期，《真理报》连载了名为《前线》的剧本，由于这个剧本揭露和批评了红军某些领导的缺点，因而招致一些军队领导人的反对，甚至有人直接打电报给斯大林，要求禁止继续连载和演出这个“绝对有害”的剧本。可是，斯大林在回电中却断然拒绝了这种“掩盖脓疮”的要求，严肃指出：“你对这个剧本的评价是不正确的。”因为，“剧本正确地指出了红军中的缺点，而对这些缺点闭眼不看是不正确的。应当具有承认缺点和采取措施改正缺点的勇气。这是改善和提高红军的唯一途

---

① 《斯大林论文学与艺术》第65页。

径。"总而言之，"这个剧本对红军和红军的指挥人员将起到巨大的教育作用。"可见，对于那些正确地揭露生活中消极面的文学艺术作品，斯大林之所以给以肯定和支持，始终是从它的教育意义上着眼的。

当然，斯大林并不是对任何批评都一律予以支持和肯定，这从他对别德内依几首诗的态度中可看出来。

我们知道，别德内依写过类似《牵引力》那样的优秀作品，得到过联共（布）党中央和斯大林同志的赞扬和支持。1930年，他在《真理报》上接连发表了讽刺诗《从热炕上爬下来吧》《比里尔瓦》和《不讲情面》，诗中批评了留恋热炕、好吃懒做的懦夫懒汉和喜欢吹牛的官僚主义者；批评了铁路职工中"只顾吃喝玩乐，不愿过问工作"而使铁路一团糟的状况；批评了封建道德对于工人的影响。对这三首诗，斯大林是不赞成的，他在给别德内依的信中批评他犯了错误，说："你的错误的实质在哪里呢？你的错误的实质就在于：对苏联生活缺点的批评，你最初运用得很准确很巧妙的这个必要的和应该的批评使你过分迷醉了，而你一旦迷醉之后，这种批评就在你的作品中开始发展为对苏联的诽谤，对苏联过去和对苏联现在的诽谤。你的《从热炕上爬下来吧》和《不讲情面》就是如此。你的《比里尔瓦》就是如此。"因此，尽管作品里"有许多击中要害的精彩的地方"，"但是在那里也还有一匙焦油，它弄脏了整幅图画，把它变成了十足的《比里尔瓦》（按："比里尔瓦"一词在俄文中是泥泽或沼泽，意为一团糟——笔者）。问题就在这里，构成这些小品文的乐曲的就是这个东西。"①

斯大林对这些诗的批评中，提出了一些值得重视的问题。

————————

① 《斯大林论文学与艺术》第72页。

一、并不是任何"批评"都能起到用社会主义精神教育人民的作用的，这里的关键在于批评是否符合生活的真实。前文说过，社会主义社会中既有正在创造着的新事物，又有被破坏着的旧事物，但二者绝非平分秋色，一半对一半，在正常情况下，新事物是占主导地位，充满生命力和发展前途的，正是这些新生事物决定着、体现着社会主义社会的性质，而旧事物则是局部性的、居于次要地位并注定要被新事物所取代的。只有在这样理解和把握旧事物地位和本质的基础上揭露它，描写它，才是"真实地反映生活"的批评，才能帮助人们正确地认识生活和对待生活，也才谈得上有教育意义。别德内依等作家那些受到斯大林高度赞赏的讽刺作品就是如此。相反，如果离开了对旧事物地位和本质的正确把握，把局部当整体，把个别当一般，把消极的东西和阴暗面当成社会主义社会中占主导地位、起支配作用的东西来描写，来抨击，那就会违背生活的真实，使批评由针对某些具体缺点而发展为针对整个社会主义制度，那就不是批评而是诽谤。这样的"文学"只能歪曲生活、欺骗人民，煽动不满情绪，涣散人心，哪有什么教育意义可言！所以斯大林多次强调，对于那些损害党和苏维埃政权的威信、丑化社会主义制度、挫伤人民群众积极性的"具有破坏性的反布尔什维克的"所谓"批评和自我批评"，要坚决反对。他指出："我们需要的不是任何自我批评。我们需要的是能够提高工人阶级的文化水平、发扬他们的战斗精神、巩固他们的胜利信心、加强他们的力量并帮助他们成为国家的真正主人的自我批评。"[1]

二、作品是否具有认识价值和教育意义，应由它的总的倾向来决定。

---

[1]《斯大林全集》第 11 卷第 116 页。

1929年，在斯大林给《群众的竞赛》作序以后不久，就有人因这本小册子存在一些缺点和不足而非难它，甚至想以禁止出售来惩罚作者。针对这个问题，斯大林在一封信中提出了作品的价值应"由它的总的倾向决定"的著名论点。他说：虽然《群众的竞赛》有个别的也许是很大的错误，但是，"难道这本小册子的价值是由个别细节而不是由它的总的倾向决定的吗？当代名作家肖洛霍夫同志在他的《静静的顿河》中写了一些极为错误的东西；对塞尔佐夫、波得捷尔珂夫、克里沃希雷科夫等人物做了简直是不确实的介绍，但是难道由此应当得出结论说《静静的顿河》是一本毫无用处的书，应该禁止出售吗？"那么，《群众的竞赛》这本小册子的价值在什么地方呢？"在于它传播了竞赛的思想，以竞赛的精神感染了读者。最重要的就在这里，而不在于个别细节上的错误。"[1]又说"禁止出的只能是非苏维埃倾向的作品，反党反无产阶级的作品。米库林娜同志的小册子（即《群众的竞赛》——笔者）里没有任何反党的和非苏维埃的东西"，所以，"决不能因此以禁止出售这本小册子来惩罚小册子的作者以及它的读者。"[2]正是由于这本小册子传播社会主义竞赛思想的总倾向是正确的，因而它能感染读者，发挥教育作用，"使工人群众得到很大益处"[3]。一年后，斯大林在批评别德内依的诗作时说，那里面有许多精彩之处，但是却被一匙焦油弄脏了整个画面，指的就是细节和总的倾向，即是说，虽然作品的个别细节精彩，其总的倾向却不正确，这就使它失去

---

① 《斯大林论文学与艺术》第 62 页。
② 《斯大林论文学与艺术》第 63 页。
③ 《斯大林论文学与艺术》第 63 页。

了应有的价值。斯大林的这些论述对于正确评价文学艺术作品具有方法论的意义。评价一部作品，一定要首先分析究竟是哪种因素构成了它的主要内容，如果主要内容是好的、健康的，那么即便有某种缺陷和不足，也是白璧之瑕，不足以掩其光彩；如果主要内容是坏的、不健康的甚至是反动的，那么即便作品在技巧、情节上有某些精彩之处，也不能由此而肯定整个作品。只有这样，才能实事求是地辨别、确定作品的优劣好坏性质，才不至于因一部好作品有某些不足而加以否定，或因一部坏作品有某些精彩之处而加以肯定，才能使文学艺术作品有效地发挥其教育功能。

正是为了实现文学艺术用社会主义精神教育人民的崇高目标，斯大林在倡导社会主义现实主义创作方法的同时，响亮地提出了文学艺术家要成为"人类灵魂的工程师"的号召。他指出，社会主义的作家、艺术家是应该有无产阶级的党性原则的，他应当站在工人阶级和人民大众的立场，深入火热的斗争生活，在马克思主义的指导下，深刻理解和正确反映社会主义这个历史上"最伟大的进程"，创作出在总的倾向上富于认识价值和教育意义的优秀作品，用先进的思想、优美的情操、丰富的知识来塑造社会主义新人的灵魂，从而"把自己提高到能够担负起先进阶级的歌手的任务"①的高度。

三、通过竞赛发展社会主义文艺

正如社会主义社会的建立、巩固和发展是自古未有的崭新事业一样，

---

① 《斯大林全集》第5卷第58页。

社会主义文艺的建设也是一项崭新的事业。对于处在执政党地位的无产阶级政党来说，如何通过正确的方针、政策来领导好这个事业，对社会主义文艺的发展具有决定性的意义。

斯大林作为无产阶级的革命领袖，一贯坚持党对文艺事业的领导。斯大林指出："党是无产阶级的指挥员和司令部，它领导无产阶级在一切斗争部门中的一切形式的斗争。"[①]社会主义文艺作为无产阶级革命事业的有机组成部分，当然也必须接受无产阶级政党的领导；只有接受党的领导，遵循党的路线，文学艺术才能确保其社会主义性质及功能，为巩固社会主义的经济基础，为千千万万的劳动人民服务。十月革命胜利之后，特别是列宁逝世之后，在建设社会主义的年代，以斯大林为首的联共（布）中央是一直关注着文学艺术事业的，"拉普"组织的解散和苏联作家协会的诞生，社会主义现实主义创作方法的确立，以及其他一系列有关文学艺术工作的重大决定、重大事件，都是和斯大林的指示、推动、过问分不开的。联共（布）党中央对文学艺术的领导的一个重要方面，就体现在斯大林对文艺工作的关心和一系列指示之中。

但是，斯大林认为，党对文艺工作的领导不是简单的行政命令，党的领导人对文艺工作的过问也不应是粗暴的干预，而应当是及时地发现问题，指明方向，根据文艺自身的规律予以积极引导。20世纪20年代末，苏联戏剧界曾出现过一些有某种缺陷或严重歪曲苏联现实生活的错误作品，如"企图引起人们对某些反苏维埃流亡者阶层怜悯（甚至同情）"的剧本《逃亡》，和以反面人物为主要角色的剧本《土尔宾一家的日子》，等

[①]《斯大林全集》第 5 卷第 58 页。

等。究竟该怎样看待这种现象？党要不要管？斯大林从加强党对文艺工作的领导出发，及时地过问了这件事，对一些有关的问题做了精辟论述。毫无疑问，斯大林对这些思想内容反动或错误的作品是反对的；但同时又针对由这些剧本引起的批评和禁止上演的要求指出："当然，'批评'和要求禁止非无产阶级的作品是很容易的。但是最容易的不能认为是最好的。问题不在于禁止，而在于通过竞赛，创作真正的、有意思的、富有艺术性的苏维埃性质的剧本，来代替旧的和新的非无产阶级的低级作品，逐步地把它们从舞台上排挤下去。而竞赛是一件重大的事情，因为只有在竞赛的情况下才能使我们无产阶级的文艺形成和定形。"[①]"问题不在于禁止，而在于通过竞赛"，这是党依据文艺规律领导文艺工作的正确的马克思主义方针。

首先，由于文学艺术自身的复杂性，也由于一定历史时期一定环境下人的认识的局限性，究竟什么作品是高级的、优秀的，什么作品是低级的、粗劣的，往往不是一下子就能辨认清楚，而常常需要一个比较、鉴别、考验的过程。如果采取简单地禁止的办法，就可能以优为劣、以美为丑，无意中压制和扼杀那些反映了新的事物、新的思想而为受旧的思想、旧传统影响和束缚的群众一时难以接受，但实际上却是优秀的作品；其次，即使被禁止的是坏的作品，如果群众的思想水平、美学趣味、欣赏习惯还停留在原来的状况，还没有从思想感情上与这些作品决裂，那么，简单的禁止并不能真正清除它的影响，它必然会以某种隐蔽的方式继续流行。因此，文学艺术史上一种新的符合时代需要的流派之所以能在群众中

---

① 《斯大林全集》第 11 卷第 281 页。

扎下根来，并得到发展，一部新的作品之所以为人们所接受、所喜爱、所流传，违背时代潮流和人民利益的旧的流派和坏的作品之所以会逐渐失去其影响和生命力，以致为人们所遗弃，也不是单纯靠"令行禁止"的行政办法，而是在彼此竞争的过程中，新的流派、优秀的作品以自己思想和艺术上的优势扩大影响，征服人心，扭转审美趣味和欣赏习惯，从旧的流派、坏的作品那里争取群众的结果。在社会主义条件下，将这种自发发生作用的文学艺术发展规律加以自觉掌握和运用，就是文学艺术领域中的竞赛方法。

斯大林在为叶·米库林娜的小册子《群众的竞赛》所作的序言中，引用了列宁的如下论断："社会主义……破天荒第一次造成真正广泛地、真正大规模地运用竞赛的可能，吸引真正大多数的劳动者参加这样一种使他们能够大显身手、施展自己的本事、表现自己的天才的工作。"斯大林据此结论说："实际上，竞赛是在千百万劳动群众最大积极性的基础上建设社会主义的共产主义方法。实际上，竞赛是工人阶级用来在社会主义基础上扭转国家全部经济生活和文化生活的杠杆。"①由此可见，社会主义竞赛的实质，就是最大限度地调动和发挥最广大人民群众的积极性、创造性，促进社会主义建设事业的不断高涨。而将竞赛用之于文学艺术领域，也就是要尽可能发挥作家、艺术家的才能和首创精神，用思想上艺术上高质量的优秀作品来提高群众的思想觉悟，培养群众健康高尚的审美趣味，提高群众的鉴赏水平和辨别能力，使他们能比较自觉自愿地接受真、善、美的文学艺术，而摒弃假、恶、丑的东西，从而推动整个文学艺术的不断

---

① 《斯大林全集》第 12 卷第 98 页。

发展和繁荣。从这个意义上讲，这种竞赛本身就是一种斗争，其中包括着社会主义文艺同反社会主义文艺、无产阶级同资产阶级和一切剥削阶级思想的斗争，而不是让错误的或反动的东西任意泛滥，因而绝不能把这种竞赛曲解为资产阶级自由化的政策。斯大林在领导苏联文学艺术事业的实践中，遵循的就是他所规定的这一马克思主义原则。他赞赏《恰巴耶夫》这样的优秀作品，热情支持别德内依等作家的优秀创作，但并不强行禁止他所认为的某些有缺点和错误的作品，即使是表现了反苏维埃倾向的《逃亡》，他也"决不会反对上演"；但是，这不是放任自流、置之不管，而是具体提出修改意见，要求作者"给自己的八个梦再加上一两个梦，描写出苏联国内战争的内部社会动力，使观众能够了解，所有这些自称为'诚实的'谢拉菲穆之流和各种各样的编制以外的大学讲师被赶出俄国，并不是由于布尔什维克的任性，而是因为他们曾经骑在人民的脖子上（不管他们如何'诚实'），布尔什维克把这些剥削的'诚实'拥护者赶走是体现了工农的意志，因此是做得完全正确的。"①可以看出，这是一种建立在坚强党性原则基础上的积极诱导的方法。

与在文学艺术领域开展社会主义竞赛相辅相成的，是斯大林还强调要大力扶植、培养文艺战线上的新生力量。他反复指出，在社会领域中，未来总是属于那些"不顾一切而打破旧说，创立新说"②的新生力量。文学艺术领域中的新生力量当然也不例外，他们出现在哪就给哪带来新的风气，开创新的局面。但是，他们的成长不可能一帆风顺，常常会遭到来自

①《斯大林全集》第12卷第281页。
②《斯大林论文学与艺术》第47页。

各个方面的阻力，如嫉视、压制、打击，等等。正如斯大林指出的："在我们国家里有成百成千有才能的年轻人，他们竭尽全力要从下面冲上来，以求把自己的微末贡献投入我们事业的总宝库。但是他们的努力往往是徒劳无益的，因为他们常常被文坛'名人'的自负、我们某些组织的官僚主义和冷酷无情以及同辈的嫉妒（它还没有转为竞赛）压抑下去。"[1] "官僚主义的危险首先具体地表现在它束缚群众的活力、主动性和自动精神，它埋没蕴藏在我们制度内部、工人阶级和农民内部的巨大的后备力量，它不让我们利用这些后备力量。"[2] 而严峻的现实是：如果没有这些新生力量、后备力量，包括文学艺术在内的整个社会主义事业就会中断、失败。因此，斯大林将这个问题尖锐地提出来。他指出："我们的任务之一就是要打穿这堵死墙，使不可胜数的年轻力量得到出路。"[3] 而开展社会主义竞赛，就能有效地粉碎官僚主义的束缚，冲破"名人"的压抑和嫉妒所形成的阻力，为发挥群众的活力和创造主动性开辟广阔的场所，发掘蕴藏在社会主义制度内部的巨大的后备力量。这样，就文学艺术而言，就能通过扶植新生力量，创作出优秀的作品，逐步将那些低劣的、反动的东西从文学艺术的舞台上排挤下去。

为了创作出高度的思想性与尽可能完美的艺术性相统一的优秀作品，来排挤、取代那些低级、粗糙、错误、反动的作品，作家、艺术家就有一个学习马克思主义理论、深入生活的问题。斯大林在论及社会主义现实主

---

[1] 《斯大林论文学与艺术》第 64 页。

[2] 《斯大林论文学与艺术》第 60 页。

[3] 《斯大林论文学与艺术》第 64 页。

义时就曾辩证地指出，作家、艺术家"应该知道马克思和列宁的理论，但也应该知道生活"。

首先，因为人们的任何活动（包括对生活的认识、反映）都是在一定的世界观指导下进行的；文艺创作作为一种认识生活、反映生活的创造性活动，当然也离不开一定世界观的指导，而马克思主义是有史以来最先进的世界观，它把伟大的认识工具给了人类。特别是在社会主义的条件下，人民群众改造客观世界和主观世界的伟大革命实践，都是在马克思主义的科学理论指导下进行的。作家、艺术家只有接受马克思主义的指导，才能深刻理解社会主义革命实践这个历史上"最伟大的过程"①，透过纷纭复杂的社会现象看到生活的本质，辨认出现实中"使生活走向社会主义的东西"，给予艺术的再现。反之，如果脱离甚至拒绝马克思主义的指导，就有可能被生活的表象、假象所迷惑，看不清生活的真实图景，对社会主义现实做出歪曲的评价和反映，或者沿袭批判现实主义的老路，导致对社会主义现实的诬蔑。所以，斯大林历来强调作家、艺术家要学习马克思主义，要"知道马克思和列宁的理论"，以树立正确的世界观，提高认识、分析、评价生活的能力。

但是，仅仅懂得马克思主义的道理，这对于一个艺术家来说是不够的，因为艺术家之不同于社会科学家的根本之点，就在于艺术家应该通过生动的艺术形象、艺术形式"真实地反映生活"，而要做到这一点，就必须"知道生活"。只有在生活中运用马克思主义的立场、观点、方法去观察和分析一切人、一切社会现象、一切斗争形式，而后才有可能对生活做

---

① 《斯大林论文学与艺术》第 47 页。

出正确的认识和评价，并根据这种认识和评价对活生生的生活现象进行提炼、集中、概括，通过典型化的艺术手段，在更高、更理想的程度上，真实地将"使生活走向社会主义"的现实运动表现在艺术作品中。从这种现实主义的原则出发，斯大林十分重视作家、艺术家深入生活的问题，他曾力劝著名作家杰米扬·别德内依不要老待在梯弗里斯，而要"安排'到巴库去玩一趟'"，因为巴库当年是苏联的重要石油基地，那里有沸腾的生活，有艰苦奋斗的新生活建设者，那里"使生活走向社会主义的东西"在大量涌现，"如果你还没有看见过林立的石油井架，那么你就是'什么也没有看到过'。我相信巴库能提供你极丰富的材料来创作像《牵引力》这样的杰作。"[1]而《牵引力》这部塑造了积极从事社会主义建设的新人形象的作品，就是别德内依深入铁路工人火热的建设生活的成果。并且，在斯大林看来，深入生活本身也是学习马克思主义的过程。因为马克思主义不是脱离实际的经验哲学，而是从实际生活中产生又不断从实践中汲取养分，得到发展的科学理论，诚如列宁所说："生活、实践的观点应当是认识论的首要的基本的观点。这种观点必然会导致唯物主义。"[2]艺术家愈是深入生活，愈是正确认识并忠实地反映生活的真实，生活中那走向社会主义的事物就愈是能给他以深刻的感触和教育，帮助他掌握社会发展的客观规律，推动他接近马克思主义、学习马克思主义。所以斯大林说："如果一个作家忠实地反映生活的真实，他就必定会走向马克思主义。"

以上就是斯大林在社会主义文艺问题上对于马克思主义文艺理论的主

---

[1]《斯大林论文学与艺术》第53页。

[2]《列宁全集》第14卷第142页。

要贡献。应该指出，斯大林在领导社会主义建设事业的后期，由于思想离开了唯物论和辩证法，也由于缺少可借鉴的经验，因而也曾有过一些缺点和错误，其中包括了在阶级斗争问题上的摇摆，看不到社会主义制度下仍然存在着经济基础和上层建筑之间的矛盾，在晚年又犯了阶级斗争扩大化的错误，等等。这些必然要不同程度地反映到文艺领域中来。例如在他晚期对文学艺术问题过多地采取了由党和政府做决议的行政干预办法，混淆了党内斗争和文学艺术领域中问题的界限。这些教训是严重的，值得认真汲取。但是，这在斯大林的一生中毕竟是次要的方面，以整体论，斯大林仍然是一位伟大的马克思主义者，他在包括文艺问题的各个方面都为马克思主义理论宝库贡献了新的内容，是值得我们认真学习的。

觅渡，争渡，
惊起一滩鸥鹭

（2015年年7月）

觅渡，争渡，惊起一滩鸥鹭

——中国画"学术性"之惑

一

记不太准从何时起，"学术性""学术价值"这类词在中国画界大热起来，一时间似已成为中国画水平高与低、画格雅与俗、品位清与浊的权威评判标杆。一旦贴上"学术性"标签，其画界地位自然就上升到新高度，就有了新台阶，于是努力提高自己作品的"学术价值"就成了不少画家孜孜以求的目标。当然，能够裁定他人作品有无"学术价值"更非权威莫属。于是，"学术提名展"，"最具学术性画家评选"等等时尚品牌相继上市，以讨论某某画家、某某作品之学术性的评论、文章、座谈会、研讨会亦屡屡见诸传媒，在画界掀起了一股不大不小的热潮。

我想，这种现象的出现，可能是有识之士不满画界的"三俗"之风，力图重振正大气象的一种努力，也与一些画者不甘沉沦，力图超越的强烈意愿不可分。因而，画家们普遍接受这种说法甚或将之作为某种价值标准也都是可以理解的（笔者本人开初不假思索地也认同这种表述）。然而仔细想想，就生出一个问题："学术性""学术价值"这个本属于理论、研究范畴的概念，怎么会与属于艺术创作的中国画联系起来，对应起来呢？它们的内涵、外延究竟是什么？

"学术性""学术价值"之说，应该是从"学术""学说"中生发出来的概念，查诸《现代汉语词典》，"学术"指的是"有系统的，较专业的学问"，而"学说"则指"学术上的有系统的主张或见解"。再查查"百度"的有关解释，将"学术性"定义为"形容词，具有学术价值的"，而"什么是学术价值？通常指有独创性或创造性的观点、命题或者是事实发现，对学科发展有益"。这些解释、定义可能简单了一些，但由此可以看出，一、"学术性""学术价值"是由"学说""学术"衍生出来的；二、"学术""学说""学术性""学术价值"的概念皆属于逻辑思维、理论研究的范畴，是学术界（自然科学、社会科学，也包括文艺理论）的专利，似未闻艺术领域如文学、戏剧、影视、音乐、舞蹈等有"学术性"之说，怎么独独中国画竟能享此尊荣？

科学思维和艺术创造是人类把握世界的两种截然不同的认知方式，前者是逻辑思维、抽象思维，后者是形象思维（其中也不排除有逻辑的导引）。评价这两大范畴成果也有完全不同的尺度，科学发现，理论研究，学术的创建，观点的提出和论证，使用的标尺是学术价值、学术性、理论深度等等，而对于文学艺术作品，如小说和中国画作品，则应使用艺术性、思想性、审美价值、社会历史意义等概念。

一部《红楼梦》，你尽可以从其思想内涵、社会背景、人物塑造、情节设置、篇章结构、艺术技巧、甚至作家身世、年代版本诸多方面、诸多层次来分析它、研究它、欣赏它，但任是评《红》高手，也不可能从中发掘出什么"学术性""学术价值"，蕴含在这部伟大文学经典中的只有艺术性和审美价值及社会历史意义。而研究《红楼梦》所形成的观点、见解、理论文章、学术著作，及由此形成的"红学"流派，就是学说、学术，它们才有学术性、学术价值可言。艺术性转化为学术性，其间有一系列对艺术品本身的形象、主题、情节、技巧进行分析、抽象、概括、推理、论证的逻辑思维过程，这是一个由具象上升到抽象的辩证思维过程，而绝不能将二者简单地对应起来甚至等同起来。非独文学作品，古往今来所有的艺术，特别是造型艺术，雕塑、绘画，包括现代的前卫艺术、装置艺术，它呈现在大众眼前的无一不是具象、形体（包括抽象艺术所使用的线条、色块），只能从艺术性的层面来欣赏它，理解它，由形象的导引渐次领悟其思想内涵、审美品相，作者的深层思考，如果将观者这种审美直感和理性领悟付诸文字、文章、著作，那才可以来谈它的学术价值如何了。事实上，任何一位艺术家都不可能是为了追求"学术性"而创作的，也不是由"学术性"指引进入创作的，生活、艺术、情感才是创作灵感和激情之源。

但是，"最具学术价值"的中国画这一提法引发的问题尚不止于此。如果我们把由此引发的探究比作"觅渡"，那么，不妨看看"觅渡"后在彼岸都有些什么。

二

既然学术性与艺术品的艺术性、审美属性是截然不同的概念范畴，那么，被时人如此看重的中国画之"学术性"实际上究系何指？换言之，是中国画作品中的什么因素被视为"最有学术价值"，从而使画家、画作获得"学术提名"的？中国画作品中与人们口口相传的"学术性"相对应的究竟是什么？

试举一例，发表在2014年9月6日的《黄宾虹的释读困惑》一文值得一读，这是一篇分析精到、有相当理论深度、有较高学术性的文章。它从"追求苍莽的天籁之音——来自传统赏鉴的困惑"，"拙格之难于辨析——来白大众赏鉴的困惑"，"山水画创新的拓荒者——米自齐、黄比较的困惑"和"水墨实验的价值——来自学术鉴赏的困惑"等四个层面或角度对形成黄宾虹画风、画法的笔墨特征，他脱略形迹，更注重于意气的随意生发，注重于墨法追求笔墨本身所包含的精神厚度的"写意"精神，他的积墨法、渍墨法对构成画面团块结构所具有的神奇作用，他把笔墨作为一些符号，通过"符号"巧妙变化来表现其心中的山水，等等，做出了细致深入而又言之成理的分析，指出黄宾虹已达于追求笔墨摆脱形似的羁绊而与山水苍莽天籁之音相合的那种微妙境界。此文不但论述鞭辟入里，而且文采斐然，佳句妙言不时生发其间。说此文是一篇学术论文，有较高学术价值，我看实至名归。但这"学术性""学术价值"无疑是属于此文而非它所分析评述的黄宾虹的山水画；黄宾虹只提供了有很高艺术性和审美价值的山水画作为论述研究对象，而将黄作中通过笔墨、画面体现出来的艺术审美价值加以发掘，指出其存在，分析其特质、成因、意义的，是这篇论文，因这个理论研究成果而具备了学术价值的，也正是此文。

要指出的是，因为这篇文章所要破解的"释读困惑"所聚焦的是黄宾虹的笔法墨法，故少言及其他。这当然无可厚非。黄宾虹等大师们在这方面留下的巨大遗产总是需要后人不断去总结的。问题在于，时下一提及

"学术性"，不管对谁，大多都是冲着其笔墨技法及水准而去的，也出现了不少"×××墨法解读"之类的文字，给人的印象是，似乎有笔墨就有了"学术性"，所谓的"学院派"之所以高于江湖市井画，一大标志就在其高扬的"学术性"上，即画作更讲究笔墨技巧章法布局。一时间，以此相标榜的提名展、提名奖、座谈、研讨及各种"班"触目皆是。这不但混淆了两个截然不同的概念，而且有以偏概全、产生误导之虞。实际上，仅以构成一幅画的艺术要素而言，除了笔墨之外，还有诸多选项，如文学构思，谋篇布局、意境营造、物象塑形（具象与抽象、物象与意象），等等。上引"困惑"一文在谈到"写意"与"画意"之分时指出："其实'写意'与'画意'之区分，也即是'约'与'博'，单纯与丰富的关系问题。'写意'往往要求表现一个境可意会、迹可把玩的'心灵空间'，其至高的境界，是脱略形迹，纯任性情，率意而为。'画意'则往往是通过画家有意地经营，尤其是通过迹的交叠，表现一个画面实在而可感知的，笔迹却未必皆可一一把玩的'物理空间'。""写意"如高耸入云的巅峰境界，固然需要有识之士去攀爬，但社会与时代似需更多的"画意"者及其作品，循此以往同样可达于高峰。这里，笔精墨妙自不可少，这同样是撑起"画意"的基石，然而文学构思、审美理念、匠心营造，尤其是创意、创新更不可少，它们有机地综合一起，共同弥散在一幅作品的画面上，营造出它的艺术审美"颜值"。据"困惑"一文给出的定义，连傅抱石都基本上属"画意"者，则徐悲鸿更是"画意"之大者。不管画界对其笔墨评价到否"皆可一一把玩"的境地，他之所以能与黄宾虹、齐白石等同列巨"匠"之门，是他的艺术开创精神和革新意识，他在继承古法的基础上打造了一套前所未有的服务于他所要表达的可"直接诉诸视觉"的物象形貌和意图的笔墨语言，将传统题材大大拓展，又因题材的拓展刷新了既有的章法布局构图。——这是对中国画的一大突破和贡献。之所以如此，盖因徐悲鸿的人生经历、人生观和艺术观决定了他必定是位"画意"大师，他的作品中有太多的非笔墨或超笔墨的艺术构成因素，是这些因素使徐悲鸿能创作出"愚公移山""九方皋"等鸿篇巨制和神扬千古的骏马系列，其艺术价值有目共睹，转化为学术价值亦然。这是徐悲鸿成其为大师的重要因素。如果像对黄宾虹那样，将"学术价值"只瞄准了徐之笔墨是否"皆可一一把玩"，那就不能尽窥大师的艺术堂奥。

除笔墨外，其他构成因素对于一幅中国画作品能起多大作用，看看吴昌硕的艺术实践即可知。老缶挟其开金裂石之书法篆刻功底而入画，笔阵墨法自非等闲，但"吴家样"给世人印象最深或最能构成其画审美特色的还是其构图。潘天寿曾分析吴昌硕画的构图与众不同之处云："不论横幅直幅，往往从左下面向右面斜上，间也有从右下面向左面斜上，它的枝也作斜势，左右互相穿插交叉，紧密而得对角倾斜之势。尤喜欢画藤本植物，或从上左而至下右角，或从上右角至下左角，奔腾飞舞……其题款多作长行，以增布局之气势。"这种奇特构图，是缶老独出奇兵的有"意味的形式"与他"重气""养气"的统一体，对于一幅中国画而言，构图所产生的震撼力往往非笔墨所能形容。

中国画创作的实践表明，近年来在中国画坛卓然成家、一枝独秀者往往是笔墨经营到了一定程度，而在画面构成、意象营造、章法布局上锐意创新、自出机杼的画家和作品。于这些画家而言，笔墨功夫大家都差不多，要脱颖而出，胜人一筹，就得在其他因素上下功夫，这实际上是个比笔墨天地更广阔、更能发挥想象，也更能展现个人才华、成就一件作品的空间。有时候，一个别出心裁、妙思独运的构图会令平庸的画幅点石成金，焕然一新。这方面的成功事例比比皆是。

毫无疑问，绘画中的笔法墨法，由于它是构成一件艺术品审美特色的最基本的艺术元素，是中国画审美属性的题中之义，因此高度重视它十分必要的。这里要指出的是，除了笔墨，构成中国画基本面貌或曰形式美的技术层面的要素还有很多。将笔墨孤立地抽取出来，以偏概全地将其当作绘画之唯一妙道，当作衡量作品成功与否、艺术水平高低的唯一标准，当作所谓"学术价值"的全部所在，过度地夸大它的作用，那么，在理论上和实践中，必然会导致对其他艺术因素的轻视、忽视，乃至无视，而这样做的后果是什么，识者是不难想象的。这几年热炒黄宾虹的笔墨却缺乏对其人其作从艺术的、审美的、社会的、文化的全面整体的研究，已经造出一批疑似"黄派"的低下跟风之作，就是证明。

三

将"学术性"直接地、简单地指向绘画中的笔墨，不仅忽视了同笔墨一道构成中国画独有的形式美特质的其他艺术要素，更严重的是它忽视了中国画作品更高层次的审美属性和功能，那是一种比单纯形式美引发的赏心悦目美感更高级、更复杂、有更多社会因素和心理活动参与其中的审美感受，这种审美感是欣赏主体与融合在作品客体中并通过形象、形貌、形式体现出来的思想情感、人文修养、社会内涵等互动的结果。

文史大家钱穆说："我们学做文章，读一家作品，也该从他笔墨去了解他胸襟。"什么意思呢？我理解，一要从文学语言即文学"笔墨"探寻作者的文外修为、精神气质、人生襟怀；二要从文学"笔墨"即文学形象、文学描述中探寻其思想内涵、形象意义，不管"笔墨"写没写人，都终归有"人"的存在。钱穆以陆游"重帘不卷留香久，古砚微凹聚墨多"这两句诗为例，认为"对得很工整，其实则只是字面上的堆砌，而背后没有人"。为什么？因为在这个有重帘、古砚的书房里谁来都行，皆可留香聚墨，而无特殊的意境。既然谁来皆可，那就只当无人了。他又举王维"雨中山果落，灯下草虫鸣"这一联句，认为这里表现了在山果草虫上的生命和在静夜雨声中感受到的凄凉，都蕴含在诗的"笔墨"中，既是作者的感受也是读者的感受，它所创造的"这一个"意象、意境是独特而典型的，生命的循环和诗人带着禅思的凄凉，表明王维"对宇宙人生抱有一种看法"，这就是诗的内蕴，它折射着王维所处时代的社会精神状态。这种对宇宙的看法王维虽没写出来，"但此情此景，却尽已在纸上。"钱穆认为，"这是作诗的很高境界"，这境界是诗中人（意境）和诗外人（作者）共同营造的，而非单纯的"笔墨"（文字技巧）。

连一个山水诗联句都要看出"人"来，看出"境界"来，何况其他？

相当一个时间以来，我们津津于谈笔墨，谈技法，谈传统，谈"写"意，却鲜有谈思想，谈境界，谈"意义"了。

时下中国画究竟缺失了什么？自是见仁见智。这其中当然也缺失笔墨技法上的千锤百炼，厚积薄发，但更缺失的还是画外修为的涵养，人文精神的灌注、思想内涵的挖掘和社会担当的追寻。

中国的传统绘画艺术中国画的一个最大特色，也是一个最优秀的传统，就在于它是在中国文化中侵染出来的，是与文史哲儒释道这些中国传统文化相伴相随的，是同中国知识分子的个人修养，道德期许、社会担

124

当这些优秀传统一脉相承的。古云"文以载道"，实则画亦可以载道，文学即人学，绘事亦即人事。诚如钱穆所言，好的文艺作品，是于中可见"人"的，是要有"境界"的。无人处何以见"人"？那就是"人"（画家）灌注于画中的精神、气质、诉求、理想，这是人（画家）创作这一作品的意义所在，是他生存于世的意义所在，是他将自己的"积极本质力量"通过作品"对象化"，来反证自己的人生价值、审美理想，给世人以精神布道、以美的感染的意义之所在，亦即作品的社会意义之所在。这是画家自由之精神活动，是他作为社会一员尤其是作为有思想、有情感、有责任感的艺术家应有的担当。这种承载着画家人生诉求、审美理想、社会担当的有深刻思想、饱含情感的中国画作品，它给观赏者带来的诸如震撼、悲壮、崇高、忧伤、哀婉、深思、向往的审美感受，明显超越了由画面笔墨、构图等形式美所引发的赏心悦目的愉悦，是更高层次的审美体验。齐白石有一幅作品，画面上是交错斜倾激扬飞舞的红蓼，本身已有很强的形式感和视觉冲击力，但配上"一年容易又秋风"的浓墨题签，一下子就让观者产生凉风拂面、流光容易把人抛的秋肃之感。我初识此画尚在总角之年，自然还不明白此画之笔墨如何，但却无来由地从心头生出一股莫名的伤感，这种感觉已远超简单形式美带来的欢愉，它饱含着一位沧桑老人传递给你的人生感慨，从而唤醒了潜伏在人心中尚未开发的乡愁，启迪了你对人生的感悟和思索。此画只见红蓼不见"人"，但白石老人俨然其中，这就是优秀中国画作品的思想性、审美价值和社会意义之所在。要达于此境界，纯靠脱略形迹，纯任性情，率意而为，"表现一个境可意会、迹可把玩的'心灵空间'"怕是不行的。画家个人主观的心灵感悟，只有当它通过能唤醒受众审美经验审美同感的迹化符号表现于纸上时，才能做到。

习近平同志在亲自主持召开的文艺工作座谈会上的重要讲话中，在肯定"改革开放以来，我国文艺创作迎来了新的春天，产生了大量脍炙人口的优秀作品"的同时，也尖锐指出，"在文艺创作方面，也存在着有数量缺质量，有'高原'缺'高峰'的现象"。我们不能不认真思考，对艺术创作而言，"高原"是什么？"高峰"又是什么？我想，所谓"高原"应该就是习近平同志所肯定的已经产生的"大量脍炙人口的优秀作品"，而"高峰"尚缺位，能够让人作为比照标杆的，恐怕还是近现代那些中国画大师及其杰作，任、吴、齐、黄、徐、张等名公巨擘自不待言，傅抱石、潘天寿、李可染等一代宗师也在其列。问题是，前辈是靠什么修炼成"大师"，成为"高峰"的？王森然认为，吴昌硕的绘画面貌之所以格调高古，元气淋漓，动人心魄，"盖师于浩博之自然，俊伟之人格与诚挚之情感，而承于伟大精神也。其经历名山巨川，得天地之奇气，披读万卷书籍，摄古人之精华，摆脱一切纷靡，养内心之元神，运其奇气元神输送之笔端，留其迹象于纸上。故其章法、笔气、墨韵，无不奇特，无不饱满。"又有论者评析潘天寿其人其画云："潘天寿的图画艺术，具有雄浑奇崛，苍古高华的独特风格……正是一个大艺术家崇高的品德、深厚的学养、精湛的艺术的完美结晶。……潘天寿的画作，熔诗、书、画、印于一炉，凝铸着他渊博的学识修养和全面的创造才能。"无需再多援引，仅此即可得知，一代大师"金身"的塑造，是由博大精神、崇高品德、深厚学养、诚挚情感、精湛艺术等元素"合金"而成。非独笔墨使然也。有这样的大师，才会有达于"高峰"的作品。这样的作品，可以是一位大家的整个创作，也可以是大师倾其全力创造出来的几件名作。如吴昌硕、齐白石、潘天寿的整个画系、亦如徐悲鸿的神骏系列，李可染的桂林山水、万山红遍，傅抱石、关山月的《江山如此多娇》，蒋兆和的《流民图》等等之属。这样的大师，这样的杰作，才是我们由"平原"迈向"高原"进而攀登"高峰"的标杆。习近平同志指出，当今时代，"推动文艺繁荣发展，最根本的是要创作生产出无愧于我们这个伟大民族、伟大时代的优秀作品。"这当然不排斥温婉悠长陶冶心性的小品，然更需要鼓振人心、玉振金声的黄钟大吕，有关部门近几年推出的重大历史题材创作的国家工程即是如此。不通过这样的大手笔打造出一批皇皇力作，不由此助推出一批顶级画家，"高峰"何可言及！而要造就出这样的艺术高峰，没有崇高的品德、博大的精神、深厚的学养、诚挚的感情和精湛的技艺，是万万不能的。这些，是大师和杰作的根本美学品格。

现在，中国画界强调"写意"精神，于画界现状而言，无疑十分必要。"写"作为宣泄、表达的形式，自然离不开笔墨及对笔墨、构图等因素的把控运用方式，这已经引起了广泛的注意和重视，而它也正是"学术性"的着墨所在。至于写意的"意"，都知道是画家通过作品所要表达的思想内涵、人生体验、审美诉求。这里的关键点是，思想、体验、感悟、诉求，是不是深刻，是不是有价值、有意义，是不是"有筋骨、有道德、有温度"的正能量，这种正能量，这种思想精神是不是在画面上"羚羊挂角，无迹可寻"，自然而然流露出来，散发开来，是否符合艺术表现规律。而这些，都和画家的人文修养的深浅，人生意义的叩问和艺术理念、社会担当等等血脉相连，而不仅仅是笔墨的操演了。

四

远古先民为了宣泄他们狩猎成功的愉悦、激情，也为了表达动物对于他们生存的重要，往往在岩石上、洞窟中描摹狩猎场景和动物图像，这时的物象简单，描写材料和技巧也相应粗陋。但无论如何，那些用矿物颜料或石器、骨器在石壁上留下的线条就开了后世造型艺术表现技法之先河，当然也是中国画笔墨的先声。此后，随着生产力的提高，人类自身在智力和精神上的成熟，接触世界的范围日趋扩大，他们想要通过绘画来表现的客体也越来越多，越来越复杂，图画这些物象的手段和技法也就相应地变得精致、多样、完备起来，尤其是在经社会分工出现了画家这一特殊群体之后。

以山水画而论，近年陕西考古在一座唐墓中出土了中国最早的山水壁画，当然，它和宋明山水画相较不可同日而语，与近现代黄宾虹等山水画大家之作相比更是天壤之别。唐墓出土的这幅山水画虽已具备了后世山水画中的基本要素，有山、有水、有树、有房舍，甚至还有动物，但其物象形貌、布局构图、笔墨线条却十分拙朴简率，尚在未开化状态。山水画现有的一整套笔墨技法在其作上尚未显现，那是千百年来伴随着文人士夫、宫苑画师"应物象形""随类赋彩"，对山水画须可观、可游、可居的精神需要、欣赏诉求逐步发展而成。其他如人物、花鸟诸画科技法的成熟也不外于此。

这个历史轨迹表明，笔墨技巧（形式、手段、工具）是因其所要表现的物象（内容）而生发、而发展、而成熟的，是附丽于内容，为内容服务的。人类如果没有图画周围世界的冲动和需求，就不会有艺术的产生，遑论笔墨技巧了。而在艺术品的整个构成中，笔墨技巧只是第一层面的东西，如建大楼的砖瓦木石，舍此当然盖不成楼；为了盖楼，首先得有木石；但之所以要有木石，前提是为了盖楼。因为要盖楼，才有了对砖瓦木石的需要。但有了砖瓦木石，你还得有个建筑构思，得有一张建筑图纸，就如画画得有构图，有布局，有整体和各个局部的协调组合——这种对作品的惨淡经营才是第二层的因素，是驾驭、操控、指挥笔墨具体挥洒运用的匠心。最高层次的则是这"匠心"中内涵着的人文理念、悯世情怀、艺术修养，乃至对宇宙的一种看法，等等。它决定着画家要表现什么（画什么，题材选择），怎么表现（怎么画，用什么样的笔墨技法、构图布局），表现的深度和广度（内容的深浅，艺术性的高低，能否达到"形象大于思维"的境地）。虽然要画好画，其中哪一个层次的元素都不能少，但每个层次在整个作品中起的作用却不是平分秋色的。

据说吴冠中批评徐悲鸿，说他是"美盲"，"因为从他的作品上看，他对美完全不理解，他的画《愚公移山》很丑，虽然画得像，但是味儿呢？内行的人来看，格调很低。"这显然是过激之言，偏颇之辞（二人之间的历史源从关系姑不论）。那吴所说的"美盲"何所指？"味儿"又是啥？其实，以绘画语系而言，吴冠中借生在西画元素中，自我意识极强几乎不受任何束缚的线和十分简约的画面物象构成的带抽象意味的画作，同徐悲鸿扎根于中国传统绘画但又融入西画可用元素，注重"至广大，尽精微"的作品，完全是两种不同的审美观照路数。这在吴看来，显然是"美盲"。徐悲鸿的画中有笔墨吗？当然有，而且有些还是开创性的独门秘籍，这只要看看他勾勒马的线条和描绘南国山水的晕染就可知。但徐悲鸿的确不是纯玩笔墨、将墨线墨法玩到极致、纯靠脱略形迹、放任性情、率意而为的玩家，也非如吴冠中完全摒弃中国画传统笔墨的画家。然即使如此，他那从传统中继承，又从西法素描技法中吸收养分而成的笔墨，还是足够支撑起如《愚公移山》这样的大主题制作的。在这个主题及相应的时代感、审美诉求导引下，他还调动运用了除笔墨之外的其他艺术技巧手段，在画面构思、人物组合、形象设计、氛围营造上做足了功夫，因而此画虽笔墨"不可一一把玩"，但整个画面还是相当壮观，主题也是颇为宏大的。说它"格调很低"，那要看站在什么角度立言。若持"汉贼不两立"，玩艺术就不能有政治的观点，那这画的确没味，没格调。但若从绘画要体现悯世情怀，要有社会担当角度持论，此画在更高的审美层次上还是站得住的。

其实吴冠中自己的画作就是一个悖论。他是油画家，早期画过不少油画，但其水平似乎没达到他自我追求的和旁人期许的水准。他也尝试着画国画，但笔墨等距传统中国画甚远。这要是一般画画的，也就如此这般了，成不了大气候。但上苍似乎注定了吴冠中不是"戴着镣铐跳舞"的舞者，而是要跳脱所有羁绊，独来独往独辟新天地的闯将。正是得益于出入中西绘画又没有陷身其中的超脱和对二者的了解，吴冠中在西画和中国画的交会边缘地带，以自己的胆识和才情，蹚出了一条有类其师林风眠所开创过的全新的绘画之路。你说那是油画，分明又有中国画的神韵；你说那是中国画，则又全然不见了传统中国画的一切程式。它似乎超然于这两大画种，但骨子里仍然是中国的，只是笔墨之类被人奉为圭臬的传统中国画元素几乎全都消解了，取而代之的是只属于吴氏的或彩或墨的点与线、块与白。但你能说它不美吗？不是艺术吗？他说："我现在更重视思想，把技术看得更轻，技术好不算什么，传不下什么。思想领先，题材、内容、

130

境界全新，笔墨等于零。"在他的作品中，他完全没把旁人以为没了它就走不了路的笔墨当回事，他只为自己的"思想"、为自己的艺术理想、审美追求着想，对笔墨之类，他是当工具、当奴隶看待，能用则用，不好用就改造，不能用就弃之如敝履。这才成就了吴冠中的艺术。由此亦可理解吴冠中为何说"笔墨等于零"吧。

在对待传统笔墨技巧上，我以为吴冠中与徐悲鸿有异曲同工之妙。

当然，这绝不是说笔墨可以忽视，虽然笔墨不是万能的，但对于中国画而言，没有笔墨也是万万不能的。只是万勿将其奉若神明。要在艺术上成功，还有不少比笔墨更为重要的东西要掌握。诚然，当笔墨技巧等成熟到了一定程度，其本身也就有了一定的独立性，而成为某种具有普遍审美意义的符号，具备了一定的学术鉴赏性，也可成为行家里手的把玩之物，有志创新者的试验之田。但归根结底，言之无物、空洞苍白的画作永远也不会成为传世之作。汉赋宋词，被历史淘汰的都是些徒有华丽辞藻，雕章琢句却了无新意、内容干扁、无病呻吟之作。以笔者的孤陋寡闻，还真没听说过中外古今有哪一位艺术大师是纯靠技巧技法名传后世、卓立不倒的。但凡享有盛名的艺术杰作，无一不是以其内蕴的人文思想、饱含的悯世情怀，以它深刻反映出的人的生存状态，它所折射出的时代风云，而为世人所激赏、所崇仰、所追捧、所借鉴。

由此看来，所谓中国画（包括一切艺术品）的"学术性""学术价值"是一个站不住脚的伪命题，尽管它出自百分百的善意。不过，中国画作品越是"思想精深、艺术精湛、制作精良"，就越是能给理论家们提供有价值的研究对象，而理论家研究得越深，其理论成果就越有学术性、学术价值。但是，理论家们的这种研究，既可从构成中国画艺术价值的某一层面（如技法）、某一点（如笔墨）入手，更须放大眼光，从思想性、艺术性、社会性等方方面面做整体的综合研究，庶几方可使人对画家作品有一个全面的了解，方能明白产生优秀之作所要具备的各种条件和要素，这一点对于画海无涯苦作舟"的后学尤为重要。

本文从中国画的"学术性"入题，意欲觅此作为探解某些困惑之渡船、渡口，及至一路行将过去，不意却牵扯到种种深层次的问题，虽稍做探究，终力不逮也，且留待高明分解。正是：

觅渡，争渡，惊起一滩鸥鹭！

2015年7月20日

一分历史 十分情

（吉林教育出版社 1992年11月出版）

一分历史十分情①

——我读《初恋没有故事》

与其读一篇俨若沉思故作深刻佶屈聱牙百思莫解的小说，不如看一篇纯粹思辨的哲学论文。但这绝不意味着笔者轻视作品的理性和内蕴，恰恰相反，我虽极佩服那将人世间种种琐屑玄虚行云流水般写得洋洋洒洒津津有味的笔墨功夫，然而真正使经历过十年"文革"十年改革迄今尚无法打破三界跳出尘寰如我辈者感受到分量思启乎中情溢乎外的，毕竟还是负荷历史逼视人生描摹情态的作品。

的确，"初恋"没有"故事"，但是，初恋有情，有史。作者对没有"故事"的初恋做出了历史—道德的审美的观照，初恋于是由质朴而显绚丽，由平淡而见深沉，由个别走向了普遍。

25年前，妙龄女6号在大伙儿等待高考发榜的焦躁中与她的即将劳燕分飞的同学们相约到海边看日出："我来定一个日子，十年后的今天，所有的人，不管他在干什么，都到我那儿去。……那一天我保准站在那大石

---

① 此文为《初恋没有故事》代序。

头上，等你们一直到天黑。……你们有当官的，有成什么教授学者的，也别嫌弃，委屈一下。那时咱们都是过来人，也许是另一番心境……"还是这个6号，又一字不差地将她几年前对十个狂妄男生的可怕预言对大伙儿重复了一遍："我现在给你们预言，这个预言也许十年，也许二十年，它绝对应验。你们十个人是很狂，成绩都拔尖。但是厄运是看不见的，它们蹲在人生的某一个路口等着你们。你们十个人，十有八九都是要失败的，这是绝对的，成功只有个别的人。你们都将以什么样的形式失败，二十年后自己就都知道了，现在天机不可泄露。……"十年后"文革"骤起，当年的相约因1号女同学成了他们中的第一个被罪恶剥夺了生命的牺牲者而告吹；25年后终于聚会时，一部同学通讯录无情地展示了这批同学的命运：有当官的，有为民的，有有成就的，有默默无闻的，有家庭幸福的，有妻离子散的，有两袖清风的，有腰缠万贯的，有下落不明的，也有命丧黄泉的……同学通讯录分明是一部命运启示录。从6号相约到终于聚会的25年，历史不仅揭过了"文革"浩劫的一页，也翻开了新时期的篇章。就这么一篇对历史做道德和审美观照的小说而言，对后者的反映显然比前者更重更难。作者现实主义的清醒和勇气，在于他尽力排除从理念出发和类型化的偏颇，几乎是不动声色地、冷峻地将这一群早年同学的现实生态及心态如实展示而不刻意修饰。这个场景呈辐射状地显现于同学聚会的各个侧面最后集中到为母校60周年校庆"表示表示"即凑份子钱一幕上，这实际上是各人对"谁是成功者"的一次价值取向和价值判断，也是对25年前6号预言的验证。谁成功谁失败？是当年考上名牌大学而今当了作家之类却两袖清风的30号？是当年名落孙山而今先富起来一掷千金的29号？还是……在改革开放新旧价值观念变换的情况下，难以有一致的答案。但这

.

136

却是历史的答案，历史无言，它的答案只能是事实，哪怕这事实的各部分天差地别。而历史的真谛、生活的全部复杂性，就蕴含在事实之中——这正是启人思索之处。阅读、品味、思索，无疑是读者的一个认识生成过程。我们当然不知道6号是由于什么的启示和激发做出那个预言的，但在作品中，庄严沉重巨大永恒的历史"天机"由这么一个年轻姣好纯洁渺小的少女之口说出来，具有一种象征意味和神秘色彩，使人如面对提出历史之谜的司芬克斯，生出一种深邃沉重的历史感。

历史不是无情物。历史本身就是人所发挥出来的情感本质力量及其物化对象的沉积。历史每挪动一寸，往往都是无法计量的情感乃至生命的消耗。"20世纪的语言艺术着手于在历史中表现人，在人中表现历史，深入思索生活及社会革新的意义"，苏联学者H·T·菲德林这一结论值得我们思考。不管是在历史中表现人还是在人中表现历史，都不能不表现那与人和历史同在并渗透历史之中或曰人在涂写历史之时的感情世界，否则，那人是干巴的，那历史是不完整的。没有"故事"的"初恋"之所以使人五内俱热，是因为它在历史—道德的审美的观照下，正确地把握住了历史—人—感情这三者的关系，真实地再现了那纯洁晶莹有如朝露般脆弱短暂的少男少女的初恋并由此透视出人间世相、时代风云。"30号从后排看着1号，看她由于睡懒觉早晨起不来没梳头就来上学那一头凌乱的头发覆盖着的白皙的脖子"，这是30号爱第一个女孩子的情景，那年他12岁，她10岁，这实际上连初恋也算不上，只是性意识的初醒；一年后30号又意外地见到了一年未见的1号，这一段关于"百合花"的叙述不长但很美，在他印象中"她长得好高，她穿一条西式短裤，两条腿长得那么长，还有一种丰腴的感觉"，写得颇含蓄，少女的美第一次在性意识渐趋成熟的30号面前袒露出来，勾起了他（也包括读者）心头的温馨。小说中真正的初恋是在6号与30号和29号之间发生的，这里撼动人心的不只是初恋的纯情和朦胧美，更在于爱的方式及其后果，在于他们对自己感情、品德的反省；而社会、时代的巨大投影就沿着这爱的轨迹显现出来。从心里喜欢6号却还从来没有和她单独说过一句话的29号为初恋之情煎熬激动用英文写了"我爱你"的条子悄悄塞给她，脸色煞白有如偷吃禁果般紧张嘴唇哆嗦一句话也说不出；纯真如大孩子，自尊如小公主的6号却委屈得眼里含泪将条子交给了老师；单纯如玻璃板水晶石的老师斥责他"不要脸"；同学们耻笑他"真流氓"，等待着29号的是记过的可能和高考的落榜，而他也真的落榜了！在这个以悲剧了结的初恋过程中，29号、6号以及他们的老师、同学无疑是善良纯洁的一群，他们的所言所行和行为方式的选择都是合乎人物的角色身份、性格逻辑和社会价值取向的，而这角色、逻辑、价值取向又无一不受着当时"左"的政治气候的制约和影响。在这里，我们看到了人性的扭曲命运的切割，美的被摧残和凋落。我以为这正是它的典型性深刻性之所在。30号则因另一种不成其原因的原因而将于自己有意自己也为之动情的6号置于"在水一方"的位置：那一天星期日，6号从家赶回学校，"已经走了三十多里，特意拐到30号乡里来邀他一块儿走"，这无疑可能成为由初恋走向爱的结合的起点。尽管30号由于曾经在黑暗中无意碰触过6号而老害怕看她的眼睛，但心底里却是雀跃着要和她一块儿走的。30号的妈妈却将这对初恋的少男少女那刚刚开始编织的情丝用"那双操持家务的粗笨的手给掐断了"。小说中关于妈妈让30号吃面线汤的描写是可以让人伤感落泪的，因为这碗面线汤不仅造成了他与她天各一方的终身遗憾，不仅体现着那伟大而又带着传统的烙印带着某种盲目的母爱，而且反映出当时农村在经济上的贫穷、生活上的单调、精神上的愚钝。对自己的这一初恋30号29号"全都自我反省，直追到灵魂深处"，其态度之真诚其心情之沉重其程度之激烈都远非现在的同龄人所能想见，但时代决定了这种自省如同他们的初恋一样的幼稚，正像29号所说："我们昨天都是孩子。"然而，也正因为成熟了的人再也无法回到幼稚的纯情之中；所以这孩子时代才分外令人珍惜启人遐想促人沉思。

25年过去，一切在变，连同29号30号连同他们的同学。还有永恒的吗？"一个女孩子站在一块巨石上边，她背向蓝色的大海，脸冲着一条条红泥村道。她那双曾经叫好多同学着迷的眼睛，苦苦地望着远处每一个蠕动的黑点。……她永远十八岁。她告诉他们能同时看到两个日头……"这个多少年来固执地出现在30号脑海里的画面无疑是带象征性理想性的永恒。一分历史十分情。她伴着他们走过了这段历史，走到了现在：30号29号在海边又看见了肖似6号的"两个乳峰被风儿拍得尖尖的，腰身的曲线被风儿吹得活活的"永远十八岁的女孩。他们同时感到了轻松，他们尽管来晚了但到底还是来了并且终于看到日头已经升起来了。她还将伴随他们在人生旅途上不断看到新的日出——这是理想主义吗？它同现实主义是不相容的吗？无论如何，作为读者，我喜欢这一片亮色，它使人的心情在一片灰蒙蒙造成的压抑（这或许是小说的一个不足？）之后激奋起来，有所希望。

1990年6月

爱的大纛，憎的丰碑

——评长篇历史小说《永宁碑》

春风文艺出版社出版的长篇历史小说《永宁碑》（分上、下两卷，作者张笑天），是社会主义文学创作的又一新收获。这部饱和着爱和恨的作品，以其崇高的爱国主义主题，使人读之回肠荡气，心潮难平。

永宁碑，即明朝永乐年间立在祖国东北边境的"敕建奴儿干永宁寺碑"，是中国政府对黑龙江和乌苏里江流域拥有领土主权的象征。早在三千多年前。我国东北的汉、满、蒙古、鄂伦春、鄂温克、达斡尔、赫哲等族的祖先就劳动、生息在永宁寺碑一带的广大土地上，共同开发了祖国的东北边疆。从8世纪（唐朝）开始，直到清朝，中国历代政府都在这里设置地方行政机构，行使领土管辖权。位于东欧的沙皇俄国16世纪初在历史上首次形成统一的国家之后，立即向东扩张，吞并了西伯利亚，接着，就对中国富饶美丽的国土虎视狼窥，于17世纪疯狂侵入中国的黑龙江流域。鸦片战争以后，沙俄乘满清政府镇压太平天国革命无力北顾之机，积极配合英法帝国主义对中国的入侵，用阴谋和武力胁迫清政府与之签订了不平等的《瑷珲条约》和《北京条约》，鲸吞了中国黑龙江以北、乌苏里江以东的大片土地。沙俄的残暴入侵，激起了东北边疆各族人民的英勇反抗，他们组织民军，同沙俄入侵者展开了艰苦卓绝、可歌可泣的斗争。长篇历史小说《永宁碑》反映的正是《瑷珲条约》《北京条约》签订前后，中国东北边境各族人民风起云涌的抗俄斗争的光辉一页。

《永宁碑》是作者在对历史文献和考古资料做了大量调查研究的基础上进行写作的。它形象地再现了历史的真实。血管里奔流着汉族渔民血液的赫哲族少女库玛丹和赫哲族青年巴满贡在世代生息的故乡土地上幸福地相爱着。但是，在他们行将举行婚礼的时候，沙俄的炮舰闯进了黑龙江，从此，苦难代替了欢乐，宁静的生活让位于悲壮的斗争。作品以这一对青年悲欢离合的命运为情节主线，将笔触伸向了19世纪中叶广阔的社会生活，展现了当时错综复杂的阶级关系和民族矛盾，描绘出一幕幕政治、军事斗争和一幅幅社会风俗画图。作者以历史唯物主义观点做指导，比较成功地塑造了一系列真切感人的艺术形象：美丽纯洁、英武果断、勇赛男儿的库玛丹，老谋深算、舍家为国的舒海力，性格粗犷、侠义心肠的乌坎贝、徐黑闯，壮志难酬、一生颠沛的陆勉舟，温和敦厚、侠骨柔肠的吴兰花、昆黛，遁迹空门而常怀国难之忧的富民扬阿，以及美丽善良、见义勇为的俄罗斯少女玻利娅等等，他们都是生活在特定历史条件下的有着自己独特的性格发展的艺术形象。其中，库玛丹是作者着力塑造的主要人物形象。库马丹不仅有19世黑龙江人民共有的辛酸经历，而且有她自己的特殊的经历。她四岁那年双亲被罗刹强盗杀死，从此跟着赫哲族养父乌坎贝游历天下，有缘结识了戴罪戍边的将领陆勉舟，学到了文韬武略，受到了老师的爱国热情的熏陶，她在严酷的岁月中迅速成长起来，以自己的忠诚和才干成了叱咤风云的民军首领。她有着守土抗俄的宽广胸怀，也有着恋爱中少女的脉脉柔情；斗争需要时，她能盘马弯弓，临阵杀敌；耳鬓厮磨时，她也会巧笑娇嗔，月夜吹箫。而当民族的利益同她的儿女私情发生冲突时，她又能以民族和国家为重，强忍痛苦大义绝私情。作者是在歌颂库玛丹的纯洁爱情吗？是的。但是，我们感受更深的是她的伟大爱国主义情操！库玛丹的形象令人信服地表明，当时阶级斗争、民族斗争的巨浪怎样激荡到了生活海洋的最底层，世代沉默和操劳的人民群众怎样从无到有、由弱到强地发展了抗俄的力量，在政治上军事上显示了自己的力量。

陆勉舟也是作品精心塑造的一个艺术形象。这个人物有着内心充满矛盾的复杂性格。他曾因力主禁绝鸦片、以武力振兴"天朝威风"而深得林则徐的器重，后遭奸佞陷害被降级戴罪戍边。他饱读诗书，熟谙武略，身处外敌入侵、权奸误国的艰难时世，他力图精忠报国而壮志难酬，忧心如焚但又找不到忠君和卫国两全的出路，甚至恪守着"君要臣死臣不得不死"的愚忠信条。但是，他毕竟是生活在内忧外患深重的19世纪中叶，命运使他目睹了山河破碎的惨象。他同人民群众有着广泛的接触，所以当库玛丹向他慷慨陈词，晓以民族大义时，对国家危亡的深切关注终于战胜了他对皇上的愚忠，幡然醒悟，扔掉了花翎顶戴，与清王朝决裂，走上了誓死抗俄的道路。陆勉舟的遭遇同历史上那些命运坎坷的民族英雄有着共同之处，但他又不同于那些屈死于内奸之手的悲剧性英雄，他是和人民并肩喋血沙场的，这就使得这个人物的思想达到了一个前所未有的高度。可以说，这个形象是作者在研究历史事实的基础上对生活的独到发现，是作者创造的"这一个"。

如果说，陆勉舟这样的有识之士终于转到人民方面来，标志着民族矛盾的激化造成了统治阶级内部的分化和反侵略阵线的重新组合；那么，玻利娅这个人物则从另一个侧面深化了反侵略的主题。玻利娅是俄国"移民"中出身于贫苦农奴的纯洁姑娘，她目睹了沙俄侵略者屠杀中国平民的暴行，经历了亲人被本国反动统治者杀害和自己被凌辱的悲惨遭遇，终于手刃戴着神甫面具、制造了她一家悲剧的传教士图列夫，义无反顾地投身于中国人民的抗俄斗争，把自己的命运同保家卫国的中国人民紧紧联结在一起了。她的行动有力地表明，各国的人民互相是友好的；侵略战争在任何时候、任何地方都是不得人心的，它只能激起被侵略者的反抗和本国被压迫人民的觉醒。

《永宁碑》打破了"四人帮"设置的不准写英雄人物牺牲这个禁区，笔酣墨饱、意重情深地写了英雄人物各种各样的死：乌坎贝诱敌触礁自己伤重而死；吴兰花毁容自刎守节而死；玻利娅诱敌救友跳海而死；富民扬阿横眉冷对沙俄包围自焚而死，库玛丹、巴满贡在绞刑架下完婚就义而死。这种种的死都紧紧围绕一个中心，这就是揭露沙俄侵略者的残酷狠毒，歌颂人民的英勇斗争。当人们为这些生离死别落下热泪时，心情不是消极低沉，而是壮怀激烈，是对英雄的深深敬仰和对敌人的刻骨仇恨。

爱得深才恨得切。《永宁碑》在以极大的热忱讴歌人民群众的同时，还以满腔的义愤揭露、鞭挞了嗜血成性、扩张成瘾的沙俄侵略者和屈膝投降、出卖祖国大好山河的民族败类。"你是军人，你应当养成这样一种习惯：把地球上任何一个地方都当成你的祖国，你才能像爱自己的祖国一样去把它夺到手里。"沙俄派到北京同清政府谈判的侵略头子伊格纳切夫训诫部下的这段话，是以沙皇亚历山大二世为头子的一切沙俄侵略者的自供状。《永宁碑》中，不论是穆拉维约夫上将、卡尔萨科夫中将，还是手持圣经、开口闭口"上帝"的英诺森大主教、图列夫神甫，或是流放犯出身的金矿公司经理奥尔洛夫，尽管他们之间千差万别、矛盾重重，但在巧取豪夺中国领土、血腥屠戮中国边民这一点上是共同的、一致的，奉行的都是"你的就是我的"的强盗哲学。而满清政府的咸丰皇帝，西太后那拉氏，恭亲王奕䜣，御前大臣、黑龙江将军奕山，三姓副都统希拉罕等一干投降派则被侵略者的凶焰吓破了胆，为了一己私利，他们什么卑劣无耻的勾当干不出来！对国内的主战派毒若虎狼：杀肃顺，罢富民扬阿，鸩酒赐陆勉舟自尽；对外寇则奴颜婢膝，民军攻打海参崴时清兵与沙俄侵略者勾结起来夹击陆勉舟的罪行，无不使人切齿痛恨！在轰轰烈烈的抗俄斗争中，中国上层反动派认敌为友，撤掉国界，匍匐于侵略者的脚下，而俄国下层人民中的玻利娅、克鲁金克等则打破民族的界限，加入了中国人民的抗俄行列，这种分化聚合，雄辩地证明了一个真理："民族斗争，说到底，是一个阶级斗争问题。"这是《永宁碑》揭示当时社会生活和阶级关系的深刻之处。

《永宁碑》的结构是完整的，它本身就是一个大悬念：库玛丹和巴满贡何日才能成婚？这个悬念在逐步解开的过程中波伏浪起，融汇众流，一对恋人的命运和中国人民的反侵略斗争融为一体，全书的气氛也由开始时的轻徐欢快而变为悲壮深沉，把读者的情绪一步步推向高潮。当然，这部作品也还存在着一些不足之处。与正面人物特别是英雄人物相比，反面人物的塑造显得单薄，整个作品的语言缺少变化，尤其是满清王朝上层人物的语言不够个性化；有的章节一般性的叙述过多，形象性的描绘较少，有平铺直叙之感，在全书中显得不协调。这些，都值得斟酌和加工。

1979年12月27日

力量在于真实地反映现实

——读话剧《救救她》札记

文艺创作怎样坚持现实主义的传统，才能在社会主义现代化建设中更好地发挥战斗作用？对于这个问题，粉碎"四人帮"三年来，文艺工作者已经用一大批作品做了出色的回答。话剧《救救她》（刊于《新苑》1979年第3期）则又提供了一个新的例证。这个写"家务事""儿女情"的话剧上演后，在观众中，特别是青年中反响强烈，闻者相告，观者动容，与过去某些表现所谓"重大题材"的戏上演时观众无动于衷的情景恰成鲜明对照。为什么会这样呢？细读了剧本之后，我想，《救救她》之所以有打动人心的力量，倒不一定是此剧的戏剧冲突有多么紧张，艺术手法有多么成熟（恰恰相反，它在这些方面都还明显地不足），而是因为它勇敢地面对了现实，它提出的问题引起了读者、观众的共鸣，从而对生活进行了干预。

一

社会意识决定于社会存在，但它一经产生出来，又反作用于社会存在。文艺作为社会意识形态，当然不能例外。文艺对社会存在的这种反作用，最集中地表现为干预生活。何谓干预生活？就是彻底地面对现实，正视生活中实际存在的矛盾冲突，发现问题，提出问题，对生活做出非教科书式的独特评价。虽然1957年以后"干预生活"的口号被批判、被取缔，但文艺干预生活亦即反作用于社会存在的功能却是取消不了的，一些优秀的文艺作品实际上依然在积极履行着它的社会职责，它揭露生活中的阴暗面，抨击丑恶的社会现象，肯定和赞颂美好的事物，光明的理想，传达出人民的心声。问题是一些人一方面禁止文艺对生活做这种完全正当的、责无旁贷的干预，另方面却在批判"干预生活"的革命幌子下对生活做了令人不能容忍的粉饰和歪曲，掩盖生活中的矛盾，压制群众的呼声；还有的人对文艺的作用做了完全反唯物主义的解释，唯上唯书，强调文艺"写中心""跟政策"，以为这才是为政治服务，为经济基础服务。这两种"干预生活"的错误倾向背离了文学艺术的现实主义传统，导致了一大批崇尚空谈，脱离实际，对人民的疾苦、国家的命运视若无睹的公式化概念化作品的产生。到了"四人帮"横行之时，这种"写中心""跟政策"的口号便被发展成为从所谓"最大的政治"出发或从最高的理念框框出发的创作主张，文艺完全堕落为宣扬现代迷信，贩卖英雄历史观和阶级斗争扩大化理论，推行"四人帮"反动政治纲领的阴谋工具了。这种"瞒"和"骗"的文艺产生于政治上"瞒"和"骗"的年代原不足为奇，奇的是"四人帮"垮台三年之久后，当文艺创作开始大胆地干预生活之时，文坛上又有人在指责这是"缺德"，似乎文艺只有把生活中的美好、光明同丑恶、阴暗截然割裂开来，摈弃揭露，一味"歌德"才叫"革命文艺"。足见文艺创作要恢复现实主义传统何其不易，当前坚持干预生活的正确主张又是何等必要！因此，《救救她》在这种时候出现，就难能可贵，它的面对现实的胆识就使人感奋。

《救救她》的一个明显特点是它没有唯上、唯书，没有"为了观念的东西而忘掉现实主义的东西"，而是实事求是地考察生活，因而就把生活的一角、一个侧面如实地展现在我们眼前：一个在学生时代表现很好的年轻姑娘下乡后埋头苦干，但是由于家中无权无势，招工没她，升学没她，环境逼使她铤而走险，冒充一位当权者的外甥女上大学，结果事发被捕，出来后又为当权者的公子所利诱，走上了犯罪的道路。围绕这条主线，作品交织了师生、亲子、爱情的纠葛，展示了社会各方面为挽救她而做出的努力和斗争。这里，没有那种根据理念框框和一时一地的政策需要而从外部硬塞进去的所谓"阶级斗争""路线斗争"，没有那种为追求"高、大、全"而人为拔高的思想境界，有的是生活本身发展的逻辑；这里的人和事是发生在剧本中、舞台上，但又是发生在读者和观众的周围，甚至是发生在你的家庭中，你个人的生活里；你平时听到过、看到过、经历过，它曾经烙伤过你的心灵，哽塞过你的喉咙，留在你的记忆里，现在，作品集中地表现了它，使你更清楚地认识了它，喊出了你的心声："救救她！"这又怎能不引起人们的共鸣呢？

文艺史上历来有两类文艺作品。一类，作为某种主观理念的演绎和某种唯心与违心的形势估量的图解，需要人们离开实际生活才能在抽象的思辨和政治说教中理解它；另一类，做到了"真实的外界的描写和内心世

147

界的忠实的表达"（别林斯基语），人们离生活愈近、愈是正视现实就愈能理解它。人民究竟需要何者，实践已经做出了响亮的回答。由此可见，文艺创作面对现实，才能干预生活，才能为人民群众所欢迎。而要干预生活，在当前，就是要进一步解放思想，按照实事求是的辩证唯物主义的思想路线，去研究社会主义现代化建设中的新情况，在作品中揭示生活中的矛盾，提出人们所关心的社会问题。

过去的文艺史已经证明，近三年来的文艺创作实践（包括《救救她》的创作和演出实践）进一步证明，文艺彻底地面对现实，一切从实际出发，就能正确地反映人民群众的愿望和要求，从而独立地发现真理、揭示真理，如话剧《于无声处》，就是在正式宣布为天安门事件平反之前，通过艺术形象对这一事件做出肯定和歌颂的，从而有力地干预了生活。从这个意义上讲，面对现实就是面对人民。人民是实践的主体，也是认识的主体，文艺面向人民，反映人民的意愿，传达人民的呼声，才能表述生活的真理，也才能经受得住人民实践的检验。反之，文艺一旦背离人民，背离现实，成为某种政治概念的简单传声筒，就会丧失其认识生活、评价生活的独特功能。君不见"四人帮"横行时出笼的反映同所谓"走资派"做斗争的作品以及"队长犯错误，支书来帮助，揪出老地主，生产就上去"式的作品，不是一批又一批地成了毒草和废纸了吗？这个严峻的教训一定不能忘记！

二

在反映生活的方式上，文艺不同于科学，它不是以生活的某一侧面、

148

某一现象作为自己的对象，而是以包罗万象的生活的整体作为自己的对象；它不是只摄取本质而抛弃现象，而是通过对现象的活灵活现的描绘来展示其本质。这就决定了文艺要彻底地面对现实，就必须正确处理好现象与本质的关系。生活是本质与现象的统一体。但是，生活的本质、事物的规律从来不是赤裸裸地显露于现象之上的，它隐藏在事物的内部，一定要通过现象才显现出来，只有现象才是能被人们的感官所直接感知的事物的外表形态，文艺正是表现了它才具有可感性、个体性、具体性，才成其为文艺，否则，就无异于哲学讲义，就失去了文艺存在的资格。因此，文艺作品要揭示事物的本质、生活的规律，只有通过对错综复杂的社会现象的真实描写才成为可能。可是长时期来，在文艺创作中片面地、机械地强调揭示本质，而忽视了生活中本质是表现为现象这一起码的事实。按照这种本质论，写正面人物，一定通体透红，字字革命；写反面人物，一定反骨毕露，句句带贬；写事件，则必然割断此一过程与彼一过程、这一方面与那一方面之间的联系和转化，要么全好，要么全坏。这种文艺，只能使生活简单化，使人们的头脑僵化。现实主义的文艺决不能使自己等同于哲学讲义，它必须写出现象和本质之间的复杂关系，必须如实地反映出生活的全部复杂性。

话剧《救救她》，好就好在没有把生活简单化，没有去套用某种既定的、一成不变的生活模式，没有武断地认为只要是社会主义社会，就到处"河水泱泱，莲荷盈盈，绿水新池，艳阳高照"；只要粉碎了"四人帮"，一切问题就迎刃而解。相反，它如实地描写了"四人帮"被粉碎后，李晓霞并没有"顿悟"而成新人，由于"草上飞""地包天"的利诱和胁迫，也由于她自己的"满足就是幸福，欢乐就是人生"的享乐主义和破罐子破摔的自暴自弃思想的驱使，她仍然在犯罪的道路上滑下去；而当方媛老师、杨华、徐志伟、张管教从各个方面对李晓霞援之以手，她也正处于转变关头时，"四人帮"得势时即已炙手可热的邱副主任，却想以通过特权弄来的糖、蛋、鱼、米，封住李晓霞的口，不让她说出邱副主任儿子奸污她、使她堕落的真相，而参与这一行动、"助纣为虐"的居然还有教育局的现任科长邵旭；最后，当李晓霞终于痛悔前非，重上正道，在高考中取得优秀成绩时，还险些因过去的失足而落榜……剧本通过对这一系列现象的描绘，揭示了生活中实际存在的矛盾冲突，逐步暴露了本质性的东西。旧时期的影响是怎样不愿轻易退却，新时期中又怎样残留着旧时期的痕迹，二者既相区别又相联系；由于林彪、"四人帮"的流毒和影响是存在于人们的意识之中，因此它不是一些静止不变的、在那里等着你去清除的东西，而是一些在变化着的活的社会力量，这种力量还有它的社会基础，它既说明了林彪、"四人帮"给我们的社会和人民造成的内伤是如何之深，也说明了要医治这种创伤是多么需要整个社会一齐动手；而剧本正是通过这种大家动手医治创伤、挽救失足青年的行动，展示了粉碎"四人帮"后我们社会那种生机蓬勃、欣欣向上、有能力消除积弊、扭转乾坤的本质和主流，这远较之简单地去报道好人好事无疑要真实得多，深刻得多，也令人信服得多。

这里需要特别提出来的是对于人物的塑造。过去西方有一种说法，认为古希腊、罗马的悲剧作家埃斯库罗斯写的是神，索福克勒斯写的是英雄，欧里庇得斯写的是人。如果撇开这些作家的具体作品，只将神、英雄、人这三个名词借用于我们的文艺创作的话，那么可以说，三十年来我们一直是在写人还是写神、写"英雄"的矛盾纠葛中挣扎的。马克思说：

150

"人的本质并不是单个人所固有的抽象物。在其现实性上，它是一切社会关系的总和。"文艺创作要塑造出一个活生生的有血有肉的人，为了镂刻出这个人的本质，只有在对他的性格和社会关系的各个方面的描写中才能做到，其中也包括写他身上的假象。例如，拿破仑是天才的军事家，俾斯麦是残忍的刽子手，但是，未见得他们时时、事事都表现如此，"很可能拿破仑有时在某一瞬间表情显得愚蠢，而俾斯麦却显得温柔。"（陀思妥耶夫斯基语）这里愚蠢和温柔当然是假象，孤立地看，它不能反映本质，但是，从整体上看，辩证地看，假象也是"本质的一个规定，本质的一个方面，本质的一个环节"（《列宁全集》38卷137页）。正是有了假象，才使本质有了更丰富、更多彩的外表形态。写出一个大奸若忠、大智若愚的人物，显然比写一个一瞥即知其为奸徒、出场即知过去未来的天才更难、更深，也更有认识价值；写出一个"可以比作一个多棱形的金刚石，每转一个方向就现出一种不同的色彩"（见《歌德谈话录》）的歌德式的复杂性格，也显然比"木匠斧子———一面砍"似的写一个光溜溜的人更富于立体感、更有光彩。可是，"四人帮"独霸文坛时，我们的文艺不是塑造全知全能、头戴光环的神，就是塑造超人一等、高大完美的"英雄"，唯独不塑造活生生的真实可感的人。可喜的是，近三年来这种状况有了根本的改变，我们的文艺创作已经由空洞的说教转向面对现实，面对人民。我们写英雄（他首先是人），也写普通人。《救救她》中的李晓霞就是作者力图在其"一切社会关系的总和"上加以把握和塑造的"人"。她是个被损害被侮辱的转变人物，但她不是简单地由坏变好，而是首先由好变坏；她之所以在短短的生涯中走过了"好—坏—好"的"之"字形路程，归根结底是她周围的各种社会关系起作用的结果；而当她变坏后，身上还保留着敢做敢当、尊敬老师等好的因素，还保留着没有熄灭尽的良知。这个人物的性格是比较丰富的，她的命运反映了一个时代的结束和另一个时代的开始，她的遭遇形象地提出了一个当前如何正确认识和对待青少年犯罪的重要问题。虽然如此，这个形象的塑造还是存在不足之处的，剧本对这个人物失足的内因还揭示得不够充分，对她的心灵开掘得还不够深刻，这就不能不削弱了这个形象感染人的力量，影响到剧本对现实生活真实入微的刻画。别林斯基说过："只有有才能的人，就是说描写了复杂具体的现实真实的人，才能够在自己的作品中是道德的！"有志于面对生活、干预生活的作者应当记住这句话。

三

但是，文艺要彻底地面对现实，问题还不止于此。列宁在论及托尔斯泰的作品"有这样充沛的感情，这样的热情，这样有说服力，这样的新鲜、诚恳"的同时，还指出托翁"有这样'追根究底'要找出群众灾难的真实原因的大无畏精神"[1]。今天，文艺要干预生活，难道不同样需要这样"追根究底"地找出时弊和悲剧的真实原因吗？《救救她》之所以不仅使人们在阅读和观看时引起感情上的共鸣，而且事后还启人思索，就在于它探索李晓霞的犯罪根源时没有仅仅停留在众所周知的林彪、"四人帮"造成的那一场浩劫上，还进一步触及到了比"四人帮"的存在久远得多、比"四人帮"的权势顽固得多的东西——封建特权思想在我们社会中的遗

---

① 《列宁全集》第 16 卷第 331 页。

毒，这一点，通过对不出场的邱副主任威势赫赫、纵子犯法、为子隐罪等侧面描写和邵旭的代为奔走已有所体现，而这，正是最触动人们思绪的一个社会问题。另方面，在寻求"救救她"的社会力量时，作者也没有机械地将"阶级斗争"当作万应灵符生搬硬贴，而是从生活出发，找到了实际存在的新的力量、无产阶级教育的力量、纯真高尚的爱情的力量，对被侮辱被损害者不歧视、真爱护的道德的力量，以及"四化"理想对每一个天良未灭的人的不可遏止的感召力量。这是需要有点艺术家的胆识的。指出这一点，在今天尤其重要。我们正处在社会主义建设的新时期，大规模的群众阶级斗争已经基本结束，人民内部矛盾在生活中突出出来了，文艺要彻底地面对这种变化了的社会现实，就需要冲破过去那种惯于靠阶级斗争来结构矛盾、发展情节的传统手法，否则情况变化了，文艺创作还在以阶级斗争为纲，无异于隔靴搔痒，是干预不了生活的。

这里，与对社会现象的根源的探究、与文艺干预生活效果直接相关的，是文艺作品中如何处理矛盾冲突的结局的问题。有一种意见认为，《救救她》让李晓霞终于被一所大学录取、与徐志伟情好如初的安排有类"大团圆"的结局，从而削弱了作品的战斗性，冲淡了它的悲剧气氛，因此，如果将作品的矛盾冲突更激化一层，改成悲剧性的结局，其现实意义会更大一些。我们认为，将《救救她》的结局改成悲剧当然不失为一种办法，但决非唯一的办法，其客观效果也未见得一定会比现在的好。固然，自从"干预生活"这个闪耀着马克思主义批判光芒的现实主义创作主张被取缔以后，创作中再也不准写悲剧、写阴暗面，到了"四人帮"独霸文坛时，文艺更是在人民的疾苦面前闭上了眼睛，于是，现实生活中不存在的事实、无法解决的矛盾在文艺作品中却出现了、解决了，虚伪的"大团圆"结局成了解决各种生活矛盾的公式。现在，文艺创作要恢复现实主义的真实性，要探究各种社会现象的根源，要干预生活，当然必须突破"大团圆"的僵死框框，如实地反映千姿百态的现实生活。像《于无声处》《我该怎么办？》等作品之所以强烈地拨动了人们的心弦，它们那独创的、悲剧式的结局是起了很大作用的。但这只是问题的一个方面。问题的另一方面是，我们的生活中除了阴暗、丑恶、痛苦外，还有光明、美好和欢乐，特别是在粉碎"四人帮"后的今天，它在我们生活中无疑是大量的、主要的。文艺既然彻底地面对生活，既然以生活的整体为对象，那么，它除了揭露、批判阴暗、丑恶、痛苦外，也要肯定、歌颂光明、美好和欢乐。因此，对文艺干预生活的主张，绝不能片面地理解为只是揭露。否则，我们就会在反掉"大团圆"的公式之后，又制造出另一种新的"悲剧"公式。当然，正如恩格斯所指出的，"作家不必要把他所描写的社会冲突的历史的未来的解决办法硬塞给读者"（1885年11月26日致敏·考茨基），但我们在粉碎"四人帮"后所面临的现实是，尽管旧的传统思想和"四人帮"的影响还在束缚着一些人的头脑，拨乱反正还要克服相当大的阻力（正因为如此，所以《救救她》也可以悲剧结局，以警世人），然而生活的脚步、时代的潮流毕竟是阻挡不住的，许多年积累下来的问题正在解决之中，如青少年犯罪问题就已被提到了实现四化、保卫四化的战略高度予以解决，一大批李晓霞式的失足青少年已大步走上了新生之路。文艺作品如实地把这种必然趋势和客观存在反映出来，同过去文艺创作中把生活中解决不了的矛盾硬加上大团圆结局的做法是有本质区别的。所以，对于《救救她》这个剧本，如果说改成悲剧结局能震撼人的心灵，唤起疗救的注意，是干预生活，那么，现在这样结局却能振奋人的斗志，展示灿烂的前程，同样是干预生活，二者的区别只在侧重点不同而已。当然，这个剧本在主题的开掘、情节的提炼乃至语言上都还值得加工提高，不过这不是本文要说的问题，在此从略了。

马克思说："理论一经掌握群众，也会变成物质力量。理论只要说服人，就能掌握群众；而理论只要彻底，就能说服人。所谓彻底，就是抓住事物的根本。"①对于文艺创作，我们现在则可以这样说：作品一经引起群众的共鸣，就会变成加速四化建设的物质力量。作品只要真实，就能引起群众共鸣，而作品只要彻底地面对现实，就能获得真实性。所谓彻底地面对现实，就在于勇敢地揭示现实生活中实际存在的矛盾冲突，强烈而及时地表达出广大人民群众的情绪、要求、意志和理想。

1980年1月

①《马克思选集》第1卷第9页。

育花·护花·赏花

——关于"育花园"的断想

《吉林教育》自去年开辟"育花园"这一栏目以来，已经历了一个多寒暑。为了使这一园地在20世纪80年代更好地发挥它的独特作用，现在有必要对它做一些回顾和评论。

"育花园"问世以来，受到许多读者的欢迎和支持。这是有道理的。

首先，教师是被斯大林同志誉之为"人类灵魂工程师"的崇高职业，教育战线是四化建设中的一条重要战线，它理应在文艺创作中得到充分的反映。粉碎"四人帮"以来，文艺刊物的确如雨后春笋，描写知识分子的作品也比比皆是。但是，这些刊物和作品以教育工作为素材的并不多，对当前普通中小学教师的工作、生活、命运、思想感情反映的也很少，这对广大教育工作者来讲不能不说是一种不足。在这种情况下，《吉林教育》特辟出一个以普通中小学教师和学生的生活为主要描写对象的"育花园"，就是难能可贵的了。

1979年，"育花园"共发表了七十多篇小说、散文、特写、诗歌以及其他小品，集中地连续地表现了教师这一主题。这里有对被"四人帮"迫害致死的忠诚党的教育事业的人民教师的深沉赞美和悼念（《雪下的心》），有对那场刚刚成为过去的浩劫的沉痛回顾和对"四人帮"罪行的愤怒鞭挞（《十月的歌》），有对伟大的"四五"运动的歌颂和对"四五"战士的致意（《遥寄童怀周》），也有对某些不称职的家长的善意讽劝，更有对光辉未来的热烈展望（《国歌颂》）。但是，更大量的，成为"育花园"中心的则是那些反映粉碎"四人帮"后教育战线的新变化、新气象和广大师生的新业绩、新思想、新风尚的作品。《灯下篇》《育花赋》《我的老师》《你首先想到了什么？》《老师的眼睛》《看电影》等篇章热情歌颂了教师平凡而艰辛的劳动、朴实而高尚的情思和对下一代的循循善诱；《花丛中的脚印》深情地缅怀了为抢救落水儿童而牺牲的十三岁小学生薛贵华；《一个心眼儿》则把笔触深入到了教师的个人生活之中，对建立在共同理想基础上的纯洁爱情做了细致描写和由衷赞美；至于《在苕条花盛开时节》这篇特写，则可以说是教育战线上的一部小小创业史。总之，综观这些作品，其总的精神、基本倾向是好的，是符合"四个坚持"的原则的，因而也是经得起实践检验的。诚然，这个"育花园"的规模并不大，入"园"挥毫的也非文坛巨子，这些作品还带着粗糙、幼稚的痕迹。如果将那些竞相出现的装帧精美、名家迭出的文艺刊物比作争奇斗艳的奇葩，那么，这个小小的"育花园"育的大约只能算是乍看不怎么起眼的无名小花。然而，这些小花却有着那些富丽堂皇的牡丹、仪态万千的秋菊所不能取代的容姿和色香，说它可有可无是没有道理的。

其次，文艺有它特有的社会功能。一篇小说、一篇散文、一首诗歌，当然不会像一篇"语文教学法"或"怎样当好班主任"的文章那样，使人立即得到某种具体的、直接的收益，但是，文艺作品同样能揭示事物的本质，提高人的认识能力。它通过活生生的艺术形象所体现出来的思想情趣，对于陶冶人的灵魂、开拓人的眼界、增强人的斗志、树立正确的人生观更有着理论文章所起不到的作用，因而能强烈地打动读者的心灵。以"育花园"上发表的作品而言，当你读了特写《给后代留下一点东西的人》后，身患绝症的好教师王志良那种力疾著书、为后一代造福而以性命相搏的精神，难道不激励着你在四化的大道上勇往直前？当你读着散文《雪下的心》时，难道不为孩子们对故去的老师的一片深情所感动，更加激起你对"四人帮"摧残革命教育事业的罪行的极大愤慨？当你吟诵着《你首先想到了什么？》的诗篇时，难道不感同身受，浮想联翩，更加珍爱、更加尊敬人民教师这一崇高职业？这种思想上的影响，感情上的共鸣，正是文艺作品所发挥的特殊社会功能。作为"人类灵魂的工程师"的教师，毫无疑问地首先要通过包括文艺在内的一切渠道陶冶自己的灵魂，提高自己各方面的修养。

再次，教育领域是一个涉及人类各个知识领域的领域，作为一名教育工作者，不仅应该懂得教育，而且应该懂得政治，懂得科学，懂得文艺，事实上，在我们的教育工作者当中，有不少人喜爱文艺，他们不但愿意欣赏文艺作品，而且也愿意通过自己的笔，把他们对教育事业、教师生活的感受用艺术形象表达出来，但又往往苦于找不到发表的机会。有了这个"育花园"，我省教育战线上有志于文艺创作的"小人物"就有了一个一试身手的园地，有利于发现和培养在这方面可以造就的人才。最近，科学界和文艺界的一些知名人士呼吁科学和文艺携起手来，用艺术的形式普及科学知识。于是，科普文艺的创作遂蔚然成风。那么，我们的教育为什么不可以和文艺携起手来，造成一种"教普文艺"呢？我想，这不但能够，而且应该。"育花园"只要精于耕耘，完全有可能育出一片"教普文艺"的新苑来。

下面，从艺术上对"育花园"做一分析。

应该承认，与专门的文艺刊物相比，"育花园"在艺术质量上还不高。但若从实际出发，以我省教育界现有的艺术水平来衡量，则可以说是取得了值得赞许的成绩，已发表的作品中也不乏感人的篇章。《一个心眼儿》《雪下的心》等作品之所以能感染读者，关键在于它们比较成功地塑造了"人"——人民教师的形象，反映了生活的真实。《一个心眼儿》所写的故事跨越了"四人帮"横行和粉碎"四人帮"后两个不同的历史时期，反映了中小学教师前后不同时期的不同命运，思想内涵比较深，写作难度也比较大。但由于作品把注意力集中在人物上，并且善于选择有典型意义的生活细节，所以写来真切具体。这篇小说没有写什么重大事件，只写了小学教师陈育才的婚姻问题；它也没有絮絮叨叨地去罗列过程，而只是选取了两个小小的生活镜头：四年前"四害"闹学时，陈育才处了个对象——营业员"胖姑娘"，但却话不投机："育才，你看立柜好，还是高低柜好？""我看书柜好。""啊？！——那，你喜欢涤卡呀，还是涤纶？""我喜欢理论。""嗯？！"结果对象"吐了一口苦涩的唾沫，一跺脚"走了，陈育才也因此得到了"臭老九"的外号，再也无人问津。短短两句对话，写出了人物的性格（陈育才对事业、对工作的入迷和对"胖姑娘"庸俗思想的调侃，但又不着痕迹，不做作），而婚事告吹则点明了知识分子在"四害"横行时又"臭"又"呆"的等而下之的"老九"地位。四年后，"祖国上空天晴日朗"，陈育才戴上了优秀教师的红花。这时他又处了一个对象——团市委副书记李清波。这里也只一个镜头：陈大妈让儿子给李清波买衣服，因为"有好长一阵子又兴这个了"，结果陈育才却用买衣服的钱买来了教学用的水银镜片、凸透镜等，因为他想做个幻灯机，而"学校底子薄，经费紧张"；于是母子之间发生了矛盾，"摊上你这么个'呆'儿子，可叫妈咋操心哟！"但结果却出乎意外，李清波不但不认为陈育才"呆"，反而坚决支持他，因为她理解陈育才"是一个心眼儿为教育"。这整个的情节是意味深长的：过去连一个普通的营业员都看不起小学教师，现在当"团市委副书记"的"官"却爱上了他，小学教师社会地位的提高和人物命运的变化是不言自明的；而"不是有好长一阵子又兴这个"和"学校底子薄，经费紧张"，则寥寥几笔勾画出了"四害"横行十年造成的外伤、内伤和搞四化百端待兴的局面，从而点明了人物行动的时代背景，使他们的思想更见其光彩。这篇小说短小精练，思想性和艺术性结合得较好，即使与专门文艺刊物上发表的类似题材的作品比较，也不为逊色。《雪下的心》写的也是教师的命运，而且只有一个镜头，但它却如泣如诉地告诉了人们一个悲剧：十年前，一个不知名姓的教师含冤死去，十年后他的冤案得到平反昭雪，他生前教过的一群孩子自动来到他的墓前深情悼念。这篇作品的语言简洁清新，悽恻婉转，带有浓郁的散文抒情风格。但由于结尾处敷设了若干亮色，表达了孩子们的怀念和决心，所以调子并不低沉。至于《国歌颂》，则用短促而节奏感较强的诗句，庄严地缅怀了过去"斗争的岁月"，热烈地歌唱了大干四化的今天和共产主义的明天，这是一曲激昂奋发的新时期的战歌。

应该指出，"育花园"上的这些作品有一个共同特点，也是优点，就是以小见大。这个"小"不仅是指它的篇幅短小（一般都是一两千字，像上面所举的《一个心眼儿》才两千多字，《雪下的心》不过千把字），而且是指它所描写的事情具体而细微，大多是教师日常生活中常见的。但唯其小，每期才能多发几篇不同体裁和风格的作品，版面安排生动有致；唯其小，才便于初学写作的人掌握；唯其小，也才易于写得短而实。像《"菌"字的故事》，只取一个小学生"我"写错一个字，但作业本上却给他批了一百分这一常见的生活细节，就结构成了一个首尾完整、有矛盾、有误会的小故事，写出了"我"、爸爸和王老师这三个人物的不同性格，体现了一种可贵的求实精神。《慈母的心》《冰凌花》《新来的老师》《周末》《老师的眼睛》等都是如此。至于诗歌，作者"们则善于借物咏志，借景抒情，这从《请帖》《教具三咏》《铃声》等篇中可见一斑。这种"细微处见精神"的风格，是值得坚持下去的。

鲁迅当年在谈到一些新作品的出现时说过，幼稚是并不可笑的，唯其小，希望才正在这一方面。鲁迅还说过，在一贯被人所蔑视的连环画艺术中，也是可以产生如达·芬奇那样的大画家的。这些话，我觉得都适用于"育花园"。只要坚持不懈，不断进取，精益求精，这块小小的园地上一定会开放出名花佳卉来的！

1980年5月

爱，是应该公正对待的

——也谈对当前某些爱情题材作品的看法

粉碎"四人帮"以来，爱情题材的文学作品大量涌现，不管人们怎样评头品足，"爱情的玫瑰花"依然劲放不衰，并且吸引了广大的观赏者——这一现象，使整个社会都为之注目了。那么，这股"写爱情热"就不存在问题了吗？存在的。列宁讲过，在任何一般的前进运动中，都会有个别例外，都可能出现个别的反向运动。几年来，我们的作家创作了一大批爱情题材的优秀作品，它们或是通过爱情纠葛揭示了生活矛盾，展现了广阔的社会场景，提出了重大的政治课题；或是反映了人的生活命运，在思想、道德、感情的精神世界里激浊扬清。然而，也有些作品中的爱情描写，或是过分渲染了个人的哀怨，或是流露出不正确的政治倾向和不健康的思想情调，或是夸大了爱情的作用，等等。但是，这些比较易于为人们所识别、所抵制，已经有文章公正地指出和批评了这一倾向。当前造成认识混乱、不利于进一步解放思想的，是从传统观念或个人好恶出发，对某些主题思想正确或基本正确、情调健康或基本健康的爱情题材作品的无理责难，甚至有上纲为

162

宣扬了邪恶的、堕落的市侩哲学以及由此派生出来的爱情观的。这就值得考虑了。

这里首先有一个如何正确理解和公正评价文学作品中的爱情描写的问题。拿《这里有黄金》来说，它的爱情描写在全篇中只占极少的比重，要正确地估价它的性质和意义，只有把它与整个作品、整个形象体系联系起来才行，用取其一点、不及其余的"摘句法"孤立地加以评论，即便振振有词，人们也不能信服。而且，即使只着眼于爱情片断，也应做公正的分析。一方面，作品让已经结了婚的佟岳和另一个姑娘路芳相爱，并且"紧紧地拥抱在一起"，未免有悖于中国人现在为人的道德，效果是不好的；但另方面，佟岳在说到妻子时表示"我并不爱她，她其实也不爱我。我们就这么过，我看中国人里有不少是这么过，没有爱情，也不一定厌恶"，不过是说出了一个客观存在的事实，向人们提出了一个爱情为什么和婚姻背离的问题，难道不应该引起重视吗？再看争论最大的《爱，是不能忘记的》吧，论者往往指责它的"格调之低"，断言男女主人公的品质是"渺小可鄙的，自私虚伪的"，是"离开了社会主义法制和共产主义道德准则"的。当然，这篇小说是有其不足之处的，但是，小说中的"妈妈"和老干部却都是具有高度自制精神和现实感的人，他们向往着纯真的爱情，但又尊重所处的现实环境，他们和佟岳不同，不但没有任何有悖于社会主义法制和道德的行为（作品交代得十分清楚，他们"连手也没握过一次，更不要说到其他！"），反而为了恪守法律和道德，默默忍受着爱情与婚姻相背离的不幸和痛苦，把觉醒了的、然而是来得过晚了的爱情深埋在心底。这种为了不造成他人痛苦而甘愿舍弃真正爱情的行为，难道不正体现了一种只有品格高尚的人才具备的自我牺牲精神吗？它难道不可以陶冶人的道德情操，提高人们的精神境界吗？有什么理由和根据，硬说他们的爱情是不道德的、他们的为人是自私虚伪的呢？

但是问题的症结还不在于此，而在于：为什么爱情与婚姻会发生背离？文学作品可不可以、应不应该在描写正常的爱情的同时，对这一社会现象做出探索和审美评价、道德评价？不错，我们现在实行的是一夫一妻制的家庭形式。但是恩格斯早就指出过："无产者的婚姻之为一夫一妻制，是在这个名词的词源学意义上说的，绝不是在这个名词的历史意义上说的。"这里所谓"词源学意义上"的，是指无产阶级的一夫一妻制是以个人性爱（即真正的爱情）为基础的；由此对两性关系的评价"产生了一种新的道德标准，不仅要问：它是结婚的还是私通的，而且要问：是不是由于爱情，由于相互的爱而发生的？"恩格斯还进一步指出："如果说只有以爱情为基础的婚姻才是合乎道德的，那么也只有继续保持爱情的婚姻才合乎道德。"至于所谓"历史意义上"的，则是指一夫一妻制产生的历史根源，即它的产生"绝不是个人性爱的结果"，而是适应私有制社会依据血缘关系继承财产的需要出现的。因此在形式上现代社会的一夫一妻制绝不是什么新东西，在这种形式下爱情既可以与婚姻相背离，也可以相统一。无产阶级的历史使命之一，就是要实现恩格斯所说的"词源学意义上"的一夫一妻制，即实现爱情与婚姻的统一以及与之相适应的共产主义新道德。遗憾的是，由于生产力发展水平的限制和种种社会因素作用的结果，即使是社会主义社会，像佟岳、"妈妈"和老干部那种没有爱情的婚姻也是存在的，并且绝非个别。而传统的道德观念则认为，只有忠于、维护这种婚姻和家庭才是合乎道德的；作为上层建筑的法律也只能适应现阶段的社会经济状况，把这种婚姻和家庭置于自己的保护之下。因此，恩格斯所说的爱情与婚姻相统一的"词源学意义上的"一夫一妻制在事实上还不能全部做到。这就造成了理想与现实的矛盾。《爱，是不能忘记的》可贵之处，深刻之处，就在于先人一步地看到了这种矛盾，大胆地将这类矛盾现象集中起来，使之典型化揭示了矛盾发展的必然趋势，表达了解决矛盾的强烈愿望，并从道德上、美学上对理想的婚姻做出了肯定的评价。试问：它怎么会失去光泽、失去美学意义、失去存在价值呢？既然我们提倡解放思想，打破禁区，勇于探索和解决四化建设中在政治、经济、思想文化等领域中出现的新矛盾、新课题，为什么作为生活百科全书的文学就不能探索爱情与婚姻问题，一旦做出这种尝试就要受到非难呢？这难道是公正的吗？

应该指出，人们之所以会对同一作品做出截然相反的评价，一个重要原因是标准不一样。对于爱情与婚姻，我们主张用无产阶级的道德观念、共产主义的道德观念来看；有的批评者则主张"从存在于人们心灵里的，约定俗成的道德标准来看"。这些同志似乎忘记了，道德标准正如婚姻、家庭一样，是历史性变化着的，从来不会凝止于某一点上。当年从"约定俗成的道德标准来看"，寡妇恋爱和改嫁是被认为不道德的，但曾几何时，这种"从一而终"的封建习俗反而成为不道德的了。而现在一些青年在婚姻问题上讲究所谓的"门当户对"，把地位、金钱、彩礼置于真正的爱情之上，甚至有的家长在革命的词句下搞包办婚姻，这些难道不正是"约定俗成"的传统观念的反映吗？事实上，今天"存在于人们心灵里的，约定俗成的道德标准"并不完全合理，还掺杂着不少封建思想的影响，并不等于无产阶级的、共产主义的道德，怎么能够用这种有缺陷的、有历史局限性的道德，作为衡量文学作品中人物行为的绝对标准呢？！在这种带有"从一而终""门当户对"色彩的标准面前，人们大张挞伐的所谓"资产阶级精神秕糠"，实际上却正是恩格斯所肯定的理想社会的爱情！由此可见，肃清封建意识的影响，对于文学创作、文学评论和文学欣赏是何等重要。

至于说到当前爱情题材作品中关于某些细节的描写和表现手法，也应当具体分析，不能笼统地加以肯定或否定。我们坚决反对以资产阶级、封建士大夫玩弄异性的姿态去做什么"从前看""从后看"的轻薄无聊的肉麻描写，反复地搞追求感官刺激的肉体展览，但是，并不一概排斥形体美的描写。恋爱，虽然是一种社会行为，但也离不开人的自然属性，即它只能发生在男女之间。因此，以塑造活生生的有血有肉的形象为己任的文学，又怎么能够予以忽视，怎么可以把人物写成离开"他"与"她"这类代名词就分不出是男是女的"人"呢！说到底，作品的格调高不高，是不是自然主义，有没有审美价值，不在于对人的长相、体态是写了还是没写，是写得多还是写得少，而在于为什么而写、怎样写，写它们是否有助于表现主题和性格。在这方面，托尔斯泰是位非常严肃的作家，然而就连他也不得不服从主题和情节的需要，不止一次地描写安娜"那看去好像老象牙雕成的咽喉和肩膀，和那长着细嫩的小手的圆圆的臂膀"，以及"她的整个身姿，她的头，她的颈子，她的手的美丽"如何使渥伦斯基为之倾倒。有谁能说这是轻薄无聊的描写呢？徐怀中同志的《西线轶事》，则通过结尾处六姐妹洗澡的细节和部队驻地生产队妇女的议论，不但写出了女兵们的人体美，而且用这种人体美进一步衬托出了她们的心灵美。

总而言之，应该站在马克思主义的立场上正确分析和评价近年来出现的"写爱情热"和爱情题材的作品，不要稍有破格就忙于指责，以免无意之中伤害了那些暂时还不为所有人所理解，日后却可能开出灿烂之花的幼芽。

1980年10月5日

让多棱形的金刚石在文学中闪光

——关于社会主义新人形象的塑造

这位非凡人物及其精神可以比作一个多棱形的金刚石，每转一个方向就现出一种不同的色彩。

——约翰·波德·爱克曼：《歌德谈话录》

一定时代的新人是一定时代的精英。社会主义新人是社会主义时代的光明和前进力量的代表者。如果我们把社会主义新人比作金刚石，那么，他反映到文学作品中，该是怎样的形象呢？

——他（她）是现实的

之所以要首先强调指出这一点，是因为：多年来，由于极"左"思潮、极"左"路线的影响，使我们在经济上往往脱离中国国情、超越实践去搞"跃进"，在生产关系的变革上和要达到的目标上提出一些不能实现的要求，并以此作为新生事物、先进人物、正确路线的标准。这反映在文学创作上，就表现为不从现实生活出发，而从抽象的政治概念和道德信条出发去搞创作的倾向，一提写英雄人物、先进人物、新的人物，总是条件反射似的先想到某种政治需要，预先规定人物应该有这种思想，应该有那种品质，应该有……，仿佛不如此，人物就失去了依据，就会"走火""入邪"。我们的评论文章将这种现象称之为反现实主义的抽象图解，无疑是正确的。不过这里有必要指出一点，就是这种抽象如果只是图解某种正确的理论或政策，那还可以说是艺术性不强、不感人的问题，被图解的思想或政策归根结底还是来源于现实的；然而事实上，这种抽象化往往是在图解那些脱离、超越现实的纯主观臆想，这种臆想在现实生活中找不到任何根据，因而这种图解是永远无法变为具体艺术形象的。

我们现在所说的社会主义新人绝不是这种人造的非现实的幻影，而是生活在我们周围的活生生的现实的人。文学作品要塑造这样的新人，只能依据严格的现实主义，正视现实，实事求是，一切从实际生活出发，牢牢着眼于现实生活中的人。黑格尔说得好："在艺术里不像在哲学里，创造的材料不是思想而是现实的外在形象。所以艺术家必须置身于这种材料里，跟它建立亲密的关系；他应该看得多，听得多，而且记得多。……这种明确掌握现实世界中现实形象的资禀和兴趣，再加上牢牢记住所观察的事物，这就是创造活动的首要条件。有了这种对外在世界形状的精确的知识，还要加上熟悉人的内心生活，各种心理状况中的情欲以及人心中的各种意图；在这双重的知识之外还要加上一种知识，那就是熟悉心灵内在生活通过什么方式才可以表现于实在界，才可以通过实在界的外在形状而显现出来。"（《美学》）只有这样创造出来的人物，才能是：一、他的形象具体可感；二、他的思想有根有据；三、他的行动合情合理。

——他（她）是多棱形的

社会主义新人来自人民，站在人民的前列，代表社会主义新时代的前进方向；他们爱祖国、爱人民、爱我们的党；他们在不同的岗位上献身于祖国的社会主义现代化建设事业，既努力地改造客观世界，也在改造客观世界的过程中不断改造主观世界和发展社会主义的精神文明——这是社会主义新人的共同本质和品格，但是，这样说，是不是要把社会主义新人形象的塑造，都统到一个口径上来呢？当然不是。对于形象的塑造，究竟是"木匠斧子———面砍"，搞成光溜溜的平面，还是雕琢成多棱形的立体？这是能不能多方面地揭示社会主义新人个性的丰富内容，避免公式化、单一化的关键。

任何人都是社会的人，他除了从同社会的交往中吸取的东西外，没有其他的内在物。所以马克思说，人的内在本质无非是一切社会关系的总和。社会主义新人也不例外，他同样处于多方面的社会关系之中，如敌我关系、同志关系、干部关系、上下级关系、两性关系、家庭关系等等，这些关系的存在和展开就构成了他所生活的社会环境，对这些关系的认识和处理，既是他思想和行动的依据，又是他思想和行动的归宿。我们正处在一个新旧交替、除旧布新的大转折时期，我国的社会主义事业在遭受到巨大的挫折之后，开始了伟大的复兴。在这个新时期中，新与旧、前进与落后、光明与黑暗的矛盾斗争，错综复杂地表现在社会生活的各个领域，必然要渗透到一切社会关系中来。社会主义新人的本质和品格，就通过人物在处理种种社会关系时对新与旧、前进与落后、光明与黑暗的矛盾的态度，从不同的侧面体现出来，从而形成多棱形的性格。

既然新人的多棱形性格是由客观环境的多面性、社会关系的多样化决定的，那么，要塑造这样的性格，首先就必须深刻地而不是肤浅地、清醒地而不是模糊地理解新人所处的生活环境，真实地而不是虚假地（不因碰到权势而畏缩，不因涉及脏污而却步，不因见到阴暗面而闭上眼睛）描写这个环境，概括、集中、提炼出环绕着人物的多方向的社会关系，这样，就从各个方面向新人提出了要解决的社会课题。近年来反映社会主义新人战斗生活的作品，如《乔厂长上任记》《三千万》等等，都是这样提出问题的：面对着一个被"四人帮"极"左"路线搞得乌烟瘴气的工厂，你敢不敢去抓、去立"军令状"？对同事、上级中那些搞帮派、搞特权、搞不正之风的人，你敢不敢去顶？对群众中的无政府主义你敢不敢抓？当事业与爱情发生矛盾时你怎样处理？对于横遭物议或犯有错误的人们你是什么态度？这每一方面的关系中都蕴含着新与旧、前进与落后、光明与黑暗的矛盾冲突，都提出了等待新人去解决的课题。把这些真实地、集中地描写出来，就为丰富地而不是平面地揭示人物的思想感情提供了客观依据，此之谓"八面受敌法"。

这里的关键在于：面对着多方面的社会关系和社会课题，作为社会主义新人，究竟该怎样处理和回答？这无论对于文学作品中的新人，还是对于塑造新人形象的作者，都是需要有顽强的、追根问底的大无畏探索精神的。托尔斯泰说过："艺术家为了影响别人，应该是一个探索者，应该使他的作品成为一种探求。如果他找到一切，明白一切，并且教导人或者特地安慰人，他就不能起影响了。只有他在探求，观众、听众和读者才会在探求中和他打成一片。"① （这就说出了一个深刻的道理：世上没有"明白一切"的超人、完人，而只有在探索中认识真理、掌握自由的"凡人"。作家是如此，作家笔下的社会主义新人形象也是如此。我们现在正处在一个新旧交替、除旧布新的伟大时代。但究竟什么是新、是前进、是光明？什么是旧、是落后、是阴暗？最根本的就是看是否符合党的三中全会以来的路线、方针、政策，是否符合四项基本原则。但是，从理论上、思想上、政治上确定了区分新与旧、前进与落后、光明与阴暗的标准，还不等于实际上解决了一切问题。在现实生活中，新与旧、前进与落后、光明与阴暗的矛盾的表现是极为错综复杂、扑朔迷离的，它渗透在种种社会关系之中，在很大程度上还是一个有待认识的必然王国。需要我们以党的三中全会路线为准绳，以四项基本原则为尺度，在实践中一一鉴别它们，探索解决矛盾的方法，找出问题的答案。例如，社会主义就是要让广大农民共同富裕起来，这当然是大方向，是前进、是光明，那么，一部分农民、少数农民先富起来符不符合大方向？是不是前进和光明？再如，粉碎了"四人帮"，国民经济得以从崩溃的边缘挽救过来，开始回升，这无疑是前进的、光明的，那么，现在国民经济又要做进一步的调整，一些工厂、企业要转产、下马，又该做何解释？而如果你被民主选举为厂长，正待大干一番、为四化多做贡献的时候，你所在的这个工厂恰恰是调整的对象，你会怎样想、怎样干？又如果让工厂下马的上级正好是你的父亲、丈夫或子女，或是当初曾压制过民主选举，不同意你当厂长的人，你又该怎样对待他？这些问题是没有现成答案的，而事实上，现实生活中的关系、

---

① 转引自《世界文学中的现实主义问题》第一集第 201 页。

矛盾远比这复杂得多，只有在探索中，才能找到正确的答案；也只有在探索中，社会主义新人才得以使其本质、思想感情通过各个不同侧面，波澜起伏、摇曳多姿地层层表现出来，从而形成独具个性的色彩丰富的多棱形性格；也只有这样，才能像素描和油画那样，处理好人物前后左右的空间关系，造成一种氛围，使形象具有立体感，真正活起来，站起来。

这种依据对历史进程、客观规律的认识，集中、概括生活现象，在多方面的社会关系造成的独特环境中让人物按其性格逻辑思维、探索、行动，从而多棱形地雕塑人物性格的方法，就是恩格斯所讲的在典型环境中再现典型人物的现实主义创作方法。

——他（她）是闪光的

自从"四人帮"炮制的那些头戴光圈的"高、大、全"式的"英雄"在人们心中破产以后，"光彩""闪光"一类的字眼也无形中成了禁忌，似乎不论塑造什么人物，只要是真实的，就不能是闪光的，如果是闪光的，就不会是真实的；这就把人物形象的真实性与思想光彩对立起来了。其实，这是一种误解。我们当然不能说凡是文学作品中的人物都是闪光的，但那些真正体现了历史的必然要求、代表了新的社会力量的艺术形象必定是有光彩的。不过，社会主义新人的这种光彩不是从外部、从舞台上方在他们头上投下的"灵光圈"，而是发自他们的性格、他们的内心世界的精神光彩。

社会主义新人作为"一切社会关系的总和"意义上的人，也会有缺陷和失误、彷徨和苦闷，甚至会带上"伤痕"。但社会主义新人之所以是新人，关键却不在有没有缺陷、失误和"伤痕"，而在于他们坚定不移地贯彻三中全会的路线，在于他们能率先冲破旧东西的束缚和影响，"最先朝气蓬勃地投入新生活"①，在于他们能在各个领域、各种关系中促使矛盾向着新的、前进的、光明的方面转化成为新事物的代表，光明的使者，而这，正是新人内在光彩的根本来源。文学作品只有真实地、深刻地揭示出新人在种种社会关系社会矛盾中的地位和倾向，才能使形象闪耀光彩。像《西线轶事》中的刘毛妹，是带着心灵的"伤痕"投入对越自卫反击战的，本身有一些显而易见的缺点，谁也不会说他是"完人"的，但是，由于作家深刻地、真实地描写了他思想上除旧布新的历程，在矛盾冲突中展现了他的英雄行为和这种行为的动机，从而赋予形象以夺目的光彩。

社会主义新人是脚踏实地、实事求是的现实主义者；但是，又必然是目光远大、富于英雄气概的理想主义者，是被革命理想之光所照亮了的人物。这里有必要指出，共产主义当然是新人最终的奋斗目标，最高的理想，但是共产主义理想在不同的人那里往往会具体化为不同的形态。难道说乔光朴希望经过自己的努力使企业现代化不是理想？难道说刘毛妹渴望为保卫祖国、建设祖国而献身不是理想？是的，这些愿望、志向都是在共产主义这一总理想的光芒照耀之下的，都是革命理想。因此，是否表现了理想，不能单纯以作品写没写、人物讲没讲"为共产主义而奋斗"的话语而定。当然，这绝不是说不需要直接写出新人的共产主义理想，恰恰相反，我们提倡直接抒写新人的共产主义品德和豪情。但是，不论是直接写新人对共产主义的向往，还是写他对某一具体目标的追求，都不能是作家

---

① 《马恩全集》卷一第 408 页。

强加于他，而是从生活本身和人物性格中合乎逻辑地引申出来的。

让多棱形的金刚石在社会主义文学中闪光！

1981年10月

"按照美的规律来塑造"

——塑造社会主义新人形象美学谈

在古希腊人看来，美是造型艺术的最高法律。

——莱辛：《拉奥孔》

"人也按照美的规律来塑造物体"①——这是马克思主义美学的一个重要论点，它涉及到美的创造、美的欣赏、美的追求，对于文学创作具有重大的指导意义。在社会主义新人不断涌现的今天，如何运用"美的规律"去塑造社会主义新人的美的艺术形象，给人以美的享受、美的教育，激起人对美好事物、美好理想的追求，就成为社会主义文学创作所必须加以探讨的新课题。本文拟就此谈一点不成熟的看法，以作引玉之砖。

对现实的"艺术掌握"：探索新人的美

何谓对现实的"艺术掌握"呢？

---

① 马克思：《1844 年经济学—哲学手稿》第 51 页。

马克思曾指出，人对现实世界的掌握是多种形式的，"整体，当它在头脑中作为被思维的整体而出现时，是思维着的头脑的产物，这个头脑用它所专有的方式掌握世界，而这种方式是不同于对世界的艺术的、宗教的、实践—精神的掌握的。"[①]这里所谓的掌握世界，指的是对世界的认识和拿这种认识来改造世界。如同用科学的方式可以认识和改造世界一样，用艺术的方式也可以认识和改造世界，这就是从生活中去探索美的规律，按照这个规律去创造美，并且通过文学艺术将生活中的美真实地再现出来。具体到社会主义新人的塑造上，首要的基本的一点，就是要探索新人何以会焕发出美的夺目光彩，他（她）美在什么地方，也就是要把握住新人的美的特质。

美，是劳动创造的，是在人类认识世界、改造世界的漫长实践中历史地形成的，它附丽在、体现在人物和事件之上，具有一种启人思索、使人激动、令人心醉的力量。什么地方显示了人们征服自然、改造社会的威力，显示了人的创造性和才华，显示了人的崇高思想、优美情操、顽强毅力，什么地方就会显示出美来。而人类征服自然、改造社会的活动总是由那些站在时代潮流前列的、代表着社会发展方向的新人开其端的。所以，不论是处在历史哪一个发展阶段上的新人，按其本质来讲都应该是有审美价值的。但是，新人的美不在于他的外在因素，如年龄、经历、身份、长相、衣着等等，新人之成其为新人，之所以美，是由他在社会新旧矛盾的冲突中所处的位置和所起的作用决定的，是表现于他的内在品格的。在任何社会中，由于生产力和生产关系的矛盾运动，总要引起经济基础、上层

---

① 《马克思恩格斯选集》卷二第104页。

建筑和人们社会关系的新陈代谢，必然会导致社会的变革。新人正是在这种社会变革的关系涌现出来的，他们置身于政治、经济、思想、文化等领域新陈代谢运动的尖端，为解决新课题、新任务而探索着、行动着，他们体现了时代的本质和特征，代表了历史前进的方向，是生活美、时代美的精华。文学作品将这种美结晶为艺术形象，本身就必然具有巨大的认识价值和审美价值。

几个世纪以来，人们异口同声地赞赏曹雪芹的现实主义巨著《红楼梦》，不知疲倦地探索着它博大精深的思想和历史内涵，以致从封建末世的愤世嫉俗之士到资产阶级的启蒙主义者，从人民大众到无产阶级的革命家，都通过这部杰作从不同角度加深了对历史、对现实的认识。探究其根源，主要的难道不是因为它深入开掘了当时社会中的真、善、美，将它熔于一炉，铸造了贾宝玉、林黛玉这样具有新思想、新道德萌芽的新人形象吗？《红楼梦》引起了一代又一代人在精神上感情上的共鸣，直到今天，我们这些四化建设者们还能从中得到美的享受，把它视为人类艺术的典范，难道不是出于同样的原因吗？恩格斯说他从巴尔扎克作品中所学到的东西"比从当时所有职业历史学家、经济学家和统计学家们那里学到的全部东西还要多"，列宁将托尔斯泰的作品誉之为"一面反映农民在我国革命中的历史活动所处的各种矛盾状况的镜子"，也都是同这些文学大师们在自己的小说中塑造了多少有着他们时代的新人特征、因而闪烁着美的光彩的艺术形象有关的。

但是，宋修广新人的美却使以往一切时代的新人黯然失色。我们不妨看看《突破——爱的分析》①这部中篇小说中海未平的形象。海未平是中国科学院××研究所的研究人员，新中国培养出来的知识分子，他精通三种外语，以化学专长而兼通电子计算机业务，他的心上燃烧着对党的挚爱，他的血液里流淌着对祖国对人民的赤诚；他想的是攻克世界科学尖端，图的是中华的崛起，"金钱、荣誉、享乐……在他们看来往往和粪土一样，他们只是不断地追求，不停地探索。算出一道难题就是最大的欢乐！"即使在人妖颠倒、动乱不堪的"文革"中，他也从未偏离过党指引给他的道路，"仅用三年时间就走完了某国科学院××院士一生未走完的路途"，在坩埚里提炼了新式的C——简称bc，从而"摘下了皇冠上的宝石，为国家探得一个大金矿，为中华民族赢得了崇高的荣誉！"为了保住bc样品，使它重新回到党和人民手中，他可以冒摔死的危险从几十米高的楼上坠下，在漆黑的地下水道中爬行七个钟头，在闹"鬼"的坟堆中度过日日夜夜，可以忍受失去爱妻的痛苦，可以经受住失去自由的漫长的八年折磨；而一旦重获自由，他的第一个行动不是细数伤痕、抚膺长叹，而是全力以赴投入四化建设，在从日本厂商手中接收××分析仪的较量中，他以凛然之气、渊博之才、高洁之行，打掉了对方的傲慢和偏见，取得了有利于四化建设的重大成果，维护了祖国和民族的尊严。

海未平的形象美吗？美，很美。他的这种社会主义新人的心灵美、性格美不是贾宝玉、林黛玉及巴尔扎克、托尔斯泰笔下的人物所可比拟的，就是车尔尼雪夫斯基《怎么办》中的体现了空想社会主义思想的"杰出的新人"拉赫美托夫，也不能望其项背。因为，在以往的历史发展中，虽然

---

① 载《新苑》1980年第3期。

经历了各个时代、各种社会形态的更替，但始终是在私有制的基地上进行的，所以不论是在实际生活中还是在文学作品中，各个时代的新人总是以这种或那种方式同私有制和私有制思想相联系的，这表明了美的历史性发展和作家审美观念的历史的、阶级的局限。社会主义社会是公有制的社会，是人类史上最进步的社会。列宁指出："群众生气勃勃的创造力是新社会的基本因素。……社会主义不是按上面的命令创立的。它和官场中的官僚机械主义根本不能相容；生气勃勃的创造性的社会主义是由人民群众自己创立的。"①社会主义的发生、发展过程就是人民群众在马列主义、毛泽东思想指引下自觉地认识世界，并拿了这种认识去能动地改造世界的过程，在这个过程中，人们征服自然、改造社会的智慧、才干和威力在前所未有的深度和广度上得到了发挥，从而为美的产生提供了无限丰富的可能性；而这种美又在社会主义新人身上集中地表现出来。

正像历史上各个时代的新人之所以新、之所以美不在外观而在其内在品格，在其在社会新旧矛盾中所处的地位和所起的作用一样，社会主义新人也是以其创造性的劳动推动社会矛盾向新的、光明方面的转化，以及在这种转化过程中体现出来的高尚品质获得独特的美学价值的。以海未平而论，作品赋予他的外貌以"大眼睛、高额头、挺直适中的鼻子——一种典型的中国男子美"，这样的长相不但吸引了日本姑娘永井美子，使她的"眼睛再也不能从他身上移开"，而且也使读者产生了美感。然而，作者所着力探索、开掘、表现的却不是这种皮相的美，而是蕴含在这个人物的形象和行动中的"内美"，即心灵美、品格美：我的力量是微弱的，我无

---

① 《列宁全集》卷二十六第 269 页。

法去和这种野蛮的破坏力量抗争，但我要证明！我要代表千千万万和我一样的青年，向党、向祖国做出证明：我们有一颗赤诚的心！从中学时代起我就迷恋上化学，望着门捷列夫元素周期表上的空格，我曾发誓：一定要填上几种我发现的新元素！……我的大学毕业论文就选取了一个世界尖端题目……这是党给我的武器！有了这个武器，尽管我是孤身一人，也有了无穷无尽的力量！因为党在交给我这种武器那天，就指望我迟早要去为她而战斗！

这种信念，这种力量贯串于海未平的全部行动之中，使他的外形也有了奇异的色彩，强大的魅力："他眼睛里闪耀的炽热的情爱啊，让一个最被人热恋的女性也要妒忌万分！"如果只看外形，那么别的时代、别的阶级都可以出现海未平这样的美男子，但是，海未平的这种心灵美却是为社会主义新人所专擅的，在他的思想和行动中，难道有一丝一毫私有制的杂质吗？没有！这就使社会主义新人的美学价值远远高出于以往新人的美学价值。折服了日方代表藤村利一，震撼了日本姑娘永井美子的正是这种美，使我们产生出崇高美感感情的也正是这种美。

我们现在正处于一个新旧交替、除旧布新的大转折时期。我国的社会主义事业在遭受到巨大的挫折之后，开始了伟大的复兴。在这个时期中，新与旧、前进与落后、光明与黑暗的矛盾斗争，错综复杂地表现在社会生活的各个领域，形成了美与丑的分野和较量，社会主义新人和新人的美就是在这种新与旧、美与丑的矛盾斗争中产生的。我们只有正确地、深刻地认识这种矛盾，看清它的现象和本质、主流和支流，把握它的过去、现在和将来，并且用鲜明的艺术形象对它做出典型概括，从而正确地深刻地反映新时代的真实面貌，才能充分开掘和展示社会主义新人的美，这就是在典型环境中再现典型性格的现实主义创作方法，就是写社会主义真实的原则。和《突破——爱的分析》一样，《三千万》《乔厂长上任记》《西线轶事》等也正是这样的佳作。

应该注意的是，由于在新事物与旧事物、光明面与黑暗面的斗争中，新的战胜旧的、光明取代黑暗具有历史的必然性，而新人的新和美正是同这种必然性联系在一起的，所以，展示这种必然性是开掘新人美的必要前提，反过来讲，要揭示新人的美，就必须如实地把他们作为我们时代光明和前进力量的代表者来塑造。如果只是为暴露而暴露，不去揭示光明取代黑暗的必然性，那就势必会取消新人之所以美的现实基础。这是根本违背"美的规律"，且为真正的作家所不取的。

过去和现在的经验都表明，不论哪个时代、哪个阶级的作家，只要他是站在时代潮流的前列，能在不同程度上对现实做出正确的审美评价的，那么，他在塑造那些具有新时代特征的人物形象时，往往是同探索和把握历史的前进方向、跟上时代发展的步伐联系在一起的。列宁就高度评价过托尔斯泰那种"'追根究底'要找出群众灾难的真实原因的大无畏精神"[①]。这也是新人的艺术形象之所以具有长久的认识价值和审美价值的重要原因。作为社会主义时代的作家，他面对着的是一个更其复杂、更为广阔的生活领域，中国的国情如何，中国式的社会主义现代化道路该怎样走，在这条道路上新与旧的矛盾通过什么样的形式表现出来，等等，都需要我们在马列主义、毛泽东思想的指引下去探索，去认识，去解决。因此，我们的有事业心、有党性的作家更应该把塑造社会主义新人和探索社

---

① 《列宁全集》卷十六第331页。

会主义社会发展的规律看作同一的过程，把求真和求美统一起来。

美感对象：活生生的感情形象

艺术美是生活美的反映，文学作品中社会主义新人形象的美是四化建设中社会主义新人的美的艺术再现。作家体验生活、认识生活的过程也就是对生活的审美过程，他对他所接触的美的事物总是伴随着美感的；他愈是深刻认识到新人身上所蕴含着的人类的积极本质，愈是理解新人在社会主义现代化事业中的先锋作用，愈是被新人的高尚品格所打动，他的美感就愈强烈。正是这种受理性制约的美感，推动着他在作品中去展现新人的美。而文学作品中新人形象的这种美又是使读者产生美感，吸引、引导读者进一步探索形象和作品的思想意义，从而加深对生活的认识，提高自己的精神境界的前导；对于文学作品，人们总是经由对形象的美感去叩开对作品所反映出来的生活的认识的大门的——这正是文学作品不同于科学论文，审美活动不同于逻辑思维过程的根本区别，也是"美的规律"在审美活动中的具体表现。

审美欣赏必须由美感开始这一"美的规律"决定了文学作品的形象性。美感是人的感觉的一种，它只能从对美的具体事物的直接观察中才能产生。文学作品要给读者以美感，并经由美感引导读者去理解形象的意义，思索生活的真谛，反转来又加深读者的美感从中得到美的熏陶和教育，就必须塑造具体生活、真实可感、有血有肉的艺术形象，而不能是抽象的议论或公式化、概念化的人物。毫无疑问，塑造社会主义新人也必须如此。

　　这里的困难在于：美感始自于对艺术形象的直观，但生活中构成美的要素既有可以直观的（如外貌、动作、言谈、风度等外在的形式上的因素），也有无法直观的（即蕴含在人和事内部的规律、思想感情等内在的本质性因素）。而社会主义新人之所以美，主要的却恰恰不在他的外形，而在他的内心；不在他的长相体态、仪容风度、言谈举止（当然，如果这些外在因素也符合形式美的要求、像海未平那样，自是令人满意；然而遗憾的是，人，包括新人，并不都是长得漂亮、风度翩翩的），而在他为解决新旧矛盾、为推进党的事业、为保卫祖国、造福人民所做出的探索、努力和牺牲，在他们追求真理、勇于创新的精神和高风亮节。这种美就是弗兰西斯·培根所说的"最高的美"，它是无法直观的。

　　既然社会主义新人身上所体现的这种"最高的美"无法直观，又怎么使人产生美感呢？这就需要遵照"美的规律"的要求使之形象化。世界上，任何事物的本质和规律总是要通过现象表现出来的，社会主义新人的美也要通过他在各种社会关系（同志关系、师友关系、上下级关系、家庭关系、男女关系乃至敌我关系）中的音容笑貌、言谈举止、人物命运表现出来。作家只有由对人物感性形态直观的感性认识阶段上升到理性认识阶段，深刻理解了新人高尚的内在品格和他行动的社会意义，才能从他的外形上、言谈举止上看出美来，产生美感，这就是毛泽东同志所指出的，理解了的东西才能更深刻地感觉它。如果作家将自己这种受理性制约的美感经验加以概括集中，通过典型化手段变为文学作品中个性与共性辩证统一的艺术形象，那么，这个艺术形象的感性形态中就具有了理性的深度，读者就会通过对它的直观产生美感，并进而思索形象的思想、性格和意义，达到加深对生活的认识和美的陶冶的目的，这就是文学欣赏的"美的规律"。

例如《家务清官》①中的梁羽，他在我们面前呈现的是老态龙钟的外形，"拄着一根腊木手杖，头发稀疏，脸颊布满了豆粒大小的老年色素斑，眼睛下边垂着两块松弛的肉，走起路来也很吃力"，那一口看上去雪白的假牙"再也咬不动硬冷食物"——这样的外形虽然可以直观，但却很难说是美的，他的申请退休的行动从形式上来讲也不会像舞剧演员的动作那样给人以美感，如果作者的笔只停留在对这些表面现象的描绘上，那么，这个人物的形象就毫无审美价值可言；反之，即使人物有海未平那样美的外貌、高雅文静的风采，如果一味在这上面花笔墨、下功夫，刻意描摹其眉眼体态之美，而不去深入开掘人物的内心世界及行动的意义，那就很容易脸谱化，或是堕入过去时代"才子佳人"的老套，既肤浅又庸俗，必然要从根本上取消社会主义新人的美。《家务清官》的可贵之处，在于写了人物的外形和行为但笔锋又并未止于此，而是深入到人物的心灵深处，通过梁羽同妻子儿女、同事下级间的种种矛盾关系，通过他在家庭风波中的处境、对待夫人"八卦阵""空城计"的态度，将人物心灵深处种种隐秘的思想感情及其变化一层层揭示出来；换言之，这种揭示并非抽象的分析和说教，而是体现在对人物感性形象的具体描绘之中，使人物的外在相貌、音容体态、言谈举止、所作所为乃至一颦一笑，都服从于那内在的、无法直观的思想感情及其变化。这样，读者就像生活中通过同某人的接触了解了此人一样，也透过梁羽的外形和行为看到了一个老共产党员为了党和人民的利益主动让贤的高尚灵魂，这种内在美一旦被我们所把

---

① 载《新苑》1980年第3期。

185

握，它的光辉就涵盖了人物的外形，人物的整个形象在我们看来就显得美了——这正是社会美以内容取胜的特点。

所以，黑格尔说得好："在艺术和诗里，从'理想'开始总是很靠不住的，因为艺术家创作所依靠的是生活的富裕，而不是抽象的普泛观念的富裕。在艺术里不像在哲学里，创造的材料不是思想而是现实的外在形象。所以艺术家必须置身于这种材料里，跟它建立亲密的关系；他应该看得多，听得多，而且记得多。……这种明确掌握现实世界中现实形象的资禀和兴趣，再加上牢牢记住所观察的事物，这就是创造活动的首要条件。有了这种对外在世界形状的精确的知识，还要加上熟悉人的内心生活，各种心理状况中的情欲以及人心中的各种意图；在这双重的知识之外还要加上一种知识，那就是熟悉心灵内在生活通过什么方式才可以表现于实在界，才可以通过实在界的外在形状而显现出来。"[1]塑造社会主义新人形象，揭示新人的内在的美，尤其需要老黑格尔所说的这种本领。《乔厂长上任记》《三千万》《西线轶事》《天山深处的"大兵"》《内当家》等优秀小说中的新人，之所以既能以其直观的感性形象引起我们的美感，又能以其思想内涵诉诸我们的逻辑思维，给人以深刻的教育，其原因就在于此。

美感不但是直观的，而且是伴随着感情活动的；美感愈强，感情活动也愈浓。读者在阅读文学作品时，不能不为他心目中美好的人和事的遭遇而高兴、而悲伤，也不能不为他认为丑恶的人和事的表现而憎恶，而愤怒。《家务清官》中的梁羽，从他义无反顾地揭开家庭冲突的序幕，而以

---

① 《美学》第 348 页。

186

纯正的品格给我们以美的感受开始，我们的感情就随着这个人物的命运波涛而起伏，忧他之所忧，喜他之所喜，急他之所急。这就是所谓感情上的共鸣，而这种共鸣又是以美感为媒介的。反过来讲，一部文学作品，如果它不能使人动情，也就很难使人产生美感。综观近几年来的小说，有的虽然也塑造了新人的形象，但是却难以使人得到美的享受，作者没有和他的人物同呼吸、共命运，不能不说是原因之一。因此，以情动人，这是文学作品为人的审美要求和美感性质所决定的区别于理论作品的又一特征。作家在作品中把什么样的人物作为社会主义新人来加以塑造，对人物倾注什么样的感情，对于读者来讲关系重大。如果将带有"左倾"色彩的人当作新人。把"左"的色彩当作"美"，或是虽然塑造的是新人，但是对他(她)流露出低级、颓废的审美趣味，那就很容易将读者的美感感情引导到不正确、不健康的路上去——这样的作品也不是没有的。可见，无论是作家还是读者，树立正确的审美观念，对于塑造和欣赏社会主义新人的美，都是十分重要的。

审美理想：在发展中完善自己

我们社会主义时代的作家都是有自己的审美理想的，但是这种审美理想却不是前些年出现的"样板英雄"所体现出的无缺点、无家庭、无七情六欲，"一心为革命"的"高大完美"，而是从生活中产生出来、受历史条件制约的一种审美要求，因此，它在探索、追求现实生活中所可能产生的最高的美时并不排除事物的不完善成分。

我们的国家是从半封建半殖民地的旧中国脱胎出来的，封建主义的影响根深蒂固。新中国成立后虽然搞了多次政治运动，但直接针对封建主义的却不多。其间又经历了十年动乱，一方面演成了千百个家庭、数以千万计的人民的惨祸，在政治经济、思想文化上造成了难以补偿的损失；另一方面又窒息和毒化了人们的思想。这样的历史，这样的现状，对我们每个人的性格、命运和作风都会产生或浅或深的影响，所谓"伤痕"即是表现之一。社会主义新人既然也是在这种历史条件和社会环境中生活的人，他就不可能成为超尘绝俗、高大完美的"超人""完人"，他的思想、感情、命运、行动不可避免地会打上社会影响的印记，带着历史的局限，也可能会有"伤痕"。当然，也有不带"伤痕"的新人。但是，新人之为新人，之所以美，关键却不在有没有"伤痕"，正像不在他的长相、资历、职务一样，而在于他们在社会新旧矛盾冲突中的地位和作用，在于他们自身政治上、思想上的新陈代谢比一般人快，在于他们能率先冲破旧东西的束缚和影响，像乔光朴、梁羽、海未平等一样，从现代迷信、"凡是"框框、"极左"路线、封建意识、小农眼界以及个人恩怨、个人噩运的阴影下解放出来，迅速愈合心灵上的"伤痕"，"最先朝气蓬勃地投入新生活"①。这样，就如《独特的旋律》中殷萍所说："创伤也可以化为力量。"另外，新人作为"一切社会关系总和"意义上的活生生的有血有肉的人，离开一定的社会关系和一定的物质文化就不能存在，他们的认识不可避免地要受到客观条件的限制，有时也会做出错误的判断，说错话，做错事；他们也有思想苦闷、感情脆弱、方法失当、行动犹豫的时候，也有正常的七情六欲。例如，像乔光朴这样用"铁的手腕"搞现代化工业的

---

① 《马克思恩格斯全集》卷——第408页。

"强人"，也不能没有爱情的慰藉；像梁羽这种可以统率千军万马的将才，"唯独管不了软硬不吃的老婆"；像海未平这样持身清严、以科学为第二生命、心无旁骛的"书呆子"，居然会在每个酒精灯的火焰后面看到"她乌黑明亮的眸子"！总之，他们都不是"完美无缺"的人。不过，新人之所以新，之所以美，却不在他有没有"饮食男女"的需要和会不会犯错误，而在他对待个人需要和错误的态度，在他能将党和革命事业的利益置于个人需要之上，在他不文过饰非、勇于克服缺点、改正错误上。

　　总之，社会主义新人的美是从不断发展的社会主义现实和新人自身的新陈代谢中产生出来的，我们作家的审美理想也是建立在这种发展着的现实生活的基础之上的。我们既是脚踏实地的现实主义者，又是高瞻远瞩的理想主义者，我们不是在臻于至善、绝对完美的事物上，而是在"现实中一切稳步成长着的、本质上重要的、新鲜的、'良好的'事物"①上寄托着我们的审美理想。这就要求作家不但要深入地、实事求是地考察历史、现状、时代对人物性格和命运的影响，更要善于"在腐朽的垃圾的烟气腾腾的灰烬中看见未来的火花爆发并燃烧越来"②，要能敏锐地捕捉到"新的历史的声音"③，展示出社会主义新人不断提高、完善自己的契机、动力和过程，热情歌颂那些萌芽于今天，而成熟于、属于明天的先进人物。作家做到了这一点，才能说自己遵循了"美的规律"，因为事物的完美正是在发展和完善中实现的。有人说《乔厂长上任记》的乔光朴这个形象过

---

① 高尔基：《论文学》第 209 页。

② 高尔基：《论文学》第 224 页。

③ 高尔基：《论文学续集》第 258 页。

于"理想化"，事实上，乔光朴体现的正是上述的审美理想，这样的人物虽然在当时还不十分普遍，但他反映了生活的本质、时代的特征，代表了事物发展的趋势，这样的新人必将整个占据我们明天的生活舞台。

还应该指出的是，在我们的审美理想中并不排除悲剧的因素。在社会的新旧矛盾冲突中，新人并非一定是、永远是胜利者。由于新事物出现时大都难免幼稚、脆弱，都要经历一个逐步成熟和壮大的发展过程，也由于旧事物、旧势力在一定时期内还会相对强大，所以社会主义新人也会有受挫、失败的时候，甚至会以个人的悲剧告终。但是，这种失败并不影响新人之成为新人的本质，相反，它往往更能磨砺出新人身上新思想、新品格的精神火花，更能显示出新人行动的意义，所以，它不会有损于新人的美学价值，而只会给这种美染上悲剧色彩，成为悲剧美，同样能体现出我们那种要求发展和完善的审美理想。社会主义的文学作品要写成功的、胜利的新人和新人的成功、新人的胜利，也要写失败的新人和新人的失败。当然，写失败时一定要把个人的遭遇和整个事业的命运区分开来，要通过个人的失败乃至毁灭揭示出无产阶级社会主义事业必然取得胜利的规律，而不能用个人的悲剧代替对整个事物进程的审美评价。否则，必然会取消社会主义新人的美的基础和我们审美理想的基础。个人的失败和人民革命事业的胜利——这是一种看似矛盾的现象，在文学作品中表现这一矛盾并揭示出它的本质，这才是深刻的现实主义，才是包含在我们进步审美理想中的悲剧美。

1982年1月

"明朝何处去？豪唱大江东！"

——谈谈《高山下的花环》的美学特征

《高山下的花环》（以下简称《花环》）是部军事题材的小说，但是，它的影响却远远超出了同类题材的文学作品。短短的时间里，多少人含着热泪读它，多少人满怀激情地谈论它！人们在心灵震颤、荡气回肠之余不能不思索：究竟是什么使得这部小说具有如此强烈的感染力呢？

实事求是地说，《花环》在艺术上并非尽善尽美、无可挑剔的，还有不够成熟的地方，其题材的处理也未见得有什么出奇之处。它之所以撼人心魄，在于它塑造了一批"男儿到死心如铁。看试手，补天裂"的当代英雄形象，在于它云蒸霞蔚般的"位卑未敢忘忧国"的浩然正气，在于它奏出的声情激越的时代主旋律。

梁三喜、靳开来、战士"北京"，这些普通一兵是作品着力讴歌的人物，然而他们绝不是高大完美的超人。他们有七情六欲，有常人所难以避免的某些不足和弱点，有火气，甚至有牢骚，但却没有那种看透一切、放浪形骸、以孤傲清高相标榜的个人主义气质，而这种气质在一些文学作品中被当作理想人物来歌颂的青年身上是多见的。他们不是那种卑微的个人意念的化身，而是从生活中发现的土生土长、脚踏中国这块实地的人。正因为如此，他们有着正常人的思维和感情，他们所珍贵、所热爱、所追求的也就是千百万人所珍贵、所热爱、所追求的东西：祖国的安全，民族的昌盛，社会主义现代化事业的发展。尽管十年动乱给他们留下了难言的苦楚，但一旦这些受到侵犯和威胁，他们可以舍弃个人的一切，慷慨赴难，以身许国，死不旋踵！当然，他们是平凡而又平凡的人，生前没有什么"闪光的语言"，甚至连他们的死也看似平淡：瞬息之间他们就告别了人生，既没有石破天惊的举动，也没留下什么豪言壮语。可是，就这种死所体现的人生价值而言，就它所达到的思想境界而言，又是怎样的气壮山河、光照青史！正如"雷神爷"雷军长说的："我们的民族是伟大的，这就是伟大之所在！我们的事业是有希望的，这就是希望之所在！……梁三喜他们，真正称得上是我们的民族之魂！"这些平凡而又伟大的人，的确是近年来文学画廊中出现的一代新人的艺术形象，在他们身上，有一股使懦者立、怯者勇、顽者顽的堂堂正气。"将门后代"赵蒙生不就是在这股正气的感召下由险些做逃兵而深感奇耻大辱，终于成为一等功臣的吗？他母亲吴爽不也被这股正气洗涤着灵魂吗？当我们读着作者以那样炽烈的感情写下的这些篇章时，不也因为呼吸到这股浩然之气而顿觉胸襟恢宏、热血奔涌、精神境界得到升华吗？！

《花环》强调、歌颂"位卑未敢忘忧国"，但是没有片面地、偏激地将位卑者与位尊者人为地对立起来，而是通过"忧国"写出了我们国家位卑者和位尊者面对祖国安危、民族大义"看试手，补天裂"的共同本质。雷军长"雷神爷"在小说中虽只出现两次，但每次是气挟风雷动地而来，第一次大义凛然地在关键时刻堵住了救命恩人开到火线上来的后门，这是要有比他率领千军万马去杀敌更大的勇气、更大的魄力的；第二次是在他奉献了自己唯一的儿子"北京"之后来祭奠国殇，那感情是比别人更其沉痛的。两个镜头，就勾画出了老一代革命者精忠报国的高风亮节。

从雷军长到梁三喜们，从将军到士兵，他们一扫某些作品中这类人物那委琐的精神状态和自私心理，一个个显示了人的尊严，显示了强者的力量。然而《花环》并没有仅仅停止在这种力量的显示上，它的可贵之处还在于进一步开掘出了人物力量的源泉，战争伟力的根源，这就是以梁大娘、韩玉秀所代表的人民群众。在过去的革命战争年代，在今天的对越自卫反击战中，整整两代人，将丈夫、儿女这人世间最宝贵的、连着他们血肉的东西献给了国家和未来，他们将这种奉献视之为自己的天职，不图报，不叫苦，他们就像牛一样，吃的是草，挤出的是奶、是血，可以说，我们整个的国家，我们全部的希望就驮在他们身上，这才是我们人民的真实形象。当我们读到梁大娘、韩玉秀不顾众人的苦劝坚决谢绝了大伙帮助还清三喜欠债的好意，祖孙三代孤儿寡母离队回乡时，还有谁能不五内俱热，从心底里和赵蒙生一样喊出："啊，这就是我们的人民，我们的上帝！"而更加热爱我们的人民呢！

这些，就是《花环》强大的感染力之所在。如果要用最简洁的字眼来形容、概括它的格调、它的倾向、它的美学特征的话，那便是——崇高。崇高，是美的极致，哪里有对恶势力的奋勇抗击和无畏的献身，哪里有超乎常人的巨大毅力和钢铁性格，哪里有大海般的心胸和蔑视、压倒一切艰难险阻的意志，哪里就有崇高。崇高的事物和表现崇高的文学作品由于它展现了美的极致，对于丰富人的感情、鼓舞人的斗志、净化人的灵魂将发挥多么大的作用！我们正处在全面开创社会主义现代化事业新局面的历史新时期，我们的党和人民正以空前宏大的魄力排除万难，坚定不移地走向宏伟的目标，崇高是我们时代的主旋律，我们的人民是多么希望文学作品能反映他们充满崇高业绩、崇高精神的战斗生活，激励他们前进啊！正是在这个意义上，可以说《花环》和其他优秀的文学作品一起，昭示着健康、光明的创作倾向。

这样说，并不意味着别的题材、别种格调就不行了。不容置辩，文学应该有自由驰骋的广阔天地，切忌从题材、方法、风格上做机械的限制。从审美欣赏来讲，"大江东去"式的豪放，"杨柳岸晓风残月"式的幽婉，金戈铁马的生涯，花前月下的倩影，都有其存在的理由和美学价值，都为人的精神所需要。但是同样毋庸置辩的是，不同内容和格调的作品所起的社会作用、社会效果是不一样的。即以宋词而论，豪放派、婉约派在我国文学史上如双峰并峙、二水分流，各擅其美，然而，真正体现那个时代民族精神的却不是"杨柳岸"上的低吟，而是"大江东去"的豪唱，给人以抗击外族、复兴故国的力量的也不是"帘卷西风，人比黄花瘦"的图景，而是"男儿到死心如铁。看试手，补天裂"的踔厉风发、慷慨悲歌、以天下为己任的爱国志士的形象。这些形象及其所体现的"忧国"精神千百年来在中华民族的伟大心坎里深深扎下了根。《花环》继承了这种民族传统并注入了崭新的时代内容，塑造了新时期"看试手，补天裂"的英雄群像，因而具有强大的思想教育意义和道德感召力，体现了作家崇高的时代责任感。而在我们的文学领域中，所缺少的正是这种格调高昂的作品，所以就尤其值得提倡。

但是，提倡《花环》式的作品，绝不是要一味地歌功颂德，粉饰太平，恰恰相反，是要面对现实，决不回避生活中的矛盾，通过对矛盾的真实描写揭示出事物发展的规律和方向。《花环》正是如此，在作者严厉得近乎严酷无情的严谨的现实主义笔法下，十年动乱的恶果、走后门之类的恶习被放到了生死较量的火线上来表现，因而丑到了极点，相对照之下，"雷神爷"火山爆发似的义愤，梁三喜们视死如归的献身，梁大娘们无私的品格，才更显得崇高。大是大非、极美极丑的尖锐冲突，才产生出撼人心魄的力量！唯其如此，《花环》虽然也写牢骚，写阴暗面，写死，却不像某些苦心塑造与社会不甚和谐的孤傲人物的作品，它给人的不是空虚、压抑、幻灭之感，而是给人以力量、激情、信念和希望。为了振兴中华的伟大事业，人们不是有充分的理由期望：今后有更多这种音调裂石穿云、色彩斑斓鲜亮的作品出现吗？

"明朝何处去？豪唱大江东！"

1982年12月30日

195

"根之茂者其实遂"

——《春雨新花》小说漫评

一

"根之茂者其实遂，膏之沃者其光晔"。这是我读了《春风》1982年下半年"春雨新花"专栏的六篇小说，印象最鲜明的一点。

二

文学是生活的反映；文学应当反映生活。当然，文学反映生活的方面、方式是多种多样的，描写时代风云中的雷鸣电闪是反映生活，刻画花前月下的娇嗔巧笑也不能说不是反映生活；表现披荆斩棘的激情、开拓事业的悲欢是反映生活，摹写失意失恋的忧思、患得患失的愁绪也可以说是反映生活，但是，二者同生活中心的距离毕竟不同，追随生活的脚步也有快有慢。而当前的现实是，从党的三中全会开始拨乱反正，到党的十二大宣告伟大历史性转变的实现，我们生活的节奏加快了，视野扩大了，新事物、新课题、新气象真可说是层出不穷。现在的问题不是文学要不要密切注视生活的问题，而是生活的激流在召唤文学。一个有高度社会责任感的作家，当生活进程中的重大矛盾已经显露，当千百万群众所关心的重大课题已经提出的时候，是不可能漠然视之，而去咀嚼超然物外的琐屑情思的。"春雨新花"的六篇小说，尽管不足之处是那样一目了然，它们的可贵之点也显而易见，这就是从不同侧面，不同程度上反映了三中全会以来当代政治生活、经济生活、精神生活中的深刻变化，紧紧追随时代的步伐，用文学的形式议政、议经、议文，具有鲜明的现实感、时代感。

三

反映当代生活，表现重大的社会变革，不是一件容易的事。这需要深入开掘生活，提炼情节，使之典型化，以通过个别的，具体而微的生活现象去反映重大的、具有普遍社会意义的事件和动向。"春雨新花"小说的作者正是这样做的，他们没有为了表现生活的巨变而力不从心地企图使他们的作品涌现出洪波巨浪，以短篇的框架去容纳长篇的内容，也没有从概念出发，图解生活，而是老老实实地从他们所熟悉的生活出发，给我们艺术地展示了一个个的生活小镜头：这里有贤惠而要强的农村妇女在三中全会前后两次探望丈夫的不同情状（《庆运嫂》），拙朴而又颇具心计的农村老汉在秋后分红时由"往后这政策还能不能再变了"这一问题而引起的心理变化（《富贵老汉的"计划"》）；也有老党委书记亲身体味普通工人生活而掀起的感情波澜（《启示》），浇铸班各具个性的小伙子在"老规矩"和新的规章制度的对立中而展开的矛盾纠葛（《端浇包的小伙子们》）；还有老母亲因不放心儿子找的对象而对开"姐妹饭店"的未来的儿媳的私访（《私访》），青年男女的纯洁友情同传统封建意识的冲突（《心灵的护士》）。总之，这些生活小镜头摄取的不是长空的电闪雷鸣、大海的洪波巨浪，而只是路边的一草、河床的一石；但是，这不是那毫无社会意义的一草一石，而是作者反复调换地点和角度所选择的、经过艺术加工的一草一石，它们曾被雷鸣电闪照亮过，被洪波巨浪冲刷过，身上带有雷雨的气息留有波浪的痕迹。所以，当我们读着这些仿佛发生在我们周围的生活小故事时，深深体会到党的政策的威力，看到了党风、社会风气的好转和人们精神世界的巨大变化。

四

在这方面，我以为《庆运嫂》是六篇中的佼佼者。农村实行生产责任制，允许人们富起来，这是社会主义生产关系和所有制在形式上的一大改革，它实行在十年动乱之后，势必在社会的各方面引起深刻的变化。《庆运嫂》的作者对生活的思考是从这里开始的，他没有平铺直叙地描写农村的富裕景象，而是设计了一个农村大嫂两次到在炼铁厂工作的丈夫那儿去的情节：第一次去是在十年动乱弄得"地里草盛苗稀"，她在"村里熬不下去"之际，她以为"大城市活路宽"，靠丈夫和自己的勤劳"养活自己和四个孩子费不了多大难"，谁知来了以后"找活没活干，一家六张嘴，吃丈夫一个人粮票，花那五十几元的工资"，这样混了三年实在混不下去了，只好重回农村去，此时此刻的她，"觉得丈夫比三年前矮小了，显出一种萎萎缩缩的样子。只有几岁的儿女们，头戴着别人家孩子戴小了的帽子，穿着接了几次的衣裤，仿佛身上的棉袄里絮的是芦花柳絮，一个个揣手缩脚。"第二次，是在三中全会之后，农村实行了新的经济政策，庆运嫂一家劳动致了富，几千元进了腰包，又盖起三排十间一砖到底的大瓦房，"日子过得红红火火"，她这回和衣帽光鲜的孩子们带着大批土产，"直着腰板，昂着头走来了"，为的是"给丈夫争回两年前丢在人前的面子"。看得出来，这篇小说的情节是经过作者精心提炼的，庆运嫂两进炼铁厂是情节的枢纽，它在时间上将三中全会前后的社会环境联结起来，在空间上将城市农村连结起来，这就给了人物的性格和命运以充分发展的天地，用对比的手法勾画出了三中全会前后农村的两个缩影，从而使这个短篇能容纳较大的思想内容，展示了社会的巨变。

这就表明，生活开掘得愈深，情节提炼得愈精，在反映现实上就愈是能以少胜多，以小见大、以个别见一般。

五

不过，情节的提炼没有固定不变的模式，它从来是循着多样化的原则进行的。如果说《庆运嫂》是以事件、以人物行动为情节主线，那么，《富贵老汉的"计划"》则是以问题、以人物的心理变化轨迹为情节主线的。"往后这政策还能不能再变了？"对这个问题的思索贯串全篇，支配着富贵老汉的"计划"和行动，成了情节的网扣。由于这个问题具有普遍的社会意义，因而围绕它而展现的心理活动和生活画面就像镜子，清晰地映出了一个新时代开始时社会上的风云变化。如果说《庆运嫂》的情节安排有如西洋画的焦点透视，即全篇以庆运嫂二进炼铁厂为情节的中心，那么，《端浇包的小伙子们》则近乎中国画的散点透视，它没有一个可以主宰全篇情节的中心事件，而是以若干个看似互不相干而实际有内在联系的生活小镜头构成了情节的发展线索，它们同样是作者精心选取和安排的，因而它们构成的情节也同样具有某种程度的典型意义。

六

但是，真正具有典型意义、能够表现现实生活本质的情节，是同对生活矛盾的揭示分不开的。在《私访》中，王大妈为了儿子的婚事发愁，乃至得知儿子找了个自谋职业的工商个体户姑娘后又不放心，于是微服私访。应该说，这样的情节本是可以造成戏剧性冲突，掀起故事波澜的。可惜，作品未能将情节奠定在生活中自谋职业这一新事物同看不起它的旧思想、旧势力的矛盾冲突基础上，从而冲淡了情节的戏剧性。尽管作品在细节描写上下了一定功夫，文笔也不错，篇中也不乏感人的镜头，但就整个作品而言，对当代社会变革的艰巨性和深刻性的揭示是不够有力的。这种不足，在其他一些篇什中也不同程度地存在着。可见，所谓提炼情节，就是从生活中选择、集中、概括那些最能揭示生活本质的矛盾，以它构成情节的基础，推动情节的发展。所以，要真实地反映当代生活中的重大事件和动向，要同生活发生更密切的联系，就必须正视生活中的矛盾冲突，并善于把握它的表现形态。

七

无论如何，文学对生活的反映、评价是通过人物形象实现的。而情节是性格的历史。情节如何，对于塑造人物关系极大。《私访》中的王大妈和未过门的儿媳固然都是可爱的人物，但她们的性格却没有明显的差异，两人之间自始至终没有撼人心魄的感情波澜，这就体现不出生活的复杂与严峻。之所以这样，是由于作品的先天不足——情节的设置缺乏坚实的矛盾基础。而《端浇包的小伙子们》《心灵的护士》等篇虽然有各种不足，但它们塑造的人物却还是有特色的，这也同它们的情节设置有关。

八

反映当代生活，不仅要涉及政治领域、经济领域，而且要深入到人的精神领域中来。"春雨新花"的几篇小说在这方面都做出了自己的努力。《富贵老汉的"计划"》重在刻画人物的心理变化过程，合情合理，真实自然；《启示》曲终奏雅，展现了工人日常生活对老党委书记心灵的震动，写来也顺理成章。但是，对人物心灵开掘最深，对人物精神状态特征把握最准的恐怕还得数《庆运嫂》。诚然，这篇小说花在心理描写上的笔墨并不多，但不多的描写对于塑造性格、表现主题却颇能尽"点睛"之妙。当庆运嫂在工厂里也混不下去不得不重回农村，在告别之际见到丈夫和孩子们的凄然之状时，小说是这样写的："庆运嫂紧闭了一下眼睛，挡住了盈眶的泪水"。要言不烦，这一句话胜过长篇大段的心理描写，勾勒出了这位农村大嫂善良而刚强的性格特征。她的第二次专程去炼铁厂

"争面子"正是这种性格的合乎逻辑的发展。而最精彩之处是在小说的末尾：庆运嫂第一次来炼铁厂时由于穷受了邻居"副主任太太"的不少窝囊气，这回她风风火火重来炼铁厂"争面子"，以常情度之，她该好好"回敬""副主任太太"一下了吧？然而出人意料，当"副主任太太"伸头探脑来看究竟时，庆运嫂却笑着说："屋里来呀他婶儿。""来吧，给孩子们拿过点儿吃食去。"强拉她进了屋。她终究感到肉皮子发紧，心里发虚，不出地直拿眼角瞟庆运嫂。"庆运嫂却仿佛什么也没看见，什么也没感觉到，扯过一块小包袱皮，满满地装上一兜土产，笑眯眯地走到副主任太太跟前，往她手里塞。……拿着，拿着，乡下的玩意儿自家种的没什么稀罕，拿回去让孩子们尝个鲜儿吧。庆运嫂把包袱硬塞了过去，又转身扯了只小凳给副主任太太，抬手拢了拢头发，脸上、眼里放着光，……"我不知道作者写这一段是反复锤炼出来的还是妙手偶得，但庆运嫂的大度，不计前隙，由"争面子"到给面子，却画龙点睛地写出了中国农民过去被"穷"所窒息着的传统美德的新的光彩，写出了他们由于党的政策带来的丰衣足食而产生的深刻精神变化，生动地表现出他们从肉体到精神的解放，反映了物质生活与精神生活的联系。

九

当然，这六篇小说毕竟出于青年业余作者之手，除了上面提到的一些不足外，它们（包括《庆运嫂》）在思想深度和艺术技巧上还存在不少需要提高的地方。但无论如何，它们由于反映了当代生活，触及到了生活中的重大事件，表现了人物的真情实感，因而在文学价值上高出于某些在个人主义圈子里讨生活、"为赋新词强说愁"、矫揉造作、无病呻吟的作品。这个成绩的取得,同作者本人就来自生活激流的深处是有关系的。在生活的浅滩上欣赏"杨柳岸晓风残月",同在"乱石崩云,惊涛裂岸"的激流中汲取诗情的弄潮儿的印象、思想、感情,是不可能一样的。"根之茂者其实遂",信哉斯言!

1983年4月

心帆，向着那碧蓝的诗海

——万忆萱和他的诗

A

这双美丽的清澈的眼睛

凝结着那么深重的痛苦

就像那碧蓝碧蓝的大海

笼罩着茫茫的雾

······

把你深沉的目光放得远些，再远些

让生活的风浪驱散你眼中的雾

就像那大海承受着金色阳光的亲吻

在无垠的碧蓝上现出一条闪光的路

······

好些年前，当谁也不写诗的时候，有人却向我说起过《少女抒情诗》

204

和它的作者万忆萱其人。姣好、纯洁、清澈、深沉，带着几丝幽怨，可又满怀执着的希望，撩人思绪，牵动柔情，昭示着美的信念和追求——这，大约就是那双"美丽的清澈的眼睛"和《少女抒情诗》在"黄钟毁弃，瓦釜雷鸣"的年代里，还继续留在人们特别是青年人心中的原因吧。能写出如此旖旎多情的诗歌的人，该是怎样一位锦心绣口的翩翩少年呢？我猜想着。然则斯人安在？"早先，万忆萱，小万，可真能写……"报社有的老同志偶尔这样提起他，语带咏叹，就像说起一位消失已久的历史人物……

在粉碎"四人帮"后省里的一次文代会上，万忆萱竟奇迹般地出现了。其时，大会秘书处的房间里吵吵嚷嚷，人们进进出出，热闹非常，他却沉静地微笑着，谦和地倾听着，观察着。中等个，留着直立的短发，线条质朴的面孔十分浑厚，甚至带着几分乡土气，但却显得相当年轻；没有一点名士派头，可也不像是从那刚刚逝去的洪波浩劫中跋涉过来的样子。难道这就是当年为少女倾诉心曲的万忆萱？难道岁月的秋霜真不上诗人头？说他是什么企业的实干家，像；说他是执教鞭的辛勤园丁，像；说他是老成持重、察人阅世的记者，也像。可就是不大像人们想象中戴着诗人桂冠的风流倜傥的人物……他，这个早在青少年时代就"曾经热烈地歌唱春天"的中年人，当祖国的春天重回大地之际，还会不会重振歌喉呢？他唱出的将是怎样的歌呢？

这个问题很快就有了答案：当有的人以"民主斗士"自居，在明媚的阳光下发泄阴暗心理或是口出狂言时，当有的人自以为跟上了时代潮流，写些谁也看不懂的朦胧诗时，当有的人走上爱情诗的末路，专门刻意描写"深黑的眸子，凝着愁怨；苦笑的嘴角，流着哀伤"的所谓"少女"时，当有的人无休无止地埋怨、叹息、发牢骚时，万忆萱却这样宣告：

　　我们不能只抚摸身心的伤痕，

　　不尽地愤慨，不休地埋怨；

　　我们不能只回顾过去的创痛，

　　无穷地忧虑，无限地喟叹，

　　让这一切都变成前进的动力吧！

　　向着未来，不停地登攀，登攀！

　　这是诗人的心声。他的确没有工夫，也不想"抚膺长太息"，回到报社之后，他首先不是作为一个诗人，而是作为一个共产党员、一个党的新闻工作者，参加各式各样的会议，深入到沸腾的生活之中，同形形色色的人打交道；这几年，他不仅走遍了吉林大地，而且从长白山大森林到海南岛的椰林，从科尔沁草原到云南的石林，从南海之滨到塔里木的丝绸古道，也都留下了他的足迹。应该说，他比那些脱离实际，但一谈我们的缺点和不足便义形于色、愤愤不平、诗兴大发的"诗人"更了解社会，更了解人生，因此也更有发言权。所以，当他对那像"高高扬起"的旗帜，"席卷半世纪的云烟"，又像"洞天烛地"的火炬，"照耀半个世纪的河山"的民主做科学的思考时，人们感到了深沉；当他对"林彪、江青反革命集团"的罪行进行"回顾、控诉、审判"，礼赞人民的斗争，"为真理唱一支赞歌"时，人们感到振奋；当他虽"两鬓斑白"，"仍然热烈地歌唱春天"，歌唱祖国的大好河山，歌唱党和人民的宏伟业绩，社会主义现代化的沸腾生活时，人们感到亲切……

　　在这些诗中，青年时代那"少女抒情"式的幽婉柔美已为岩浆奔突式的激情和沉郁雄壮所取代，"美丽的清澈的眼睛"连同"红色的玫瑰"，

"小小的芦笛"，都如"一缕缥缈的烟"，悄然隐退到历史的帷幕之外，而汹涌的大海、莽莽的山林，"从火一样的云霞里走来"的驼队，"心中涌满战斗的渴望"的海鸥，和长白山下的刀光剑影，新时期开拓者的伟岸形象，乃至"穿破坚冰"的小溪，"拱出地面"的小草，都被诗人以澎湃的激情召唤到他诗的辽阔天宇中来。……读着这些使人感奋的诗章，人们往往惊异于万忆萱诗风的雄健豪放，难道这就是那个写出《少女抒情诗》的万忆萱吗？的确，万忆萱早期的诗和后期（特别是粉碎"四人帮"之后）的诗在题材的开拓及美学风格上是不同的，如果说早期诗歌在选材上基本局限于建设（如《初到竖井》《小镇黎明》等）和爱情，表现为单纯、美丽、悦目，那么，后期的诗就大大拓展了题材的疆域，并且向纵深开掘，大大加强了诗的厚度、力度、刚度，表现为深沉、阔大、壮美。不过尽管如此，写《少女抒情诗》的万忆萱在诗中表现出艰难中奋进、逆境中崛起、牺牲中升华的万忆萱毕竟又是一脉相承的，这就是对党和人民一如既往的热爱，对美好事物一往情深的追求。

B

"风格即其人"，这是警言，也是哲理。大凡一个作家形成一种风格或是从一种风格向另一种风格转变，都有一个过程，而这个过程又是与作家的生活经历、思想历程同步的。那么，在美学风格上，万忆萱的诗是怎样形成自己深沉雄健的特色，或者说，是怎样由"少女抒情"式的幽美清丽走向岩浆奔突式的热情奔放的呢？

1950年，当他还是个十六岁的少年时，就已经在诗歌创作的领域崭露头角了。人们（大约也可包括万忆萱自己）很难判断，倘若命运之神垂青于他，让他从那时起就在这条路上一帆风顺的话，现在他会是个什么样子。但从实际情况看，从20世纪50年代末到70年代末，一波未平一波又起的风浪，虽然把他刮离了他所热望着走下去的诗人之路，但却因此卷入了社会生活的深层，和"引车卖浆者流"为伍，这就使他得以不受过早戴上诗人的桂冠后必然带来的种种围子、清规乃至名气的束缚和限制，有机会真切地观察生活的真相，体验人民的思想感情。当他重新获得了"歌唱春天"的权利后，曾这样回忆自己在"史无前例"年月中的感受："那时，我正在农村接受再教育，接触过许多共产党员、基层干部、公社社员、知识青年，他们也曾程度不同地受到伤害，但，他们并没有对生活失去信心，而是以他们特有的方式，进行着迂回曲折的抗争，使生活不离正常轨道地悄悄前进。我常常想，也许正是因为有了这样一批人，尽管当时乌云滚滚、迷雾团团，我们的祖国、我们的大地，才没有改变它固有的色彩。"这种基于历史唯物主义之上的认识，使万忆萱在艰难的岁月里没有因个人的不幸而消沉，而失去搏击的勇气和对未来的信心。

诗人这时的精神状态，大约正如他诗中描写的那只海鸥：当"天空袭来九级风暴，大海腾起七级巨浪"时，它"在搏击中折伤了翅膀"，"只身躺在荒凉的海滩上/头上的天空铅云重重/身边的大海夜雾茫茫"，这种境况对于意志薄弱者是难以忍受的，海鸥也曾一度感到"孤独苍凉"，但是，它却没有因此颓唐，没有把自己的命运轻易交给风浪——

　　它舔着血迹，梳理羽毛
　　心中涌满战斗的渴望

它多想去寻找自己的伙伴

再展开翅膀高高地飞翔

正是这种对战斗生活的向往，对重新回到队伍中去的渴望，对理想的追求，驱使他以遏止不住的激情，于60年代初写下了长篇童话诗《宝石山的传说》和叙事抒情诗《旗》。这两首诗，一个取材于民间传说，交织着积极浪漫主义的瑰丽想象；一个取材于过去的革命斗争，从现实的基础上升华理想与激情。乍一看，似乎都与当前的现实生活无关，实际上正是诗人对现实生活认识与评价的艺术反映。诗中通过传说里忠诚勇敢的二柱同自私、伪善的大柱的矛盾冲突，历史上坚贞不屈的抗联战士同凶残的日寇的殊死斗争，揭示了生活的真谛："一时强弱在于力，千秋胜负在于理"，这个"理"就是事物的法则、历史的规律、时代的潮流。这两首诗基调凝重、宏壮，富于悲剧色彩，渗透着诗人对生活的哲学思考和经验总结，标志着万忆萱诗歌的美学追求、美学风格的一个转折。

历史的规律的确是任何东西都阻挡不了、改变不了的，尽管风浪一度喧嚣终归烟消云散……

又是一个晴朗的早晨

大海洒满了金色的阳光

海鸥终于振起丰满的双翅

飞得更矫健，唱得更嘹亮……

诗人自从与党和人民共过忧患之后，思想变得深沉了、成熟了，视野变得开阔了、深邃了，笔力也变得刚劲了、浑厚了，于是，他"唱得更嘹亮"了。试看那首《开拓者》之歌，短短的篇幅，即熔铸了三代人在不同时代背景下奋力开拓的历史内容，形象地概括了劳动者的一部创业史，那第一代开拓者"青铜的臂膀闪着光，汗水一滴一滴浸入土里"，真是铜铸铁浇的形象，即便"鼾声如雷，酣然睡去"，也是"胼手胝足，两腿摊开，犹如一个大写的'人'字"——这个大写的"人"，是多么伟岸、多么劳苦！这一代又一代不停的开拓"缩小了贫瘠，扩大了富裕"，永远开拓下去，一定会——

拓出更多的色彩

拓出更多的希望

拓出一个金光闪闪的新世纪

这首诗中出现的粗犷、沉重的形象，遒劲、浑厚的笔触，在他以前的诗作中是没有过的，在思想内容的开掘上也达到了一个新的深度。

再如他前几年发表的长篇叙事诗《长白山下》（第一章）和《青山吟》，前者展现的是20世纪30到40年代阶级矛盾、民族矛盾激化时期吉林长白山区汉、朝两族连血肉、共患难，同阶级敌人、民族敌人做殊死斗争的波澜壮阔的历史画卷；后者则再现了一个老共产党员于"文化大革命"的动乱年代，挺身同在"造反旗"下毁林的歹徒坚决斗争、血染青松的悲壮历程。诗人之所以要将这样悲剧性的题材写成长篇，当然会有许多设想，但最根本的，我以为还是因为只有这样的题材，才最适于通过真善美与假恶丑的尖锐对立和冲突，表达复杂、激荡的感情，喊出时代的强音，并通过美的有价值的事物的毁灭，震撼人的心灵，使之升华到美的极致——崇高。从这两首长诗中，可以看到由《旗》开其端的美学风格的继续和发展。

C

19世纪法国浪漫主义怪杰雨果认为，世上万物都处于一种复合的状态，"丑就在美的旁边，畸形靠近着优美，精俗藏在崇高的背后，恶与善并存，黑暗与光明相共"，因此，艺术无权将二者割裂开来，而应同时加以表现。雨果老人的这种看法和主张是合乎生活辩证法的。问题在于，作为作家，在将这二者同时表现时，怎样处理二者在生活中的地位及其相互关系，如何加以表现？对这个问题的解答不同，在艺术上会导致不同的后果。雨果本人的炯炯目光凝视着的是符合资产阶级人性论原则的庄严崇高，丑、滑稽、畸形只是陪衬，于是有积极浪漫主义的《巴黎圣母院》；后来的巴尔扎克，果戈理等大师犀利的目光则集中于资本主义社会的丑恶现实上，于是有了批判现实主义的《欧也妮·葛朗台》《高老头》和《死魂灵》《钦差大臣》。

社会主义社会同样不是臻于至善的单一性社会，真善美与假恶丑依然并存，但是二者在整个社会中的地位、作用及相互关系却与资本主义社会有根本的区别，作为社会主义作家，着眼点究竟应该放在哪里呢？万忆萱是这么看的："在我们的生活中，光明的美好的东西是主流，黑暗的、丑恶的东西只能占据次要地位，过去是这样，今天更是这样。对于那些残存的旧的痕迹，对于那些阻碍我们步伐的种种丑恶事物，当然应该揭露、鞭笞，但这只能是为了更好地前进，决不能以偏概全，让这类东西影响了我们对光明的美好的事物的凝视。"正因为他用这样的目光凝视着生活，所以"哪怕是在阴霾的天空中，也会看到五彩的光束"，哪怕是在我们的国家和他个人生活的最困难时期，他的诗歌中也总是屹立着美好的形象，高扬着向上的情调。即使是摄取大自然的画面，他也是通过人与怒海、火山、风暴等自然力的对峙、较量（如《海恋》《火焰山》），或是通过自然界中枯林、海鸥等对狂风、巨浪的抗击（如《枯林》《风浪里有一只海鸥》），力图在善与恶的冲突中塑造刚毅、勇敢的形象，揭示美战胜丑的规律；即使是展现社会生活中美好事物的失败、毁灭，他也是目光凝视着美好事物所体现着的历史必然性和社会价值，展示革命者不屈的气节、不朽的生命（如《旗》《青山吟》等）。因此，在万忆萱诗的领空，回响着的不是缠绵悱恻的音调，而是高昂奋发的旋律。

当然，万忆萱的诗并非尽善尽美、无可挑剔，事实上，从炼意到遣词，从内容到形式，他不是都在不断地探索、改进、提高吗？不管人们对他的诗怎样评价，万忆萱仍然穿着那身毫无诗人色彩、毫不起眼的普通衣裳，朴实少言，埋头工作，继续前行。倘若你说出了什么幽默之言、惊人之悟，他则会从内心发出忍俊不禁、只有胸襟坦荡的人才会有的那种大笑。他五十岁了，不少同志不相信，说这就是诗人，又有人说不像。其实，唯其不像，才有可能成为诗人，才是诗人。

诗，应该是素朴无饰的。

1984年3月

212

爱国主义的热烈颂歌

——评叙事抒情诗《旗》

中华民族历来以义勇不屈著称于世。历史上，每当国家危难之际，都有志士仁人崛起于域中，抗强虏，卫疆土，拯国脉，义之所至，死不旋踵，碧血丹心，彪炳千古。这种浩然正气，在中国共产党领导的伟大抗日战争中，更是熠熠生辉，塞乎天地，光被山河，"鬼神泣壮烈"，不为过也。

民族魂，先烈血，不仅铸成了我们的历史，而且渗透了我们的诗史。古往今来，多少骚人诗客写下了"捐躯赴国难，誓死忽如归"的动人篇章！

万忆萱的叙事抒情诗《旗》，正是滥觞于中华民族这种民族气节和诗歌传统的佳作。它运用革命现实主义和革命浪漫主义相结合的创作方法，熔现实与历史、现实与理想于一炉，下地上天，抚今思昔，热烈歌颂了艰苦卓绝的抗日战争中，英勇的抗联战士在白山黑水的悲壮斗争中表现出来的崇高爱国主义精神，着力塑造了一个宁死不屈、虽死犹生的抗联小号兵的光辉形象，寄托了诗人深挚的崇仰之情。

抗联的英雄事迹早已消失在历史的大幕后面了，留在现实生活中的只有默默无语的长白山大森林和有关的传说。诗歌如何反映这逝去的一幕？《旗》可谓颇具匠心，它一开篇先从"微风轻拂，松涛乍起"的自然景色写起："好一幅迷人的林海夕照如此瑰玮、壮美、神奇，有谁见过这样璀璨的霞光，红得像鲜血，亮得像火炬！"然后通过守林老人的回忆、陈述，用传统的比兴之法，不着痕迹地切入主题："你可知道，这不是晚霞，这是一面血染的红旗！"

> 他向我讲起了森林的传说，
> 交织着火的颜色，血的气息，
> 在那遥远的三十年代，
> 山里人沐浴着战斗的风雨。
> 长白山屹立着不屈的民族，
> 原始林战斗着坚强的儿女！

接着，在第二节，诗人将镜头直接对准了历史，摄取了二十个抗联战士拖住鬼子一团兵力的惊心动魄的一幕，但这一幕不是从战斗开始，而是从战斗的尾声开始，这就节约了笔墨，使读者的目光迅捷楔入中心事件——

> 一场残酷的战斗将近结束，
> 炮火已渐渐冷落、疏稀，

214

削平的岩石，热气腾腾，

烧焦的树木，轻烟缕缕。

在十二个勇敢的生命换得鬼子百余具尸体后，敌人搜索着"每丛野草，每棵树木"，"每块岩石，每寸土地"。就在这时，有如雄鹰冲天而起，"在茫茫苍苍的森林空隙，闪出一面耀眼的红旗！"这样写来，造成一种先声夺人的强大气势，又如一曲袅袅，忽作变征之声，从而紧紧扣住读者心弦，为第三节小号兵的亮相做了铺垫。这就是古人所谓的"文贵蓄势"。

小号兵身负重伤，从血泊中崛起，继续战斗，当射完最后一颗子弹后，他冒着敌人密集的枪弹，忍着剧烈的痛楚，攀上了一棵青松，把血染的红旗举向云霄，为革命流尽了最后一滴血。

在二、三节中，作品显示出了凝重的现实主义特色，诗人真实地、艺术地再现了当时战斗的残酷、激烈，描写了小号兵战斗到最后一息的情景。但是，诗人行文时浪漫主义激情鼓荡其间：小号兵在生命的最后时刻将红旗举向青松之巅，这个情节本身就具有传奇的浪漫色彩。两千多年前，屈子在吊"国殇"时盛赞死者"魂魄毅兮为鬼雄"，小号兵不正是如此吗！他牺牲了，但是——

他咬紧牙关，高昂起头，

最后望一眼庄严的战斗红旗，

最后望一眼祖国的美丽江山，

最后望一眼亲爱的故乡土地。

　　这种对红旗——象征着"民族的尊严，士兵的荣誉"，展示着"必胜的信念，战斗的誓语"——的挚爱，对祖国河山、故乡土地的眷恋，难道不也是诗人的"夫子自道"吗！"一切景话皆情语"，此之谓也。

　　毛泽东同志在1938年就倡导过"抗日的现实主义，革命的浪漫主义"。周恩来同志也说过，浪漫是理想、现实是基础。如果说，《旗》的前半部分虽然也有浪漫抒情，但基本上是基丁现实的话，那么，诗的后半部分，诗人的笔就由现实升华，乘着传说的翅膀，驰骋瑰丽的想象，展现出神话般的奇境：在鬼子放火烧山的那天夜晚，突然"飞来一匹骏马，骏马毛色火红，背生双翼，它扑向烈焰冲天的森林，把负伤的号兵轻轻驮起"——

　　　　号兵高举着那面红旗，
　　　　跨着骏马在太空飞驰。
　　　　红旗、红马、红色的战士，
　　　　映红、染透了满天的云霓……

　　这是"天不能死地难埋"的永生的形象！而杀人放火的日本强盗却找不到归路，葬身在林海怒涛之中。"到现在，每当劲风扫过，还能听到他们的哀号，哭泣……"这是一切侵略者的可耻下场！

　　"那个年轻的号兵没有死去，他活在我们中间，乡亲心里。想起他，百道难关攻得破，想起他，千斤重担挑得起！"诗人在回溯历史，驰骋想象之后，仰望落霞远山，接过守林人的话，直抒胸臆——

这飞去的流云呵，

多像红旗又转向新的阵地；

这含黛的远山呵，

多像号兵英武轩昂的眉宇。

……

这碧澄的苍穹呵，

多像那浩荡正气冲霄凝聚！

英勇的旗手永远都不会倒下，

他在整个天地间岿然屹立，

正像那面血染的战斗红旗，

在全世界每个角落迎风旖旎。

这里有激情，有理想，但这激情不是无来由的冲动或狂热，而是这一崇高壮美的事物所引起的感情的升华，是在科学社会主义的理性指引下、激发下的感情爆发，是驱使人去追求伟大的目标并为之奋斗的动力；这种理想也不是无根据的幻想或实现不了的空想，而是深深植根于现实的土壤之中，并由此生发出来的对未来的科学预见，是明天的现实，这就是革命现实主义和革命浪漫主义的结合。

以结构而论，《旗》分五节，第一节用比兴手法由现实转入历史，第二节展现中心事件发生的典型环境，第三节着力凸现小号兵的形象，第四节由历史转向传说，第五节抒发激情和理想。从情节和事件的发展来看，一二节有如大海的涨潮，洪波渐起，蓄势待发；第三节是中心，是高潮，是洪峰；四、五节则如退潮，涛声渐杳，而雪浪层层，从而使全诗形成了稳定的金字塔式的结构，对称、均衡，具有严谨的形式上的美感。这种美感不是由小桥流水的柔婉、清丽、幽雅所引起的，而是由金字塔的巍然、巨大、沉重引起的，因此是属于阳刚雄健的范略的。但若从思想感情的发展来看，却又如云蒸鹤举，逐节递升，四五节可说是全诗的主要抒情部分，具有强烈的浪漫主义气息。

《旗》写于1963年，其时作者正处于艰苦的探索时期，这首诗是作者扩大生活反映面，深入开掘生活的一个成功尝试，它标志着诗人美学风格的一个转折。

现在，诗中所反映的时代和诗人写作此诗的时代俱往矣，但诗中表现出的强烈的爱国主义精神和崇高民族气节并没过时，诗人的探索精神和所追求的崇高壮美的美学风格也没过时。在新的历史时期，为了把我国建设成为高度文明、高度民义的社会主义现代化强国，作为读者，我们有权要求文艺工作者写出更多歌颂爱国主义的优秀作品来！

1984年3月

简评《得与失》

生活真是奇妙，许多事情就像天上的白云，在舒卷变幻，在交融渗透，在彼此转化，看起来是这样，实际上又不是这样，你得到了什么，又仿佛失掉了什么；数得清这个，却算不清那个；有时似乎胜利了，但这胜利又使人产生不安、沮丧的感觉……

人们思索着、观察着生活的奥秘，天章云锦，裁就了种种动人心弦之作。《得与失》诚然还称不上是这样的上乘之作，它只不过是一条静静流淌的小溪，然而生活的天空中变幻的风云，却也在它清澈的水面上留下了些许倒影……

女工贾珍(即作品中的"我")是位年近三十的老姑娘，为了同男朋友"他"结婚，只好接受"他"的条件，想法从山沟沟里调回市里去；与她同宿舍的女工小兰，也由于父亲住院，弟妹幼小，迫切需要调到市里。而厂里的操纵员就她俩，要走，也只能走一个。于是，一场不动声色的竞争就由贾珍发起了，她跟管劳资的鲁主任夫妇攀上了"叔"和"姨"的关系，又向小兰编造自己非走不可的和男朋友的故事。然而被批准调走的竟是小兰。一年的友谊破裂了：当小兰热情地迎向贾珍时，贾珍却冲她"吐了一口唾沫，转身就走"。这不就是为一些人津津乐道的为了个人的生存发展不惜排挤他人、抛弃友情的存在主义吗？不就是所谓的生活的重压和人性的扭曲吗？可是，随着情节的发展，小兰却将这难得的机会让给了贾珍，既不是退却，也不是讨好，而是出于对她困难的真诚的同情，是出于先人而忧后人而乐的精神。

世界上毕竟还有比竞争更珍贵的友情，生活中毕竟有歌声。说这就是社会主义人道主义的表现，恐怕也不过分。因为社会主义社会的劳动者之间要建立的是团结、互助、友爱的关系，而不是损人利己、尔虞我诈的关系，这就是社会主义对待人的伦理原则。

于是，小兰的凡人小事蓦地有了新的思想光彩。

而贾珍，虽然"胜利"了，却在另一种意义上失败了，败就败在缺乏这种新的伦理原则上；她得到了，但却失去了对朋友应有的忠诚和友爱。

她算得清小兰给她买牛奶的钱，但算得清小兰给她的照顾和友情吗？

惆怅、苦恼、孤独，这是贾珍作为胜利者的感觉；而有了这种感觉，也就有了走向新的思想高度的基础。

作者在短短三千字的小说里将这些开掘出来，写得朴实、自然、可信，无疑是它取得的成绩。

然而人物背景上的色彩似乎还稀薄了些，它妨碍了对人物在与外界发生交互作用时所产生的心灵流程的更深入刻画。而且个别细节，如贾珍给小兰洗衣服偏偏就看到了小兰给家里的信，这种偶然性也好像太"巧"了，使人看到了作者斧凿的痕迹。

但无论如何，作品是有普遍的积极意义的。愿这样的小溪今后继续长流不断，有朝一日，它们必定会汇聚成浩大的河流的。

1984年5月

萧萧数叶　风雨满堂

——《春风》小小说谈片

一

《春风》自去年下半年改刊以来，在新辟的"小小说"专栏里，连续发表了十几篇作品，它们虽然多出自新人之手，思想上艺术上也并不很成熟，但却引起了读者的注意。

小说历来有长、中、短之分，但短篇究竟可短到什么程度，似乎向无定论，大约只要短于中篇即可，所以现在的短篇小说一般都在七八千以至万字之数，有的则更长。不过在古代，那些唐宋传奇，明清笔记小说乃至《聊斋》中的篇什，却有许多区区数百字甚至更短，倘用现在的标准来衡量，则"短篇"不足以称之，只能叫小小说了，但这并不影响其传之久远、受人喜爱。《春风》上的这些小小说继承了这个传统，长者不过两千来字，短者只有三四百字。这样的作品，就像一雕栏，一画础，人们几乎一眼即可穷其究竟，没有观瞻宏伟深奥的殿堂时仰着脖子东张西望的沉重费力之感，也不需要那样多的时间；但是临近审视，这雕栏画础又自有其

"雕""画"得引人入胜之处，像《路，在霞光中……》《钱包》《垂柳柔情》《悔》等篇，都能抓住生活中那使作者和读者心动的"凡人小事"娓娓道来，常常既出人意表又在情理之中，既平淡无奇又耐人咀嚼。我想，这大约就是人们喜爱《春风》上这些小小说的一个原因吧。

二

或曰，小小说篇幅如此短小，能表现什么有重大价值的思想内容呢？就像方寸之纸，如用大写意法，才下去两笔就已盈幅，哪有挥洒的余地！

此说不能说没有一定道理。作为小小说，它在表现生活的广度、深度上的确会受到一定的限制，不仅不能跟长篇中篇相比甚至也不好与短篇比，它的画框显然容纳不下那些场面浩大，头绪繁多的事件，而只能摄取生活中的一朵浪花，一个侧面，一个剪影。但这并不意味着小小说不能表现重大的主题，不能获得高度的思想价值。鲁迅说过，战士的一切并非都可歌可泣，但这一切又都和可歌可泣相关。生活也是如此，生活中并不是所有的事物都具有重大价值、都是重大事件，但许多看似微小的事物又和重大事件相连；小小说虽然撷取的是生活中的微小事物，倘这微小事物是神龙的一鳞半爪，而且将这一鳞半爪作为神龙的有机组成部分来真实地描绘，那也是能使人窥见神龙的全貌，感受到它搏击时代风云的脉搏的。《春风》发表的这些小小说之所以打动人心，最根本的恐怕即在于此。

如《路，在霞光中……》算是这些小小说中的长篇，其实才不过二千字左右，它通篇写的是一位已到"而立之年"的青年工人，在下工后的落日余晖中如何着急忙慌地蹬车赶路，如何到幼儿园和小学去接他的一双小

儿女，看起来真是淡而无味的"凡人小事"，有多大社会意义？简直不值
一提。但是，这位青工（"我"）之所以要急急赶路、接孩子回家，不是
为了早点回去歇着或是早点出去闲逛、会友、消遣，而是为了争取提前赶
到会场、坐个前排，好听清晚上六点开始的金属切削技术讲座，是因为
他不愿在生活的激流中自暴自弃，而要振作起来，"朝着选定的目标奋
进"，这就与当代中国青年的奋起这一重大主题挂起钩来，使得这在生活
中千百万次发生着的"凡人小事"有了新的思想光彩和现实意义。《就从
这里开始》则短至三四百字，所截取的生活片断也简单到了极点，只写了
新来的党委书记同行政科三位科长的两句对话，然而，通过科长们鹦鹉学
舌似的答话的描写，揭示了改革的必要性。能说这些问题不重要吗？

三

任何文学作品都是主观与客观的辩证合金。小小说自不例外，它是
否具有积极的思想意义，不仅取决于所反映的客观事实、所描写的客观内
容，而且取决于作者对所描写的客观事实的主观态度，取决于熔铸进作品
客观内容中的思想感情，一句话，取决于作者的审美评价同客观事实是否
相一致。

不是有人欣赏现代派吗？在西方资本主义社会内部各种矛盾激化的
条件下产生的现代派文艺，鼓吹的是个人与社会的对立，这在资本主义社
会是有一定进步意义的。但是有人将它照搬到中国来，"表现自我"、表
现与社会主调不谐和的观点，这样，不论作品选取什么题材，表现什么内
容，都容易将客观生活写歪。《春风》的小小说尽管有种种不足，但基本

上都做到了主观评价与客观事实相一致，即是说，作品用正确的认识观点和健康的审美观点如实地揭示了生活中的美与丑。

《绵绵的春雨》和《月夜》，前者通过两个孩子乘火车去祝贺奶奶生日的慢镜头，照出了他们幼小心灵的纯洁美好，而这幼小纯洁的心灵上又处处反映出他们哑巴妈妈的影子，表达了一种高尚无声的身教的力量，整个作品的调子如春雨绵绵、沁人心田，给读者"留下了一片深深的甜美的回味"。后者则通过对月光下一对小夫妻学自行车情景的一瞥，表现了农村实行责任制后农民新的精神面貌和生活情趣，作品的基色柔和淡雅，仿佛沐浴在明月的清辉之中。看得出来，这两篇小小说都在着意创造一种美的意境，但这个意境不是作者硬加给作品的，而是从作品所反映的客观生活美中自然而然生发出来的，是主观与客观相统一的产物。又如《月色融融》《垂柳柔情》，作者着力歌颂了见义勇为、大义灭亲的普通农民和公安战士，同时暴露了歹徒们的丑恶，但这种歌颂与暴露都不是作者从外部灌输到作品之中的，而同样是为作品所反映的客观生活的美丑性质所决定的，因而与形象相契合，使读者加深对生活中美丑的认识和爱憎。如果不是这样，而是用与社会主调不谐和的观点，用纯主观的、甚至个人主义的"自我"去表现，那么，生活中的美丑到了作品中会变成什么样子，读者会被引导到什么方向去，那是不难想象的。

四

人们要求小小说也能像其他文学体裁一样表现有积极社会意义的主题，正确地评价生活，这是符合文学的社会功能的，但是，作为一种艺术，作为审美欣赏的对象，小小说尽管小，也不能写得直、白、一览无余，而应该讲究构思和技巧、变化和含蓄。可喜的是发表在《春风》上的这些小小说在这方面做出了一定的努力和探索。

之所以要讲究构思，当然是因为小小说篇幅极小，要在这样有限的篇幅中包纳尽可能多的思想和内容，或是通过不大的事件表现重大的主题，就不能不对素材做精心的剪裁、安排。《路，在霞光中……》意在塑造一个曾被十年动乱耽误了青春，但又不甘蹉跎岁月、从不抱怨生活坎坷，勇于奋发进取的青年形象，表现有普遍社会意义的主题，那么，什么样的素材才能体现这一意图？怎样安排才能既符合小小说的尺寸又耐人寻味？显然，事件过大、头绪过多不行，但也不是任何一件生活小事就可以的，结果，作者对生活中的素材进行了选择、提炼，裁剪成一位青工下班后急急赶路、接孩子回家、以便早早赶去听技术课的故事，这个故事不大，恰如生活激流中的掠影，正好可用小小说来表现，赶路、赶去接孩子、赶去听课都突出了一种拼抢赶超的进取精神，正符合人物的基调，而在作品中具体描写的又只有赶路和接孩子的细节，作为事件结果的听课一节却只表现在人物的动机之中，并没具体展示，这就既节省了笔墨，又留有余味。又如揭露给领导"随礼"这种不正之风，当然也可有多种多样的途径和方法，而《吴老汉买毛衣》则选取了一个农村老汉买毛衣的镜头，摆出了一个尖锐的矛盾冲突：要给老伴买那件向往已久的毛衣就不能给公社书记儿子结婚随礼，要随礼就买不成毛衣，这就一下子打中了事情的要害——不正之风是根本违背群众利益的。于此也可见到作者构思的匠心。

作为小小说，不仅构思上要以小见大，而且还要删繁就简。米开朗基罗曾说过，只有从山上滚下去而不损坏一处的雕塑才是好雕塑。因为只有这样的雕塑才是没有任何一点多余东西的。这对于小小说尤其适用。像《就从这儿开始》以三百多字去表现改革的必要性，不能不要求高度的精练。所以作品开门见山就写道："为了征询意见，新来的党委书记对行政科的三位科长谈了自己对今后工作的初步设想。"接下去就是科长们的两次答话，而这答话又极为简短，先是只有一个字："中——""行""好——"，后是四个字："不错，不错——""挺好，挺好——""照办，照办——"，那种不动脑子、眉目中带着媚上味道的衙门作风跃然纸上。通篇没有任何关于人物形貌及周围环境的描写，因为在这里是不必要的。

但是，对于小小说来讲，精练不排斥含蓄和变化。《就从这儿开始》虽然在人物形貌和环境上不着一笔，结尾却不惜笔墨写了"并排挂在窗前的三个（装鹦鹉的）鸟笼。"为什么？因为这对于点题寓意、造成文章起伏是必要的。再像《钱包》，先是描写偷窃了钱包的失足青年在乘客议论时的矛盾心情，而当他终于动心翻悔，要将钱包送归失主时，钱包却又不翼而飞——这就使作品文气为之一转，读者的心情也为之一紧；正当他无手足所措时，钱包又被一个红领巾意外地送回来了——这又无异于曲终奏雅，既教育了失足青年，也感染了读者，使整个小说摇曳生姿、余韵悠然。其他如《你别撂电话》，全篇用一对往昔恋人偶然发生的电话中的对话，展示了一美一丑的两颗心灵，读来别有味道，也不失为形式上的一种探求。

五

不过，正如上文说过的，这些小小说并非尽善尽美之作，还存在着一些不足之处，其中最主要的我以为是人物形象的塑造和环境的描写还不够典型化，即以写得较好、篇幅也较长的《路，在霞光中……》《绵绵的春雨》等篇而言，如果作者更多地注意一下人物与周围环境的关系，更深入地开掘一下人物的内心世界，人物的思想深度和个性色彩本是可以更深、更鲜明一些的。当然，要以小小说的篇幅做到这一点实在是大不易，何况有的作品由于太短小（如《就从这儿开始》），本意就不在于塑造人物，而在于揭示某种有典型性的社会现象。但是我想，不论小小说有着怎样特殊的情况，注意一下人物和环境的典型化，仍然是有好处的。

　　总而言之，《春风》发表的这些小小说用极短的篇幅、细小的事件表现了生活的复杂，体现了时代的精神，是难能可贵的，值得赞许的。古人诗云："君看萧萧只数叶，满堂风雨不胜寒。"正是这些以少见多、以小见大的小小说的形象写照。

1984年5月

红颜烈慨　痛史余情

——《翼王伞》读后

　　在多灾多难的中国近代史上，被恩格斯称之为"保存中华民族的人民战争"的太平天国革命横空出世，以其磅礴气势、壮烈的斗争造成了深远的影响。而翼王石达开的西征及其在大渡河的全军覆灭则是与这场革命生死攸关、最富于传奇色彩、最具苍凉韵调的一页，石达开英雄落难，为保全三军入清营遇害的悲剧更是撼人心弦，令妇孺洒泪，志士扼腕。不仅史学家三钩其沉，在川西一带还广泛流传着种种关于翼王不死的传说，以致朱德这样的无产阶级革命家年轻时都曾受过其影响。

　　在史沫特莱的《伟大的道路》一书中，朱德曾转述一位经常到他家乡揽活的老织匠（以前是石达开麾下的士兵）的话，说在清营牺牲的不是石达开，而是位长相酷肖石达开的人——石达开四姑娘的丈夫。至于石达开本人则不知去向，但在一次风雨行舟时他却神龙不见首尾地露了一面，说了一番"暗示中国命运的话"，并且留下了一柄"翼王伞"。七十年之后，在石达开和他的几万战士留下绵绵遗恨的地方，毛泽东、朱德领导的工农红军却以十八勇士创造了强渡大渡河的奇迹。

对于石达开西征这一在人民心中留下那样深的烙印、同中国现代革命有着那样关系的慷慨悲歌的史实，要把它化为形象系列的历史，我以为非得治史有年的老手不可。想不到的是，学生时代专攻化学，后以现代国际题材小说在文苑独树一帜的鄂华，却出人意料地闯入了这个题材领域，推出了长篇历史小说《翼王伞》；更出人意料的是，当我合上《翼王伞》这部小说时，竟会产生一种近乎灵魂震颤的感觉。

鄂华由文入史，又化史为文，一篇"楔子"，可以见到作家的匠心："我"作为中国现代革命史研究者，"为了征集和搜寻红军在1935年举行的那次震惊世界的两万五千里长征中的贵重资料，帮助我们弄清长征中每场关键性的战役和每次重要会议的翔实细节"，和一些同志从瑞金出发，沿着当年红军的足迹，进行了一次富有意义的考察。正是在考察红军长征的过程中，他们"竟不止一次地完全是偶然地与另一次时间上更久远但却是同样悲壮的长征交汇在一起，那就是太平天国翼王石达开的西征"，"当地的人们都是自发地热烈地向我们讲述出一个又一个发生在一百年前的那一次远征中的可敬可泣的故事，它们以自己特有的悲剧式的宏伟与悲壮震撼着我们的心。"于是，"我"竟也和收集长征史料一样，主动在日常考察中去搜寻一切有关石达开西征的传说和遗迹。这样，在"楔子"里，在不同历史背景下结局完全不同的两次长征就合乎情理与逻辑地交织起来。作家生动地描写了安顺场人民对石达开的怀念，记载了关于"翼王伞"的充满神奇色彩的传说，展现了大渡河奇峭峥嵘的景色，特别是用考古学者式的笔法绘声绘色地描写了"我"和同伴在大渡河右岸调查，由于迷路在原始丛林中度过的一个夜晚。正是这次迷路，使他们意外地从藏匿在密林深处的翼王神庙中发现了那传说中的"翼王伞"及有关西征的记载！——这篇"楔子"夹叙夹论，既有散文式的绘景、小说式的写人，又有政论式的论史、诗歌式的抒情，通过对两次长征的考察，将历史与现实、历史与传说熔于一炉，为再现史诗般的石达开西征并探索其意义与失误提供了一个深邃、广阔的背景，而"翼王伞"及有关记载的发现则为将传说转变为正文花团锦簇的情节埋下了伏笔，为覃三妹的出场提供了艺术上的可信性，造成了山雨欲来的声势。

要表现石达开西征这样头绪繁多、场面宏伟的历史事件，作家可以像《战争与和平》《李自成》那样从正面发起强攻，让事件的真相在自身展开的过程中暴露无遗，也可像《上尉的女儿》那样从侧面迂回，借局外人的眼睛取得一个可自由移动的视点，通过若干侧面、若干角度表现事件本身。前者往往需鸿篇巨制，极尽金戈铁马、纵横捭阖之能事，后者则可不受事件过程和场面的限制，以节省篇幅，且更有利于在金戈铁马的"本事"之间穿插"奇闻轶事"，但《翼王伞》却没有蹈袭前人成法，而是博采众长，自成一格，它不是从侧面而是从正面写石达开西征的"本事"，但灯光却集中投射在覃三妹这个名不见经传、带有传奇性质的人物身上，在遵循基本历史事实的前提下，以她的命运为全书的情节主线，描写了覃三妹的临辱被救投身翼王麾下，由对翼王的爱慕到与之结为父女关系，到招救命恩人温平叔为夫；对她怀着贪婪的占有欲、混迹于革命队伍的祁子煊先是陷害温平叔，继之勾结清廷出卖石达开、葬送西征军；温平叔出于对天国革命事业的忠诚、对石达开的崇仰、对覃三妹的爱情，在危难之际义无反顾地顶替翼王赴清营，和覃三妹双双殉难。通过这四个人物错综复杂的矛盾纠葛，形象地揭示了忠与奸、恩与仇、爱与恨的对立与冲突，艺术地再现了西征军从克安庆府、宾州县，到在大渡河畔的安顺场全军死难的悲壮历程。应该说，作家的这种构思是有其独到之处的，它避免了将笔墨过多地花在对刀兵相见、帷幄运筹、军营生活的烦冗描写上，而集中于渲染氛围，铺排矛盾，刻画人物性格，使作品得以用二十几万字的篇幅浓缩了这段波澜迭起的痛史。

《翼王伞》语言流畅，一泻无碍，不过现代味浓了点，覃三妹和温平叔新婚之夜关于爱情、关于形势的议论和表白就是如此，未必为当时人所具有。那么，这部作品震动人心的感染力又从何而来？我以为关键在于作家不怕写美，不怕写情，他将浓烈的感情倾注在他所喜爱的人物上，按照自己的审美理想赋予笔下形象以瑰丽的艺术色彩。容华绝代的覃三妹文韬武略，侠骨柔肠，红颜虽殒，烈慨难消；凛如天神的石达开志存高远，刚柔相济，对强敌气吞如虎，对弱女呵护有加；仪表堂堂的温平叔刚烈正直，勇冠三军，儿女事冰清玉洁，危难时视死如归；覃三妹与石达开之间那实现不了的爱情蕴藉缠绵，揪人肺腑；石达开、温平叔"有心杀贼，无力回天"，忧国（太平天国）忧民，英雄末路的悲剧性命运让人一读三叹，郁愤难平；而祁子煊追求覃三妹的疯狂劲儿和他毁灭美好事物的阴险毒辣令人心惊发竖，必欲得而诛之……在对这些人物的刻画上，作家明于理，发乎情，形诸美（丑也是一个审美范畴），此乃艺术感染力之所在。《翼王伞》是一曲美与爱的颂歌，然旖旎之中常见奇峭之景，温柔之中时闻杀伐之声，从而形成了它沉雄秀拔的美学风格。小说中，作家通过人物之口对太平天国的成败和石达开的历史地位做出的某些探讨和评价，是否得当，本文不敢妄评，但《翼王伞》毕竟不是史论而是小说，其生命力和价值在形象之中，对此读者自有公论。至于将历史与轶闻铸为一体、实实

232

虚虚的"三国"笔法，则是艺术家特有的权力了。

百多年前发生的这沉痛的一幕永远消失了，几十年前红军强渡大渡河也成为历史了，但是大渡河依旧奔流不息！不同时代中华民族优秀儿女为振兴中华前赴后继的英勇献身精神像大渡河水不息奔流！生当今日，"养吾浩然之气"是少不了这种精神的，也是不能不探索历史上的一切成功与失败的。从这个意义上说，"一百年前发生的悲剧，对于后人又何尝不是一种教训和激励呢？"

1986年12月16日

传统写法与"小说革命"

　　眼花缭乱，目瞪口呆，亦惊亦喜，或迷或疑，——这大约是近几年特别是1985年小说创作新潮给我们的印象和感受。题材似万花筒，整个世界，全部历史，大自涉及千万人命运的政治变迁，小至一个人内心隐秘的潜意识活动，一齐涌来笔底；写法如庐山雾，扑朔迷离穷极变化，从"意识流"到"寻根派"，从"虚拟小说"到"新新闻体"的纪实小说、报告小说，同时竞秀于文坛。小说的传统写法被打破了，文学揭示本质、劝善惩恶的单一性功能被拓宽了，读者的审美趣味出现了断层和沟裂。于是，"小说革命"的说法以愈来愈高的频率出现在人们的言谈之中，以致不才如我辈也要来凑此热闹了。

　　小说这东西在中国，虽然近代没能像在西方国家发展得那样完备，巨作如林，但历史却是不短的。据我看，《史记》中的不少篇章就颇有点"报告小说""纪实小说"的味道，不过太史公写的不是"新闻"，而是"旧闻"（历史），故不得以"新新闻体"冠之。真正把小说当作小说来写的，恐怕还得从唐人传奇算起。小说成一大气候则是在《三国演

234

义》《水浒传》《金瓶梅》《红楼梦》问世的明清两代。《红楼梦》一出，"传统的思想和写法都打破了"（鲁迅语），中国的小说创作被推到了有史以来的巅峰。这所谓的"传统写法"也就是带有现实主义特征的创作方法，以及与我们民族文化、民族心理相适应的写实技巧、情节结构和其他形式性因素。《红楼梦》并没有抛弃这些，它打破的是以往小说人物模式化、善恶两极化的框框，克服的是忽视心理描写和细节描写、主观倾向过于外露等不足，把笔触深入到了日常生活和人物内心深处。所以，它实际上是丰富、完善、发展了传统的写法。清末梁启超辈倡言"小说界革命"，但他们也不是要"革"传统写法的"命"，而主要是扭转社会对小说的轻视，提高小说的地位，让小说为改良主义运动服务。的确，小说在改良主义运动中，从形式到内容都有浓郁的时代特色和深刻的社会意义。《二十年目睹之怪现状》等小说可以作为印证。"五四"以来的新文学运动和新中国成立后的小说创作，尽管在内容、思想以及服务对象上较之古典小说有了根本性质的变化，在小说观念和写作手法上也有了新的发挥和创造，但传统写法作为一种深层文化积淀却依然渗透在小说创作中。

然而现在，小说的传统写法第一次面临着真正的挑战。近几年来，随着对外开放、对内搞活引起的政治、经济和思想文化形势的巨变，小说观念、小说写法、小说内容日新月异。究竟什么是小说？小说的功能如何？界说多种多样；至于写法、内容更是不拘一格，闻所未闻、见所未见的新名词、新概念、新形象、新意识、新手法、新流派层出不穷，争奇斗艳。一批才气纵横的中青年作者挟着改革的风雷跃上文坛，出手不凡，技惊四座，一篇两篇作品就可以造成一种气候，形成一个流派，俘虏一批读者。且不说王蒙等作家率先在小说中做的意识流尝试是如何使习惯了传统写法的读者们耳目一新，单说继其踪者：刘索拉的《你别无选择》一经推出就以其现代感、现代意识轰动文坛；刘心武、张辛欣的"新新闻体"报告小说《5·19长镜头》《公共汽车咏叹调》《北京人》疯魔了广大读者；马原的虚拟体小说《陶》的"无法无天"的写法使人拍案惊奇；王安忆一篇《小鲍庄》几乎使人错以为出现了另一个王安忆；就连显然受益于中国古典小说传统写法的贾平凹、阿城，在其小说中那古老文明和传统文化精神的后面，也有着一种只可意会的影影绰绰的新的心态、新的审美意识；……此外，我省的青年作者如洪峰、王家男的一些走向全国的作品，那新的手法、新的意境也令人瞩目。这一切，不仅使一些初出茅庐的文学青年趋之若鹜，使某些已有成就的作家改变了自己的习惯写法而另辟蹊径，而且造就了各种各样的独特思维方式和审美趣味的读者群。相形之下，传统的写法及其作品如中山装比之于牛仔裤，似乎显得陈旧了，被冷落了，掉在"光圈"之外了。

这就是"小说革命"吗？笔者不敢妄断。但无论如何应该说这是一个好现象。只有在中国走向现代化、走向世界的改革时代，在政治清明，生活安定，思想空前活跃，气氛宽松、和谐的社会主义制度下，小说创作才会出现这种百花齐放、百家争鸣的局面；它既不同于西欧近代史上的文艺复兴，也不同于清末的"小说界革命"；它作为我们经济体制改革、经济建设顺利发展的必然结果和实现社会主义现代化的迫切要求，又促进了人们主体意识的觉醒和自由精神的发展，造成了人的思想和聪明才智的进一步解放，对社会主义物质文明和精神文明的建设起着不容忽视的推动作用。中国人的自信心，党的文艺政策的正确性，马克思主义敢于、善于汲取人类文化精华以丰富自己的气魄，在这里都得到了充分的证明。

在这种形势下如何看待传统的写法呢？愚意并不以为它走到了穷途末路。不，恰恰相反。每个民族都有自己传统的思维方式和民族文化心理。在中华民族漫长的历史中所形成，与中国悠久灿烂的传统文化紧密相连的传统思维方式，虽然难免有封闭性、单向性的保守一面，但也有作为主流的现实性、求鉴性、兼容性、辩证性的优长之处，并有与之相适应的民族文化心理。注重描摹现实，富于理性色彩，讲求警世功能以及情节性、程序化、完整性等等的小说传统写法，就是渊源于、植根于传统思维方式和民族文化心理之中的。当然，"任何一个民族的艺术都是由它的心理所决定的，它的心理是由它的境况所造成的"（普列汉诺夫语），因此，随着社会境况的变迁，民族的思维方式、文化心理连同它所决定的艺术也不能不有所变化。汉崇文赋，唐尚诗歌，元兴戏曲，宋重长短句，明清小说蔚然成宗，而小说本身又随时代发展几经变化。文学样式的这种嬗变再清楚不过地勾画出了民族文化心理的轨迹。但是不管怎样变化，作为我们民族传统思维方式主流，决定我们民族精神气质的优长特质却保持着相对的稳定性，此之谓变中有不变，不变中有变。从《三国演义》到《红楼梦》，从《阿Q正传》到《太阳照在桑干河上》，从《班主任》到《棋王》，各自面貌何等不同！然而一眼又可看到它们都打着中华民族的精神印记。

现在我们所处的大变革时代，其广度、深度前所未有，传统思维方式和民族文化心理的可变性一面（变掉那些有碍于现代化的弊端，汲取那些有益于现代化的新营养）必然要求突破传统写法某些过时章法的新艺术的出现，而它的相对稳定性一面则不仅需要宏大传统写法中的精华，产生更好的作品，而且从整体上决定着、规范着新写法、新作品的民族风貌——不论作者自己意识到没有。所以，操传统现实主义枪法的作家也大可不必有落寞之感，所谓传统写法跟不上趟，不受欢迎不过是一时的现象，甚至是假象。《高山下的花环》等现实主义的小说不是广受好评吗？西方一些国家在五光十色的现代派小说风靡一时之后，传统现实主义的作品不又卷土重来了吗？说到底，决定作品价值的毕竟是它自身的艺术质量，而不是流派、风格、手法、技巧。

当然，在各种新写法、新作品不断震动文坛、构成挑战的情势下，一些作者产生危机感是自然的。窃以为有此感比无此感要好得多。有所感才能有所思。历史证明，由某一种写法——不管是传统写法还是标新立异的写法——垄断甚至君临一切是违背文学艺术发展规律的，不利于其繁荣。所谓的"小说革命"无形之中使传统的写法失去了传统的别无分店、唯我独尊的正统地位，这不见得是坏事，相反，危机、挑战会促使其反思，在同各种流派、写法的竞赛中找到自己的局限和不足，兼收并蓄各种养分，实现自身的完善、更新，从而开创出现实主义发展的新阶段。

值得注意的是，那些操新枪法的作品的成功，大体而论（绝非全体），似乎更多的是凭灵感，凭才气，凭对生活的新鲜感受，对传统写法无所顾忌的突破，凭崭新的现代意识、思维方式和出人意表的奇特视角，而不是凭深厚的文学功底、系统严谨的思想观念、塑造典型的娴熟技巧、厚实广博的生活阅历。这不能不是其一短。倘若要展现更加宏伟的场景，塑造高度典型化的艺术形象，描画更加多样的灵魂，征服更多的读者，则他们会觉得力有不逮的。因此，向马克思主义学习，向传统的写法学习，深入改革的实际，恐怕未必多余。现代派艺术大师毕加索原来可是个有着深厚扎实的现实主义写实技巧的画家哩！另外也要看到，任何民族创造的先进文化我们都要学习，汲取，哪怕是褒贬不一、争议纷起的现代派中也

238

有某些可取的值得借鉴的成分。我们应该支持作家在这方面做出大胆的尝试。但是，学人家哪怕学得再像，也只是"像"而已，它不能代替自己的创造，既不能在自己民族文化的土壤中获得长久的生命力，又不能以这种"仿制品"打入世界艺术之林。而只要真正是自己创造出来的作品，从自己血管中喷出来的血，就必然带着全部环境的投影，全部本质力量的性质和心理的色彩。这种融民族性与独创性于一体的小说，才是真正有艺术魅力的。

1986年9月

当世之雄安在

——创作断想八题

一

一自高丘传号角，千红万紫进军来——经历了十年浩劫百卉凋零的严冬之后，党的十一届三中全会如春雷震荡，理性的闪电击碎了愚昧、僵化和麻木，被窒息的人性复苏了。经过控诉、揭露、反思、开拓，文学摒弃了"文革"中高大完美、超凡入圣因而虚假之至、令人生厌的"英雄"，其焦点又对准了人自身，文学找回了失去的主体，深入到了人的内心世界。

在肯定文学由"神"向"人"复归的深刻转变的同时，在这里，笔者却仍然要为文学呼唤当世之雄！

二

这些年来，我们的文学创作虽然取得了硕果，虽然塑造了类型众多的

240

人物，其中也不乏乔光朴、梁三喜、李向南这样其势如长风之出谷的刚性十足的强者和硬汉，但在我们的文学人物画廊中毕竟不够多，而如有的作者所形容的笼罩在"灰色意识"中的平庸人物，却不断走进作品中来。毋庸置疑，这些人物较之"高大全"的"英雄"来更接近现实的生活，因而也就更真实、更生动、更可信。他们的成批出现，显示了我们作家、作者直面真实的勇气和对生活的深邃思考，对普通人命运和尊严的关注，对生活中丑恶现象的鞭挞，对疗救痼疾的苦心，以及艺术上日趋成熟和多样化的探索，其思想、伦理的、审美的价值不容低估。但是，对于我们这个亟须进取和开拓、胆识与魄力、奋斗与理想的大变革时代，对于正在建设高度的社会主义物质文明和精神文明的人民来讲，难道就够了吗？我们的读者不是有充分的理由向文学要求英雄和英雄意识、英雄主义吗？前一个时期金庸、梁羽生的武侠小说之所以风靡一时，一个重要原因就在于他们塑造的一个个武艺超群、济困扶危的"英雄"填补了我们文学的空白，满足了读者渴求英雄的心理需要。而有的作家发出的"寻找男子汉"的呼喊，实质上正是寻找当世之雄的社会需要的反映。

三

英雄意识，是人类最古老的意识之一。

当人类刚刚跨入社会的大门，生产力极为低下，还不足以抵御大自然的威压时，产生了神话。马克思说："任何神话都是用想象和借助想象以征服自然力，支配自然力，把自然力加以形象化。"实际上，这种借助想象以征服自然力的意识乃是人类最早的英雄意识，而英雄意识正是人的一种积极本质。中国远古神话中逐日的夸父、射日的后羿、补天的女娲、治

241

水的大禹就是先民们的英雄意识、英雄崇拜心理即人的积极本质力量在文学作品中的对象化。古代希腊曾有过"英雄时代"，作为那一时代艺术反映的史诗中的英雄都是些体魄矫健、膂力超群、移山填海的半神之体式的人物，他们同样是古希腊人英雄意识的艺术表现。

人类社会为何需要英雄？从历史唯物论看，每个时代每个社会都有由其生产力发展状况所提出的要解决的重大任务，不论其表现为政治的、经济的、军事的、社会的、文化的课题，都需要一批有理想、有胆识、有毅力、有激情，在个人品格（如牺牲精神）和聪明才智（如组织才干）上都比一般人高出一筹的人物来率先攻关；从系统论、控制论观点看，人类社会作为一个自组织、自控制、自调节的大系统，其中各子系统之内、之间的任何滞涩都不能靠外力（神或上帝）来解决，而只能靠内力——人，特别是将自身积极本质力量充分发挥出来的优秀人物。

无论奴隶社会、封建社会还是资本主义社会，都需要自己的当世之雄，否则它就不能顺利解决历史赋予它的课题。正是从推动历史发展的立场出发，马克思、恩格斯极端鄙弃唯恐烧伤自己手指头的怯懦自私的庸人气息和庸人社会，指出这样的社会是没有前途的。狄德罗说得好：没有天才的民族是可耻的，没有英雄的文学是可悲的！

四

诚然，当今之世已不是古希腊的"英雄时代"，也不是十年浩劫的"造神"时代，我们不需要、事实上也不存在什么高大完美、超凡入圣的半神之体式的"英雄"。但是，社会仍然需要英雄。且不说没有成千上万握管操枪、死不旋踵的英雄就不会有人民革命的胜利，单说现代化建设和改革的大业吧：当真理被歪曲、理性被蒙蔽、思想被禁锢时，敢不敢于坚持真理、解放思想？当权力被滥用以致亵渎法律的尊严时，敢不敢护法、执法？当陈旧的体制束缚着、阻碍着经济的发展时，敢不敢冲破禁区、率先改革？当敌寇犯我疆土、杀我同胞时，敢不敢奋起自卫、洒血疆场？当烈焰腾起、洪水袭来时，敢不敢赴汤蹈火、保卫人民生命和财产的安全？答案是不言而喻的。至于我们个人的生活中同样离不开英雄和英雄行为：当你蒙受不白之冤时，难道不需要有人伸张正义？当你路遇歹徒、横遭凌辱时，难道不希望有人拔刀相助？当你突遭险情、孤立无助时，难道不亟待有人援之以手？答案同样是肯定的。既然从社会到个人都离不开英雄行为、英雄气概，那么，文学对虚假"英雄"的否定就不应导致"非英雄化"。

五

的确，社会的发展和变化必然导致传统观念、价值尺度、伦理准则的发展变化，纵览几千年的思想史，多少观念产生了，施行了，又消失了；多少品格曾被视为美德，后来却又被重新审视过，甚至抛弃了。然而，刚正不阿、见义勇为、临危受命、捍卫真理、救人急难等英雄行为、英雄意识，却始终保持着它的价值。即便是物欲横流、冷酷无情的资本主义社会，英雄行为也仍然受到尊崇，并在文艺作品中反映出来，如我国观众熟悉的《冰山抢险队》中为抢救遇难者而慷慨赴死的守林老人，美国西部片中枪法过人、打抱不平的好汉，法国惊险片中铁骨铮铮、除暴安良的侠士，等等，都是公众心目中的英雄。而我国从20世纪60年代的"《红岩》热"到80年代的"《新星》热"，虽然作品中人物的性格、作为变了，但他们的英雄行为和体现的英雄意识在社会伦理价值的尺度上并没有贬值。为什么？因为不管社会怎样变化、怎样不同，经济的发展，社会的进步，正义的弘扬，真理的探索，生活的安定，人格的尊严，祖国的安全，总是人们生存和发展的基本要素，而与此相联系的行为意识、精神品格也就有了相应的不贬的价值。

六

时下人们欣赏文艺已不满足于简单地向作品要主题，要思想，受启发、受教育，而更多的是注重于作品的审美价值；因为无论是思想性还是教育作用都是要通过审美来实现的。问题在于，从阴柔、优美到阳刚、壮美，从幽默、滑稽、喜剧到悲剧、崇高，这一系列审美形态各有其存在的理由和不可互相取代的作用。它们对于丰富人们的精神世界、陶冶人们的性情都是不可缺少的。因此，不能扬此抑彼，尤其不能片面推崇悱恻缠绵、阴郁朦胧、扑朔迷离、哀婉凄清而贬抑沉雄悲壮、热烈明丽、崇高壮美。从审美而言，作品中不同审美形态的形象和风格在主体审美观照中引起的心理活动、产生的情绪效果是不同的，无论如何，震撼心灵、给人以力量、催人奋起的恐怕不是缠绵悱恻，而是激越悲壮。振兴中华，重要的一环是振奋民心，舍沉雄阔大、昂奋崇高难以到达这一点——有人将崇高比之于时代的主旋律不是没有道理的。而英雄行为、英雄意识由于其自身所固有的超常性（超常规）、穿透性（破庸俗）、爆发性（敢抗争）、利他性（舍弃自我）而具有了熔铸雄健、悲壮、崇高的品格。

七

我们当然都是凡人、普通人，但这并不意味着我们——大千世界中的芸芸众生就与英雄意识绝缘了。英雄意识作为人类最古老的意识之一，通过历史的流程以集体无意识或意识的形式在人类的心理上积淀下来，传之久远。因此，即使是普通人，身上也或多或少有着英雄意识的成分。我们不是要写全颜色的立体的人吗？不是要深入到人的心里深处写潜意识吗？不是说人的性格是二重乃至多重组合吗？那么英雄意识作为全颜色中的一色，潜意识中的一种，多重性格中的一面，就不能置于我们的视野之外。例如歌德，倘若只写他有时妥协、鄙俗，"有时则是谨小慎微、事事知足、胸襟狭隘的庸人"的一面，显然是不真实的，只有同时写出他有时战斗，"有时是叛逆的、爱嘲笑的、鄙视世界的天才"的一面，才是一个完整的、复杂真实的歌德。由此观之，写英雄意识，乃是写复杂性格的题中应有之义。

八

然则当世英雄安在？

这需要有一个参照系，文学的最大参照系就是社会生活。

时势造英雄，生活出英雄；时代变了，生活变了，英雄自然要变，关于英雄的观念也会变。

社会主义现代化建设的大潮中涌现出的是这样的当世之雄：他，也许一身土气，不会跳迪斯科，不会说"拜拜"，也没有豪言壮语，但在祖国需要的时候却能挺身而出，死不旋踵；他，或许有不少失误、缺点、不足，周围有人寄走了上告信，屁股后面跟着检查组，但他的确以其胆识和方略冲决了层层阻力，改变了一个地区、一个部门、一个单位陈旧、落后、停滞的现状；他，也许有人们难以容忍的怪僻、难以相处的脾性，但他的确在关键时刻能顶住来自各方面的压力和偏见，钉子般地钉在党和人民交给他的哨位上；他，也许平平凡凡，甚至碌碌无为，但他却在突然袭来的危难面前为他人抛舍了自己的利益乃至生命；当然，他，也许在各方面都高人一筹，具有崭新的现代意识和开阔的眼界，心灵闪烁着道德与理想的光华，虽然他也有着凡人难免的七情六俗、矛盾心理、思想斗争……他们是普通人，但又是英雄，二者血肉交融地铸成了活生生的人。我们文学所要寻找的"男子汉"就是他（她）们。马克思曾断然反对人们将英雄、伟人当作偶像来崇拜以致失去自己，他引用了这样的名言：伟人之所以伟大，在于你跪着。因此他召唤人们：站起来吧！这实质上就是对人类固有的英雄意识的呼唤。文学不管有多少功能，归结到一点无非是给人以理性，给人以尊严，给人以"自我"，让人站起来。而要站起来，如真正的人那样思考和行动，激发人的英雄意识至关重要。我们社会主义文学在这方面无疑大可作为。

让我们"打开窗子吧！……呼吸一下英雄的气息"（罗曼·罗兰）。

在文学的百花园中，愿英雄花常开，英雄树常在！

1986年10月5日

好一番清新的"东北风"

——为《王汪中长篇小说选》作

很久——其实也才两年光景，可在感觉中已颇遥远——没写文学评论之类的文字了。想想吧：眼下我们的不少文学作品、文学评论都在作"走向世界"状，各色文化新潮次第袭来，若趋而仿之，未必不出时文，然东施效颦，终负刘郎雅望（注）；同时，时间、精力也着实吃紧，甚至连走"终南捷径"，看看小说月报的工夫也无，写起来又从何下笔？何况，写千把字的评论，往往要看几万字甚至更多的东西，这"经济效益"也太不可观了；再者，近年来一批理论新秀脱颖而出，在评论界已成扛大旗之势；后生可畏，吾辈衰矣夫！鄙人早存"弃旧图新"之念，笔情墨意另有所钟，凡三思乃定：不写也罢。以此故，不少朋友赠我新著，在赞佩之余却不曾写下一个字，惭愧，惭愧！

前不久忽接《王汪中长篇小说选》，王汪兄并嘱我写几句话。虽然当时我曾有所推托，但细一想，恭敬不如从命。何也？乃因王汪兄既是在下的老朋友，又是一位安于本分、很有成绩、受人尊敬的老作家。更何况屈指算来，20世纪50年代就在文坛崭露头角的我省作家本就不多，经过1957年以来的消磨，"文革"十年的劫难，以及生老病死的大限，现在仍然健在并执着笔耕的就更少了——这是我省文坛的可贵财富，而王汪，即是其中的一员健将。

说王汪安于"本分"，不仅指他的为人之道，更指其为文之道。在近来文坛西学东渐，创作上呈多元化、多极化，新名词、新术语、新方法轮番轰炸，各种流派、各色旗帜撩人心目，一派"百川沸腾，山冢溃崩，高岸为谷，深谷为陵"的大变动情势下，王汪却倔倔地"咬定青山不放松"，没见他跳什么"花步"，使什么新招，依然走着他现实主义的路子，老老实实地写，忠忠实实地写，终于写出了关东的本色，也写出了他自己的本色，于是，他的作品便如老酒，飘出醇香来了。

收在《王汪中长篇小说选》中的四部作品，便是他为文之道的印证。它们从不同角度为我们展现了一个老一辈人曾经经历过而为新一代人所不知的逝去的世界——东北沦陷时期的社会生活图景。虽说时下"重大主题""社会意义"似乎已不怎么吃香，但在下还是以为，王汪这几篇小说的价值首先同它的主题和社会意义相关联。如中篇《寡妇门前》，一个绝好的渲染痴男怨女"是非多"的世俗艳情题目，到了王汪手中，却成了铺写家国恨、张扬民族魂的传奇故事："九一八"事变之后，在日寇铁蹄蹂躏下，石头镇上的年轻寡妇乔二雪和耍猴大哥杜三刀用纯情写就了反侵略的悲歌，杜三刀最后血染乡土，乔二雪终于奋起赴义，于是，"寡妇门前是非多"的古老主题被升华成了"寡妇门前血泪多"的对日寇法西斯的悲愤控诉。又如长篇《孤城残夜》，则透过日本帝国主义投降前后的历史风云，鸟瞰一座边远"孤城"两个多月里各色人等或死或生或悲或喜或恐或

248

惊或作鸟兽散或作困兽争的种种心态情状，其间，又交织着孤城十几年来的历史变迁，暴露出日伪反动派的一系列罪恶活动，揭示着张雪樵一类为虎作伥者从卖身到末路的规律。"让历史作证"，以警后世，显然是作者谋篇命笔时的心旨之所在。

或曰：重大主题本身并不能决定一部文学作品的艺术价值、审美价值。此言极是。愚以为，不仅此也，就是其他主题，非重大主题，包括那极具魅力的永恒主题——爱与恨、生与死，以及时髦的主题——性与欲、灵与肉、钱与权、玩与侃，其本身也不足以决定一部作品的艺术审美价值。这里的关键在于作家处理主题的识见和表现主题的技巧。王汪之不愧为作家，就是因为在他那里不存在什么如萝卜一般从生活土壤中拔出来的赤裸裸的"主题"；当他执着而严肃地对那段历史生活做形象的思考和审美观照时，当他把这种思考形诸笔端时，他的"形象的世界"就显现了，他的主题也就绷蕴其间了。这几篇小说里，不论写乔二雪、杜三刀一类正面人物，还是写张雪樵等反派角色，一个个都血肉丰满，有一股子"关东乡土味"。他们的性格、他们的命运既是那个时代的，又是他们个人的，而在别的时代、别的个人那里也能看到其影子——这就达到对人生、对社会做典型化概括和哲理思考的高度了。

或闻：这些故事、这种写法，未免太陈旧了。愚以为，在中国古代宫闱秘史成了影视热、蛮荒文化成了小说热，而西方一些已被磨出茧子来的文学手法被当作"新潮"竞相拿来之际，王汪所写的这些"事"所用的这种"法"，也自有它立足的堂堂正正的理由。欧风美雨刮多了，来一阵"东北风"未必无清新爽快之感！

拉拉杂杂地写了这篇"四不像"，聊复王兄之命耳。①

1989年4月8日

---

① 刘禹锡："听唱新翻杨柳枝"。

深层失落与忧患意识的对象化

——读《屈辱》有感

"够味！"一文友读了《屈辱》的原稿之后如是说。

够什么"味"呢？揣摩再三，大约是指它篇幅不大而意蕴颇丰启人思绪吧，我想。

按照对小说的传统看法，《屈辱》的情节介乎似有若无之间："我"，庄稼人的女儿，中国最高学府历史系的女大学生，和素昧平生的美国机械师布鲁兹睡了一觉。这事儿时下司空见惯。小说中没有戏剧性冲突，没有露骨的描写，没有对话没有动作，甚至连"我"是怎么来到这老外身边的都未作交代，整个故事几乎处于静态之中，通篇是一种情绪体验，如此而已。——但这正是这篇小说的构思别致之处：它不是要讲述一个精巧的故事，而是要传达、宣泄由一颗敏感的心灵所体验到的自尊被凌辱人格被亵渎引起的悲哀痛苦失落愤懑，因此它只需要一个生发这些情绪体验的基本事实，此外的一切便成为多余。

"我"年轻单纯但绝非桃花源中的纯情女，她是中国文化（传统的现代的农村的城市的综合）的产物，又是这种文化的活生生的载体。尽管性开放、放任自我等西方意识攻破了中国传统道德的壁障而引起她文化结构的重新整合，但却无法靡灭她心灵上中国文化的最深层积淀——作为中国人的自我意识、自尊心理。于是追求享乐的渴念与出卖贞操的屈辱，从洋人那儿寻求快感的欲求与自身人格贬值的悲哀，肉体逃避现实的满足与灵魂在"不平等"意识重压下的悲号，这种种思想情感上的矛盾冲突，在那一夜就以浓缩的方式集中释放出来，并进而升华为一种悲凉的忧患感，一种烛照身边丑恶现象的批判性的光芒。在小说中，这种忧患感、这种反思、这种批判，借助记忆的闪回、意识的流动而具象化了："标准的中国知识分子"宏故作深刻地发泄"中国完了，国内的生活太苦了"的牢骚，不择手段一门心思要到异国去享乐；粗俗造作的胜怀着农家少年少有的野心，为争取到一家外资企业去开洋荤而不惜放弃就要到手的"党票"；在大学讲堂上一个纤纤少年以万分的不屑教训主讲老师，恬不知耻地大谈在性交上西方人如何比中国人高明；留美归来的教授忘乎所以地狂侃中国种族的愚劣决定了近代中国的没落，要想拯救中国就必须与外族通婚以改造种族结构；讨厌中国人的荞只想和老外勾搭来快活快活……这里，作者几乎是不动声色地将这些"黄脸干儿"的丑态一一示众。无疑，这些否定性的画面乃是小说主人公"我"的否定性情绪的对象化，当然也是作者批判意识的对象化。

　　小说中，"我"的历史系大学生身份是作者刻意确定的，它有助于作品对"我"的悲剧性际遇做历史性的思考而不嫌做作：

　　布鲁兹喜欢古中国，他不愿听我的中国近代史——可我偏要讲，是的，偏要讲，我要讲使我获得了奖学金的中国近代史，我要讲！听着，小子——

1980年英国议会通过了发动侵华战争的决议案，悍然派兵侵入中国。1840年9月29日与中国签订了第一个不平等条约《南京条约》。噢，还有《望厦条约》，还有《黄埔条约》……还有还有……

还有，还有今天，我——中国最高学府历史系的女大学生，操着十年寒窗苦练而来的一口流利的外语，用自己赤裸的躯体在这几张花花绿绿的外汇券上，与美国机械师订下了又一个被压迫被出卖的不平等条约，用自己一去不复返的贞操，换取与洋人宝贵的'临床'经验。

在这里，我们看到了一种延绵的屈辱和泪水，同时也看到了悲和恨。

《屈辱》不是虚飘飘的揾泪轻纱，沉痛的思索使它具有了时下此类小说所难有的沉重感。然而我要说，这种思考虽然沉重却有失偏颇，尖刻却不犀利。从《南京条约》到《马关条约》等一系列不等条约，与"我"为了几张外钞用自己的贞操与美国人签订的被压迫被出卖的"不平等条约"，二者在"不平等"这一点上的确是共同的，但是，前者与后者是不能同日而语的。这不仅因为前者是关系到国家、民族命运的历史事件，而后者不过是个人的遭遇；更重要的还在于，前者是旧时代政治腐败以致国家失去国格的历史悲剧的产物，而后者却是在人民掌权通过改革开放和现代化建设以增强国力张扬国威的新时期里，某些意志薄弱者由于西方资产阶级自由化思潮的侵袭以及殖民地心态的复萌，导致人性人格失落所付出的一种可怕代价，所造成的一种可悲现象。为什么同是生活在中国的土地上，生活在这个新时期中，有那么多青年走上了立志进取振兴国家的坦

253

途，而少数如"我"一样的人却步入了歧途？从小说中我们看不出有任何外部的政治的经济的生活的原因迫使"我"去走这条屈辱之路，"我"实在应该自己承担起签订这"不平等条约"的责任而不应怨天尤人。作者在为"我"的遭遇伤感动情之时将二者相提并论，显示出非理性的情绪化倾向。实在说，"我"与宏、胜、荞同属可悲的一群，当然，"我"在屈辱中的自省、反思又使她超出了那身入悲境而又不觉其悲的猥琐的一群。自尊自爱与崇洋迷洋放任自我迷恋享乐相矛盾而又战胜不了那卑琐庸俗的一面，正是"我"的屈辱和悲剧的主观根源。这种屈辱和悲剧自不能与历史上丧权辱国的不平等条约相并论，但它在现实生活中又自有一番警世的意义在。

　　写到这里，不由勾起了一点小小的忧虑：近几年来，我们小说中对各种世态人情，尤其是对某些畸形现象、变态心理、蛮荒文化以及与此相关的潜意识、情结之类的观察、描摹日见其细腻、深入、多样。如果说，这是文学走出"左"的禁区之后在知人阅世上、在多层次多侧面反映生活表现自我时所难以避免的现象，那么，文学要真正做到无禁区要拥抱整个生活，作者的目光就不能只停留在生与死、性与欲、渺小人生、阴暗心理、闲情琐事、孤独、空虚、失落、变态上；壮怀激烈、忘我奉献、舍身赴难、见义勇为、探索、拼搏、理想、奋斗等诸般情与事也应纳入文学的视野以致占据更重要的位置。可惜时下对后者的注意、观察和表现远不及对前者，似乎一写这些就有思想僵化、跟政治、写中心、假大空之嫌。天平为何如此倾斜？莫非真的如某些论者所言，崇高、理想、奋斗等等连同"英雄时代"已一去兮不复返，平庸与渺小、世俗与自私已成为时代的主调了吗？恐怕每一个真正直面现实思考问题的人都难以苟同此论。我想，我们的国家、人民之所以能屹立到今天，依凭的恐怕还是四个坚持以及拼搏、奋斗、理想而不是其他。文学虽不应成为政治的婢女，作家虽要有主体间意识，作品虽应追求独立的审美价值，但政治连同与政治有关的一切如"一个中心、两个基本点"的基本路线以及拼搏、奋斗、理想等等，与其他事物一样，都是人所创造的对象世界，都有其在实践中形成的审美意义，都是形成作家主体意识的重要因素，反映（"反映"这词于今在文学上是很忌讳的了，但我还是姑且用用）这些，文学绝不会屈尊降贵的。《屈辱》作为作者的发轫之作，竟然将性与欲这样的热门题材，变成了对个人命运做历史性政治性思考的载体，我以为这是它的难能可贵之处。

　　至于小说的风格，看得出也受了一些外来新潮文学方法的影响，但我以为从根本上说仍是传统的写实主义，当然也有作者自己的特色。我惊异于以作者小小的年纪和单纯的经历，竟能比较自如地描绘出角色的复杂心态和独特体验，能从历史、政治的高度做严肃的思考，这也许提供了一个新的例证，表明了又有一批年轻的文学新人在悄然崛起。

1989年10月

"妙在似与不似之间"

倘若有人告诉你说，牡丹的叶子是黑的，江南村舍的屋顶是白的，你一定会讶为怪事，斥为谬论。但是，当你面对着齐白石墨叶红花的牡丹、李可染《漓江春雨图》中墙瓦皆白的村舍时，却觉得它逼真地再现了牡丹盛开的神韵和漓江雨景的空蒙。这使人想起了画家齐白石的一句名言："作画妙在似与不似之间，太似为媚俗，不似为欺世。"可以说，观赏者的特殊美感，正是从艺术与现实的这种"似与不似之间"产生的。

"妙在似与不似之间"，这虽是指作画而言，但它却道出了艺术创作的一个共同之处。艺术是生活的反映，但绝非镜子映像似的机械反映，而是能动的艺术的反映。生活中的任何事物，一旦进入优秀的艺术作品，都是在作者的思想观点和审美趣味指导下，经过艺术加工的产物。否则，即使将一个人脸上的每条皱纹、每根胡须都纤毫毕现地描出来，也不过是"媚俗"的自然主义而已。涂红抹绿、谨貌失神的牡丹和新闻图片式的漓江雨景，是不可能产生齐白石、李可染作品的独特意境的。可见，艺术的真实绝不等于生活的机械复写。但是，艺术的真实，又是以生活的真实为基础的。齐白石墨叶红花的牡丹使人感到美，但若将这墨叶安到几何图形上，那么美感就将消失殆尽。正如车尔尼雪夫斯基所说："凡是感官所不能达到的东西，对美的感觉也是不存在的。"

以此考我们的某些文学作品，看来也犯了这种"太似"或"不似"的毛病。有的小说描写人物、事件、景物，无一不酷肖生活本身，然而却缺少使人从中得到新的思想教育、领略到新的美感的启示人、感染人的东西；缺少以一当十、以点概面、举一反三的深度和广度，简言之，没有上文说过的那种"艺术加工"。这样的作品，似则似矣，惜乎味淡如水。还有一些作品，看得出作者想站得高些，写得深些，意图是好的，遗憾的是人物缺乏从生活的土壤中长出来的"泥土气"，有些事件也缺乏坚实可信的事实基础，这就有"不似"之弊了。

人民要求艺术地再现火热的斗争生活。这个艺术再现的关键和尺度就在"似与不似之间"。首先要"似"，就必须以生活为创作的源泉，"作家要下去"，杜绝一切向壁虚构；但又要"不似"生活的原型，"应该比普通的实际生活更高，更强烈，更有集中性，更典型，更理想，因此就更带普遍性。"这里的"不似"，是以"似"为基础的，是基于对生活的深刻体验和观察之上的，对生活素材的扬弃、提炼、综合、概括、想象、夸张等等，是一种比新闻照相更"似"的艺术真实，这就是典型、典型化。鲁迅的《阿Q正传》多么真实地描绘了阿Q这个典型！它曾使每一个有阿Q精神的"正人君子"都疑心是在揭自己的隐私。但阿Q绝不是他们之中任何一个人的简单再现，而是所有这一类人"精神胜利法"之集大成者。正是阿Q这个形象的"似与不似之间"，使得它闪耀着独特的艺术光彩。

当然，这个"似与不似之间"的标准，既是确定的，又是不确定的。

说确定。是因为艺术创作不容许任意摆弄生活，不容许"媚俗"或"欺世"；说不确定，是因为这个境界，每一次都是通过不同的典型化途径和艺术手法达到的，不容许将艺术上的无限探索凝固化、公式化。这需要每一个作者下一番苦功夫。鲁迅诗曰："愿乞画师新意匠，只研朱墨作春山。"当今，新长征路上春光万里，让我们都来研朱墨，作春山，创新意吧！

1978年8月20日

谈情节的提炼

　　什么是情节？高尔基曾给它下过一个精确的界说："情节，即人物之间的联系、矛盾、同情、反感和一般的相互关系，——各种不同性格、典型的成长和构成的历史。"换言之，情节就是借以展开作品思想和内容的那些事件与人物的行为、关系的总和，它是构成一部作品思想和内容的那些事件与人物的行为、关系的总和，它是构成一部作品的客观内容的基石。因此，我们讲情节必须引人入胜，耐人寻味，这对于文艺作品来讲并不是什么额外的苛求。文艺作品的主旨是通过具体可感的生活画面、故事情节自然而然地流露出来，这种画面、情节愈生动、愈丰富、愈典型，作品的艺术感染力就愈强，思想教育的效果就愈好。对于这一点，中外古今的大作家都是有着深刻的了解的。曹雪芹为了将《红楼梦》的社会悲剧置于典型的情节基石之上，不惜"增删五次，披阅十载"，以致这部杰作"字字看来都是血"；说来也巧，托尔斯泰在写《复活》时，为了寻求能够高度揭示生活本质的典型化情节，也像曹雪芹一样耗费了十年工夫。革命导师恩格斯十分赞赏"情节的巧妙的安排和剧本的从头到尾的戏剧性"，提出了"德国戏剧具有的较大的思想深度和意识到的历史内容，同莎士比亚剧作的情节的生动性和丰富性的完美的融合"的要求。可见，情节问题绝不只是个技巧和形式的问题，而是思想和内容的问题，是关系到文艺的社会作用的原则问题。特别是在今天，把情节问题重新提出来并加以强调，对于提高小说创作质量，反映新的历史时期的斗争生活，更有其重大的现实意义。

那么，典型的、深刻的情节从何而来？我们认为，它是作家对生活现象的集中和概括，这样的情节必然是个性与共性的辩证统一：一方面，它所展开的人物关系，事件过程具有如生活本身一样生动可感的个体化形式；另方面，又通过具体的人和事反映出一定时代的社会面貌和阶级斗争总形势，一句话，要"真实地再现典型环境中的典型人物"。这样的情节当然不是可以随心所欲处置而成或是对生活浮光掠影就能"妙手偶得"的，它必须在深入开掘生活的基础上经过反复推敲才能提炼出来。

俄国的安年柯夫在他的回忆录中讲过这样一件事：有一次果戈理听到了一则官场逸闻，一个很穷的小官吏酷爱打猎，他节衣缩食，终于积攒了二百卢布买了一支很好的猎枪，于是，他第一次乘船到芬兰湾去行猎就成了他真正的节日。然而就在这次行猎时他却不慎将新买的宝贝掉到水里去了。小官回到家里就一病不起。幸亏他的一些朋友凑钱给他再买了一支猎枪，他才重新活过来，但以后只要一想起这个不幸遭遇，就面无人色。这件逸闻后来就成了果戈理创作中篇小说《外套》的基本素材。但是，如果我们将《外套》的情节同这件逸闻比较一下，就不难看出二者之间的巨大差别。这不仅是在小说中将猎枪改成了外套，更重要的是改变了整个情节的发展环节：一个穷官吏的旧外套破得没法穿了，连裁缝都拒绝加以修补，他的人生之光暗淡下去——在绝望之余，他含辛茹苦，终于攒钱买了一件新外套，人生之光重又燃起——但就在同一天他的新外套竟被强盗劫走，他在极度哀伤、求告无门的绝境下被迫去找他的上司"将军"申诉，却被"将军"大发雷霆地骂了个狗血喷头，于是这个胆怯温顺的小官在痛苦和恐怖之中忧病而死，人生之光最终熄灭。一个是生活中的普通"笑谈逸闻"，结局是喜剧性的，全部过程都带有偶然的色彩，缺乏任何社会意义；另一个却是高度典型化了的情节。它构成了典型的环境，再现了一个帝俄时代小公务员温顺勤勉、胆怯麻木的典型性格，他的死是沙俄冷酷残忍的专制制度所必然造成的悲剧，这就赋予作品以批判当时黑暗政治的广泛社会意义。我们从这里不但可以看到果戈理以怎样敏锐的观察力抓住了平凡事实中那些可能来揭示深刻社会矛盾和事物共性的"枢纽"和"核心"，多么善于运用想象和经验对它予以补充、生发和加工，从而将一个平庸的生活逸闻改造成了典型的社会悲剧，而且可以看到，情节的提炼对于塑造典型形象、揭示深刻的思想是何等的重要。

在我们社会主义的文学作品中，也有不少善于提炼情节的佳篇。《青春之歌》之所以能比较成功地塑造出林道静、卢嘉川、江华等一代革命青年的形象，之所以能通过林道静的人生道路集中反映出20世纪30年代资产阶级、小资产阶级知识分子从个人奋斗到走向革命的思想发展历程，同这部小说的情节典型化是密不可分的。例如，小说的前半部分描写了林道静的家庭，描写她求学和工作上的种种遭遇，叙述了她的苦闷、绝望以及和余永泽的恋爱，描写了卢嘉川对林道静思想的影响以及这种影响所产生的后果——林道静同余永泽的决裂，等等。这一系列的情节发展实际上是由两次不同性质的出走和决裂构成的：第一次是林道静与剥削阶级的家庭和传统习惯势力的决裂，为了个性解放，来到社会上进行个人奋斗；第二次是她与渺小平庸的小资产阶级思想感情的决裂，为了祖国和人民的解放而投身于革命。这两次不同性质的决裂是情节发展中的两个关键性的"枢纽"，同时也是林道静思想性格上两次不同质的飞跃。它集中反映了当时广大青年知识分子怎样由彷徨、苦闷走向觉醒、新生的思想发展路线；由于林道静的第二次决裂是在共产党人卢嘉川等的影响下形成的，是与曾经救过她的性命而她也曾爱过的余永泽决裂，就更显示出了在党的教育和领导下，青年一代由自发反抗到自觉革命是一个不可遏阻的必然趋势。这样的情节无疑是典型化的情节。

以上这些例子给我们以什么启示呢？

第一，它告诉我们，生活中的矛盾冲突是构成作品中情节的基础，情节只能从生活中来，情节的逻辑必须符合生活的逻辑，生活的真实决定情节的真实。情节提炼的过程就是深入开掘生活的过程，亦即对生活事件、生活现象、人物性格进行集中概括的典型化过程。生活开掘得越深，情节典型化的程度就越高。这样典型化的方法，有的是如鲁迅所说，从生活事实中"采取一端，加以改造，或生发开去"，即运用经验和想象对之予以充实、改造、"补充在事实链条中不足的和还没有发现的环节"（鲁迅语），使之成为完整的情节；有的是"杂取种种"，概括大量的生活事实，集中综合为完整的故事，如《青春之歌》扬弃了那些非本质的偶然的素材，而将那些有代表性的、具有普遍社会意义的材料熔于一炉。

第二，情节的提炼可以拿普通常见的事实和现象做基础，如《外套》；也可以不常见的、甚至奇特的事件做基础，但是由于奇特的事件往往逸出于一般的社会"常规"之外，带有偶然的色彩，所以，应力戒猎奇式地孤立地描写它，而要努力发掘它的社会根源。这里不论是以常见的还是以奇特的事件做情节的基础，重要的是怎样才能把个别的事件和一定社会历史现象本质的典型概括融合起来，使这些事件能提供可能来揭示和展现典型的人与人之间的关系、典型的社会矛盾、典型的人物命运。

第三，不但要善于从生活中提炼情节，而且情节一旦提炼出来，还要善于剪裁；情节的提炼本身就既包括了生活现象的改造生发、集中概括，又包括了这些素材写入作品时的谋篇布局、结构处理。创作实践中往往有这种情形：有了好的故事情节，但是由于艺术剪裁处理不好，没有做到"情节的巧妙的安排"，结果仍然平淡乏味；而这些情节到了高手笔下则妙处尽显，焕然生辉。

这里应该注意的是，虽然情节的提炼归根结底是要揭示事物的必然的、本质的规律，但是并不意味着要将一切偶然的事情从情节中排除干净。恰恰相反，由于生活中必然性总是通过偶然性为自己开辟道路的，所以作为生活反映的情节"为了自然性，甚至需要牺牲抽象的逻辑性。完全可以相信，生活正像自然界一样，有着自己的逻辑，这个逻辑或许比我们常常强加于它的那个逻辑好得多……"（杜勃罗留波夫语）。这就是说，提炼情节时要考虑到生活发展的无限多样性，要反映生活的必然逻辑是如何通过偶然因素表现出来的，要使故事具有如同生活本身一样生动可感的个体化形式。

1979年3月

不要这么多"老相识"

在文艺创作中，与其重复别人说过的故事，以模仿和肖似大作家的作品而炫耀自己，不如甘作一默默无闻的独辟蹊径的小卒。看看文学史吧！中外古今那些给人打下深刻烙印的优秀作品，哪一个不是以对生活的独特理解、对形象的独特发现、对艺术手法的独特运用而具备了特殊的审美价值和艺术魅力，从而经久不衰，万人争读呢！人民群众的欣赏能力是无限的，文艺作品只要具备了独创性，提供了新东西，都能得到人民的青睐，获取存在的权利。乔万尼奥里写的《斯巴达克思》脍炙人口，人们却并不排斥另一位作家写的另一风格的同名作；果戈理的《狂人日记》启迪了人们的思想，鲁迅的《狂人日记》同样震撼了读者的心灵。但是，人民群众的欣赏眼光又是苛刻的，他们容不得任何拙劣的模仿、雷同和公式化、概念化的作品，不管这些作品出自谁人之手，表现了何种题材、有着什么样的政治背景，最终都要为人民所抛弃。《青楼梦》等《红楼梦》的效仿之作湮没无闻的命运自不待说，"四人帮"横行时出现的一批所谓"业务干部犯错误，政治干部来帮助，打倒一个走资派，揪出一个大特务"之类的公式化作品，和"大姑娘，着红妆，站高坡，指前方"式的概念化人物的破产，则提供了新的证明。一言以蔽之，独创性，是使艺术之树得以常青，使玫瑰花和紫罗兰发出不同芳香的要素。

由此，想到我们当前的文艺创作。粉碎"四人帮"以来，出现了一大批"写其独至"的佳作：《丹心谱》《于无声处》《班主任》《伤痕》《枫》《弦上的梦》等等。但是也无须否认，公式化、雷同化的倾向，在我们的文艺创作中并没有完全绝迹。例如反映同"四人帮"的斗争，照例是"阿飞当打手，党委遭冲击，造反派打天下，老干部被迫害"。这实际上是用写大批判文章的方式，图解"四人帮"的反动政治纲领。又如写反特故事，少不了是"几个特务，一张图纸，事故应运而生，科长马到成功"。再如写爱情，男方十有八九是一心扑在工作上的技术员，女方则差不多总是情窦初开的工人或社员，不是因工作需要而推迟婚期，就是受"四人帮"的迫害而天各一方。当然，我们并不是反对写这些，因为这也是生活的一些侧面。问题是如何写？能不能找出个新角度，写出些新形象，给人以新启示，马克思说："每一滴露水在太阳的照耀下都闪耀着无穷无尽的色彩。"为什么千姿百态的大千世界一旦映入我们的文学之镜，就非得为之"整容"不可，变得"千人一面，千部一腔"呢？

引人入胜、独具一格的佳作，都是同对生活的精湛见解分不开的。别林斯基说得不错："独创性是擅于掌握本质的结果。"一个作者，如果对生活观察不深刻，没有独特的见解，独创性就无从谈起，因为我们所说的"独创性"不仅仅是指艺术技巧的出新，更重要的是指对生活本质的新的发现，而前者总是由后者所决定的。清人郑燮说："唯有识则是非明，是非明则取舍定，不但不随世人脚跟，并亦不随古人脚跟。"对生活的本质认识愈深刻，就愈能把握事物的内部联系，发掘出新的生活侧面，开拓出新的生活领域，并由此探索到与表现这些内容相适应的新的艺术构思、艺术手法。当然，艺术家对生活本质的掌握并非哲学家从现实生活中抽象出来的理论观点，而是能体现这种本质的生动可感的具体形象；他发现的不是这一种观念，而是"这一个"形象。

行文至此，不由得想起了一件轶事：意大利著名剧作家洛西尼被请去为一位作曲家的新作提意见。演奏过程中，洛氏时而脱下帽子又时而戴上，如此反复，几无已时。作曲家不安了，动问洛氏是否有天热之感。洛氏答曰：不热。不过我有个习惯，凡遇到老相识，都要脱帽打招呼。听到你的作品，我遇到的"老相识"是如此之多，以致不得不频频脱帽向他们致意了。

我们的作品倘若能使人免去脱帽致意之劳，则读者幸甚！观者幸甚！

1979年5月20日

灯光下维纳斯的启示

读过一点艺术史和美学著作的人，大概都知道著名的米洛的维纳斯雕像的，那是一件结构完整、块面分明、浑然一体的艺术杰作。

但是，有一次，当法国大雕塑家罗丹用灯光照射着轻轻转动的优维纳斯像，让文艺批评家葛赛尔看时，葛赛尔却在石像的表面看到了无数细微的起伏——原来以为很简单，实际上却是复杂无比。他把他的观察告诉了罗丹。罗丹笑着说："妙不妙？你得承认，你想不到会发现那么多细微的地方。……无疑的，希腊人以人们强烈的逻辑精神，本能地把要点表达出来。他们特别强调人类典型的主要线形；可是，他们从没有把生命的细节取消。他们满意于把生命的细节包括、溶化在整体中……在这座维纳斯像前，我们所得到的印象是真实的生命。"不难设想，如果没有这无数细微的起伏，维纳斯形体上的线条和明暗是远不会这样柔和、这样多层次，这座雕像也远不会如此完整、如此富于生命力的。

罗丹这话虽是就雕塑而言，但对于文学创作也很有启发。

前一个时候，《光明日报》上曾有过关于文学与思考问题的评论，尽管意见并不一致，但讨论中提到的一种现象却值得注意，这就是当前有些

267

文学作品，虽然表现了干预生活的强烈倾向，触及到了重大的社会课题，读过之后也不能说没受到教育，然而掩卷细想，作品中的人物往往除了留下一些粗线条的大动作之外，能够供人咀嚼回味的东西就不多了，个别地方甚至还使人产生"做假"的感觉，不大像生活在我们周围的真实可感的活生生的人。为什么会这样？究其根源，大致有两种情况：一是我们的作者生活在风雷激荡的时代，尖锐的社会矛盾、可歌可泣的英勇斗争、令人发指的丑恶社会现象，驱使他们拿起了笔，但是，形势的急剧发展，通过文艺迅速反映现实的迫切愿望，又不容许作者们从容地搜集、提炼生活素材，将自己的生活感受、思考结果熔铸为完整充实的艺术形象；二是有的人可能还没完全摆脱"主题先行"的影响，他们搞创作所依靠的不是"生活的富裕"，而是"抽象的普泛观念的富裕"（黑格尔语）一旦从报刊上、讲话中得到一点启示和"精神头"，就急于图解它。这两种情况在性质上虽然不同，但它在创作中所带来的效果则是类似的，即都是以"强烈的逻辑精神"，"特别强调人类典型的主要线形"；不是把思想的涟漪、情感的褶皱、呼吸的起伏、行动的节奏等"生命的细节包括、溶化在整体中"，而是力图通过人物的"主要线形"去体现某种观念、倾向，去解答作者所要解答的问题，这就势必要用抽象的议论、公式化的情节去补充形象，编织故事。这样的形象即使置于罗丹的灯光下，也是看不到什么细微起伏的，因为它只剩下了平平板板的"块"和"面"，又哪里谈得上"真实的生命"？！为了使人物从作品中活起来、站起来，我们一定要从生活出发，深入到人的心灵和肉体中去，立体地把握和塑造形象，同时，"把生命的细节包括、溶化在整体中……"

1979年12月7日

268

人物外形描写撷谈

俗话说：人各有貌。人的长相、体态、举止，一方面是天生的，另一方面，由于所走的生活道路不同，人生风雨在陶冶其性格的同时，也会在其外形上打下自己的烙印。一般来讲，性别、年龄、职业不同的人，饱经风霜与一帆风顺的人，艰苦奋斗与养尊处优的人，性格坚强与感情脆弱的人，思想深刻与头脑简单的人，其面部和形体的特征都会有所不同。因此，人物的外形是自然性与社会性的统一。文学作品塑造人物形象，应当从人物外形的自然形态的描写中，着力揭示出其社会性，在于使独特的灵魂有相适应的血肉之躯，在于使人物有得以互相区别的外在形态。

但是，对于"人物外形是自然形态和社会形态的统一体"，绝不可机械地理解为同一类型、同一阶级属性的人，在外形上有某种不变的同一特征，钻进"一个阶级一个典型""一类人物一个典型"的狭小框子里去。德国哲学家莱布尼兹说过，自然中绝没有两个完全相同的东西。作为万物之灵长的人，一万个就有一万种性格和外形。且不说人生下来就各个有别，就说相同的阶级地位、相同的生活经历吧，即便给人留下了某些共

269

同的痕迹，造成了某些共同的特征，但是决不会使差异消失掉。所以，人物的外形正如人物的性格一样，也是独特的个性与某种共性（不等于阶级性）的辩证统一。作家在塑造人物时，不但在内在性格上要典型化，在外形上也要使之相应地具有独特的个性特征。鲁迅笔下的阿Q，连头上戴的一顶毡帽是都不可移易的，失去它就不成其为阿Q，这是人物外形与性格相统一的一个范例。

　　还应该看到，人物的外形虽然有着体现性格、揭示本质的功能，但是，由于外形与性格并不总是和谐一致的，所以外形对本质的揭示也就并非总是直接的，而往往是间接的、折射式的。陀思妥耶夫斯基说得好："很可能拿破仑有时在某一瞬间表情显得愚蠢，而俾斯麦却显得温柔。"大智若愚、大勇若怯、大奸若忠这一类本质与现象、性格与外形相分离的情况，在现实生活中是经常见得到的，好人往往其貌不扬，勇士往往身材瘦小，而歹徒却可能文质彬彬，草包也可能虚有其表。正是现象与本质、外形与性格的这种背离（似乎是背离），使人物的性格和本质有了更为复杂、更为多彩的外在表现形态。当然，从根本上讲，与本质相背离的现象（假象）也是本质的一种规定，一种折射，歹徒文质彬彬的外表往往比凶残丑恶的外表更深刻、更真实地反映着歹徒奸诈的性格，而勇士瘦弱的身体则往往比魁伟的身躯更能表现勇士的勇武，事实难道不是如此吗？因此，作家不但要揭示出人物外形与性格的一致性，而且要揭示出外形与性格相分离情况下二者的一致性，这才称得上是大手笔。

　　这就涉及一个问题：如果人物的外形与性格相背离（比如，品格高尚而身材矮小，心灵优美而长相丑陋，性情卑劣而仪表堂堂，等等），在文学作品中又怎样使二者统一起来呢？难道可以从外形上加以美化或丑化吗？当然不能。车尔尼雪夫斯基正确地指出："'把一副面孔画得美'和'画一幅美的面孔'，是两件全然不同的事情。"这里前后两个"美"在意义上是不同的，"画一幅美的面孔"中的"美"，指的是面孔长得美；"把一副面孔画得美"中的"美"，则指的是艺术美，即把这副面孔（不管是美的还是丑的）描绘得具有审美价值；运用到外形描写上，就是要让人物内心的光辉照亮他的外形，或是让人物卑污的灵魂在他的外表上显出投影，从而使读者对人物的性格与外形得出一致的审美评价。雨果的《巴黎圣母院》就出色地运用了这一艺术手法。寺院神甫浮罗洛外表道貌岸然而实则淫亵污秽、冷酷无情，敲钟人卡西莫多外表丑陋不堪但灵魂高尚纯洁，他们的外形与性格是截然相反的，但是，由于作家不是机械地冷漠地描写他们的外形，而是依据自己对这两个人物性格的道德评价，爱憎分明地倾注了强烈的感情色彩，所以人物的性格和外形在读者心中达到了辩证的统一。

近几年来，我们的文学创作在推翻"四人帮"那一套公式化、脸谱化的僵死框框之后，随着愈来愈多的多样化的人物形象的出现，人物造型也不拘一格了。但是，人物造型的这种不拘一格在相当大的程度上仍然局限在使"美的面孔"多样化上，凡正面人物很少有外形丑陋的，凡年轻姑娘几乎没有不漂亮的。当然，这绝不是说一定要把正面人物写得其貌不扬，把年轻姑娘写成"东施"。我们只是想指出这样一个事实以引起文艺家们的注意：现实生活中，人物外形的美丑与心灵的美丑并无必然联系，二者虽然在很多时候是统一的，但不统一的时候也比比皆是。文学作品要不使本来复杂的生活简单化，为了尊重现象与本质的辩证法，有必要像雨果那样，敢于突破在人物造型上的任何局限。

　　人物的外形描写在文学作品中不但不是可有可无的，而且是需要下大功夫的。杰出的作家在这方面为我们做出了样子。《聊斋志异》的作者蒲松龄给人物画影图形时总是精雕细刻，为求一字之妥，常费数日之思。而托尔斯泰在《复活》的写作中，为了准确生动地描画出喀秋莎在法庭上第一次出场的形象，并通过它揭示出她的精神历程，曾做了二十次的修改！我们从事文学创作的同志，既要深入生活，仔细地观察各式各样的人物，也要认真地学习古今中外文学大师们的技巧和精益求精的精神，为正在从事四化建设的人民大众创造出更多样化的、有审美价值和认识意义的人物形象来！

1980年12月

疏可驰马　密不透风

中国画论中历来有"疏可驰马，密不透风"之说；此论真谛，最近于著名国画家张大千杰作《长江万里图》中得之焉。

长江，举世闻名的大江，江流浩荡，横贯中国，沃地万里，气象万千，要将它搬到画幅上，谈何容易！然而大千先生画来却举重若轻、得心应手，在区区二十米的长卷上，极尽长江之丽景奇姿、雄浑博大，确有"视通万里"之概。之所以能如此，重要的一点，就在于画家深明疏密之道。他对万里长江并没有巨细无遗地有景必录，而是重点选取了最能为长江写照传神的十景。在这十景之中，岷江索桥、天堑三峡等段落在构图上塞满画面，或为山峦重叠，苍郁葱茏，或为壁立千丈，峥嵘突兀；在笔法上则复笔重彩，大片泼墨，密不透风；而在另一些段落，则又布局空灵，轻描淡写，但见远山隐约，村落扶疏，澄江空阔，小舟轻飏，真有"疏可驰马"之势。这种疏与密的互相渗透，交替出现，使万里长江在画卷上跌宕回旋，恰如一首变化多端的乐章。

作画如此，文学创作又何尝不是这样？人们常说某某作品是一部史诗，某某作品是生活的百科全书，某某作品则是时代的镜子。这些作品有的如用广角镜头对准了社会生活，举凡政治、经济、思想、文化乃至街头聚谈、家庭纠纷无所不包，有的则溯历史长河而上，使几十年乃至百十年的社会演变一一重现眼前，真可谓"笼天地于形内，挫万物于笔端"。它们如果在选材立意、构思布局上不讲究疏密之道，是无法在几十万字的描写中做到"视通万里""思接千载"的。

苏联作家马卡连柯把文学作品中这种疏密繁简称之为密度，他说："在结构中最使我感到困难的是故事的密度。我们了解的密度是在一定的篇幅里，比方说一页或是一章里所包括的内容。"内容越具体，细节越多，密度就越大；反之，情节愈概括，细节愈少，密度就愈小。一个作家，无论写什么题材的作品，其篇幅总是有限的，而他所要反映的客观生活（哪怕只是一堂课，一次会见）在描写的可能性上来讲也是无限的；要在有限的篇幅里描写无限的东西，就不能不合理地安排事件各环节、各部分、各侧面在作品中的密度。例如小说《红楼梦》，它反映的虽是一个"百年望族"的悲欢兴衰史，笔锋所向触及当时社会的方方面面，但选材布局煞费心血，详略得当。像元春省亲一节，她在宫闱里的寂寞只通过人物的对话略述几笔，而对她回到家中和亲人诉说离别愁苦以及大观园中繁华热闹的景象却大肆铺陈，叙述入微，有力地暴露了贵族之家的淫奢和皇家的冷漠无情。这就使得整个作品精巧得如苏州园林，密则风雨不透，楼台亭阁鳞次栉比，山石花木郁然丛集，使读者如行山阴道上，目不暇接；疏则峰回路转，或小桥流水，或浅岸孤舟，满目空阔。这种布局上的疏密交替，就像绘画一样，使作品起伏多姿，形成一种节奏感和形式美。

但是，密度又不仅仅是一个结构问题、形式问题，它实质上同典型化有着密切联系。现实生活中，无论人物性格还是事件面目，都是作为过程展开的；但是文学作品对这一过程的各个环节、各个侧面却不能照事实录，不能平分秋色，否则就不是典型化，而是流水账了。要使人物和事件典型化，必须集中概括过程中那些最能揭示人物性格的本质特征，最能体现事件的社会意义的环节和侧面，对这些，篇幅占得多，笔墨下得浓，绘影图形，纤毫毕现；而对那些与主旨关系不大的环节和侧面，则应"惜墨如金"，稀释密度，正如《夏伯阳》的作者富曼诺夫在谈到刻画人物性格时所说："在某些场合表现得很集中，而在另一些场合只是轻轻地带过一笔。"

正因为密度对于文学作品具有十分重要的意义，所以它历来是作家所重视、所探索的一个问题。马卡连柯指出："应当找到一些结构的规律，使它们能够充分协调地和直接地符合于内容与整个风格。"他还提出了一些具体法则，如"不能在密度很大的散文里表现次要人物；不能让读者在较长的时间里老是读同样的密度的东西；不能把一段插语里的密度弄得多样化"等等。他的这些意见，对于我们的文学作者，想必也不无教益吧。

1981年10月

炼意得余味

宋代的理学先生邵雍说了不少陈酸迂腐的话，但"炼辞得奇句，炼意得余味"这一警言大约是不会错的。不过，以往人们谈得多的是"炼辞得奇句"，而实际上，这后一句似乎更重要。

所谓"意"，对于小说创作而言，无非是指作品所体现的思想、主题，是作品的灵魂和生命。但它又不简单地等于作者的主观意图，或他所想要表达的某种理论、观点、原则。严格地讲，"意"是作品中通过作者选取的特定客观事实（艺术形象）所体现的作者对生活的认识和评价，这里面既有主体的见解，又有客体的展示，是主客观相统一的辩证合金。例如鲁迅的《药》，作者依据自己对辛亥革命失败根源的认识（这种认识本身就是从生活、实践中得来的），选取了革命者流血而民众漠然视之的典型事实，形成了双线交叉的结构；这种事实的选择、结构的方式所展现出来的意义，正是作者所要表达的对生活的评价；在这里，生活中被开掘出来的底蕴同作者的思想感情融为一体，由此形成了作品的主题和灵魂。

因此，意之所来，绝非主题先行所致，亦非图解意念和政策可得，而

276

必须靠"炼"。就是说，要经过深入地开掘生活，加深对生活的认识，又依据这种认识概括生活，集中矛盾，提炼情节，结构故事，塑造形象，揭示生活的真谛，开拓新的境界，在单纯中体现杂多，在有限中实现无限，像精酿久藏的陈年老酒，纯净透明，而味醇芳烈，沾口留香，耐人回味，是谓"炼意得余味"。许多杰出的艺术家都是"炼意"的大师。试看契诃夫的《一个官员的死》《变色龙》等名篇，各只短短二三千字，一篇写的是一个小官吏因看戏时不慎打喷嚏而将唾沫星子喷到了一位将军身上，于是诚惶诚恐、再三再四向将军赔礼，以至于被不耐烦的将军一声大叫活活吓死；另一篇写一巡官道遇一小狗咬人，先是以执法者的面目声称要惩处它及它的主人，后来却因听说狗是将军家的而变色，反要枉法教训被咬者。故事可说极为简单，而其主题十分深刻，鞭挞了沙俄专制制度的暴戾无耻，讽刺了某些小官吏的奴才心理。但是，作品给人的启示和教益并不止于此，它像一枚橄榄，我们越是细加咀嚼，就越是感到有滋味。正是这种"余味"形成了一种意境，一种哲理，一种渗透着作家政治倾向、思想修养、审美趣味的含蓄美。相反，有的作品用作者的主观意念代替了那主客观辩证统一的"意"，在作品中出现的不是那启发着作者思想同时又体现着这种思想的客观现实，而是作者主观意念直接外化成的形象，直、白、浅，叫人一览无余，无从发挥想象，自然也就谈不到"余味"。

有人以为，要有"余味"，就要有尖锐的冲突、曲折的情节。其实，作品有无余味，同冲突是否尖锐、情节是否曲折并无必然联系。如果这冲突是生活表现的现象冲突，这情节是离开了事物内在必然或不表现人物性格的情节，那么，它再尖锐、再曲折，恐怕也难以展示深刻的主题，当然也就难有"余味"。某些描写剑拔弩张的打斗、纠纷和破案的作品，看起来倒也红火热闹、紧张曲折，但读过即忘，余味荡然，其原因当即在此。反之，如果真正做到了"炼意"，那么，即便情节简单，甚至看起来没有什么明显的冲突，作品也能余韵悠然。陆文夫的《围墙》，故事极为简单：一个建筑设计所的围墙坍塌了，围绕着新围墙该修建成什么样式的问题，形成了古典派、现代派和折中派纸上谈兵的高谈阔论，却不料一位"娃娃脸"的实干家马而立巧干苦干，一夜之间竟将围墙修了起来，事情大出意料和惯例之外，以致马而立不仅没有受赏反而遭到了指责和挑剔。半年之后，围墙受到了学者、专家的称赞，于是设计所原先高谈阔论的人们纷纷表白当初的"建言"之功，而实干家马而立却被遗忘了，他也毫无争功之心，仍然默默地干他的工作。读罢这篇小说，我们明显地感觉到了它抨击空谈、提倡实干的主旨的弦外之音：围墙修在建筑设计所，可是它究竟是好是坏却只有出席建筑学年会的外地专家和学者才看得出；实干家遭冷落，空谈家反有功；马而立实干的成绩人们看不见，他的"娃娃脸"却总是被人记住，并据此断定他办事不牢靠……由此不难体味出作品的讽喻之意。"谈《围墙》的意义，其用意自在围墙之外"，它的确是一篇余味悠长的隽永之作。当然，冲突尖锐，情节曲折的作品，倘若是"炼意"之作，余味自来，而有些专门写生活中琐屑小事的作品，由于"意"不"炼""味"不足，流于平庸，这是值得注意的。

1984年3月

真实些，再真实些

人们常常谈论"真、善、美"，的确，美的事物必然是真的和善的，亦即合乎客观规律、于人类和社会进步有益的。对于文学艺术来讲，只有当它从事物的整体上揭示了、把握了生活发展的规律和趋势时才是真实的，也只有这种真实的作品才能帮助人们加深对生活的认识，使人们受到活生生的思想教育和道德感化，促进人们改造主观世界和客观世界的斗争，因而才是善的，具有广阔的社会功利性的；愈具有真实性和功利性，愈富于审美价值。

主观主义颠倒了主观与客观、思维与存在的关系，它运用到文艺创作上，必然导致从思辨的原则出发，脱离实际，图解意念，凭空编造和美化，违背生活的真实。马克思、恩格斯不只一次地批语了文艺创作中的那种脱离生活实际的"理想化"。他们认为，"如果用伦勃朗的强烈色彩把革命派的领导人……栩栩如生地描绘出来，那就太理想了。在现有的一切绘画中，始终没有把这些人物真实地描绘出来，而只是把他们画成一种官场人物，脚穿厚底靴，头上绕着灵光圈。在这些形象被夸张了的拉斐尔式的画像中，一切绘画的真实性都消失了。"拉斐尔和伦勃朗都是西欧文艺复兴时期的艺术巨匠，但两人所走的人生道路和艺术风格、艺术追求以及描写的生活对象却殊为不同。拉斐尔短短三十七岁的一生几乎全部在皇宫、教堂度过，脱离人民和现实生活，从抽象的理想中去寻求美的王国，他画的内容多取材于宗教故事，那一个个头部散射光圈的圣母、天使、圣徒的形象，静穆、圣洁、崇高、超凡脱俗、远离人间烟火，这就是"理想化"和"灵光圈"。伦勃朗则不同，他出身市民，晚年穷困潦倒，生活极为艰难，他目击了资产阶级统治下的种种不平世相，并把它表现在自己的作品中，那一个个用强烈的明暗对比描绘出来的下层劳动者的形象散发着浓郁的生活气息，同拉斐尔画中不食人间烟火的"圣像"恰成鲜明对照，二者对比，伦勃朗的作品更具有现实主义的真实性是无疑的。正是从艺术要真实地反映生活这一原则出发，在给拉萨尔的信中，他们批评拉萨尔在《弗兰茨·冯·济金根》的历史悲剧中将济金根"描写得太抽象化"，"最大缺点就是……把人变成时代精神的单纯传声筒"。要求拉萨尔"不应该为了观念的东西而忘掉现实主义的东西"。

在反对主观主义的同时，马克思主义创始人还批评了文艺创作中的自然主义倾向。文艺创作中的自然主义表现为对生活现象有闻必录，看起来似乎是"忠于生活""写真实"，实则往往是以对生活现象的不加选择的机械反映，掩盖了生活的本质，因而同现实主义有着原则的区别。在致英国作家哈克奈斯的信中，恩格斯之所以认为巴尔扎克"比过去、现在和未来的一切左拉都要伟大得多"，就是因为左拉是个自然主义的作家，而巴尔扎克是现实主义的大师，"他在《人间喜剧》里给我们提供了一部法国'社会'特别是巴黎上流社会的卓越的现实主义的历史。"正是在这封信中，恩格斯提出了著名的现实主义定义："现实主义的意思是，除细节的真实外，还要真实地再现典型环境中的典型人物。"在这个定义中，就包含着"写真实"的马克思主义美学原则。

为什么"除细节的真实外，还要真实地再现典型环境中的典型人物"？细节的真实和典型的真实在美学上是否具有同样的意义？这要从文艺反映生活的特点上去考察。文艺是用艺术形象去反映生活的，而生活是现象与本质的统一，规律就是隐藏在事物内部的本质及其联系。任何一事物的本质必然要通过现象（包括假象）表现出来，但现象绝不会与本质重合为一，由现象到本质要经过一系列的中间环节。艺术、艺术形象，只有当它经由对现象的描绘和体现揭示了事物的规律、反映了生活的本质才是真实的、可信的和美的。然而，由于事物范围的无限广大，各种事物又处在相互联系之中，此时此地此范围条件下能反映此事物本质、带规律性的东西，在彼时彼地彼范围条件下却可能成为彼事物的现象，受彼事物内在总规律的支配。这种情形反映在艺术中，就有了细节的真实和典型的真实之分。如果艺术作品将生活的细节、生活的局部描写得入木三分、活灵活现，那自然给人以逼真之感，但是，倘若这种细节、局部脱离了生活的主流、事物的总体而孤立地存在，那就不能从事物的总体上、从事物错综复杂的关系中去揭示生活的本质，把握它的规律。恩格斯批评哈克奈斯的小说《城市姑娘》说："您的人物，就他们本身而言，是够典型的；但是环绕着这些人物并促使他们行动的环境，也许就不是那样典型了。"因为哈克奈斯笔下那些"不能自助，甚至没有表现出（做出）任何企图自助的努力"的"消极群众的形象"，只是伦敦东头部分工人的写照，在这个小范围内是真实的，但这毕竟只是局部的本质和真实，而在整个工人运动范围内，英国工人阶级早已是一个成熟的战斗阶级，富于革命性和战斗性，这才是整个英国工人阶级的本质。所以，艺术不但要有细节的真实，更要有典型的真实，只有概括了、揭示了事物总的发展趋向和本质联系的艺术典型，才能深刻地、全面地把握生活的本质和规律，也才能正确地反映生活，其美学价值是远远高出于孤立的"细节的真实"之上的。由此可见，真实性、"写真实"作为一个美学原则，只有达到对社会历史规律的正确掌握时，方能真实地反映生活，才是"合规律性"的。举凡揭示了事物的规律、反映了生活的真实的优秀文艺作品，如马克思、恩格斯予以高度评价的巴尔扎克的《人间喜剧》、歌德的《浮士德》、莎士比亚的《雅典的泰门》、席勒的《强盗》、但丁的《神曲》以及伦勃朗的绘画等等，不管作者的主观意图如何，都由于真实，由于"现实主义甚至可以违背作者的见解而表露出来"，因而深刻地揭示了政治领域中、阶级关系上的新陈代谢规律，昭示着生活的真理，使革命人民和无产阶级可以从中获得巨大的教益。

但是归根结底，艺术的功利性不是艺术家凭主观意愿从外部灌入作品和形象中去的，而是艺术真实性的必然产物，就是说，功利性是以真实性为前提，包融于真实性之中的；艺术愈是真实地反映生活，就愈是符合实事求是的先进阶级的目的和利益，功利价值就愈大。恩格斯就明确地表示反对在作品中"来鼓吹作者的社会观点和政治观点"，相反，"作者的见解愈隐蔽，对艺术作品来说就愈好"，不过这并不意味着作家不能有自己的倾向，而只是说，这种"倾向应当从场面和情节中自然而然地流露出来"。正是基于这种美学见解，恩格斯认为，"如果一部具有社会主义倾向的小说通过对现实关系的真实描写，来打破关于这些关系的流行的传统幻想，动摇资产阶级世界的乐观主义，不可避免地引起对于现有事物的永世长存的怀疑，那么，即使作者没有直接提出任何解决办法，甚至作者有时并没有明确地表明自己的立场，但我认为这部小说也完全完成了自己的使命"。这就表明，决定一部艺术作品功利价值的不在于作者的主观倾向，而在于它是否反映了生活的真实。那些违背真实性的作品，如拉萨尔的《济金根》，尽管作者主观上企图体现某种原则，使它倾向于某一阶级，为其一定的政治服务，但是到头来必然适得其反，这已为无数事实所证明。所以，真实性是艺术的生命。当然，艺术家如果能在先进世界观或进步的政治指导下深入生活，观察、分析一切斗争形式和生活现象，那是能创造出主观倾向与生活真实完全一致的优秀作品的。在这样的作品中，艺术家的积极本质——深刻的思想，鲜明的爱憎，高尚的品德，敏锐的目光，精湛的技巧——才能得到完美的发挥和表现，使作品形象达于理性思维与感性形式的统一，获得高度的认识价值和巨大的道德感召力。

1984年6月

是什么在冲突？

　　戏剧，得有戏剧冲突，这是尽人皆知的。但是，创作实践表明，在对戏剧冲突的理解和运用上，还有某些值得商讨之处，有必要说上几句。

　　所谓冲突，就是矛盾。在现实中，敌我之间、两种政治势力之间、不同政治倾向之间的斗争，人民内部的工作、意见分歧，爱情纠葛、家庭纠纷、邻里冲突，思想作风上的不合，等等，都是矛盾，正是这些矛盾的存在和展开，造成了生活的千变万化和丰富多彩。戏剧作品要反映生活，自然必须以一定的矛盾作为情节的基础，否则，就会流于"无冲突论"，不能反映生活的真实、揭示生活的本质。然而，是不是只要写了矛盾，作品就有了戏剧冲突，就能引人入胜呢？那可不一定。在作品中，如果将戏剧冲突混同于、等同于生活中的政治斗争、家庭矛盾、思想分歧、爱情纠葛，如果这些矛盾不能成为揭示人物性格的手段，如果只在矛盾的事件上下功夫，而不去精心刻画矛盾中的人物性格，那么，就谈不上戏剧冲突，也就是没有"戏"，不能打动人。例如粉碎"四人帮"之初，曾经出现过一批包括戏剧在内的反映人民群众、广大干部同其爪牙斗争的文学作品，表现的是敌我之间的生死搏斗,矛盾不可谓不尖锐,情节不能说不紧张,但是,给人的印象却不深,曾几何时,人们除了偶尔还能记起有这么一部作品外,具体内容早忘了。就是现在,也还有一些作品片面地追求情节紧张和感官刺激,结果也只能取悦于一时,生命力是不长久的。那么原因何在呢?就在于这些作品为表现矛盾而写矛盾,没有使矛盾冲突为性格冲突提供舞台,反而使人物成了说明矛盾冲突的被动的工具;不是写人,而是写事。文学是人学,戏剧尤其是如此,如果不注重人,不着力揭示人物的性格,就失去了戏剧文学的特点,哪怕矛盾再尖锐,情节再紧张,场面再火爆,也谈不上有"戏",因而也就不能吸引人。

可见,戏剧冲突,实质上是性格冲突;这种冲突当然要以构成一定事件的矛盾为引线,但决不能以事件的矛盾代替对性格的刻画;只有使事件的矛盾通过人物的性格冲突表现出来,才算有了真正的戏剧冲突。掌握性格冲突的几种不同情况,对于塑造人物、出"戏"是十分重要的。

一是矛盾对立双方人物的性格冲突。这种情况在生活中最为常见,凡是人类社会的矛盾,无不是通过人与人之间的冲突来体现、来实现的。事件矛盾与性格冲突的这种重合,最容易迷惑经验不足的作者,以为只要有了故事就有了人物,于是用编故事、想情节代替了对人物内心活动的分析和刻画,不是考虑生活中的矛盾对人物性格有什么影响,人物的性格又怎么反作用于生活中的矛盾,而是按照说明矛盾的需要来"规定"性格,使人物成为某种矛盾的图解。而真正有才能、有经验的作家则总是充分利用生活中事件的矛盾与性格冲突的一致,在作品中使矛盾体现为性格,性格支配着矛盾,事件服务于人物,人物主宰着事件。郭沫若的历史剧《屈原》就是性格支配矛盾的优秀作品。剧本一开始就通过屈原赋《橘颂》和教育宋玉，形象地展示了屈原的高洁品格。这就为全剧性格冲突的展开奠定了基础。正因为屈原品格高洁，所以能从人民的哺育中汲取信念和力量，推行、维护、坚持一种符合楚国利益和人民愿望的政治主张，而以南后、上官大夫为代表的楚国统治集团则是一伙为了一己私利可以出卖国家和人民利益的败类，他们必然要推行一条投降路线。这样，两种不同的政治主张、政治路线的矛盾就通过不同的性格展开了。郭沫若不愧为"熟悉心灵内在生活通过什么方式才可以表现于实在界"（黑格尔语）的大师，在两种对立的政治主张较量所构成的事件中，他不断分析事件矛盾在双方人物性格上的反映，区别反映的不同表现方式，这种反映反过来对事件又有什么影响，从而在事件的发展进程中，处处显示着处在矛盾双方的人物的性格对立和冲突，"戏"味极浓。

二是处在矛盾同一方的不同人物的性格冲突。有的同志以为，性格冲突既然与矛盾冲突是一致的，那么要写性格冲突就必须借助于事件的矛盾，如敌我斗争、政治分歧、家庭矛盾、邻里纠纷等等，没有这样的矛盾，就写不好性格冲突；或是在一个作品中，虽然对立双方的性格还比较鲜明，但同一方人物的性格往往大同小异，形不成差别和冲突。这也是由于将人物的性格冲突等同于事件的矛盾所致。事实上，人物的性格是千差万别的，政治主张、阶级立场、思想观点、工作见解相对立时固然会表现出人物性格的冲突，就是在一致时也可能发生性格上的冲突。比如在意见一致的情况下，一个人性格迟疑、执拗，另一个性格急躁、干脆，就可能形成性格冲突。京剧《群英会》中，处在敌对立场的周瑜和蒋干、曹操固然是对立的，但处在同一阵营、持同一主张的周瑜和诸葛亮之间也存在着性格上的对立。鲁肃事事向诸葛亮请教，周瑜的计谋人人识不破，唯独诸葛亮洞若观火；而诸葛亮的"草船借箭""借东风"更远在周瑜之上，周瑜比他不过，心生嫉妒，又害他不能，陡落笑柄。在这里，嫉妒就是两个性格发生冲突的枢纽。所以，能不能形成性格冲突，不仅要着眼于事件矛盾的对立，而且要着眼于人物性格的内在差异，因为这种差异本身也是矛盾；善于发现和揭示这种差异，不但能使对立双方的性格更加鲜明，而且也能使处在矛盾同一方人物的性格异彩纷呈，使戏剧冲突更多样化，"戏"味更足。

三是同一人物在矛盾过程中的内心冲突。世界上，矛盾是无处不有、无时不在的。不仅人与人之间会产生性格冲突，就是同一个人也会处在思想感情的冲突之中；这种内在的思想感情冲突及其解决是人物变化的内在依据，是驱使人物这样或那样行动的契机，它受事件矛盾的影响，又反作用于事物的过程，对于形成和促进戏剧冲突意义重大，是出"戏"的一个关键。有经验、有胆识的作家总是抓住这一点大做文章的。如莎士比亚的悲剧《麦克白》中的麦克白，他性格中有想干一番伟大事业的雄心或野心，但同时也有善良的一面，"充满了太多的仁慈的奶汁"，想通过"圣洁的"途径达到自己的目的。由此产生了他性格中的矛盾冲突。但是在外界的影响下，这种性格冲突以野心征服了善良而结束，他走上了犯罪的道路：他不仅杀死了睡眠中的邓肯王，也杀死了他自己内心的宁静，他干了不为之事，只能用更多的不为之事来使自己的地位巩固。他的心肠越来越狠毒，犯罪行为使他陷入愈来愈深的绝望和痛苦之中，以至疯狂，最终为反暴力量所消灭。在这个过程中，人物内心的矛盾冲突与事件的矛盾冲突紧紧交织在一起，互为因果，互相影响，"戏"味十足。不妨假设一下，倘若莎士比亚笔下的麦克白不是这样一个充满内心矛盾的性格，而是一个单一性格的人物，只是在外在矛盾的推动下才去行动，那么该剧的效果就会平淡得多。当然，一个人内在的性格冲突其性质和表现方式也是多种多样的，不能定于一尊；而且，也不是每出戏、每个人物都得有这种冲突的，一切都应视具体情况而定。

应该指出，以上三种形式的性格冲突在生活中不是相互卫绝的，在作品中也往往是互相穿插的。这种冲突一出戏可以写一种，也可以同时有两种或三种，都可以使戏剧冲突形成。但是，性格冲突的类型愈丰富，作品就愈有戏剧冲突，就愈精彩、感人。上举莎士比亚的《麦克白》一剧，就是三种类型的性格冲突皆备的，这里既有麦克白和他的对立面苏格兰国王邓肯的性格冲突，也有麦克白和麦克白夫人的性格冲突，还有麦克白本人内心的性格冲突，因而整个作品波澜起伏，处处见"戏"。在我们的社会主义戏剧创作中，近几年来也出现了不少这种性格冲突类型丰富的作品，如《于无声处》《报春花》《救救她》等，都是在几条性格冲突线的交互作用中推进剧性发展的，有深度，有立体感。不过话又说回来，性格冲突的运用毕竟还是属于艺术技巧范畴的东西，它是从属于服务于作品的主题思想的；我们应该通过性格冲突来揭示于四项基本原则、四化建设有积极意义的思想主题。

1981年8月

电影美学的新突破

——谈影片《牧马人》的艺术特色

……许灵均迎着镜头奔来；

……秀芝背着孩子清清迎着镜头跑来；他们在远远的地平线上越跑越近，相会在一起……

——电影《牧马人》的最后一个镜头闪过了，消失了，但是，祁连山下"牧马人"的悲欢离合在观众心中所引起的震动，所激起的感情波澜，却久久不能平息，人们在回味，在思索，在议论。这种情形同前一时期人们看过那些追追跑跑、打打闹闹、香艳离奇而思想浅薄的片子之后的无动于衷，付之一笑相比，恰成鲜明对照。《牧马人》究竟以什么打动了人们的心弦呢？是影片通过生动丰富的情节、精湛严肃的艺术手法，所热烈歌颂的真诚的友谊、坚贞的爱情，特别是对伟大社会主义祖国的深情挚爱，和通过感人的艺术形象所着力揭示的心灵美。

"牧马人"许灵均和他的妻子李秀芝不是重大历史事件中叱咤风云的主角，恰恰相反，他们是家庭生活和政治生活的"弃儿"，在气象万千的世界大舞台上，他们不过是"芥豆之微"般无足轻重的小人物，但是影片的作者却在深刻认识、正确把握生活真实的基础上，匠心独运地通过一系列典型化的情节，在他们的命运上概括、凝聚了巨大的历史内容，揭示了深刻的思想。

出身于资本家家庭的许灵均在新中国诞生之际，作为一场家庭冲突的牺牲品被抛到了社会上：父亲远渡重洋，母亲死于病榻，他成了孤儿。而由于他的"家庭出身罪"，又使他成了社会的"弃儿"：被打成"右派"，流落祁连山下。李秀芝则为贫穷所迫而千里投亲不着，也成了无家可归的"弃儿"。这两个人物以自己独特的命运展示了政治上由于极"左"路线的干扰所揭开的普通人生活中悲剧性的一页。但是，影片的深刻之处，可贵之处，启人深思、动人心魄之处在于，它没有停留在对苦难、悲剧、阴暗面的描绘上，而是进一步开掘生活，通过许灵均、李秀芝在郭骗子、董大爷这些"牧马人"中扎根、开花的动人经历，形象地阐明了一个真理：极"左"路线虽然抛弃了他们，但是祖国、人民是不会抛弃自己的忠诚儿女的！正是祖国和人民对他们的哺育，给了许灵均和秀芝以生活的信念，爱情的幸福，前进的矛盾，使他们能面对异国的物质享受而不动心，将对祖国和人民的深情置于父子之情和个人创伤之上，甘愿于"祖国在混乱的血泪中站起来的时候"，"和人民一道爬（四化）这个坡！"从这两个人物的命运和思想感情中，人们看到的正是我们祖国二十多年来在动乱、曲折中走向安定、光明的历史，和我们人民今天的精神风貌。

诚然，《牧马人》没有惊险曲折的情节、风流俊俏的演员、哗众取宠的手法，但是，它那忠于生活逻辑的矛盾冲突，那严肃的、带有民族特点的、别开生面的艺术手法，却使广大观众耳目为之一新，获得了美的享受。"马棚"那场戏，正当绝望了的许灵均萌生短见、打算悬梁之际，影片反复交错地运用一匹马、两匹马猛回头和许灵均失神的脸的特写镜头，强烈地表现了人物心中激烈的感情震荡。接着，影片推出鲜艳的少先队队旗和少年许灵均举手行队礼的画面，插入中学时代谢老师告诉他"你的助学金批准了"的情景，以巨大的艺术感染力道出了许灵均"祖国、人民、劳动、大自然……给了我重新生活的勇气"的心声，使观众心潮起伏，深深感受到党、祖国、人民的可亲和温暖。这种蒙太奇的对比手法在影片中贯穿始终，对于在矛盾冲突中展现人物的历史命运和思想感情起到了烘云托月的作用。

这部影片的编导者在艺术结构、表现手法上适当地汲取了"意识流"的某些长处、将整个故事结构在一连串时间和空间上跨度很大的镜头和场面之中，从而加强了历史的纵深感和事件的广袤感。不过，这些镜头的运用却并非如"意识流"那样随编导主观"意识"的"流"动而变化莫测、漫无止境、无从把握，而是严格服从生活的内在逻辑，适应我国观众的欣赏习惯和审美心理，因此，银幕上虽然一会儿回溯历史，一会儿再现现实；一会儿是北京饭店豪华的房间，一会儿是草原上简陋的茅屋，然而这些看似分散的、跳动的场景却有机地汇聚于一个焦点，不断地深化着主题，加深观众的认识。当我们在影片结尾看到许灵均奔向秀芝时，秀芝那一往情深的话语就重新响在我们耳畔："我知道你舍不得小学里那批孩子，舍不得老乡们，舍不得郭扁子、董大爷，还有你舍不得它（指中国地图），……祁连山你背不走，大草原你背不走。……'子不嫌母丑，狗不嫌家贫'。"是的，说千道万，许灵均舍不得离开亲爱的祖国！他的奔向秀芝，就是奔向生他、养他的祖国和人民！对祖国的爱是一种最崇高的感情，难怪当我们看着、想着这含意深长的一幕时，激动的热泪会溢满眼眶！

当年，恩格斯曾经谈到，"德国戏剧的巨大的思想深度和意识到的历史内容，同莎士比亚式的情节的生动性和丰富性，这三者之间完美的融合大致只有在将来才能完成，而且也许不由德国人来完成。无论如何，正是在这种融合中我瞧出了戏剧的将来"。可以说，《牧马人》以及《被爱情遗忘的角落》等一批革命现实主义影片的出现，标志着我国电影艺术在这样"融合"上迈出的新的步伐，在电影美学问题上的新突破。它预示着社会主义电影事业的灿烂未来！

1982年4月8日

旧意翻成新格调

——评《勿忘我》

一男一女，年龄悬殊，但是经过一连串的巧妙遇合，年轻的姑娘爱上了已到中年的男子；两个年貌相当的情人，经过种种矛盾冲突、误会猜疑，终于彼此投入了对方的怀抱。近几年来，如此这般的爱情故事在我们的小说、电影中见得不少了，它给我们的往往是一种廉价的感情上的满足。所以，当电影《勿忘我》映到雯雯为周虹所救，她的身影开始经常出现在周虹简陋的小屋里时，观众就不禁在心里嘀咕开了：男女主人公是不是又要有情人终成眷属呢？当然这绝不是说，电影不能表现这一类爱情，而只是说，如果我们的作者只将目光盯在生活中这一类的悲欢离合上，只是如此这般地表现男女之情，那么，这美学境界、审美趣味就未免流于平庸和单调了。

可喜的是，影片《勿忘我》并没有落入这种俗套之中，在它那似曾相识、起势平平的开头之后，却以别开生面的情节发展和出人意料的结局展现了人物的人情美、心灵美，给了观众以新的审美享受。

　　的确，以雯雯那样悲苦的身世，在孤苦伶仃、万念俱灰、想以一死来解脱自己痛苦的时刻被周虹救起，又在周虹的开导、帮助、鼓励下重新获得了生活的信念，她和周虹的关系由叔叔、老师而朋友，她对周虹的感情由感激、同情而爱恋，这在人物的性格上是合乎逻辑的。她勇敢地跨越年龄差距的界限、蔑视政治上的风险，甘愿为周虹分担忧伤的行为本身闪现着一种人情美的光彩，影片比较真实、可信地反映了雯雯这一心灵的历程，反映了规定着这一心灵历程的那个时代，是有着一定的认识价值和审美价值的。但是，作为一部完整的艺术作品，《勿忘我》独特的认识价值和审美价值却更主要地是由周虹这一人物来体现的。

　　周虹本是一位有才干、有理想的正直青年，1957年错划"右派"后离开医学院在一个农场劳动，改正后来到农村，他"把全部精力用在给乡亲们治病上，获得群众的信赖和关怀"，"对生活充满信心和希望"，可是"文化大革命"的风暴一来，他又饱尝痛苦和屈辱。二十年这种"人下人"的生活，使他失去了爱情、家庭等一切他本来有权得到的幸福。正是这样一个有着特定人生遭遇的人，当身边出现一个像雯雯这样的同病相怜、知寒知痛、甘愿和他分担忧伤的年轻姑娘时，他又怎么会不为之动情呢？动情是自然的、可信的，是构成周虹这个人物心灵美的前提，影片在不少地方通过他同雯雯的接触、对话和表情，揭示了这一点，如果不是这样，这个人物反而成了虚假的、不可理解的了。但是，影片感染人并不在于含蓄地表现了周、雯二人之间那跨越年龄差距的纯真的、朦胧的爱情，而在于它突破了一些文艺作品一接触到这种爱情就要写成有情人终成眷属的框框，是从更高的道德水准上来反映生活真实的。周虹并没有以救命恩人的姿态心安理得地接受雯雯的爱情，而是始终坚持以长辈的身份来同雯雯相处，爱护她、帮助她，同她保持着一定的距离。当雯雯两次在激动之中拥抱周虹时，当观众两次以为就会看到那在别的影片中常看到的景物连同拥抱的情人一起"天旋地转"的镜头时，周虹却推开了她，表现了一种有着深刻道德内容的感情上的克制；当粉碎"四人帮"后雯雯考上大学，离别前夜在周虹屋中痴情地等着他时，影片用几个连续的镜头表现了周虹的思想矛盾、感情波澜：

夜晚，村外小桥边，周虹披着雨衣默默地坐着，一动不动。从他划火吸烟的火光中，可见他那充满痛苦、惜别神情的脸。

屋内，煤油灯亮着小火光。

雯雯困倦了，昏昏欲睡。

地上，雨水滴答着。

飘动的浮云，露出月光。

这种蒙太奇的手法产生了单独的画面所不能产生的特别效果，观众看了，在同情中怀着惋惜，在感伤中生出敬仰。而周虹之所以会由"动情"到"断情"，是因为他觉得生活对雯雯来说刚刚开始，让她来分担自己的忧伤是不正当的，而他自己也有着比爱情更可贵的东西要去追求。人们从周虹为了所爱的人的幸福和祖国、人民的需要而毅然舍弃个人的爱情，独自挑起感情重负的行为中，得到的是一种比单纯的感官享受和廉价的感情满足更高级的审美感受，它使人回味，引人思索着影片中的生活哲理。

1982年8月

墨分五色写灵魂

——《赤橙黄绿青蓝紫》读后一得

现在的作者多爱写青年，但又多说难写。的确，这一代青年在其复杂性上远远超过了以往的青年，如果用"单颜色"来写，那么，不是流于对他们某些怪诞行为的肤浅记录，就是脱离生活实际地将他们"理想化"，这两种倾向都难以写出人物的灵魂，当然也就不能感染人。电影文学剧本《赤橙黄绿青蓝紫》好就好在摆脱了这两种倾向，它以第五钢铁厂运输队副队长解净和司机刘思佳的矛盾纠葛为情节主线，墨分五色地写出了人物的灵魂，勾画出了当代青年生活的一个多彩多姿的侧面。

黑格尔在谈到作家的技巧时说过，作家除了要有"对外在世界形状的精确的知识"和"熟悉人的内心生活"外，还必须"熟悉心灵内在生活通过什么方式才可以表现于实在界，才可以通过实在界的外在形状而显现出来"。只有掌握了"心灵外化"的具体方式，才能通过作品中人物的言行展示他的灵魂。刘思佳是个有才干、有胆识、有抱负、有激情的青年人，但他是在十年动乱的特定社会环境中成长起来的，他想当工程师，赶上停

296

课闹革命；钻研了几年电工，偏又分配学开车；想自修考大学，又超过了年龄……这种独特的经历必然使他的"心灵内在生活"通过独特的方式表现出来。作家对这类青年是熟悉的，剧本中的刘思佳不过是运输队的一名普通司机，但影响却不下于队长，他敏锐地看出了运输队乃至钢铁厂管理上和销售经营上的症结，并想解决它。他渴望做一个有价值的、为社会所需要的人，但是表面上落拓不羁，玩世不恭，有意挖苦、"惹恼"祝同康，敲打田国福，同叶芳、何顺一帮小青年吃吃喝喝、打打闹闹，和解净开恶作剧的玩笑，在穿戴上标新立异，甚至伙同何顺去卖摊煎饼，等等。这种内心生活和外在现象在刘思佳这一人物身上是统一的，或者毋宁说，他的抱负、理想、追求正是通过那怪诞的行为、落拓的外表体现出来的，正如他自己所说："其实我卖煎饼也是为了要惹恼领导，逼他们找我谈话——我就领他们逛自由市场，好好教他们怎么做买卖……我们这种人有自己提意见的方式……"实际上，这种"提意见的方式"也就是他独特的生活方式、"心灵外化"的方式。剧本把握住了这个"方式"，因而能通过丰富多彩的现象写出人物的心灵，挖掘出他心中美好的思想感情，写出了刘思佳"这一个"。

　　与刘思佳不同，解净没有他那种经历，她在"文化大革命"中批判"唯生产力论"，在党旗下宣誓，在厂党委书记祝同康的关心、安排下从事政治工作。总之，"搞政治"将她染成了红色，成了叶芳所说的"单颜色的大姑娘"。对于这样一个人物，剧本也没有简单化，而是同样遵循"心灵外化"的规律，探求她的"心灵内在生活通过什么方式才可以表现于实在界"，这个"方式"找到了，而且通过同刘思佳及其伙伴的一系列矛盾纠葛展现在读者眼前：拉石灰这个情节第一次揭示了解净除了"红色"之外还有别的色彩——由于受刘思佳、何顺的窝囊气而产生的委屈、悔恨和在挑衅面前的执着；随着情节的发展，她的色彩也愈来愈丰富，学开汽车显示出"这个文弱的姑娘内心有着一股难以慑服的力量"；深夜叫何顺出车表现了她的倔强和工作责任心；对刘思佳画的"八卦图"的处理体现了她的大度、细心和眼力；追踪偷劫国家财物者一场戏集中凸现了她的机警、勇敢和疾恶如仇；而她的无意之中介入刘思佳和叶芳的关系则又显示了她高尚的情操和少女微妙的心理：当她以女性的敏感觉察到刘思佳对她的感情时，"她感到羞涩、兴奋，还有些担心"，当叶芳在痛苦中问她"你喜欢思佳吗？"时，她"明白自己的回答对这个姑娘意味着什么"，于是宣布自己已经有了朋友，并且真诚地告诉叶芳，怎样才能使刘思佳更爱她，当最后刘思佳和叶芳双双离开她时，剧本是这样表现的：

解净望着他们亲昵的背影，心里忽然有一种不可名状的凄怆的感觉。

她自我解嘲地一笑。

她眼前闪现出昙花的形象。

解净那充满信心，憧憬着未来的眼睛。

应该说，剧本对解净与刘、叶关系的描写是不落俗套、相当感人的，既没有沿袭"第三者插入"的公式，降低解净和刘思佳的品格，又没有把解净写成不为感情所动的木石之人，而是细致地、剥茧抽丝似的表现了她感情的起伏。正是在同刘思佳及其伙伴的矛盾纠葛之中，复杂的生活逼使解净由"单颜色"变成了"全颜色"——"德、才、学、识、情、貌、体魄、喜怒哀乐、琴棋书画等等"，这才是她的本色，才是她的灵魂、她的内心生活显现于"实在界"的色彩。

剧本以解净、刘思佳的关系为中心线，穿插了叶芳、何顺、田国福、祝同康等人物，这些人物也各有各的色彩（虽然有的人物色彩还嫌单调），正是这多种多样的色彩，才构成了"赤橙黄绿青蓝紫"的生活彩虹，才使剧本所表现的我们这一代青年、我们的现代化建设丰富多彩；也正是这多种多样的色彩，才使人物的形象具有立体感，人物的心灵具有深度和广度，摇曳生姿，亲切感人。墨分五色写灵魂，这是《赤橙黄绿青蓝紫》这个电影文学剧本的成功之处，也是它的特点和长处。

1982年8月

谈谈政治与戏剧作品的艺术生命力

艺术生命力与政治的关系问题，历来是引起人们兴趣和争论的题目。时至今日，也还有这样一种看法，认为表现政治题材、政治内容的戏剧作品往往是昙花一现的；戏剧要获得长久的艺术生命力，就得离政治远些，而去表现生、死、爱情等具有"永恒性"的主题。这种看法不符合人类的审美实践，也是没有根据的。

审美实践是审美创造和审美欣赏的统一，它遵循的是美的规律。马克思指出，人"懂得按照任何物种的尺度来进行生产，并且随时随地都能用内在固有的尺度来衡量对象；所以，人也按照美的规律来塑造物体"。这里的"尺度"是一个哲学上的概念，指的是质和量的统一，即"度"；所谓"物种的尺度"也就是客观事物的本质、规律及由此决定的事物的性状；而所谓"内在固有的尺度"则是指人所具有的本质和特征，是人的需要、目的、愿望、要求、理想等等。当人用"内在固有的尺度"去衡量对象，通过改造对象以实现自己的目的时，他顺应和遵循的正是"物种的尺度"即事物的客观规律，于是，"善"（目的性、功利性）就与"真"

（规律性）一致起来。这种合目的性与合规律性的客观事物必然是于人和社会是有益的。从原始时代一把打磨光滑、使用合手的石斧到文明时代争取社会进步的斗争都是如此。它们都体现着人的积极本质，体现着理想、信念、智慧、力量等人生最有价值的东西，因而它们的感性形式必然会得到人们的喜爱、赞赏，引起人们的审美愉快。因此，"美的规律"从根本上讲就是实践的规律，就是在合规律性与合目的性的实践中创造美的事物的规律。这个规律不仅支配着物质生产者的劳动，同样也支配着精神生产者的创作。一个戏剧工作者，如果他具有先进的世界观，在深入开掘生活的创作实践中认识、掌握了生活的真谛，并将自己对生活的认识、评价和理想通过具体生动的"这一个"形象表现出来，那么，他就是在"按照美的规律来塑造"，他的作品中通过生动感人的艺术形象所揭示的生活真理，所体现出的美好生活理想就会持续不断地引起读者和观众的共鸣，而不会过时。《窦娥冤》《哈姆雷特》等剧作流传至今、盛演不衰就说明了这一点。反之，某些违背生活真实、反映没落思想的作品，即便有较高的艺术技巧，也难以具有长久的生命力，这在中外戏剧史上是不乏例证的。可见，戏剧作品（其他文艺作品亦如此）的艺术生命力不仅仅在于它的艺术形式、艺术技巧，根本的在于这种艺术形式、艺术技巧是否表现了真与善的内容，在于戏剧作品创造是否符合美的规律。

政治，自从进入阶级社会之后，就成了人类社会生活的一个重要内容，一个重要方面。人们在从事政治活动时，也必然要与美的规律发生这样那样的关系：当所从事的政治是合乎社会发展规律和进步阶级，广大人民的利益时，这种政治活动就具有正面的审美意义，反之，则具有反面的审美意义。而不论政治具有何种审美意义，它们都可以成为人类审美领域中的审美现象这却是无疑的，包括戏剧在内的一切文艺反映和表现它，就像反映和表现人的生、死、爱情一样，是理所当然的。关于这一点，中外戏剧创作史上似乎并没发生过问题。《窦娥冤》《桃花扇》揭露当时的弊政枉法，展现政治集团间的斗争，抒写生民之苦、亡国之痛、志士之情，难道不就是表现政治吗？《哈姆雷特》《李尔王》描写宫廷内新旧、善恶的斗争，难道不也是反映政治吗？可是，这些政治剧作同《长生殿》《牡丹亭》《西厢记》《罗密欧与朱丽叶》等爱情剧作一样具有长久的艺术生命力，古代剧作家也并没有产生过写政治就难以有生命力的感慨。这就说明，戏剧作品有没有生命力，不在于离政治近还是远，也不在于写还是不写，而在于是否按照美的规律来写。上面提到的那些戏剧名篇，通过政治舞台上发生的事件，用生动感人的艺术形象在不同程度上揭示了当时社会的本质和历史规律，体现出作者对这些政治事件正确的审美评价，表达了进步的生活理想和社会理想，因而达到了真（合规律性）、善（合目的性）、美（合规律性与合目的性的艺术形式）三者的统一，因而生命永驻。所以，将戏剧艺术的生命力与表现政治割裂开来、对立起来，是限制、缩小戏剧艺术反映生活的功能的，也是不符合人类审美实践、违背美的规律的。

在当代社会生活中，由于社会的高度组织化，政治渗透到生活的方方面面，在发挥越来越重要的作用。表现政治内容、政治主题本来已成为戏剧等一切艺术所不可推卸的义务（当然这不是说不可以表现其他内容、其他题材了，而只是说政治在戏剧所可反映的对象中占了愈来愈重要的地位），那么，为什么又会由此产生出表现政治的戏剧作品缺乏艺术生命力的问题呢？这里既有客观上的原因，也有主观上的原因，但归根结底是违背美的规律所造成的结果。

从主观上讲，过去一个相当长的时期里，由于"左"的思潮、"左"的路线的影响和支配，人们要求包括戏剧在内的文艺为政治服务，而这个"服务"就是让行政领导向文艺工作发号施令，让文学艺术从属于临时的、具体的、直接的政治任务，跟中心，写中心，这种创作方式本身就是违背美的规律的，因为它取消了文艺工作者进行合规律性与合目的性创作活动的可能，他们不是作为揭示生活的本质、抒发自己积极本质力量的作家进行能动性的创造，而是作为工具对现成的观念、政策和现象进行机械的演绎和图解。而从客观上讲，那些被图解的则往往是违背客观规律和人民根本利益的东西，它们本身就不符合美的规律，当然也就难以具备正面的审美意义。这样的政治，文艺作品却将它当成具有正面审美意义的事物来加以描写和讴歌，当然顶多能取悦于一时，一旦形势发生变化就会失去其生命力，如"大跃进"年代某些表现"放卫星""反右倾"的剧作，虽出自名家之手，亦不能避免湮灭的命运。近几年来，同样有一些赶形势，赶浪头，急功近利、图解政策，将生活简单化的剧作转眼被人遗忘。如果不深究此类现象的根源，是容易导出戏剧作品表现政治内容短命的错误结论的。实际上，这些剧作之所以如过眼烟云，不在于它们写了政治，而在于违背了美的规律。如果不是这样，而是像列宁说的那样，保证剧作者"有个人创造性和个人爱好的广阔天地，有思想和幻想，形式和内容的广阔天地"，那么，他们就可以从容地对发生在政治舞台上和生活中的事件做深入的开掘和思考，一方面透过具体的事件和表面的现象，把握那超乎某项具体政策、暂时措施的带普遍性的深层本质，另方面又在逐步认识生活本质的实践过程中，体味人民群众的思想感情，倾听他们的呼声、愿望，形成自己的生活理想和美学理想，然后通过典型化的方法将对生活的认识和感受熔铸成戏剧形象、戏剧作品，这样的剧作即便写的是政治风云中的瞬间和片断，是某项政策的实施，某种观点的冲突，它的形象和构思中也必然包含有不会随事件过去而过时的东西。《报春花》《权与法》以及更早得多的《万水千山》《霓虹灯下哨兵》等剧作，它们所描写的政治题材、政治事件显然不是"永恒的"，但这些题材、事件中所蕴含、所体现出来的勇于进取的改革者的品格，坚决维护人民利益的威武不能屈的党性原则，胜利后更要长期艰苦奋斗的思想，"让革命骑着马前进"的强烈愿望，以及政治与生活的辩证法，等等，不是至今还激动人心，鼓舞着我们去开创社会主义现代化建设事业的新局面吗！

总之，政治是人类社会生活现象中的一种，既然如此，它就理所当然应该置于戏剧和一切文艺作品的镜头之内，因为按其可能性和职能来讲，没有任何一种社会生活现象是戏剧和文艺所不能够、不应该反映的。美的规律无例外地贯穿于政治和一切生活现象之中。在戏剧作品有没有生命力的问题上，作为反映对象的政治并无任何特殊性。如果为了戏剧作品的艺术生命力而将政治题材、政治内容排除在它的视野之外，那不仅是错误的，而且是十分有害的。事实上，表现政治的剧作未见得没有生命力，不表现政治的剧作也未见得有生命力，这里的决定性因素就在于是否符合美的规律。

邓小平同志《在中国文学艺术工作者第四次代表大会上的祝词》中代表党中央指出："党对文艺工作的领导，不是发号施令，不是要求文学艺术从属于临时的、具体的、直接的政治任务，而是根据文学艺术的特征和发展规律，帮助文艺工作者获得条件来不断繁荣文学艺术事业，提高文学艺术水平，创作出无愧于我们伟大人民、伟大时代的优秀的文学艺术作品和表演艺术成果。"这是至理名言，是党运用美的规律指导社会主义文艺活动的经验的总结。切实贯彻邓小平同志的这个指示，那么，我们的戏剧作品不论是写政治还是写别的，都可以具有长久的艺术生命力。

1983年6月

沉重、庄严的历史感

——《李冰》美学特色浅谈

看了彩色宽银幕历史故事片《李冰》之后，使人产生了一种沉重、庄严的历史感。这和影片编导在美学上新的追求是分不开的。

李冰治水于蜀、造福于民的事是史有记载的，虽十分简略，但确凿无疑，那历两千二百年而不朽至今仍屹立于四川岷江之上的举世闻名的都江堰水利工程就是一座丰碑。《李冰》依据于此又不拘泥于此，它运用历史唯物主义观点，进行了艺术的再创造，结构了战国末期秦国蜀郡郡守李冰、二郎父子为除巴蜀水患，不畏权贵奸佞，不怕家破人亡，百折不挠，除害兴利的悲壮故事。这里有着鲜血和生命的支出，但又不是出于个人恩仇、男女恋情，而是同古代一场极为艰巨的征服大自然的斗争联系在一起，其间又交织着宫廷斗争、社会矛盾。这就为凸现李冰父子的崇高献身精神、讴歌古代劳动人民改造自然的伟力提供了广阔宏伟的历史背景和活动舞台。

战国时代正处于奴隶制逐渐解体、封建制逐步确立的时期，生产力水平相当低下，人们的物质生活、社会斗争方式以及民俗人情都很古老、原始、粗犷，并且到处弥漫着浓厚、神秘的宗教迷信气氛。影片《李冰》的难能可贵处就在于，它依据史籍和文物、考古材料，把这一切都变成了真实可信、生动感人的具体画面。那独具中国古代特色的以红黑（秦代"尚黑"）为基调、平面展开的宫殿、官邸，那巍然耸立于荒凉江畔的古成都城堞，那在浑浊洪水中漂浮的茅草屋顶、水牛，那成千上万长发纷披、赤膊跣足的"黔首"（民工）和披红发的"赭衣"（刑徒）从事沉重劳动的宏大场景，那群巫狂舞、为"河神"娶媳妇的带着原始神秘意味的悲惨景象，那乘着先秦时代车轮巨大的马车出现在街市和驿道上的高冠危坐的官吏，那具有上古狞厉风格的鼎鼐和照亮阴森官邸的庭燎，都像一幅幅色调深沉的油画，带着时代风云有力地烙印在观众的心上，使人产生了这种情景只有在两千二百年前那种政治、经济状况下才独有的巨大历史感。正是这种历史感为李冰的临危受命、深入不毛之地调查灾情水情同以华阳侯、华阳烈龙为代表的权贵奸佞和洪患坚决斗争以至别妻丧子等情节的展开创造了历史氛围，既表现了李冰在修建都江堰水利工程中的组织者、推动者作用，又体现了人民群众奋力锁蛟龙的磅礴气势和智慧，从而较好地塑造出在艰难困苦中跋涉、奋斗的大禹式历史人物的坚毅形象。

这部影片不仅是粉碎"四人帮"后，而且是新中国成立以来历史片中反映时代最久远的一部，它也的确是古色斑斓。但影片编导在这里追求的不是画观的明丽典雅、人物的俊俏风流，而是沉重、粗粝的历史感，是由此而产生的悲壮、雄浑、崇高的美学风格。它不是仿古的金钗玉佩，巧则巧矣，惜乎轻飘，而是长城上的方砖，都江堰下的条石，人们过目即可感受到它的分量。影片中的人物并没明说爱国之类的壮语，但是，有如此伟大人民、伟大创造、伟大英雄、伟大历史的祖国，难道还不值得我们去热爱？！这就是贯串于影片始终的爱国主义潜台词和画外音。

　　这部影片也不是没有不足的。如杜鹃与二郎的河边幽会，从人物关系的处理到"你真好"之类的对话，也似乎离开了影片整个历史氛围，给人以"现代化"之感。不过，就总体来说，《李冰》给观众的毕竟是沉重而崇高的美感，是爱国主义的激情，这就是它的价值之所在。

1984年4月

红裙衫的随想

　　无独有偶，峨影和长影几乎同时选定了红色做文章。最近，它们分别推出了《红衣少女》和《街上流行红裙子》这两部影片。当银幕上那红衣少女、红裙姑娘向观众飘然走来时，人们不由得产生一种鲜亮的美感，接收到一种新的审美信息。

　　红色，本是色彩缤纷的大千世界中的色彩之一，是少它不得、随处可见的。然而，自从它与十年浩劫中的"红海洋""红袖章""红色风暴"联在一起之后，它在一些人心目中就似乎成了"左"的色标。于是，凡是使人联想起"史无前例"岁月的东西，如火爆、鲜亮的色彩，急促、明快的节奏，便为人所忌讳，所厌弃了，人们需要的是恬淡、徐缓、含蓄。近几年来出现了一些"淡化"影片，讲究画面迷蒙、色彩的淡雅、情节的诗化，恐怕就同这种社会审美需求的逆反有关。

　　其实，同任何形式一样，颜色本身无所谓"左"或"右"；它会被赋予什么样的政治和生活含义，那要看人怎样运用。谁也无法垄断某种形式（包括颜色）作为自己的专利品。历来为封建帝王"御用"的金黄色怎么样？不是终于归还到人民的生活中去了！红色亦如此，它可以用之于壮烈

309

的革命斗争，可以用之于少女绚丽的青春，也可以用之于"史无前例"的年代，但前者是美，后者却是丑了。这里起决定作用的是形式所附丽的事物本身的性质。像"站在高坡上，伸手指前方"的"样板戏"模式，早已为人们深恶痛绝，因为它是为"四人帮"的极"左"政治服务的。然而作为一种形式，"伸手指前方"并非"四人帮"才能用，事实上它早已存在于生活之中，问题是谁"伸手"，指向什么样的"前方"。爱森斯坦拍摄的《十月》里就有这样的镜头："列宁出现在汹涌的人群的海洋上，……他……满怀信心，坚定沉着，向前伸出一只手臂，给劳动人民指出了走向胜利的道路。"这种"指前方"不是恰到好处地塑造了革命领袖的形象吗？

总之，形式美是谁都可以利用的。把某种形式认定为某种政治性的标志而不去碰它，不加分析地摒弃它，那是不明智的作茧自缚，看起来似乎是从"左"的框框中解放出来了，实际上很可能又陷入了另一种形式主义的框框。

当然，说形式无所谓"左"或"右"，并不是说它本身无任何独立的审美意义了。事实上，形式在千百年来群众性的审美实践中多已染上了某种感情色彩，如红色，就被认为"是热烈的、刺激的和兴奋的"，能使人从中"看到一种高度的庄严和肃穆"（《色彩论》），它在中国的审美传统中历来被当作"正色"。形式美所蕴含的这种感情内涵，毕竟比人为强加给它的政治意义顽强得多。对于形式美，人民自会做出自己的选择。当然，雅、淡、素是一种美，但火爆、热烈、鲜亮也是一种美，二者并不互相排斥。所以，街上终于流行红裙子、红衬衫了。

1985年4月15日

纪念齐白石

在奇才辈出的现代中国画大师之林中，素有"南徐北齐"之称的徐悲鸿和齐白石，堪称我们民族艺术的双璧。九月，悲鸿先生的忌辰刚过，今天，又逢白石老人120周年诞辰（1983年12月25日）。作为白石老人艺术的爱好者，不免生发一些感想。

如果说悲鸿先生是将西洋绘画技巧与传统中国画熔于一炉的一代宗师，那么白石老人则是将中国画的传统风格不断推陈出新的艺术巨匠。他一生中经历了清、民国和新中国的不同历史时代，到1957年以九十七岁高龄辞世，留下了数以万计的作品。综观白石老人一生事迹，可贵者有三：在旧社会，不论是面对豪门权贵，还是日伪鹰犬，白石老人都是刚直不阿，大节凛然，贴"白石已死"告白于门，禁绝一切丑类登其室索其画者，并世无二人；新中国成立后，对新中国、共产党、毛主席竭诚拥护，跟上时代步伐，新作斐然。晚节不亏，一也；出身贫苦，终身不改本色，敢以白菜、南瓜、柴爬之类、"引车卖浆者流"的俗物入画，二也；艺术上精益求精，不断变革，在卓然成家、蜚声海内的耄耋之年，还以"我法

311

何辞万口骂”的无畏精神，来了个“衰年变法”，尽改画风，一新天下人耳目，举世亦无二人，三也。唯其如此，白石老人的画才能日臻化境，享誉生前身后。

的确，白石老人也说过“作画妙在似与不似之间”，他指的是既不要亦步亦趋、自然主义地模仿自然，以求“媚俗”，也不能脱离实际，无所依凭，谈玄画鬼，一味“欺世”，而要在“写照”中“传神”。试看他的牡丹，红花墨叶，世上哪有此种牡丹？然而正是墨叶的衬托，使牡丹红艳欲滴，独具神韵，卓然不凡，雅俗共赏，令观者叹为观止。何故？“妙在似与不似之间”也。

诚然，作为一个在旧社会生活了大半辈子的老知识分子，白石老人也有他的不足，但这要从他所处的时代去理解，而不可苛求于前人的。

1983年12月24日

写在群众美术的风帆上

除了颐和园的石舫，中国的船统统扬帆了！——据说土耳其诗人希克梅特曾这样形容中国当前的形势。的确，随着改革和开放的深入发展，从经济建设领域到思想文化战线，到处都出现了春潮激荡、千帆竞发的生动局面。即以美术而论，这几年来，一大批中青年画家在崛起，新作、佳作迭出，新观念、新流派、新技巧的讨论、思考、探索十分活跃，使各方为之注目。

而现在，"吉林省群众美术展览"使我们看到了击浪于当代美术潮流之上的又一风帆。这些出自于农民、工人、干部等普通群众之手的作品，技巧似不如专业美术工作者那样圆熟，但它刚健，清新，感情饱满，洋溢着浓烈的生活气息，风格多样雅俗共赏。如国画《爸爸的生日》，在那一派丰收的红火景象中，着力刻画了席地而坐、以背影出现的壮年农民的形象，他袒露的身躯铜浇铁铸，左手以那样质朴、豪放的姿态扬起酒盅，大有"长鲸吸百川"之势，整个画面蕴含着健、力、美，透露着广大农民在党的三中全会以来正确路线指引下走上致富路的深深喜悦和昂扬激情；年

313

画《摇篮曲》中，以优美曲线排列的六个摇篮色泽绚丽、装饰性强，整齐而有变化，本身就富于形式美和情趣美，摇篮里六个各具姿态的酣睡的胖娃娃则像音符一样奏响了生活的欢歌；又如农民画《鸡》，从每只鸡到由这些鸡组成的画面，都如精致的图案，别致、新颖，显然是从生活中找到的韵律。类似的佳作不遑细举。在人们看了美术界某些盲目照般西方现代派，以抽象、怪诞为时髦，谁也看不懂的作品之后再来看看这些群众美术，无疑会精神为之振、耳目为之新的。

当前，美术界正就绘画的观念、传统和出路，作品的审美价值和生命力，创作上的继承、借鉴和创新等问题展开讨论，这当然是好的，亦形势使然。但无论如何变化、创新，艺术和生活、和社会的血肉联系，艺术的社会效益，艺术与人民的水乳之情是不能割断的，人类积数千年甚至数万年的实践经验、审美经验才创造、发展、完善起来的艺术形式、艺术技巧也是不能一脚踢开的，我们民族的审美心理更是不能轻率违背的——这可说是群众美术给我们的一个启示。要端正思想文化战线的指导思想，这些是不能不予以考虑的。生活中有诗，生活中有画。有作为的美术工作者还是把"根"扎在人民生活的土壤之中吧！

1986年3月21日

北国翰墨香

——北国书画社成立一周年作品展观后

正值飞雪初收、春雨润物的时节，北国书画社举办的社员作品展览有如红杏绽蕾，在包括笔者在内的众多观赏者心头又增添了一分春意。

这次展览展出了一百八十一位作者的二百七十八件书画作品，论其人，则有年过八旬的老先生，也有年方二八的小姐妹；有艺苑耕耘数十年的丹青高手，也有业余挥毫的书画新秀；有德高望重的党政军领导同志，也有物质生产第一线的普通劳动者；还有来自外省的书画名家。论其作，则行、草、隶、篆竞妍，写意、工笔相映，巨幅、小品杂陈，举凡历史风云、现实生活、锦山秀水、花鸟虫鱼与诗词歌赋、佳句名言，在这些作品中均有反映。真可谓老少咸集，群贤毕至，书画连璧，精彩纷呈。

在世界艺苑中一枝独秀的中国书画有数千年的悠久历史，它作为我国人民创造的一种光辉灿烂的文化，理应在社会主义精神文明建设中发扬光大，以丰富人们的文化生活，提高人们的审美情趣，鼓舞人们的建设热情，使中华民族的精神面貌更加丰富多彩。北国书画社的同志没有辜负时代的这一重托，他们既有一定传统功力，又不因循保守，敢于面对生活，善于从生活中获取素材和灵感，创造性地探索新的表现方法和新的意境。在展览厅里，北国书画社社长华宣宇同志热情地向我们介绍了参展的作者和作品：离休老干部车敏瞧同志为虎年草书的"虎"字，发挥书法的"象形"特点，以顿挫有力、纵横恣肆的笔触传达了"草泽雄风"的意态，那直下的一笔多像斑斓的虎尾啊！长影书法家姚俊卿的"故人西辞黄鹤楼"等几轴草书淡雅清新，富于变化，各具特色，看得出作者的创新精神和风格的多样性。丁盛文教授行书"松鹤"二字，字大如盘，刚健飞动，而他的小楷《前赤壁赋》洋洋数百言，字皆方寸，秀雅清新，几难相信同出于八二老人之手。画家黄秋实的彩墨巨制《长白烟云图》构图奇峭，水墨氤氲，似觉白山烟云扑来眼底。吉林艺院吴景同、徐德润的国画《小抗联》以少胜多，两个小战士的形象就把人带回了艰苦斗争的峥嵘岁月。吉林艺院吕世荣的一支彩笔描绘出北国父老粗犷的形象，任广武大笔泼彩点染出牡丹傲立风雪的风姿。吉林市北山公园余奎喜的《松鹰》水墨淋漓，造型奇崛，那鹰目光似电，两翅如双峰耸峙，似英雄独立苍茫，即将冲天而起，许占志《硕果图》中黄莹莹的枇杷如金浪倾泻，小雀跳跃枝头，一派丰收景色。特别值得一提的是，通化市艺术馆王纯信在技法和意境上刻意创新，他的《五彩的正月》构图别致，巧妙地运用晕染和勾勒、水墨和朱红，艺术地再现了东北农村正月的欢乐火爆气氛，富有水印木刻和年画的意味；他的小品"清池蝌蚪"更令人赞赏，画上用晕染法点出的深浅不同的石子和参差有致的几只蝌蚪，既具装饰性，又把水的清澈表现得那样逼真，生动，意趣隽永，使人顿生"临池观鱼"之感，诚属难得。

引人注目的是，这次展览涌现出一批女作者、年轻人和业余新秀，他们崭露锋芒，佳作连篇。一汽汽车政治学校23岁的女作者李春琦行、草皆工，草书"群龙戏海"笔势夭矫，很有气魄，长春市的魏子荣、魏子馥小姐妹年不满二十，但那小楷法度谨然，颇见功力。省画院女画家渔玲和南关区少年宫26岁的女作者李晓黎的水墨梅花异曲同工，一个素朵铁枝，"香雪清寒"，一个横斜疏影，"冰肌玉骨"，都画出了梅的神韵。长春量具刃具厂23岁王志的彩墨《荷鸟》，北国书画社27岁张继春的彩墨《荷花》亦是花开两朵，各具风致。其他佳作甚多，这里不一一论列了。女作者、年轻人、业余新秀的崛起，是这次展览的一大特点，不仅昭示着中国传统书画的后继有人，而且表明这种古老的民族艺术正在愈来愈广大的范围内和群众的结合。这本身就意味着人们审美素养的提高，是社会主义精神文明建设的成果之一。

北国书画社成立才一年，就已成绩斐然，新人迭出，影响甚广，这同书画社"加强领导，坚持'二为'方向和'双百'方针，在一切活动中坚持以社会效益为唯一准则，为社会主义精神文明建设工作做出贡献"的办社方针，同书画社全体工作人员和热心于弘扬祖国传统艺术的同志的积极努力、辛勤劳动是分不开的，同时，也得益于全国各地书画工作者的关心和支持。这次展览会上展出的北国书画社名誉社长、著名书法家楚图南同志"先有风骨俊，始能翰墨香"的书法，将一位老前辈的拳拳之心和盘托出；名誉社长刘敬之同志书写的于谦《咏石灰》诗，于中有深意存焉。北京市书协副主席柳倩的行书，北京市书协理事杨再春的"北国书画秀，长春翰墨香"的条幅，浙江曹寿槐的板桥体书法等，都是既见书法名家功力，又体现着对吉林书画界深情厚谊的上乘之作，值得细细揣摩、学习。日本友人松岗末次先生大书"日中友好"四字，悬于展厅入口处，显示着一衣带水邻邦与中国书画同源的深厚渊源和世代友好的愿望。是的，中国书画作为我中华民族的天才创造，历千百年而不衰，其生命力之顽强为世之罕见，我们要珍视之，继承之，发扬之，使之走向更多国家和地区人民的心中。愿北国书画社的同志更上一层楼！

1986年5月17日

独具魅力的水墨人体画

——读《刘国辉水墨人体画集》随想

　　此生或许与国辉有缘？十九岁时在长沙偶见他的连环画《耕云播雨》，凭直感一下子就喜欢上了：爱那挥洒自如的线条，爱那空灵有味的构图，爱那"画得漂亮的人物"；二十多年后的1986年，在长春竟看到了他的国画近作展览，凭直感一下子更喜欢了：爱那酣畅淋漓的笔墨，爱那我手写我心的意气，爱那写貌如有神的形象。于是徘徊流连于展室之间，静观默察于丹青之下，只恨没法将这些作品复制下来以备不时把玩品赏。不意北方妇女儿童出版社的同志竟先着慧眼，将展品中的人体画部分集中起来，出版了《刘国辉水墨人体画集》。一册在手，夫复何憾！

　　诚如古希腊先哲所云：最美的猴子与人比起来也是丑陋的。人类在千百万年的自然进化和社会实践中，在改造外界自然的同时也改变了自身的自然，使人的肌体在完整性、形式性、韵律性和精密度、灵敏度上均臻化境。世界万物中，人体为至美。对此，古希腊艺术家们似乎感受最早、最深，他们倾注满腔激情创作出来的米洛的维纳斯等一大批艺术杰作，开了后世人体艺术的先河，并由此逐渐形成了西方艺术（包括人体艺术）上占主导地位的美学主张，即认为艺术是对客观现实（包括人体）的模仿和再现。中国传统的艺术美学观则截然不同，力主"表现"说，即把艺术当成主观情感的表现。所以西画重素描，重形体塑造，从波提切利的《维纳斯的诞生》到安格尔的《泉》到弗雷日塔·瓦莱约的插图人物，对人体的真实再现到了令人叹为观止的地步。所以中国画重神似，重意境，从东晋顾恺之的《洛神赋图》到南宋梁楷的《李白行吟图》到现代齐白石的人物画，那里面的人物都是放浪形骸，解剖、比例多有失"真"之处，却别有一种意蕴在。

本文自不能妄论再现与表现之优劣短长，但在国辉的水墨意笔人物画中，的确使人看到了再现与表现二水合流所激起的美妙涟漪：无论男体女体，坐姿站姿，他都用那看似漫不经心、狂放不羁的线条写来，辅之以似乎是随心所欲的皴、擦、点、染，真个是墨色共颜色齐飞，纤毫与大笔并落，浓重处墨沈淋漓，疏淡时唯余白纸，的确深得传统写意笔法精髓，与按照严格的"再现"之规、素描之法画出来的人体大异其趣；然而，画家在恣肆笔墨之际却能严格把握对象（人体）的内外尺度，"从心所欲不逾矩"，因而他笔下的人物从结构到比例都是准确的，一改传统意笔人物画不重形体和结构的偏颇。之所以能如此，在于国辉既有素描造型的扎实基础，又具传统水墨写意的功力，下笔之先已心有意象，成竹在胸，挥毫之际，以神赋形，以形传神。这样，人体自身所固有的美的形式和韵律、节奏就被画家用水墨这"有意味的形式"表现出来，他的思想感情、审美趣味、艺术修养，一句话，他作为画家的积极本质力量也就如血如水渗透其中，使这些人体画散发出独特的魅力。我们欣赏它，实际上就是通过欣赏那美的形式、美的形象确证自己作为人在大自然中至高无上的地位，肯定自己作为人的本质力量，从而增强自信，升华自己。

不过，人体虽美，但它的光辉长期以来是被封建观念、世俗偏见的阴影所遮蔽了的。在改革开放的今天，北方妇女儿童出版社的同志出版国辉的水墨人体画集，虽然已谈不上冒风险，但也需破除一些禁忌，至少应具备一双识得真珠的慧眼。仅此一点就值得称道。相信得到这本画集的读者，不论是以画为业的人还是一般的美术爱好者，都能从中得到艺术的启迪和美的享受。

1988年6月18日

"我见青山多妩媚"

——孙文铎其人其画

　　他绝对不是那种所到之处都引人注意的角色。或者说他绝对是无论在何处都不会招人注目的角色。他实在是太平凡太不起眼了，一个瘦小身躯一副憨厚长相一口乡言土语一身土气的衣帽咋看咋像"老屯"。当他与风流倜傥高谈阔论的诗朋画友在一块时简直就像是专门来反衬人家的潇洒人家的洋气人家的不凡似的，所以结识他相当不易，因为他太不引人注意，正如结识那太引人注意的人物太难一样。

　　然而，这只是表面上的孙文铎。或者说，这只是一座冰山露在水面上的那一小截。善于守拙的孙文铎大约乐于以此面目示人。真正让我领略到这座冰山全部风采的是在观赏了他的一次个展之后。

　　一幅6尺×4尺的巨幅画面上，笔劲墨法勾勒点染出丛丛杈杈。迷迷蒙蒙层层叠叠的山树林莽，水墨晕染互渗皴擦出高低起伏回旋逶迤的峰谷川峦，杂以空白形成的飞瀑清泉和简笔写出的于无规矩中见法度的农舍场院，真是满纸水润云烟，浓重处墨沈流动，淡雅处笔势空灵——这应该是

322

一幅不错的山水画了。令人称叹的是孙文铎甘冒不惜毁成品于一瞬的危险突出奇兵：就在这幅画上，他将成碗的石青石绿彩汁纵横挥洒，不是纷纷扬动如飘瑞雪，而是倒泻天河般大雨滂沱，成片成阵地泼在那水墨山水上，这大气潇洒之笔结果产生出颠倒观者的层峦耸翠清气逼人的意外效果。

如果这一幅是"青绿山水"，那么另一幅同样大小题为《秋忙》的画则是"浅绛山水"了。画家收入画图的是东北半山区的农家景色：一座微见起伏的山丘起势不凡地占据了画面的上端，漫坡而下的是秋林疏树、农家土屋、场院仓房、麦垛马架、行人车马。一切是那么着意经营，处处可见画家为渲染"秋忙"氛围而"用心造境"之意；一切又是那么不经意地挥写，全无"程式"可规但求"以手适心"而已。整个画面从勾线到用墨都渗入了赭色，这温暖凝重的色调与秋天的成熟、丰收、忙碌、热烈浑然一致，令人顿生赏秋咏秋之感。

且不论这两幅画在孙文铎作品中所占位置如何，仅就其经营意匠、骨法用笔、随类赋彩等而言，皆迥别于我们常见到的那些为程式所囿且理想化了的山水画。我当时曾在这两幅画前徘徊，整个展览看完后又回到这里驻足凝想。我以为——不是错觉——我在这作品后面看到了另一个孙文铎。这个孙文铎高大、飘逸、洒脱，有那么一股子帅气、灵气、书卷气。他双臂抱胸（标准的艺术家派头）斜睨着世界，灼灼双眸里满是执着探究的神气。我知道这不是人们见惯了的那个"土老帽儿"，但比那个孙文铎更真实，这的确是他的精气神儿，他的积极本质力量的外化物。

我不能不对他刮目相看。

实在说，孙文铎既非丹青世家出身，亦非名门弟子。若说天分，好像也没有他几岁就成为绘画"神童"之说。实在讲，他是靠勤奋、靠认真、靠实干崭露头角的，是靠"潜心悟道"修来灵气的。

在被冠以"画家"的辉煌头衔之前，孙文铎曾做过多年的报刊美术编辑。他不满足于此，偏偏在"文革"后期，全国只剩下一幅"样版画"时，他虔诚地投于老画师王庆淮门下。他说，那时跟着王老学画，到长白山写生，开始，王老在他的画上做些修改，后来就单独"放飞"了。不久，他即跻身于吉林画坛，成了专业画家。据说王庆淮生前曾数次对人言，在他的私淑弟子中，文铎是最勤勉也最具"悟性"的高足之一。

不说有"才华"而说有"悟性"，窃以为此乃王老识见过人之处。作为艺术家，大抵才华、积累、悟性三者缺一不可，就中悟性为最，它如电光石火，能照亮眼前肉眼看不到的画理之精神物象之三昧。它是灵气，它是创造。有了这悟性，就能如老罗丹言，在别人找不到美的地方发现美。

就中国画而言，山水画是诸画科中从理论到实践都发展得最为完备的，自唐以降，高峰迭起，大师辈出，巨作林立，画论益精。前贤成就如此，后人再选定山水画做文章，绝非易事。更何况，山水画历来皆以南方之名山大川良辰美景人情风物为蓝本，以江南发达的经济和文化为依托。对于画家来说，师古人师造化都离不开这样的人文环境自然环境中形成的山水审美观和山水画程式，所谓的谢赫六法因此有了特定的内涵。近年来，早已不甘心让关里画家专美于前的关东画家突然发现了东北山川的粗犷雄奇冷峻孤傲，独树一帜的"冰雪山水"和"长白风光"已走出南派山水的巨大影子，画坛上脱颖而出的"关东劲旅"颇有露颉颃江南佳丽之势。难能可贵的是，孙文铎既不追随北派又不附和南派，这位貌不惊人的小个子似乎笃定要"出新意于法度之中，寄妙理于豪放之外"，在双峰夹峙之间独自一个人走上了东北山区农村那蜿蜒僻静的小路，在那大约还从未为人注意过的绝非理想化的草棵丛生的起伏慢坡、生拙欹斜的苞米楼子、杂乱无章的村落庭院、猪哼鸡叫的晨昏乡景中发现了故乡山水的独特之美。这种美，不是江流浩荡岳峙渊停云蒸霞蔚的雄丽之美，不是孤林倒影野渡自横晓风残月寒江独钓的孤凄之美，不是三秋桂子十里荷花云影波光小桥流水的旖旎之美，不是风动修篁茅舍夜读枕石听泉白云出岫的儒雅之美，也不是苍崖千仞林涛万顷莽原风起落木潇潇的恢宏之美。这种美似乎无法用中国传统美学的范畴和山水画的程式类型来界定，而是一种只存在于东北山区和半山区而被孙文铎发现并艺术表现出来的美。它土，飘散着一股掺和着高粱米酒醇香和农家院落气息的乡土味儿；它俗，表现的是尚未被现代工业文明影响的东北山区农村纯朴的生活园景，使人一望之下顿消出世之想而满怀温情地想贴近它；它憨拙，洗尽铅华，由绚丽而趋恬淡，由圆融而返生拙，它温暖，透着一股子乡情、人情。山水有灵有性，与人别无二致。可以说，孙文铎的山水画较好地把握住了东北山区农乡这个特定对象的个性和魅力，反映出他的山水审美观。

为了表现这种特殊的山水之美，孙文铎临案勤挥面壁苦想矻矻孜孜不知"闷"了几多时，现在终于有了一套虽还不能说成熟但至少是只属于他的笔墨技法。试看他的《拉拉屯小景》《淡净疏雨山村爽》《山村新雾》等作品，当你仔细辨认画面时，那用积墨反复涂抹混沌一片，乱糟糟生呲呲的线条墨点几乎不构成任何确定的具体的形象，非山非树非水非屋，然则稍远从整体上把握，却又分明是山是树是水是屋，且笔法俨然，结构空灵。"你的画里有黄宾虹的影子。"我说。"是的。"他坦然承认。他说在山水画诸大师中他最崇拜黄宾虹，他公开声明自己是学黄老笔墨的。但从他的作品看，他已经是入于"黄"又出于"黄"了，他有了自个儿的一片天地。他仍在不停地探索。但他也有大苦恼，总觉得难于搞出什么新名堂，他常在画室中涂涂抹抹心心思思踟踟蹰蹰，对我也是一番浩叹。他的苦恼是真诚的，这大约应了"有法之极，归于无法"吧。近来，他在画法上来了个"变法"，要言之就是，在点染勾勒皴擦完成一幅作品后又来一番泼彩泼墨甚至泼水，或者相反，果然别有新意。我说，说不定这么能成大器呢。也许，他淡淡地说。

孙文铎主攻"乡土山水"，但他也画奇山秀水，不过这"山"这"水"也多少沾上了点"东北味"。"东北这山哪有南方山上那飞瀑流泉？给它造点出来。"他跟我半真半假地侃着。我明白，他是多么希望这"乡土山水"钟灵毓秀啊！他也画花鸟，虽偶一为之，倒也独具风韵。记得他的个展上有一幅水仙图，那石那叶，苍润淋漓，笔势飘洒，似不经意而意在其中焉。最近，他与二三画友去了一次新疆，所见所闻令他大开眼界，回来后逢人便说新疆风光好。他给我看沿途他画的几本速写和拍的一大摞彩色照片。他用笔仓促地激动地深情地"抓描"了天山一带自然风光和风俗民情的独特状貌，他说他以后也要画点人物了。我不以为这有什么不妥。要在自己烂熟于胸惨淡经营多年并取得成绩的领域中有所突破，一条可行之路就是转战别的领域。这里面不无辩证法。更何况孙文铎于画人一道并不陌生。

"我见青山多妩媚，料青山见我应如是。"在孙文铎笔下显得那么有魅力的东北山水画，所对象化了的的确是一个高大飘逸富于灵性一腔深情的男子汉。

1991年11月

腕底自有奇兵在

——我看《章桂征书籍装帧艺术》

灵气独钟的时装小姐由于她们出众的姿容体态气质风度而往往令爱美的少女羡煞。然而，只有当她们身着时装大师精心设计的服饰在众目睽睽下款款行来时方能将女性的美渲染烘托发挥得淋漓尽致仪态万千倾倒众生。一袭时装足以造成一个魅力场。难怪男儿女儿因合适的时装而潇洒而漂亮，难怪人言哪儿有时装大师哪儿就多美人。我佩服这些将美带进生活的大师们。

遗憾的是我不认识任何一位时装大师。

但是我认得章君桂征。

桂征的确也是位"时装"设计师，不过他不是为人设计"时装"而是为书籍设计"时装"——须知书也是有生命有灵性之物——他是位从事书籍装帧艺术的专家。

毋庸讳言，先有作家的作品后有桂征们的封面设计，是作品的内容启发着他们的灵感，为设计提供了依据；然而同样毋庸讳言的是，桂征们的

327

设计形象地昭示着作品的意蕴，张扬着作品的风骨，使作品宛若乘一神奇的飞毯得以远扬。真的，当你的书稿赤条条地从出版社的大门走将进去，又穿着那样一袭精美的"时装"走将出来吸引着读者的视线时，你在惊喜之余能不心存感谢吗？但是，优秀的封面设计绝不仅仅是它赖以生发出来的作品的附庸，它作为装帧艺术家观照生活、理解作品的审美意识的对象化，一经产生出来就具有了相对的审美独立性，成为独立的艺术品。

三十年来，出自桂征之手的封面作品已达1700多种，这不是统一规格的"批量生产"，而是1700多次的呕心沥血，因而虽艺海茫茫，桂征屡屡得珠。不妨来个以管窥豹：荣获全国一等奖的《祭红》封面，出人意表地将小说中的红瓶设计成白色，又由书脊将之一分为二，封面衬以大面积的亮红，它给读者视觉的红色感远比将古瓶涂成红色所造成的印象要强烈得多，因而突出了"祭红"的"红"；封底衬以大面积灰色，又与封面的亮红形成鲜明对比，给人以新旧时代两重天的联想。这里，形式与内涵恰到好处地融为一体。《翼王伞》的封面设计奇绝大胆饶有新意：那顶天立地的持伞翼王侧身造型却自肩部以上一刀切去，换言之桂征设计的是无肩无头的翼王侧像，具有浓郁的悲剧意味，个中隐含着斯人虽殁、精神不死之义。再看《武则天正传》，那由竖线、椭圆、圆和黑色、黄色、玫瑰色组成的图案，不正表明这是"这一个"作家心目中的武后吗？最妙的是那嵌有武则天剪影的玫瑰色圆形，它马上让我想起"戴玫瑰色眼镜看人"之语……

此处无法对桂征的精品一一做出介绍。好在已结集出版了《章桂征书籍装帧艺术》，这是新中国成立四十年来出版的第四部个人封面作品专集。具象与抽象兼济，图形与图案并美，凝重与清丽互映，简洁与繁复同辉,这是桂征作品、也是这部专集的艺术风格。任何一种艺术成就都是多种艺术酵素酿成。书籍装帧艺术成大气候者自不能例外。桂征好理论,爱诗歌,喜书法,还时不时哼上几句京剧唱段,打上几路八卦拳或太极拳。久之,专业外的功夫都化作了专业的营养。他设计起来精推细敲,曾有过为一本书设计几十幅图样的事,似乎是个"苦吟派",但我看他活得倒是洒脱,风风火火,大大乎乎,也不见累见老。他已先后拿了10个全国奖和16个省级奖,倘若一个奖算一片桂叶,那么他可以将之编成一顶桂冠戴戴,就像我们见过的那些画上的桂冠诗人。

电视台又在播时装表演节目了。荧屏上闪现着模特身上各领风骚的裙服,可我却似乎看见了有生命有性灵的书籍在一本本登台展示着它们万紫千红的封面——但愿这不是错觉。

1990年4月2日

无声的歌 生命的流

——戈沙和他的艺术世界

　　戈沙：戈壁黄沙，风烟大漠——这名字听起来真够劲儿，有如一幅气象阔大的边塞画，苍茫，豪放。

　　真的，如果你曾经见过一个有着古希腊式饱满前额和俄罗斯式隆鼻的壮实旅者，背着画夹随驼队在无垠的沙漠中跋涉，那就是戈沙；如果你在丝绸古道的上空见过一个执着的任什么风暴也刮不走的精灵，那就是戈沙。20世纪50年代和80年代，戈沙曾两次奔向西北大漠，他在那里感受到了风沙的酷虐、生命的抗争，发现了历史的沉积、美的闪烁。他将对戈壁黄沙的独特体验和一往情深倾泻到了版画作品之中；烽火台、敦煌窟、古堡、雄关、胡杨、红柳，在荒沙大漠上屹立千秋，孤独、萧森、雄奇、瑰丽、顽强。而在以这些景物为背景为环境的画面上，主体始终是那仿佛从画外世界、从历史深处走来如钢浇铁铸的驼队，它庄严、肃穆、坚毅、沉着，迎着飞沙，顶着风暴，沐着旭日，披着月光，永不停歇，像一支没有休止符的歌，是一条生命流淌的河。这些画作是画家对大自然与人、历史与人的关系不懈探求和哲学思考的艺术结晶，是他对那穿透一切、辉映一切的生命伟力的深情歌赞。而与这些以戈壁驼铃为题材的现实主义力作并驾齐驱的，则是那些闪耀着浪漫主义精神的佳构。在丝路遐想、敦煌之梦系列、佛之光、大漠蜃楼等作品中，驼队依然在默默地不屈不挠地行进，但俯视着它们的不再是古堡雄关朝阳夜月，而是婀娜的飞天、雍容的菩萨、庄严的佛光、缥缈的海市蜃楼。浓重的神话色彩，梦幻般的绚丽境界，丰富的想象天地，将理想与人间、历史与现实、哲理与诗情熔于一炉，给人以奇妙绵长的感觉。

然而戈沙并不只是专情于大漠的金黄，他还迷恋着森林的黛绿，那个在戈壁中跋涉的身影，那个在丝绸之路上空翱翔的精灵，同样徜徉于长白山大森林。银装素裹的树林，汩汩流淌的山泉，风裳雾鬓的村女，都会令他欣喜若狂，都会激起他强烈的美感和创作冲动。那幅博得广泛好评的版画《汲水》，以其塑造的头顶瓦罐的朝族少女的天使般纯洁的形象，传递出一种超越时空的美的信息。而当戈沙春天奏响黄与绿的交响曲之时，西藏高原的浑厚景色与古朴风情也烙刻到了他的作品中。暗红色的布达拉宫简直是壁立千仞，傲岸，冷峻，神秘，深沉，迥异于他刻刀下的大漠驼铃，长白春色。

瀚海、枯林、雄关、古堡、驼铃，这些景物纷纷然地一再涌入戈沙的画作，显示出他性格中豪放的一面；然而，他的刀法、他的趣味又那么细腻，厚重、庞大、峭崛、粗犷的形象一经触上魔杖似的刻刀，即变得如此精致、秀雅、和谐、润泽，颇使人引发出红袖挑针般的轻柔婉约之情，这又显示出他性格中的另一面来。题材、内容上的雄豪与手法、形式上的秀雅浑然一体，形成了戈沙版画之不同于任何一位画家的美学品格。

辛勤的劳作换来了相应的成绩和声誉。近十年来，戈沙的版画不仅享誉国内，而且"走向世界"，苏联、日本、美国、罗马尼亚、法国、英国等国家都曾办过他的画展或展出过他的作品。人们当然会去探讨这样一位14岁起即独立谋生的艺术家的成功之秘，但是，我的目光却总是越过他获得的证书、奖章，凝聚在那穿过枯林、踏遍瀚海、冲破风暴、迎向朝阳的步履坚实的驼队上，我的耳边又响起一支无声而悠长的歌⋯⋯

1991年1月6日

关于戈沙的补记：

24年前的年初某日，尚未知天命的我给大我一旬然正意气风发的戈沙写下了《无声的歌 生命的流》一文。24年后的年末今日，两鬓飞霜的我给戈沙写的却是伤逝的悼文了。写此二文跨越了四分之一个世纪，不同的是戈沙和我辈已是阴阳两隔，相同的是都是下雪的日子。

24年来，戈沙都是朋辈生命中一个傲然的存在。身体健硕、精力充沛、兴趣广泛、热爱生活。作为一个有着一半俄罗斯血脉的中国艺术家，他以纯中国的价值取向和审美品味活跃于版画、国画和油画之域；他还以其独具之姿纵横于影视之屏；他也涉趣文苑，写小说、撰文章，在各方面都做出了不菲的成绩。生活中，他更是舞林和泳池中的佼佼者，炫舞、畅游，往往技惊四座，同样是他调冶身心、挥洒永不知疲倦生命激情的方式之一。而他为众人所熟知所欣羡的招牌形象则是酷酷的摩托骑士，一辆一如他体格的大骨架大马力摩托载着他风风火火从春秋到冬夏，从壮岁到暮

332

年，自由驰驱在长春的大街小巷，驰驱在他的精神艺术世界……

24年来，不少熟悉的面容从我们视野中渐次消逝，唯独戈沙似乎永远不会离去，即便长时不见我们也会不假思索地坚信他的存在，然后在某时某处让你惊喜地突然现身——就在二十余天前，我还意外地与他同时参加一个文化活动。因此，当噩耗袭来，那一刹那我真的蒙了，震了，恸了！这般一个健硕的生命，怎么会瞬息物化归尘！造化弄人，竟一至如此吗？！

最后见到的戈沙安祥地躺卧在鲜花丛中，头戴有异域风情的呢帽，一如其生前。仿佛小睡之后就会一跃而起，继续他所热爱的艺术和生活。戈沙，不管你是往生极乐还是奔向天堂，相信你仍会如骑士般一跃登车，风风火火绝尘而去。

2015年12月3日

跋①

《一分历史十分情》——当我终于能够以此为旗号，来集结这些见诸各报刊的有类散兵游勇的文艺评论时，心中是不能没有感触的。

搞创作难，搞理论、评论亦不易。我在与本书同名的一篇文学论评中说："历史不是无情物。历史本身就是人所发挥出来的情感等本质力量乃其物化对象的沉积。历史每挪动一寸，往往都是无法计量的情感乃至生命的消耗。"编完这本集子后，我忽然觉得，以此来表达为文为论之艰辛亦未尝不可。

回想二十余年前刚迈出大学校门时，曾是那么年轻，那么自信，直视大块文章的产生如探囊取物耳。奈何弹指之间已两鬓添丝，而或评或论却不过是这一薄薄小册子。我想，在这方面原本是可以取得更多一点成绩的，如果我从一开始就将理论、评论作为自己的职业的话，如果我不是在有限的业务时间里还时时离开评论的轨道，去搞美学，搞小说，搞绘画的

---

① 《一分历史十分情》出版于 1992 年 11 月第一版。

话，如果不是后来以很大精力去从事行政工作而干脆不再搞什么文艺评论的话。当然，走过的路子本身已经成为历史。我无悔于这段历史。但是，我得承认，在理论、评论之域，我辈远非技击高手。倘是高手，则评论之剑一旦在握，那是会如舞梨花，如飘瑞雪，人剑合一，仪态万方的。旁人看了，会得到一种审美的大欢喜。

我佩服这等高手。

但愿以后评论之剑在自己手中也能划出雪亮的弧光——倘若以后还写评论的话。

作　者

1991年岁杪

居高声自远

——读刘国辉《水墨人物画探》

　　我一向以为，凡绘画技法、绘画教程之类的书，从哲理和自身审美而言，是很难写出高品位之作的，虽然它自有其实用的价值在。近读刘国辉新著《水墨人物画探》，却令我眼目一新、茅塞为开，品读之中获得一种难得的思想启示和审美愉悦。

　　不错，诚如作者所言，这是"一本关于水墨人物画的技法书"，作者又分明是跳出了一般技法论著写法的窠臼，它融画史、画论、画法于一炉，对水墨人物画的精髓和技法都不乏真知灼见，且要言不烦。掩卷之时，真切地感受到了它的分量。

　　这首先在于作者取法乎上，立意高迈。全书共九章，凡三万余言。作者没有从"人体的结构"、"笔墨的处理"等程式入手，而是一开卷就直奔"优秀的传统"这个制高点，在这个"制高点"上，作者得以居高临下，俯仰瞻顾，对"水墨人物画"的渊源、发展和传统作了线条粗犷的勾勒，令人有历史烟云尽收眼底之感。然后顺理成章地转入"历史的启示"，作者如此这般地立论：历史给我们的不仅是先人创造的业绩，同时也伴随着遗憾。"一部人物画的历史（包括水墨和工笔）其发展是不平衡的。这不平衡过程的实质，正是我们今天需要认真加以研究的，非此我们就不能再向前发展，哪怕只跨出一步。"作者的结论一针见血："人物画家一旦离开了对人的研究和表达，就没有发展可言。水墨人物画的悲剧就在这里。文人画和文人画的理论，一开始就是从文人自娱这种观念出发的。……'不屑形似''崇尚神韵'的文人写意论的染指，使水墨人物画的水墨表达游离了它所表现的内容——人，……对人的研究的退化，就不可避免带来人物画的衰败。"这的确是"历史的启示"，尽管这启示令人遗憾，但它对现在的人物画家也不啻是一声棒喝。但作者对"历史的启示"的论述，并没就此止步，他接着以"梁楷与任伯年"和"水墨人物画的新时期"立题，对水墨人物画史上启先河与集大成的两大宗师的历史地位、历史作用和新中国成立后的水墨人物画诸派特征作了独到的分析和评论。这是完全必要的，这不仅是要遵循全面展开重点示范的论述原则，更重要的是为了水到渠成地引申出"中西绘画在哪里交手"这一节中的如下见解："历史的缺陷是明显的，我们有明确而高明的'意象'造型观，然而没有创造这高明的'意象'的艺术规律的把握和技术上的保证……这样就必然造成形象贫乏、概念化，致使'形走神失'。成就了笔墨的至高地位，却使造型沦为完全次要的可怜角色，今天的人物画研究应该从这里切入。路还很长。"这一见解不可谓不精到。现在我们可以看出作者思路和本书结构的高明之处了：因为它是从历史传统的启示和中西绘画比较的纵横坐标上来确定"今天人物画研究应该从何切入"这个问题的，所以立意高远，使后面关于"工具""笔墨""写生中的水墨技法""关于水墨人物画的学习"诸章的论述不致囿于纯技法的雕琢，而是字里行间浸润着一种浑厚的历史感，一种隽永的审美意味。

自出机杼，议精论宏，这是本书的又一特色。在一本关于绘画技法的书中集画史、画论、画法于一身，恐怕这是国辉的一个创造，这样做，稍有不慎或力有不逮，极易游离于著书的宗旨，或是三足鼎立而成断烂朝服，或是求全责备而失去重心，向为智者所不取。国辉却从容弄险且化险为夷：由于他论从史出又以论带史，都不离"今天的人物画研究从何切入"的主题，并将技法的论述涵盖在这一主题旨意之下，所以三者处于一种有机"化合"而不是机械"凑合"的融和状态之中。国辉在这儿显示出了他亦擅于为文的好手段。

正因为作者不是就技法谈技法，而是将技法置于画史的历史氛围之中和画论的理性光芒之下，所以整部著作的框架和文笔均觉大气。试读"梁楷与任伯年"一章，作者并没有去详尽评介梁任二公其人其事如何，却劈面就谈梁楷的《李白行吟图》《泼墨仙人图》，精短的文字潇洒犀利又不失一点善意的调侃味道，指出，"这只是两幅墨戏之作，梁楷在这里对于造型、神情刻画的热情，远不如他在笔情墨趣里的陶醉。"确是发前人与旁人所未发之言。作者认为，梁楷的历史功绩在于将水墨引进了人物画，创造了泼墨人物这种表现式样，这是艺术形式的突破；任伯年则把水墨人物拉到现实生活里，使水墨人物画重新获得生活的营养。这种分析使读者的立足点得以上升到历史的高度，给人以居高俯瞰的恢宏之感。在对具体技法的论述中，我最欣赏"笔墨"一章，这章的许多精彩议论如镶金嵌玉，着实为文章增色不少。如："中国国画的笔线是中国浑厚的文化和民族独特的审美心理的积淀物"，此说如纲，纲举目张，使关于"笔法"的论述从一开始就为理性所规范，于是才有了"提按在线的运行中，往往不是随着观念的设计，而是随着感觉，随着心律自然生发，这就与画家的情绪、感觉、秉性乃至风格有关了"这样的见解，给人许多启示。

这部著作的文字也相当有特色，试比较一下这两段文字的风格："倪高士……扔下一句'逸笔草草'去了，让后代多少人为之忙乱，然而他从不'草草'，理由很简单，他的心态，他的风格绝不能'草草'，'草草'者非倪公也。把'草草'解说为'潦草'导致艺术制作上的马虎那是一种可悲的误解。""近人虚谷灵苗独具……用笔干枯，蘸墨少许，运笔匀定，以内劲将墨水从笔锋用徐徐挤出，一个'挤'字集凝涩、滋润、圆劲、饱满于一体，堪称绝唱。"不难看出，前者行文俊逸风趣，后者下笔端凝淡定，它们在谈论具体技法时被作者信手拈来，真如旁枝斜出，摇曳生姿，别有风致。

刘国辉是浙派人物画家中的翘楚，他的水墨人物不论传神写照还是变形夸张，都以深厚的造型功底和坚实的笔墨技巧为基础，从而获得了广大绘画爱好者的喜爱和赞赏。由这样一位画家来谈技法，自然是权威而令人信服的，但想不到他还能写出别具一格的文章来。

1993年2月6日《文艺报》

让黑头发飘起来

——祝平印象记

　　"你的画像靓女，"有人在我身后如是说，"诱惑，招人……"

　　这是在省艺术学院举办的一次美展上，我蓦然回首，顿觉眼前一亮——那是幅一人多高的油画，画面上风雪迷漫，一位苗条少女牵着一头黑犍牛正冲你迎面走来。少女身穿军绿色的棉大衣，小巧的头颅微微歪着娇憨地斜睨着身旁黑犍牛，又厚又长的大红围巾一圈一圈地裹住了她的肩和脖子，遮住了半个脸蛋（她在风雪严寒中愈显娇艳的双颊和仿佛挂着霜雾的颤动着的睫毛，使我立即想起了俄国画家克拉姆斯依柯笔下在寒冷的早上坐在敞篷马车上的"无名女郎"），直如雪地里冲寒破冻亭亭玉立一枝独秀的红山茶。而她身旁那头黑犍牛则浑如一块傍花而立头角峥嵘的巨石，厚重，结实，粗砺，质感极强。——单是这一直观的形象就足以使人浮想联翩美不胜收了，而迷蒙的风雪又使少女和牛若隐若现若虚若实，不但平添了一股中国画的朦胧空灵之趣，而且由于风雪模糊了人与牛的轮廓，使之与"不着一笔尽得风流"的白茫茫天地融成一片，从而使它们实际的形象弥散开来。注目凝神，不想问他们从哪里来也不想问到哪里去，只觉得这人与牛那么高大，任什么风雪也阻挡不了他们那走向理想走向幸福走向希望的轻盈和沉重的脚步……当然，在这幅作品投给我一片明媚，冲激起一股激情的同时，我也没忘记弯下腰来瞅瞅油画框下一角卡片上的画题和作者名字：《莽原》。祝平。

"祝平是谁？"我问身旁的画友。

"东北师大艺术系的老师，副教授。"他答。略作停顿，似有意似无意地补充两个字："女的。"

不久，在美术界的一次集会上，有人指点着一拉披肩直发的中年女士："她就是祝平。"

不知为什么，对她的第一印象竟使我想起了"让黑头发飘起来"的歌词。这或许是她那单纯的文静的白皙的戴着近视镜的圆脸上洋溢着的勃勃生气？或许是她那沉着的步态中流露出的韵律？抑或是《莽原》留在我记忆中的被风雪将红围巾扬起的少女形象与眼前的女画家有某些契合之处？

毫无疑问，这位60年代中期毕业于鲁迅艺术学院油画系的满族女画家是富于才情的。她多半有那种只属于艺术家特别是女艺术家的如列维坦所说"听得见青草生长"的审美敏感。同时，严格的训练又使她具有相当坚实的造型能力和艺术技巧。她曾经惊叹、震慑于19世纪俄罗斯现实主义艺术巨匠列宾、苏里柯夫画作中那种深刻的思想、燃烧的激情、史诗般的巨大内容和对人的命运的执着关注。而这些大师作品中显露出来的辉煌技巧则使她迷醉。从她80年代初期创作的《爬山虎》《少女》等塑造现代女性形象的作品中，人们不难看出祝平向现实生活开掘的力度和深度，但是，也隐隐约约听到了当年俄罗斯巡回画派遥远呐喊的回声。

然而，在大师们魔幻般的艺术魅力和耀眼的光环面前，有着一颗好奇的不安分的艺术心灵的祝平并没有迷失"自我"。

这个"自我"是在中华文化的土壤上生长出来，并伴随着祝平的不可复制的富于个性的人生之涯艺术之旅逐步形成的。它通过女画家的每一构思每一线条每一笔触在作品中顽强地表现出来。呵，捣米歌，捣米歌！这支歌在朝鲜族妇女那里吟唱了多少个世纪，只有祝平才捕捉住它并将其听觉感受转变为很具个性的构图、色彩和造型。年轻的朝族母亲站在一具古老简陋的捣米机前，一边操作一边浅吟低唱既是为了劳作也是为了背上的孩子，她侧头望着孩子的脸蛋具有一种类似圣母玛利亚的贞静美。她耀眼的白色衣裙和兜孩子的大红围布构成了《捣米歌》纯洁而热烈、恬静而激情的主调。而画面上与她白色衣裙融成一色的大片白光同她身后浓重的暗影所形成的强烈对比，又使人生出深邃的历史感，似乎古老与年轻、历史与未来就在这捣米的空间和歌吟的瞬间融汇、交错、延伸。这幅作品在1989年中国七届水彩大展中获奖，它与在同年举办的中国七届油画大展中获奖的《莽原》作为姊妹篇，堪称祝平反映现实生活的力作。这两幅作品中健美温馨的女性形象，体现了女画家对和她同属人类另一半的女性的真切理解、深情赞颂和审美理想，是一支用油画语言、视觉形象展开来的真正的女人的歌。

然而，关心她的朋友们的目光还没有来得及从这些畅述北国风情的作品上离开，祝平却自顾自地走进了江南水乡。

"这是《湖舟》，这是《月》……"祝平在她那间小小的画室里用她的新作来款待我，"我自己对这几幅比较满意……"这其实是一个由多个水乡镜头组成的"水乡系列"——当然不是作为客体存在于江南的那个水乡，而是女画家心目中的感受中的"江南水乡"，难怪它们整体地笼罩在一种由主体释放出来略带忧思的温情、怀想且多少有点浪漫色彩的氛围下。在《湖舟》中，江南特有的白墙黑瓦的民居如修女般一个挨一个占据了画面三分之一的上方，而将自己摇曳的倒影留在了如镜如梦般的水面，伴着一叶轻轻飘荡的孤舟。同样是白墙黑瓦的江南民居，在《月》里却横据了画中间，在深蓝幽蓝的水天背景下显得格外静谧幽深，那一扇扇亮灯的窗口宛如一只只瞳仁朝天的"夜的眼"在瞪视着周围的世界，显出一种隔膜。这些画作中，女画家显然意不在于再现客观物象，而是在用她特殊的油画语言表现着一种朦胧的情绪体验，一种只可意会难以言传的心灵感受。

与《水乡系列》形成对照、相映成趣的是"北方系列"。祝平自己喜欢其中的《暖冬》，那幅画上铺天盖地的是白色的雪原，雪与天际相接处那稀疏有致的几株树木暗示着那边别有风景。横穿雪原的是拉粮的牛车、红头巾的姑娘、骑自行车的男人和狗。整个画面别无多物，但却一点不觉凄清寒冷，而是潜流着生活的热浪，的确是个"暖冬"。《马家店子》则用赭红、金黄的基调描绘了一所延边农家院落。虽然没有人出现，院外白色的鸡群、哞哞的黄牛、高耸的秫秸垛以及晾晒的衣服、悬挂的红辣椒，组成了音调丰富的金秋交响曲。"这里我尽量如实地描绘农家小院一切拉拉杂杂的东西，"祝平说，"想反映一种生活的原生状态。"但是主观上"尽量如实地描绘"本身就是画家的一种审美取向，一种生活提炼，一种艺术概括，绝不会如照相那样地机械。所以，《马家店子》才会将充塞在画家心中那股宣腾热烈的感情宣泄出来。这使我想起祝平另一幅参加首届全国油画大展并获好评的《秋天的印象》，画面上那强烈的金色旋律又使我联想起了荷兰印象派大师凡·高的《向日葵》《拉库罗的麦收》和法国

343

画家莫奈的《日出·印象》。当然，向大师们走近是一个艰难而漫长的历程，但这些作品有一个共同之处，那就是都在强烈地表现画家对客观事物的主观感受。感情热烈的凡·高崇拜那发出热烈的金黄色光芒的太阳，推崇金色美，他笔下的金色向日葵才会那样如火如荼触目惊心。祝平的《秋天的印象》同样是一支"金蛇狂舞曲"，画上的农妇和黄牛似乎都融化在稻麦丰收的滔滔金浪之中显出一片辉煌。对于祝平来说，没有哪幅作品像这幅一样，如此大胆地将色彩变成了表达思想情感的有力手段。

无论是带有"写意"味道的"水乡系列"还是重在"传情"的"北方系列"，都使人感到，能够画出《莽原》《捣米歌》这种现实主义佳作的祝平，是变得有些难以捉摸和愈来愈不知足了。她平时照样迈着沉着的步子带着一脸的文静出入校园，照样在家庭里无怨言地尽她妻子、母亲和主妇的责任。可是，她的灵魂却在美的祭坛上燃烧，她愈来愈渴求创造渴求完美渴求超越。我的感觉告诉我她已经和将要弄出些什么新玩意新花样来。果然，她向人们展示了一见之下就觉得有些"怪"的由一个个身着清代满族皇室盛装的贵妇组成的肖像系列，她称之为"满族系列"。

在这些作品中，人物都像中国传统的帝王后妃图轴那样以一种左右对称四平八稳双手互握的姿态端坐中央，深蓝色殷红色紫檀色的背景将她们黄色为基调的皇室盛装反衬得富丽堂皇，她们轮廓端庄清秀闪耀着青春光泽的脸庞却表情肃穆，目光凝滞，眉尖嘴角一丝若有似无含而不露欲说还休的淡然笑意，孤高冷峭拒人千里。在这些作品中，这些年轻女性作为有血有肉有欲有情的活生生的世俗存在与那如盔甲如枷锁如禁律规范着牢笼着禁锢着她们心灵肉体乃至行为方式使之几如活化石的皇室盛装构成的人性与皇权的内在矛盾带有一种淡淡的哀愁和悲剧意味，她们难以言传的内心活动体现为那似有若无欲笑还颦的表情使人不由生出神秘之感。我不知道祝平创作这个组画时的思维活动和审美心态，也不知道油画界会如何评价它们，我只知道，艺术作品的社会审美效应往往会大于或小于作者的创作期望甚至背离创作初衷。但无论如何，"满族系列"应该是祝平力图突破锐意创新孜孜探索的一个标志。

祝平现在正站在广阔的蓝天之下，她可以在艺术原野上走出无数条路来。尽管我无法预测这位将外来画种当作自己生命之桨的女画家究竟是走向现实的"莽原"还是走向神秘的"满族系列"，但可以断定，她那坚实的步子不会离开中国这块现实的热土，当她奋力加速以超越以往的"自我"时，黑头发将会高高地飘起来！

1993年3月21日《吉林日报》

"正壮士悲歌末彻"

——胡悌麟油画英雄主题随想录

画家胡悌麟是条血性汉子，不然，他画不出令人热血澎湃的《杨靖宇将军》来！

那在牛爬犁上躺着的分明是杨靖宇将军的遗体，一具可以被将军生前所憎恨所蔑视所震慑的敌人任意处置任意凌辱的躯壳，旁边站着的是押送这"战利品"的戒备森严的敌人。可这遗体在画上宁死不屈宁折不弯地那么躺着，大义凛然大气磅礴地那么躺着，令人心碎令人颤栗地那么躺着，宛如锻压后外表刚刚冷却而内里依然灼热的巨大钢锭，宛如铭刻着能致邪恶于死命的可怕咒语的沉重碑碣，宛如一曲凝冻了的赴死赴义赴节的慷慨悲歌。难怪押送者会感到"死将军"英气逼人正气慑人威势压人而彻骨生寒魂魄俱失嗒然若丧。于是，生与死在胡悌麟的艺术世界中转化了，"死将军"高山仰止般地活在观众心中。我想：画家得有怎样的胆识和艺术功力，才足以创造出不朽的"这一个"？！

很长时间了，贝多芬的《命运》《英雄》交响曲的激昂旋律经常在胡悌麟的画室中继而在他的心灵中轰鸣，他如醉如痴，每每被激情的大雨浇了个透，就像当初那帧杨靖宇将军遗体的照片蓦地出现在眼前时引起的难以言传的震撼，这种让每一个细胞都激活的震撼伴随着《命运》《英雄》的悲怆旋律直到这幅作品的完成。

悲壮、奋斗、牺牲、崇高——作为一个从小在革命队伍中长大的讲风骨的战士，作为一个负有社会使命感的画家，胡悌麟觉得自己的作品太需要这些使时代显出刚毅和恢宏的美学品格了。

然而用胡悌麟自己的话来说，他的"性格本属于缺乏刚毅而又多愁善感的一类"。这或许与他出生于杏花春雨江南的江苏有关？但正是他，14岁就成了"我们的队伍向太阳"的解放军中的一员，那时他还没有枪高。当然绘画的天赋和特长最终使他成了一名文艺兵，被分配到部队文工队美术组。这以后他就随大军南征北战，直到跨过鸭绿江。战神与美神在他青春生命的天宇中一度联袂飞翔并庇佑了他。若干年后的若干年里，诞生了他的第一个艺术宁馨儿——"难忘军旅"系列油画。这些油画是他忠实地遵循"现实主义精神"而创作的，不论是《接阿妈妮进新家》(1957)、《下哨归来》(1959)这样描绘战余生活充满阳光的暖色调的作品，还是《侵略者的下场》(1961)、《三下江南》(1959)、《旗开得胜》(1964)这样正面展现战争场景的冷色调的画作，都洋溢着英雄主义、乐观主义的情绪甚至理想化浪漫化的色彩。其中最负盛名的当推《孤儿》(1959)，这幅油画以志愿军的地道指挥所为背景，描绘了两名朝鲜孤儿并排熟睡在指战员们的土炕上，红扑扑的小脸透着一派甜蜜和安宁；一位志愿军战士在微弱的光线下聚精会神地为他们一针一线缝补衣服；门口处是如屏障般屹立的另一位披大衣的志愿军战士的背影，远处是划过巨大探照灯灯光的夜空。此画一发表就受到了美术界和社会的注目，好评如潮。但我以为它最撼动人心的似乎并不是人们不止一次提起的那些靠理性才能把握的社会主题，而是凭直感就能感受到的有类"润物细无声"的春雨那样浸润人们心灵的情调，这是超乎某些具体形象的具有"通感"性质的东西——笔者当年还是一名中学生，就是凭这幅画知道胡悌麟的。不知为何，在《下哨归来》的阳光灿烂的草地上，在《孤儿》的温馨宁静的氛围里，我都仿佛听到了那有名的《春江花月夜》的余韵……但无论如何，这个系列是胡悌麟的第一个艺术系列，是他以往艺术经历的一个总结。不久之后，他就不可能再有这种心情、心境和可能来继续拓展这个艺术系列了。

胡悌麟除了执着于他的油画艺术外，平生无所好，唯于音乐情有独钟。是因为音乐与绘画有着天然的剪不断的联系，还是因为他夫人是一位音乐工作者或许二者都有，或许是性格气质使然，一曲《春江花月夜》令他着迷。这支描绘夕阳西下渔舟唱晚的曲子总是把他引入一个心灵在月光辉映下的大江上恣意徜徉的境界，一个至善至美的境界，他的每一个细胞都放松了，一些美好的情思随着他的画笔流泻在画布上……直到有一天，当他和共和国一道经历了那场文化浩劫之后，他才蓦然回首……

那是黄钟毁弃，瓦釜雷鸣的年代，一切都在烈火里焚烧三次，在冰水里浸泡三次，胡悌麟的家也被查抄三次，他作为"修正主义黑苗子"被批斗，饱尝屈辱，几乎一夜之间，他所希望所憧憬的人与人之间和谐亲密友爱的图景被砸得粉碎，《春江花月夜》恍如隔世遗音……

于是，在火与水之中重新产生了一个胡悌麟，当这个胡悌麟微微叹息着与往昔那个胡悌麟告别时，他由《春江花月夜》的音域转向了《命运》《英雄》交响曲的悲怆旋律，由清丽、平和、洒脱、明媚的秀美之区转向了恢宏、抗争、悲壮、崇高的沉雄之境。他冷峻的眼光掠过以往的作品，他痛感到生活中残酷、痛苦、沉重、丑陋的一面被某种下意识的诗化情绪冲淡了。复杂的社会图景某种程度上被"净化"了。这种"现实主义"再也不会回到自己的画幅上来了，取而代之的，将他这一段的人生体验艺术思考审美观念物化为艺术形象的是他后来命名为"万水千山"油画系列中的两幅作品：《追念战友》(1979)和《曲折的道路》(1981)。

"万水千山"系列在画家的作品中占有重要地位。但这个系列的作品之间又存在着巨大的差别，其中既有"文革"末期的遵命之作《天地翻覆》，又有清醒现实主义的力作《杨靖宇将军》；时间跨度也从1960年延伸到1986年。如果说，创作于1960年的有着浓厚革命浪漫主义色彩的《万水千山》在艺术上还"袭用了17世纪开端的欧洲写实语汇，并掺杂了19世纪的俄罗斯方言"，那么，作于1979年的《追念战友》和作于1981年的《曲折的道路》，就是胡悌麟油画创作的一个重要转折，没有它，就不会有后来的《杨靖宇将军》。

是《命运》《英雄》的旋律在胡悌麟耳畔轰响？还是《命运》与《英雄》的主题在他脑海中盘旋？我不知道。但我从这两幅作品中看到了这一主题的萌生和深化。这与当时的文学乃至整个社会对刚刚逝去的那一段历史的反思是一致的。

一代伟人毛泽东亲手发动的"文化大革命"使他信赖的战友也难以幸免于难。这件事的悲剧意义在于，当毛泽东强支病体去参加陈毅的追悼会时，悲怆的他仍然相信"文革"是"反修防修"的唯一手段。胡悌麟深刻地把握住了这个悲剧的内在意蕴并通过毛泽东的艺术形象使之物化。《追念战友》的画面上，痛失战友的悲恸之情，被社会上旷日持久的"斗争"

所困扰的疲惫之感，对"文革"的自信与执着，对自身使命与国家、人民命运的探究与关怀，以及更深层的英雄寂寞、沉疴难起等百种千般复杂思绪，都通过毛泽东含悲肃立的伟岸身躯、略微左转的浮肿哀戚的脸庞、朦胧的目光、欲言还止的嘴角，惟妙惟肖地表现出来，再配以深色的背景和背景中照片上陈毅似在冥冥之中不暝的目光，使这件作品产生了强烈的感染力和震撼效应。

两年后，胡悌麟又推出了《曲折的道路》。这幅构思别致的作品上，占据四分之三画面的是一幅标识当年战斗道路战争态势的巨大地图，地图前是由人搀扶而来的鬓发斑白的老干部，微微佝偻的他背对观众仰看地图。他是在遥想当年战斗历程的曲折，还是体察自己人生命运的坎坷？这些悬想给观众投下了一个巨大的问号。

这两件作品标志着胡悌麟理性反思的深度和现实主义精神的深化。

"……在过去几十年的亲身经历中，虽然也有和谐的发展和美好的憧憬，烙印更深的却是构成精神创伤的那些人生不平。那些受制于邪恶而不为人们所理解的境遇，那些局限于盲目又无法与之抗争的命运最能使我激动，更能促使我沉思。"胡悌麟在一篇文章中如是说，一派大彻大悟。

有那么一段时间，他在画室中冥想，在南湖的林中小路上沉思。他躁动不安。一个个创作意念刚在脑子中涌现倏忽又消失。似乎各种形象纷至沓来，定神细想又仿佛什么也没有。画过的东西都不满意。新作又创造不出来。这是怎么啦？为什么会有一种临战前的紧张、激情？画笔在他手中如剑，但不知一击何处……

胡悌麟在苦苦寻觅一个能让他胸中对人生对命运的种种感受一泄为

快，能让自己的一腔沛然之气对象化为具象的题材。终于有一天，一幅杨靖宇将军遗体的照片在他眼前电光石火般地一闪，他凭直觉就认定，这正是他等待寻觅已久的题材。照片是敌人为炫耀其所谓"胜利"而拍的，杨将军死了，被敌人架在牛爬犁上，拉着立起来拍照。残酷的残酷到了极点，悲壮的悲壮到了顶点。"对着这幅照片，一种难以抑制的激愤之情油然而生。我为人世间的愚昧愤然，我为世事间的复杂而思考。一幕悲惨的场景在我前面出现了，我仿佛看到一头老牛的瘦脊梁在布满伤口的雪辙中扭曲，我似乎听到那张爬犁在雪地上挣扎的呻吟。"胡悌麟这样写道，"杨靖宇将军这悲壮的最后一幕就这样既是义无反顾又是情不自禁地选定了。"为了探索一种能够将具体的生活内容与心理上的抒情因素及形式因素聚合在一起的综合的造型结构，以使自己的艺术语言更富于抒情性和哲理性。胡悌麟邀请了具有这种造型观念的青年油画家贾涤非与他合作，终于有了这幅在观念上、语言上、手法上、风格上都与画家过去作品大异其趣的《杨靖宇将军》。

我以为，这幅作品在悲剧性的力度上几可直逼列宾的《伊凡杀子》、苏沃洛夫的《近卫军临刑的早晨》……

杨靖宇，一个"天不能死地难埋"的人——这是我面对这幅油画的强烈感受。

胡悌麟不仅仅能画油画，他在美学上、文学上亦颇有见地，且能写一手行云流水的文章。他的《走自己的路》《再论观念、意识、教学》等文章使人感受到了他的儒稚气、书卷气。可以说，从对历史对命运的深入思考到对悲壮对崇高的弘扬，从《追念战友》的创作到《杨靖宇将军》的诞生，胡悌麟的艺术生涯此时几臻绚丽之境。然而，正当人们期待着这颗星辰沿着由《杨靖宇将军》所拓出的轨迹再放光芒时，他却沉入了一种类似天人合一的哲学冥思之中，创作亦由绚烂趋于平淡。胡悌麟努力使自己升华到一个更高的层面上用画笔揭示大自然与人的关系的哲理，再现人自身难以复归的童年的纯真和可爱。这样，我们就看到了他的新作："北国风情"系列与"故乡情思"系列。

长白山天池以它那混沌初开原始荒蛮的美招徕了无数个对它顶礼膜拜的艺术之子，胡悌麟以自己对它的独到理解和恋情从不同角度描出了它的粗犷、它的妩媚、它的人格化、它的淡妆浓抹圆缺阴晴，特别是那幅《山坳》，以鸟瞰式的大开大阖的雄奇构图写出了天池"敞开心肺与人看"博大襟怀和天池水"奔流到海不复回"的壮阔气势，画里画外透着一种永恒的肃穆庄严、一种对短暂人生的昭示，在众多的天池题材作品中可谓高标异帜。在"北国风情"的主题下，胡悌麟还画《小秋收》，画《回娘家》，画《庄稼院》，画《山里人》，画《长白之子》，画《迟到的春天》。画绿色金色白色的白桦林、红色的高粱地、翠黛的山峦、青碧的山村。这些作品中，人和大自然和谐一致，人化入了大自然。或者说，人是大自然的一个风景、人本身就是大自然。而"故乡"系列的作品则像叙事诗、像散文，将童年少年的记忆乡情的温馨娓娓道来。看那《蜻蜓》，赭黄色的土墙组成的院落里那观察手中虫蜻蜓的两少年由这小东西引发了一个橙色的幻梦吧？《江边人家》中那似乎湿漉漉的民居黑瓦与孤寂的江上船家给人以淡淡的惆怅与轻愁，它传达的是一抹情怀、一种感觉、一缕思绪……

显然，"北国风情"系列、"故乡情思"系列与"难忘军旅"系列、

"万水千山"系列是不同的题材、不同的风格，甚至不同的艺术语言了。然而，两者之间难道没有某种内在的联系么？遗体如钢锭横陈的《杨靖宇将军》与大敞襟怀让飞流直泻的《山坳》难道不在同一旋律中吗？《追念战友》中一代伟人的悲怆与《迟到的春天》里那苍凉的裸裎的黑土地所引起的感受难道不在同一审美之域吗？

我无法准确地回答自己的问题，我也不知道胡悌麟在油画艺术上还会做出何等样的探索，但我敢说，胡悌麟由绚丽而趋平淡由入世到仿佛"出世"之后必定会再度辉煌。

因为，醉心于《命运》《英雄》的他是个血性的男子汉。

1993年12月29日《吉林日报》

空山云自流

——许占志画说

　　还是1986年春，在省里一次美展上，一幅《硕果图》吸引了我。画上黄莹莹的枇杷如金浪倾泻，小雀跳跃枝头，丰收的景色、成熟的喜悦就像金色的音符在画面上跃动。它的作者就是许占志。我在画展之后的一篇文章中还提到了此画。这以后我与占志就成了朋友，尽管那时我还没有拿起画笔，但我由衷地喜欢占志的画。看他的画多了，才知画枇杷是他偶尔为之，他画得更多更具特色的是梅花、荷花。奠定他花鸟画家地位的也是此二花。

　　占志画梅花，那老干总是如石如铁硬骨铮铮，粗壮、倔强、厚重，在画面上"横冲直撞"；而枝桠则铁画银钩，或是箕张戟指，或是斜劈倒刺，颇有些壮士虬髯英雄怒发的气概，似乎把你一肚皮块垒尽写出来了。而这铁干铜枝上绽放的热情如火的簇簇红梅或淡雅清馨素面朝天的白梅，却又给这老树平添一段妩媚，常常使我不期地忆起"倩红巾翠袖，揾英雄泪"的词句。梅花图上这种粗犷与清柔、霸悍与平和、生拙与娇媚的对立统一，在占志所画的荷花、菊花、蕉石上也体现出来。由于占志的花鸟画

354

别具风情和魅力，加之他也在一些场合常作花鸟画示人，一般不太知他底细的人往往把他当成纯花鸟画家，他的花鸟画作品连着他的花鸟画家名声不胫而走。

但是，在另一些场合，比如说在画室搞创作，他却更醉心于"移山""造山"——因为他同时是一位优秀的山水画家。不过，他笔下少有南派山水画家钟情的青山秀水，而多为雪峦雾嶂、峭壁奇石。占志"移山"——搜尽奇峰打草稿，他将冷峻伟岸的关东大山和沁肌浃骨的关东之水"移"进了画面，但绝不是原样照搬，因为他更看重"造山"，这被"移"来的山山水水经过他的手眼已被艺术地改造过了，这是被占志"人化"了的关东山水，怪不得他笔下岩为体石为魂的关东之山是那样恢宏凝重头角峥嵘气势不凡，他笔下冰为肌玉为骨的山泉是那样淹润华滋晶莹清冽秀色迫人……

应该说，花鸟与山水，作为具体的客观物象，一个至轻至柔至微，一个至重至巨至粗，两者之间的差别是显著的。然而，它们一旦化为占志笔下的艺术形象，却使人感受到了二者之间一种内在的一致，就是说，不论是观赏占志的花鸟画还是山水画，我们都会产生出共通的审美体验：雄浑大气。

这首先是由画家的审美趣味审美理想决定的。一方水土养一方人。没有关东的壮丽山河就没有作为关东画家的许占志。辽阔的松嫩平原黑土地一望无际，有如男子汉大丈夫的胸怀包容万象，皑皑长白，茫茫林海，滔滔松江，云飞风起，虎啸鹰扬，气象万千；生活在这片黑土地上的人民啸傲雪地冰天，性如烈酒火炕，这一切无疑对许占志的气质与性格乃至后来崇尚雄深雅健的美学趣味美学理想的形成起到了重要作用。就像剑客用

355

剑，这种性格气质使许占志不用轻剑，不走轻柔飘忽的路子，而是使重剑重招硬撼。这就是为什么林木葱郁的山川在他笔下独独要凸显出那岩为体石为魂的特质，为什么他笔下的山水会呈出出巨石如盘、峭壁塞天的独特景观，如《凝寒山静月初升》《万木霜天图》《塞外银装》等。仿佛他胸中那股郁勃的雄性气概不化作峥嵘山色势不罢休。我还曾多次看他画梅，画荷，画菊。每当握管临笺，他默然蓄势于胸，元神贯笔，抑扬顿挫不疾不徐之间则铁干横斜虬枝怒发，当别的画家淋漓满纸之时始见占志缓缓点染勾勒，良久，则见铁干虬枝上繁花劲放，《摇曳春风》《铁骨》等幅即是如此，通篇凝重厚实，真个兴趣轻若重。再看画荷，如《荷塘雨后别样红》诸画，常常是泼墨荷叶刚刚在纸上张开圆润的伞盖，马上就有枯笔挥就森然如剑戟充满力度的刚直墨茎耸然而起，顶起一排灯笼般红艳的荷花。红黑对比方圆相较，造成强烈的视觉冲击力。

当然，对于一位画家来说，胸中有丘壑、笔下有奇气还是不够的，要使心中之像随笔底之气化为纸上之艺术形象，尚须从构图布局运笔用色应物造形诸方面加以落实。笔墨功夫扎实的许占志深明个中真谛且勤于实践勇于探索，形成了一套表现其审美意识的绘画语汇。他作画，不论山水花鸟，尺幅多取方形，或是枝干以X形交叉或横或斜贯满画面，纵横捭阖，如《摇曳春风》《铁骨》；或是化作铁壁，化作巨石的大山充塞天地，如《北国银装》《金秋时节》《春雨山村》《月朦胧鸟朦胧》《霜染秋山》等，这种构图往往造成一种视觉上心理上的重压感，再辅之以大面积的黑灰，但又于中透出些许空白，或为山泉，或为云烟，或为天光，造成深幽沉郁的意境。《黑云翻墨未遮山》最为典型：整个画面泼墨而成，满纸黑云翻滚，与黛山融为一片，汹涌澎湃，风声贯耳，而于左上方留下空白似有天光，下方点染上些许树木，黑云深处似有群鸟惊飞，更增强了"山雨欲来风满楼"之感。这里笔墨的干湿、枯润、连断、渗化等等处理中有不少当属占志的独家创造。

作为一个有见地的画家，占志不拘于成法，而勇于创造，因而时有新意。《关东腊月》描绘的是冰雪山水，但他没有照搬别人的特技，而是用自己的手法同样造成了雾色空濛、群山静寂、寒凝大地的图景。又如《天凉好个秋》，大面积的加胶与不加胶的不同色块并存交错，空白处枯笔湿笔勾点皴擦，画出了与传统秋山迥然有别的秋山胜景，令人耳目一新。与此相似的还有《雨后秋山图》《秋江暮雨图》等。占志的花鸟画法也非定于一格，《繁花报春》《香雪图》《疏影横斜水清浅》等就很有新意。这里要特别提到占志的水法别具特色，《翠谷鸣春》《夏山飞瀑》充分发挥了中国水墨氤氲渗化的特点，泼洒晕染，几乎不见线条，整个画面水气袭人，水声聒耳，有重山湿透之感。《山泉》《观瀑图》则又是另一种处理方式，画家在泼墨的基础上进一步作出了若干细部加工，或是勾勒山石树木，或是喷洒石青石绿，造成了山色幽然青翠欲滴的审美效果。

许占志在绘画上取得如此成果不是偶然的。正如"画家小传"中所说，"许占志自幼酷爱中国书画艺术，在多年从事美术教育工作之余，寄情翰墨，潜心钻研，彩笔耕耘三十余年，从未间断。"他走的自学成材的路子，使他有可能更少受一些陈旧条条框框的限制，更多地"外师造化"而"中得心源"，更有利于他灵性悟性的发挥。他有一幅山水画题名为《空山云自流》，这题目于占志的成长之路颇有暗合之意。也许，正是因为有这无挂无碍的空山，无心出岫的云气才得以无拘无束地随意舒卷变幻畅流不息，形成一道赏心悦目的风景吧。

占志正当创作的盛期，且壮心不已。作为他的朋友，我衷心祝愿他今后取得更大的成就。

1999年6月《长春日报》

风景前边更好

——蒋力华书法简说

当草圣张旭把酒运气长啸狂草，素笺上醉墨淋漓龙蛇飙起时，他已完成了一次夺天地造化的艺术创造，于是日月星辰、风雨水火、雷霆霹雳、歌舞战斗、一切事物之变，至喜愕悲欣人生歌哭一寓于书。

那是诗，是画，是天声海韵，是绝世剑法；

那是心灵对躯壳的一次突围，是生命创造力的一次集中喷发；

那是对宇宙玄机天地奥秘的顿悟和解读。

历朝历代，有多少智者在孜孜追求这种书道通神的境界，有多少书家在闭关面壁心无旁骛手不停挥地以期达此修为！

我佩服这样的智者诚者和才人雅士。

所以，当蒋君力华在白山之麓以一管毛锥或行或草或隶或篆气贯毫端挥洒出他的至情至性才气文章时，我对这位年纪轻轻便在一个地区独当一面的老弟不免刮目相看，无异于在那山沟沟里新发现一道醒目的文化风景。这以后，我在一些场合见到他的不少书法之作，但觉雄气迫人，不由得驻足观赏。再后来，力华与我共事，对其人其书便日增了解。

力华倾心于书法一道几已到了虔诚的程度，其床头案上不离碑帖，日日心临手摹，神游乎二王欧虞颜柳张素诸师之间，思驰于甲骨钟鼎魏碑唐楷之上，每谈书辄如兵家说阵剑客论剑，心驰神往，逸兴遄飞，时有卓见妙言。临案挥毫，则斗折圆转间飒飒然若风雨将至。观者纵非书道中人亦能感受到力华书法的雄浑大气，获得一种审美愉悦。

书画同源。以画者眼光观之，力华书妙于取势，有雨骤风旋、渊沉壁立之概。他不屑于或不习惯于步步为营精雕细刻，在有限的空间纵笔驰驱挥斥方遒是他的风格。其书"寿"字，结构简洁，顶天立地，笔力雄赡，气韵古淡，力能扛鼎。"观沧海"三字自出机杼，寄妙趣于随心之中，创新意于法度之外。纵笔浩放，一泻无碍，直如豹尾龙须，夭矫天纵。

观力华书，如对风樯阵马，沉着痛快。"小楼听春"四字如驻跸方阵，扼守四角充塞纸面几不留余地，气度岿然。"阳春"之"阳"字若篆若籀，笔势雄强似逸，张力十足，与和风荡漾的"春"字交相辉映，八面得势。行书"花落书童未扫"一幅初看如平湖落雁，疏疏散散，细品则觉其中阵法俨然，散而不疏立马生风，气荡于纸，诚为难得。

观力华书，或固如磐石，或飘若行云。草书"独怜幽草涧边生"一诗也好，行书"散怀抱"的苏轼书论也好，从中均可看出这种端庄杂以柔丽、婀娜浸润雄强的美学风貌。

力华不以书家自许，认为自己于书道还是小学生。我以为这不是一般的文人自谦，而体现出一种达者的深谋远识。汉字的创造本身就是一个奇迹，将汉字那看似简单不过的一点一线掣动得千万变万化，神奇地飞舞。变幻、升华，如凤翥龙翔沉鱼落雁虎啸猿啼风起云涌，该是怎样一种博大精深的艺术，需要怎样的神乎其技的大师啊！说书能通神，诚不为过。要臻如此境地，要成为这样出神入化的线之舞者，的确须穷毕生之力，澄怀悟道，摩顶放踵。以我观之，力华有这样的眼光、悟性和毅力，他将书法当成了自己的生活和生命之舞。他正在朝圣般地朝着这些大师这种境界一步步走去，而将已经取得的成绩当成一个个脚印留在后面……

　　的确，风景前边更好。

2000年3月8日《城市晚报》

2000年4月18日《经济晚报》

2000年5月15日《中华新闻报》

云 鹏 印 象

——为《纸上黑白集》作

王云鹏，油画家。报社跟他熟络的朋友有时相聚爱叫他"酷哥"。每当听到这个带点亲昵，有点调侃的戏称时，云鹏总是腼腆憨厚地笑笑。于是大伙也笑。

这称谓是我戏赠他的。因为云鹏给人的印象有点"特别"：身材清瘦，脸形瘦削，细细的眼睛上架副大眼镜，长发擦肩，衣着不修边幅却很整洁，乍看透着画画的落拓不羁，但为人诚恳谦和，讷言敏行，绝无与艺术家的落拓相配套的玩世不恭和自命不凡。当然，更重要的是他的画画得"酷"。他油画作品中的人物几乎清一色是女性，这些女性又多是大身板的关东姑娘。在看惯了、看厌了那些甜腻腻的淑女、美女、裸女、古装女之后，一见这些粗胳膊壮身腰，浑身上下散发着关东情、田野气、清香味的大自然之女，体味着这种女性形象所传递出来的信息（社会的、思想的、情感的），人们不觉眼目一新。能够画出这等别具风情与众不同的关东女性的王云鹏你说是不是有点儿"酷"？这些女性形象给人的印象如此之深，以致一提云鹏就联想到这些大身板的关东女儿了。似乎画这种女性非他莫属，他只画此种形象的少女了。

最近，我欣赏了云鹏即将付梓的黑白插图集，使我一改原先的印象，原来云鹏笔下的人物博及古今中外男女老少，形象是这样多姿多彩，构图也常常独出心裁。其造型的严谨准确、线条的流畅生动、立意的别致新颖，都表明云鹏思考的深度和功夫的扎实。我说云鹏，你也来画中国画吧，很可能搞出大名堂呢！他却受惊似地连连摆手，笑着、退着。

大凡真有两下子的人往往都这样。

他创作油画，画得慢，也可能画得苦。但一幅成一幅。在画界和市场已相当看好。

他才四十五岁，如云鹏奋翅，前路正长，前程也未可限量。

2000年仲夏於长春

子 夜 如 歌

——序（子夜集）

摆在我面前的这部书稿，汇集了冯晨近些年关于文艺理论、人物专访、旅游散记、随笔杂文、报告文学以及新闻理论方面的48篇作品，甚至还有一篇关于粮食问题的经济学论文。这真有点使我出乎意料。冯晨早些天将这摞文稿拿给我的时候不经意地说，这都是些没啥用的时文，我拢了拢，你看看，值不值得写几句什么。我真以为这是他来报社后这几年因工作需要写的时文合集，当时也没怎么在意。待到翻阅一过，内容这么丰富，不觉另眼相看了。

我早就知道冯晨搞文艺评论，人也谦虚诚恳。十几年前，当我还在报社文艺部当编辑时，有熟人介绍一位年轻人来送稿，记得是关于电影《四渡赤水》的影评。"稿子写得不好，"年轻人斯斯文文，说话轻声慢气，谦和有礼，"请多批评指教，不用也没关系。"我立马对他产生了好感，一交谈，知他在省委宣传部干部处工作，下过乡，当过兵，坐过机关。那篇影评实际上写得相当不错，看得出作者具备了这方面的功力和素养。文章没怎么改动就见报了。我与冯晨的交往伴随着他的工作变动延续到现在，他的好学多思给我的印象日深。

冯晨说，他将这部书稿定名为《子夜集》，是因为其中大多数篇什是在子夜时分写就的。之所以写在子夜，我以为，倒不一定是因为忙，而是因为子夜夜深人静，消遁了白昼的滚滚红尘，寂灭了浮嚣的纷繁思绪，心如止水，花落成纹。于是《风雪黄昏》《纪委书记》《开国大典》《苍天在上》都来眼底，军民携手的抗洪壮举，勤政为民的电业局长，拼搏奉献的车间主任，开拓创新的企业干才，架机起义的历史功臣尽诉笔端。成就了这本集子的文艺评论和特写、报告文学，前者有思想有文采，后者见形象见意境，显示出作者在理论和创作上的功底。《曾闻扶桑樱花好》《种德万年策》《森林河畔橡树园》等散记随笔行文流畅生动，见地不随流俗；《新闻要讲时效性》《讲求宣传艺术，提高新闻引导水平》等是工作中的有感而发，有的放矢；《谈老舍解放后的话剧创作》《关于吉剧的话题》则是有相当深度的专题论文，没有基于在这方面专业知识和实践经验的理性思考是难以写出这种文章的。

我拉拉杂杂写下上面这短短的文字时，已临近21世纪第一年的元旦了。窗外夜空中隐隐有流行乐曲声飘来，满街酒店、夜总会、洗浴美容中心的霓虹华彩将纷飞的雪花映得梦幻迷离。这会儿，有多少"款爷"在潇洒快活，又有多少"腕儿"在作秀煽情。面对外面这精彩世界，能够沉心静气子夜弄文，思考和谈论一些严肃的话题，还真不容易呢！就此可说，子夜如歌。

由是，我衷心地向相识和不相识的朋友推荐这本《子夜集》，哪怕它会"速朽"也罢。

2000年12月29日

超越残障　走向完美

——写在《长春大学特殊教育学院15周年师生作品集》开卷之际

　　在我所欣赏过的美术作品、所披览过的画册中，眼前这本《长春大学特殊教育学院15周年师生作品集》应该是最特殊、最让人感动的——因为它燃烧着一群残疾学生的青春激情，展现出他们对人生、对社会的审美憧憬，记录了这所特殊教育学院特色办学的成功实践，负载着学校和社会对残疾人事业的崇高使命。

　　收集在这本画册中的艺术作品从专业人士的眼光来看，也许还不能说水平有多高，它们毕竟只是一些年轻学子的习作，更何况这些学子还身有残障——而这种残障，无论如何是他们感受和观察世界的一种障碍，一种隔膜。但是，只要你细加品赏，那么，不管是图案设计、地毯设计、室内设计，还是版画、水彩画、油画、中国画，你都会感到，他们对世界的艺术把握同我们这些身体健全的人并无二致，你看《夕阳》中泼洒在苞米上、群鸡上的灿烂阳光，似乎在随风闪烁、跳动，隐隐传来丰收的金色旋

366

律；《夜雨》通过几乎铺满画面的大片湿漉漉的荷叶和躬背勾头疏啄潮湿羽毛的禽鸟，让我们于夜的静谧中听到了敲打荷叶的淅淅沥沥的雨声，体味到一种雅致的、温馨的美；《阳光·少年》中那男女少年奔放欢快的动态则将作者对人生的感受尽情挥写出来⋯⋯至于那些图案精美的平面设计，可以说是这些年轻人对世界感受的艺术整合，或者说，是一种特殊视角、特殊感受下的世界图像。

具象也罢，抽象也罢，再现亦可，表现亦可——这些作品中有激情，有想象，有理性，有评价，它对世界的观察、理解、把握是全面的、立体的，有力地表明这些年轻的艺术家们已经完全超越了身体上、生理上的残障，超越了自我，在精神上、心理上走向了艺术的健全，走向了人生的完整。这些作品所体现出来的艺术感觉的细腻与敏锐，艺术表现手段的多样和创新，对艺术创造的真诚和执着，难道不预示着未来的希望和辉煌吗？

超越残障，超越自我，创造艺术，创造人生，这与长春大学特殊教育学院的成功教学实践是分不开的。由中残联和吉林省政府联合创办的这所特教学院成立于1987年，是第一所面向全国专门招收盲、聋和肢残青年的高等学府，15年来，已形成了一整套符合我国国情的，针对残疾学生的不同特点，着重进行潜能开发并与人才市场需求紧密衔接的残疾人高等教育教学和管理体系，其规模之大、层次之高、门类之全、办学之久，在全国特殊高等教育体系中首屈一指，在办学上取得了可观的成绩。仅以美术专业论，学校组建了以聋哑生为主的美术家协会，建有艺术设计计算机房、作品展厅、雕塑工作室、画室等等。近两年来，该院师生在《美术》《艺术家》《美术观察》等权威刊物上就发表过数十幅作品，多次参加国家和省级美术展，曾分别获得过国家级金、银、铜奖，还有上百件作品在美国华盛顿、纽约、费城等地巡展，作者并在联合国总部大厅现场挥毫作画，大获好评。难怪美国友人参观该校后，惊叹"是个奇迹"，并提出在特教方面要"面对来自中国长春的挑战"！

这的确是个奇迹。奇就奇在社会主义制度下通过特殊教育，通过人的潜能的开发，通过超越自我，残障人不仅和健全人站在了同一起跑线上，甚至超越了正常人！超越残障，就能走向完美——这既是这本画册给人的鼓舞，也是特教学院特殊教育给人的启示。

因此，在开卷之际感慨之时，写了上面这些话，以为序。

2002年7月15日

"吉林省首届油画展"展出感言

2003年3月，为参加"携手新世纪——全国第三届油画展"做准备而筹办的"吉林省首届油画展"在长春远东美术馆展出。揭幕那天，远东美术馆一楼大厅人头攒动，声浪滔滔，人流随扶梯漫涌到挂满展品的二楼、三楼。业内人士一个普遍印象是：省里画展搞过很多次，但像这次油画展参观者之众，实为少见。参观者以高等艺术院校的学子居多，画界同仁亦甚伙，油画艺术爱好者当不在少数。

一个专业性、学术性相当强的省一级油画展，之所以引起社会的关注，是有其原因的。

吉林省油画几乎是在一张白纸上起家的。新中国成立以后，一批油画家从部队和艺院先后来到或回到吉林，为吉林油画的生发奠定了基础。经过新中国成立以来半个多世纪的建设和发展，特别是改革开放新时期以来二十余年的变革和开拓，在坚持"二为"方向、"双百方针"，继承优秀传统的基础上以积极开放的姿态广收博取，吉林省油画无论是绘画理念还是绘画语言，表现手法还是技术手段，创作方法还是操作方式，都有了崭新而深刻的变化，呈现出与时俱进、百家争鸣的兴盛景象，在吉林省诸多画种的创作和发展中走在前列，在全国油画界也占有一席地位，受到有识之士的注目。这种变化和成就比较集中地反映在这次油画展上。

这次油画展经过半年多的筹备，省美协和各市州美协、各高等艺术院校及其他艺术团体通力协作，积极性之高，参展作者之广、入围展品之多，都令人鼓舞。这是吉林省油画创作的一次巡礼和总结，是吉林省油画创作力量的一次集中展示。

展出的二百多件作品的最大特色、最吸引观众眼球的是其题材、风格的日趋多样化和手法、技法的变革创新，某些被重复了多少年看惯看腻了的主题、题材被用新理念、新形式诠释、凸显后，到了这次展览会上，竟然面目一新，有的甚至到了惊世骇俗的地步，于中明显地可以体验到画家蔑视陈词俗套、"语不惊人死不休"的心态，看到国内尤其是国外新潮艺术、时尚观念、哲学思潮、文化模式对我省油画的冲击、诱惑和影响。这种学习、借鉴、吸纳乃至一定程度上的模仿，在相当一些作者那儿产生了积极的成果，他们联系实际思考、探究、反复实践，初步形成了自己的油画语汇系统和楔入现实的角度、视点及把握方式，使自己的作品以全新的姿态一鸣惊人，受到观众特别是年轻学子的欣赏。总之，这些作品折射出新时期以来变革的风风雨雨和画界一波三折的心路历程。

展品中，也不乏挟带传统功力的佳作。这些作品扎根生活，在艺术上推陈出新，造型讲究、功夫深厚，油画语言典型而响亮，它们受到好评当在意料之中。遗憾的是，这次油画展也反映出我们创作中的某些不足，对现实生活关注不够就是其一。我们生活在一个社会变革空前、现实生活极其宏富多姿、人们的艺术欲求空前高涨的伟大时代，对生活冷淡，与现实隔膜，与时代脱节，这是为我们社会主义先进文化所不取的。另外，某些作品文化品位和思想含量不足也是一种欠缺。要成就大业，要成为大家，没有文化的综合修为是不行的。此外，油画技法的不成熟也影响了一些作品的质量。相信这些在今后的创作实践中会得到弥补。

让我们的油画事业骑在马背上与时俱进——这是我们的衷心祝愿。我们要努力实现这一点。我们一定要做到这一点。

2003年

"百炼工纯始自然"

——李宝峰其人其画

大约五六年前吧，在一本印刷物上看到李宝峰的一幅西北风情画。在著名画家日众、特殊技法日渐多样、制作技术日臻熟练，而让人怦然心动之作却难得一见的当时，宝峰的这幅作品让我眼睛为之一亮。

这是真正的中国画：人物刚峻疏朗，造型严谨大气，没有人为的制作痕迹，整个画面从人物到背景全都是用毛笔的线条勾勒、墨色的晕染铺写挥洒而成，元气淋漓，精力贯线，审美快感油然而生。

我记住了画家的名字，并继续关注着他新作的出现。

只是在此之前，我竟不知道大西北的兰州还有这样一位实力派画家在。

后来我去兰州参加全国报界的一个会议，一到便打听宝峰行藏，知他正在画院，便欣然前往拜访，他在门口迎迓，我们一见如故。在画院他的画室，我们无拘无束地谈经历，谈绘画，也谈及若干画界人物。这位生于辽宁抚顺，毕业于鲁迅美术学院，扎根于甘肃大地的中国画家，绝无流俗的骄矜作态，无论是对画界的时弊，还是对人物的臧否，都实实在在，有

372

问必答，娓娓道来。兴之所至，我请他画几笔，宝峰一无犹疑，当即提笔画了一幅群驴图以赠远客。

我端详着他。

中等身材，覆着短发的头颅愈显其方圆，面容憨厚，慈眉善目，洵洵儒雅，说话沉静绵实，有长者风，有佛家相，这是他留给我的第一印象。我想，倘若宝峰身披僧衣，口宣佛号，则俨然一得道高僧也。有这种品相的人对人生会更宽厚更包容吧。他在绘画上的功力也许同他的英华内敛、不事张扬正成反比。此后在全国美协的会议和画界的活动上几次与他相遇，观察他，品味他，觉得自己对他的印象得来不虚。

我喜欢宝峰的人品，欣赏宝峰的画风。

外貌温文随和的李宝峰毕竟是条东北汉子，我估摸，白山黑水的粗犷大气一定像酒精般在他血管里燃烧不熄，这种地域基因一旦与大西北的苍茫邈远相激荡，又加以传统文化的浸淫，势必熔铸成他别一样的审美品味，形成他现在的独特画风。

在中国画坛上，宝峰无疑已跻身于人物画高手之列。在西北高原上行走居留垂四十年，曾经不知多少次深入生活深入底层，他对高原少数民族生存状态的真诚理解，对底层民众思想文化、精神世界的深刻感悟，对高原生命坚韧顽强的由衷赞颂，对时代脚步的自觉跟进，都化作了他画作中的精彩图景、经典众生。他的人物画，常常是场面大，人物多，但他画来举重若轻，得心应手，这从画面上充溢着的一泻无碍的气势即可感知。与那种一味将西部人物涂成傻大黑丑、面目变形的画风不同，宝峰笔下的人物于厚实淳朴中有一种灵动秀雅之气，这表现在人物造型上，也表现在用线用墨上。

《岁月》《天赐》《晒阳》《祈盼》《集市》《秋光》《高原深处》

《钟声》《心肝宝贝》《牧驼老人》等以及《草原风情系列》中的若干篇什，虽尺幅有大小，但都是凝重铿锵之作，构图上人物较多，但布局均衡有序，密而不塞，笔力辐射满纸。高原众生的肌肤用坚硬的干枯笔触勾勒皴擦出，施以淡墨淡彩，既有岩石厚重的质感，而又蕴藉华滋，衣纹用极明快简洁的粗细不等线条勾出，辅以恰到好处的晕染，有湿露浸润之感。更重要的是形象的设计刻画，如《岁月》中那位藏族老奶奶，岁月虽在她的脸上身上留下了刀刻岩石般的皱纹，昭示着他们在艰苦的雪域高原的生存状态，但她的眼角眉梢却满是烟尘沧桑遮蔽不了的乐观与旷达；她身前的孩子更是笑面人生，我们不难从他们身上体味到什么是生命的坚韧顽强。又如《祈盼》，前景中躬身祈盼的藏族老大妈和她身后两个直立的藏胞，宝峰用画笔记下了他们身上负载的历史和生活重担，同时更通过他们虔诚的目光和表情表述了他们心中对美好生活的祈盼。老大妈身后那个女孩则用她阳光似的灿烂笑容照亮了整个画面。它使观者明显地感受到了时代的音响。画家的这些画由于笔墨的流畅不羁，人物的活灵活现，看似恣意挥写，仔细品赏，却从中体会到画家的惨淡经营，精心布陈。不错，这些画中有沉重，有苦涩，有沉默，但也有轻松，有希望，有欢乐。这些画是典型的北方画风，粗豪、爽快、热烈，但也兼具南国轻灵、秀雅、含蓄的韵致。这也许正是宝峰画与众不同之处，也是他直面现实又高扬理想的审美理念灵光照射所致。

如果说这些画是熔南北画风于一炉，那么，宝峰还有些画却像是更多地体现出秀雅轻灵之美。《高原情》《回廊下》《暖季》《小憩图》《西部寄情》《西部风情图》《汲水图》《放牧》《母子图》《鸟语图》等等，多以女性为寄情载体，难怪画面华美有致，形象旖旎多姿，色彩明丽轻快，让人耳目一新——这也折射出宝峰性格中温情的另一面，也是他对生活美的又一角度的开掘。当然，尽管如此，人们还是不难看出，这些画同上面提到的那些作品同样属于一种统一的画风——宝峰的画风，那就是阳刚之美与阴柔之美的圆融互渗形成的美学品格。这里特别要提及的是宝峰表现高原风雪的几幅作品，如《戈壁琴韵》《戈壁雪》《冬暖》等，一眼望去，只觉漫天飘雪，用水墨勾染出来的人物和骆驼、牦牛，以及野草杂林，全都笼罩在风飞雪舞之中，使人如身临其境。这样的感受，我从别的风雪图中很少体验过。这是宝峰善于用粉、用墨、善于遣情造境之功。而在这漫天皆白的意境里，总有一位红衣女子灼现其中，她像璀璨的山花，又如燃烧的火焰，体现着人的不屈意志、人的不息追求，使整个画面激情奔荡，热我心胸。这不只是颜色搭配的问题，更是画家审美理想、人文精神的体现。

这几年来，宝峰不停地在画，佳作迭出。但细品之下，他前些年的画跟最近的画还是有区别的。较典型的例子不妨拿作于2001年的《冬暖》，作于2000年的《暖雪》和作于2003年的《牧雪》作一比较。《暖雪》《冬暖》中的牦牛在形体刻画上还较靠近实体，线条较细腻，而《牧雪》中的牦牛除头部外，整个躯体更多的是靠浓墨大笔挥写，形象更概括更简约，也更具视觉冲击力。它较之画家1994年画的《走进冬坊》、1999年作的《草原风情录》等，在人物造型、笔墨技巧上的差别就更大了。画家的艺术功力和审美境界在不断深化之中。这种变化同样也反映在他的其他画作上。

说到牦牛，不能不提到宝峰的动物画，其中当首推他画的毛驴和骆驼。就近现代来讲，悲鸿马、白石虾、黄胄驴，都已成为绘画的经典范式，成了这一题材的极限，要想逾越几无可能，只能另辟蹊径。看得出，宝峰的信条是，要么不画驴，要画就画出个自家样。他笔下的驴，看似脱胎于黄冑，但细细玩味，已然是几经洗漉，自出机杼：造型更简括，块面结构更单纯，既传承了中国写意画水墨淋漓的优长因子，又多了几分硬倔，一眼看去，就知是宝峰之驴。他画的骆驼，用墨凝重，勾线挺拔，形神兼备而又独具风采，招人喜爱，实在比时下不少或将骆驼画得剑拔弩张一览无余，或是肥瘦无度糊涂一片的涂鸦之作高出许多。总之，作为人物画家的宝峰，其动物画业已形成了自己的绘画语汇，着实不易。

为写这篇文字，此次还有幸看到宝峰的白描插图作品，这又让我认识了一个过去不为我知的宝峰。这些作品继承了中国人物画的传统笔法，又吸收、借鉴了西方插图笔法语言的元素，抓形准确而又略加夸张变形，于庄重中见谐趣，于严谨处显潇洒，看似不经意，实则法度森然。有它作为造词遣句的基本功，难怪宝峰的中国画能画得那样得心应手。

"跃跃诗情在眼前，聚如风雨散如烟。敢为常语谈何易，百炼工纯始自然。"清人张问陶这首论诗绝句，用于李宝峰实为贴切。有了鲁美扎实的业务训练，又在大西北40年锻人炼画，狂沙吹尽，已见真金，所以他为人作画不矫饰，不张扬，顺自然，近民众，显性情，见功力，真个是"敢为常语谈何易，百炼工纯始自然"。慈眉善目的宝峰已年近七旬，依然精力沛然，仍在雪域高原、画坛墨苑不倦行走，相信前面一定有人生佳境、艺术灵葩不断扑面而来！

2005年春节

五花山，诗意栖居的山

——兰铁成和他的新山水画

一

我没画过山水，虽然欣赏山水画是我的一大赏心乐事，但要提笔为兰铁成的五花山系列山水画写点东西，总还是心里没底。所以一拖经年。憋闷了许久，近来又将他的作品重读一遍，忽然福至心灵，觉得有一些话要说说。

作为观念形态的山水画当然源于自然界的佳山胜水，自然界的山山水水是造物的杰作、上苍的恩赐。地球上因为有了山和水才变得如此美丽，人类因为有了山和水才依山傍水得以生存。人类有生以来的第一波美感虽然来源于维持生存的第一需要劳动，和人类自身以及与维持自身生存密不可分的动植物，但是，让人类及动植物载浮载游的山水环境也必然因为它对人类生存的支配和满足而合乎真与善，而使人生成的敬畏感、满足感、惬意感必然转换、升华、净化为审美感，于是继劳作和人自身之后，山水也就成了人类的审美客体。山水画正是中国文人墨客山水审美的艺术形态。

不过，山水画绝不简单地等同于自然界的山水风光，对山水画的审美欣赏也不可混同于对真山真水的登临游赏。山水画作为人类审美意识、审美理念的物化、对象化，已经经过了对真山真水一系列的概括、抽象、加工、变形、改造，渗入了诸多社会文化及心理因素，成了画家心目中"应该如此"的心象、意象。所以，分别生活在北方和南方的画家笔下的山水画才会有北派与南派之分；即使是同为一派的不同画家，其山水画也会各具风貌。所以，读者、观者要想从山水画中按图索骥、对号入座地找出画的是何处风景，那只能是徒劳。登山临水的快意与展卷玩赏山水画而生的美感也不会是一样、更不可能互相取代。唯其如此，即使在交通这样方便、旅游业空前发达的今天，饱赏国内外山水之胜的人们仍然不能忘情于中国山水画带来的独特审美愉悦。

虽然中国先人对山水的描绘迟至秦汉时期才在画像砖上有所体现，而真正意义上的山水画应该是萌芽于晋，中经六朝、隋唐的完善，到宋代才臻于成形，但是，山水画一旦成为独立画科，就以超过其他画种的速度和水平发展，成为中国画领域中最突出的大画种。中国绘画史上，山水画高峰迭起，大匠辈出，佳作如林，从唐代李思训父子到清季的朱耷、四王，哪一位不凛若天神，读他们的山水画，哪怕是二手三手的印刷品，一寸一寸地细细玩味，都能从自然物象与画家心象的相生相克、互融互化中产生的山水"画像"上感受到一种与登山临水之感迥异的赏心悦目，一种与千百年来的文化传承造成的审美心理结构相契合的精神愉悦，由此可以想见古人在慢慢展玩山水图轴时那种陶然忘机、沉迷遐想、击节三叹的惬意：这或者是江山如画而引发的平治天下的豪情壮慨；或者是睹东篱菊黄南山依旧油然而兴归隐之意；或者是芦荻萧瑟雁落平沙而感发的淡淡忧思；或者是澄江如练浮云任去留而启示的淡泊宁静之想……

然而一个不容置疑的事实是："成也萧何败也萧何"。山水画也许是在传统画理上、画技上太过于成熟与完备，所以在它辉煌的同时也显出其囿于程式，规行矩步，与新的社会生活、新的审美时尚渐行渐远的不足。所以近现代怀"文起八代之衰"大志者大有人在。从传统内部突破的黄宾虹作为一代山水画宗师，使传统的山水画出现了崭新局面，带来一大转机。此后，山水画的革新者纷至沓来。不过，由于时代、社会条件的限制，他们做出的成绩远不如改革开放新时期以来，这一时期在山水画领域中攻关开拓锐意创新的奇拔雄伟之士简直风起云涌——只要看看全国各种画展、各种画册和出版物上五光十色、争奇斗艳的新山水画作品，你就不能不慨叹画家们的艺术生产力之强之旺。

兰铁成，就是在这千山夹峙、已有的山路上几乎人满为患的情形下力图独自走出一条新路的独行客。

二

数年前，忽然接到一陌生电话，自报家门兰铁成，吉林省人，老乡，现居哈尔滨，画家，攻山水，知道我画马，想以画易画，以画会友。言之侃侃，意之拳拳。我亦为之所动。不过孤陋寡闻的我当时还不太熟悉铁成其人。孰料不久即收到铁成寄来的斗方，画的是镜泊湖风景。我第一眼就觉得与众不同，造景设色都与传统画法有点"离经叛道"，但它给我视觉上留下的刺激和记忆却是深长的。不久，铁成来到长春，我俩终于"以画会友"。我没料到他那么年轻，印象是白净斯文，为人热情，好交友，守然诺，言谈之中常汲汲于绘画。此后他成了我和朋友们的常客。我的习惯是，一旦从传媒或友朋处得知一位值得我注意、让我感兴趣的同道，就会如记者跟踪报道般，随时留意他的创作动向和行藏。几年过去了，被我目光锁定的兰铁成果然没让人失望——虽然不能说经常，但的确是不断见到他的新作，而且每见一次都让我高兴一回。

生活中不是缺少美，而是缺少发现美的眼睛——尽管罗丹这句名言无数次被人引用，我还是要将此话用在铁成身上，这不是因为他感受到了人所共知的自然山水之美，而是因为他发现的山水之美是别人没发现，而且若不经他创造性地艺术表现出来，也许永远不为世人所知，这就是"五花山"这个独造的山水意象和它所承载的精神之美、人文之美。

《西游记》中的花果山据说确有所指，但吴承恩笔下的花果山却已成为灵山仙境，它所内蕴的审美意义早已不是现实中花果山能具有的了。兰铁成的五花山的最早灵感的确来自东北秋天变成五花山的长白山，他这样描写他看到的五花山："五花山对东北人来说，是很熟悉的地域物象，概念广、含量大，没有固定方位，每年进入秋季，多种造型的山脉、枫树、杂树等物象，随着自然规律而变为五颜六色，色彩极为丰富，特色鲜明，地域性强，反差大，构成了有机天然画面，故人们叫它'五花山'。"对铁成山水画一直关注的李果则评说得更加周详："五花山景致的变化往往在一夜之间。头天晚上尚有绿意，可是第二天早晨起来一看，红霞满山，黄处泛光，晃得人的眼睛都睁不开。变化和更替似乎是在一瞬间。""其实金秋的五花山不仅仅属于秋天，在春、夏、冬三季里，它也有自己的风姿和韵味，它的种种风度在兰铁成五花山系列山水画中可以捕捉和浏览到。""五花山色彩极为丰富，景象最为壮观。就五花山上的一片叶子而言，已是绿中泛红，橙中有碧，五彩缤纷，姹紫嫣红，至于整个五花山，连绵不绝的五花山季节，简直让人心醉神迷，如同置身于仙境之中。"

不过，五花山景观也不只是东北才有，凡有山林处，经秋历霜，必成五色斑驳世界。我家乡的岳麓山不也秋来霜降即"万山红遍，层林尽染"吗？关山月先生有不少画作画的也是南方五花山景象。但是，将五花山这一特殊的山林自然景观作为绘画的主题反复精研细琢，使之超越地域与时空的局限，由特定自然景象转化成寓普遍审美价值于独一无二的艺术形象之中的意象，成为山水画中一个品牌的，则非铁成莫属。

兰铁成笔下的五花山形象蜕出之后，已朝着他的审美取向离五花山客体越行越远了……

在兰铁成的水墨世界中，没有南派山水画中常见的奇峰峭壁、苍松怪石、秀木飞泉，没有点缀其中的高人隐士、茅舍溪桥；也没有北派山水画赖以立足的莽莽森林、皑皑冰雪、沉沉苍山，没有穿插于其间的熊迹虎踪、庄家农舍，那里多的是黑、白、红、蓝、绿、黄诸色纷呈、曲线柔和的丘峦，静静地蜷伏着、耸峙着，朝向天空：它们或如酥胸素裹，倩影迷离，期待着那轮皎月的垂吻；或如红兜玛瑙，激情似火，映红周边的木石；或如翠袖斜倚，幽梦阵阵，你似乎能听得见她的轻柔呼吸；或如绿云出岫，春心荡漾，小妮子般的旖旎可人；或如金瓶飞落，璀璨耀眼；或如玉女浮浴，素面朝天……在这些潜意识中将关东山水母性化女性化人性化的画面中，时时有镜面般清澈平静的湖水在山下山后倒映万象，幽深神秘。而关东的林木已不像林木而是经过艺术置换的灵葩仙草、碧叶黄花，它们那么潇洒地秀立于山前山上，摇曳于湖畔水中。至于那些缤纷色点则"大珠小珠落玉盘"似的发出悦耳的铿锵流光掠影地镶嵌在山林四处，猫眼石似的闪烁——这种意境，这些物象在前人、别人的山水画中是看不到的，它只能是铁成的独创。铁成的五花山不似尘世间物，有超然物外之表，但它引发的却又绝非出世之念，恰恰相反，是一种让人憧憬、让人柔情地想拥抱某种绚丽又温馨的理想境界的冲动，是一种积极的追求生活中美好事物的入世情怀……

铁成的"五花山"系列还有一个重要题材或主题：长白山天池。《静》《天池秋忆图》《天池秋色》等，表现的是月色映天池、秋黄托碧水、飞雪拥白头和一柱擎平湖，皆视角独特，各具千秋，主旨没离开"五花山"的造境写意。然而若论大气派，我以为还是《晓月》《山色有感之一》《情系五花山》《山雨》等画作，这些作品是五花山系列的延续，但在群山逶迤、峰峦起伏的布局中彰显着磅礴之气。《晓月》《老秋》等画中的山石集中地呈现出陡峭、冷峻、方直的个性，表明铁成也十分注意在自己的艺术语汇中不断添加新的构成元素。

三

几十年来，每到"秋染霜林醉"的季节去长白山，那调色板似的五彩怒放的五花山景观总是让我惊叹莫名、沉迷激动。我想，造物之神工鬼斧弄成的胜景，用人间笔墨能表现出来吗？

我看了不少表现秋山秋景的山水画，有的真是非常出色，令人击节叹赏：原来中国山水画也有这样高明的表现手法！但是兰铁成的五花山山水画系列却唤起了我的另一种感喟：老天老天！你怎么如此偏爱一个人，让他剑走偏锋却又恰中妙处呢！铁成的画，正是我期待已久的，他用一种聪明、灵巧、机智的办法，画出了我和许多人沉淀在心头的对五花山的感觉和印象。

已经说过，中国的山水画之域是个老成持重、讲究修为的处所，此地高才接踵，佳作塞途，法度森严，武库齐备。千山万水都有人走过，不要说想在此处出人头地，就是找个立足之点亦非易事，除非灵苗独种，或历劫有年，又或机缘凑巧，不然是难以独辟天地的。可我知道铁成并非艺术科班出身，也没有大学深造的资历，而且才四十出头，可他早在20世纪80年代初就毅然舍弃了先人、旁人走过但却熟悉的种种蹊径，竟以千山独行客的胆识与执着，直奔他心空中高悬着的那个理想的山水审美图式而去，那是一个脱却红尘、无须渔樵劳作，却可诗意栖居的清净之府。

若有这样的山，他一定要找到；

若无这样的山，他肯定要创造⋯⋯

现在看来，他的做法不仅是勇敢的而且是明智的，因为事实证明，他只有这样地千山独行，才能走得通，活得起，成得功。

他这样描述当年上山的感受："我带着任务和一种回归自然的心境，又去自然中观察初春的柳树毛子，在春风的摇曳下，它那姿态、色调、节奏、韵律，显示出了无限的生机和活力。⋯⋯"他当然不只是看柳树毛子，他必然会看到：峰回壁立的五花山上，连绵杂处层次不同的树木随秋风起秋霜降而枝叶变色、树冠改形，远而观之，呈现出跳跃的色点、斑斓的色块、波动的色带和层次丰富深邃的色调，而山形山貌山容也由此而生动多变起来，或丰神雍容，或疏朗澄净，或沉静如少妇，或明艳若靓女……——铁成慧眼识珠地摄取了五花山的精气元神，并将五花山状貌的构成要素，如色点、色块、色带和线条予以解构，又参照西方印象派的点彩手法和中国传统山水画的点染之妙，加以重新整合，使之成为自己绘画语言的独特词汇。这才有了铁成的五花山系列水墨画。

你看看《小院深深》《梦故乡》《乡雪》《天地秋色》《春月夜》《月朦胧》《七色村》《山里人家》等画幅中那在山间湖上用阔笔刷出的内蕴丰富、韵味隽永、若树若草、似影似光、如梦如幻的墨痕吧；看看《霜月红》《情系五花山》《雁南飞》《依稀梦里》《一江秋水情》《秋日融融》中那金灿灿、亮澄澄的黄色色块，那起伏如飘巾、飞动似流火的红色、蓝色、绿色的若山似云的色带吧；看看《野秋》《情系五花山》《梦故乡》《一夜秋雨》《山泉》《幽谷初晴》《野秋》《山泉》等作品中那天女散花、焰火倾泻般的七色彩点和精心码砌、排列有致的色块吧；看看《天池秋忆图》《山里人家》《野秋》《山乡》《霜月》中那些如做韵律操的波动起伏袅娜奔放的线条吧——这一切都迥异于别种山水画笔墨，都是铁成探索、创造出来为他心中的理想山水意境具象化服务的魔方。

然而铁成并不只是一味埋头于画纸砚池的山水画家，他还是一位力图理性地观照、理论地思考，尝试着从学术层面上来总结、概括、升华绘画实践心得与经验的探索者。这些年来，他真是忙里偷闲却又从容惬意地谈创作，写评论，发感慨，文章散见于各报刊，结集而成《砚边絮语》，这也着实不易，在画家中似乎也不常见。就连我这一辈子爬格子的人，近来也倦怠于文字以至于想"金盆洗手"了，何况一位职业画家？有这精力时间，去多画几幅不是更好？然而这也正是铁成高明之处。古往今来的艺术大家，有谁不在理论上居一席之地！

　　铁成勤于艺，友于朋，像老百姓说的，为"哥们儿"援手尽其所能。这是他做人上让朋辈折服之处。他于山水画一道已做出了骄人的成绩，他自己和他的朋友有理由为之高兴。然而艺无止境，如何与时俱进是每一个处在这迅疾变化的时代，身受各种传统与时尚、艺术与市场压力的艺术家不能不焦虑、思考的严峻课题。"五花山"是够绚烂的了，但它就不会再有变化了吗？审美愉悦之后，谨防审美疲劳，钟情若斯的同时，兴许会移情别恋，这对于画者或观者都是不可回避的。在一片斑斓的背后，传统的功力是否要再深些？文化的含量可否再大些？象外之意是否能再丰富些？铁成千山独行久矣，是否可以适时放松放松，独坐幽篁里，与古人西人同时代人重新把酒论文呢？

2005年3月29日

附：

京华泼墨寄乡情

——驻京吉林省籍画家新春同乡联谊会侧记

北京的初春，乍暖还寒。但2月18日这一天，全国政协专委楼多功能厅里却暖和和，喜洋洋，这天一早，参加由吉林省政协组织的吉林籍驻京画家同乡新春联谊笔会的画家次第到来，和专程赴京出席此次笔会的我省政协副主席魏敏学、原副主席高文等握手问候，寒暄话旧，欢声笑语透着浓浓乡情。

全国政协常务副主席王忠禹同志在百忙中到会祝贺并讲了话。忠禹同志是吉林省人，又曾长期在吉林省担任主要领导，一直对吉林省的经济和社会发展十分关注。这次和北京的吉林籍画家相见，大家感到格外亲切。他一一询问画家的情况，仔细观看作品，兴致盎然。在简要致辞中，忠禹指出吉林省钟灵毓秀，人杰地灵，近年来书画艺术方面人才辈出，他希望随着吉林经济建设的快速发展，吉林的书画事业也会进一步繁荣。魏敏学同志在即席讲话时深情地说：在全国包括北京有一批吉林籍画家，你们是我们吉林的骄傲。家乡很眷恋大家，想念大家，希望大家能多回家看看，把家乡的变化用书画的形式宣传出去，让更多的人认识吉林。说到这里，他感慨系之，谈到唐代诗人贺知章37岁中进士离家赴任，直到86岁才回到阔别多年的故乡。乡音未改，人却老去。所以，他由衷地希望在京的书画家们，一定要常回家看看，不要等到"儿童相见不相识，笑问客从何处来"时才回去。吉林省政协老领导高文也热情洋溢地向大家表达了欢迎和祝福之情。

简短的开幕式气氛热烈，大家畅所欲言，忠禹同志还不时和吉林的老部下、正在主持开幕式的省政协文教卫委员会主任易洪斌同志打趣几句，大家更觉轻松，笑声阵阵。我省政协书画院院长李巍、常务副院长侯树范、驻京画家李宝林、袁武等同志先后发了言。他们的欣喜之情溢于言表，大家一致认为，多年来，第一次举办这样的同乡联谊会，这是吉林省政协的一个创举。从形式到内容都非常好，我们能参加这样的活动，倍感亲切，这也说明家乡的领导和乡亲没有忘记我们。政协有凝聚力，能团结各界人士，这次活动是首届，要发扬光大，希望吉林省政协每年能组织一次这样的活动。

全国政协机关服务局局长王宝明、人民大会堂管理局副局长李社建、吉林省政协副秘书长兼驻京办主任王建民、办公厅副主任吴玉珩和吉林省政协常委郑立国也应邀参加了笔会。

笔会上，魏敏学、高文等省政协领导一直在凝神观看李巍、戴成有、易洪斌和李宝林、张鸿飞、孙文铎、胡中元、赵占东、李明久等著名画家现场挥毫。李宝林、孙文铎、李明久三位老先生配合默契，笔笔生华，于是随笔生景，情为景出，随景生境，仅半天的时间，就创作完成了一幅《松江春晓图》，从那山水相连的画面上不难看出，这是吉林的松花湖之春，游子对家乡的拳拳眷恋之心于画上完盘托出。另一幅大画《近荷弄水一身香》清新恣纵，神韵天成，令观者不期然地领会到"接天莲叶无穷碧，映日荷花别样红"的诗境，这是李巍、赵占东、胡中元三位画家的力作。由张鸿飞、易洪斌、戴成有、孙文铎合作的《古今一盘棋》更是妙趣横生。画面上，松树下坐着二位古代对弈的老者，他们神态各异，身旁还蹲坐着两只气韵生动、凝神思考的金丝猴。这幅画由洪斌先生题款。当他把"古今一盘棋"书毕，接着便题"鸿飞画人物、成有补松、洪斌画猴、文铎洒点"，至此，一幅八尺的大作就完成了。观此画，想起郑板桥"画到情神飘没处，更无真相有真魂"的诗句，在这里体现得再确切不过了。笔会上，画家们合作大画后雅兴未尽，一有空闲，便独自创作。李巍先生为全国政协画了一幅《松虎图》，洪斌先生创作了《春风得意》和《塞北雄风》，戴成有先生则画了一幅《春夏图》。正当大家笔运正酣，已时至中午，2006年的北京同乡新春联谊会就此落下帷幕。画家们和吉林省政协的领导及工作人员开始了另一番畅谈……

长兵

"鸿飞那复计东西"

——张鸿飞：穿越历史与现实

一

在当代中国画领域中，张鸿飞是个穿越历史与现实藩篱的人物。

这不只是说，这位画家既能逸笔草草地画点古代高人雅士，又能画几笔现代人物小品。

我说的意思应该比这深刻得多。

二

历史这个词，连同它指称的以往岁月中发生过的造成社会巨变的政坛风云、沙场征逐、外交折冲、社会冲突，以及无数人物铸进、融入进每一寸历史的英雄壮慨、儿女私情，等等，都是凝重的、冷峻的，它既重如泰山，又神秘如黑匣子，要移动它，打开它，解读它，均非易事。

　　当过知青，当过军人，正当画家的张鸿飞却试图像历史学家那样打进历史，取走他要的珍藏。他对历史的那份挚爱和执着，连我这个学过历史的人都觉惊奇。他果然满载而归。

　　看看出于他手的鸿篇巨制《昭君出塞》《文姬思汉》《天骄图》吧。昭君出塞，不是某些画家笔下可描可染的一个丽人，一个怨妇，一群仆从组成的仕女图，而是两千多年前一个朝代内忧外患、矛盾冲突的折射，开中国历史上一项前所未有的外交睦邻政策启动与实施的先河，是涉及汉王朝政治、军事、经济、文化、外交诸多方面的一个重大事件。其主角就是汉宫宫女王昭君，她的丽质难弃，她的怀才不遇，她的孤芳自赏，她的艳招人忌，都使这个女人的命运染上了传奇和悲剧的色彩。怎样艺术地真实再现这历史的一幕，对张鸿飞而言肯定是个不轻松的课题，他像历史上表现这个题材的画家一样，选取了昭君一行在塞外旅途上跋涉的场景。此时的昭君，既非辞陛离宫时的哀婉感伤，亦非到达匈奴时的忐忑惶惑，而是处在一个特定的状态一个特定的时刻——就大汉王朝而言，王昭君负载着和亲睦邻攘外安内的国家使命；就一个有血有肉的女人而言，王昭君舍弃了爱情，舍弃了青春，去国离乡，间关万里——从张鸿飞塑造刻画的怀抱琵琶、低眉敛目、娇躯前倾、冲寒逆风的身姿神情上，可以想见她当时抑郁难平、乡愁阵阵，但又毅然决然一往无前的复杂心态。昭君前面的两名马夫，打头的两名骑士，身后的若干护送人员，他们前倾的身姿，挡寒防风的手势，沉重肃穆的面容，坐骑被寒风掠起的鬃毛，等等，莫不在渲染、烘托昭君的心情昭君的使命。绝就绝在如画家所说，"画面上的人物服饰皆有出处，绝非凭空臆想"。为画此画，费时半年，翻阅不少有关这个事件的历史背景和道具的史料，接近完成时，又请来史学家和同道一起品评分析。这的确是一种处理严肃历史题材的严肃态度。

《文姬思汉》在题材选择和构图布局上应该说是《昭君出塞》的姊妹篇。也是在出塞途中，不同的是此图定格在人物小憩于戈壁风沙中的一刻，主角蔡文姬不是骑在马上在众人簇拥下毅然前行，而是离开车辇和随从，红妆素裹，独立苍茫，回望故国的特定神态。她的挥之不去的故国之思，她对自己不可把握的前程命运的忐忑不安，她对自己此行责任的自觉认同，都从这一袭倩影和身后人物的表情、在寒风中飘拂的饰带马尾中体现出来。我有时觉得，这幅作品选取静的一刻，似乎比《昭君出塞》选取动的一刻，在营造心理氛围、突出主题上更好。

鸿飞与人合作的《天骄图》则是另一种布局：不是取长卷平视，而是立幅俯视，在这种居高临下的目光下，作为马上骄子的蒙古族大汗元太祖成吉思汗白马素服、雄踞如山，在画上处于中心位置，正俯视着手下前来敬献的神雕。在他的周围是随侍骑士组成的圆圈。这个圆圈和人物的身姿目光都围绕着、集注着成吉思汗这个事件和画面的中心点，较好地体现出画家要表达的成吉思汗"视狩猎和战争同等重要，每无战事，汗王携妃，猛士如云，多则几月，少则数旬，必尽情捕猎以熟弓马，雄壮军威，由此练成一支攻无不克的蒙古铁骑"这一主题。妙的是这个圆圈在左下方空出一角，作为"气眼"，它使整个构图大开大阖，围而不死，密而不滞。而那神雕飘落下的两片羽毛更是一个与"气眼"相呼应的生动的细节，看似不经意，实为别具匠心之笔。

凭才气或想象画几个逸笔草草的高人雅士或倩女娇娃，那是不能叫走进历史的，那离历史画还差得太远，那或许还根本不能叫读懂历史吧。

鸿飞还画有12条屏的《华夏风流图》，举凡范蠡西施、汉成帝赵飞燕，司马相如卓文君、霸王虞姬、唐明皇杨玉环、张君瑞崔莺莺、宋徽宗李师师、赵明诚李清照、陆游唐婉、赵子昂管道升、侯方域李香君、光绪帝珍妃等历史上有名的才子佳人悲欢离合的奇闻逸事都尽搜画中，论其章法布局、人物造型、笔墨技巧亦不输前面所提几幅历史画，但照笔者看来，由于题材素材的局限性，它们在分量上还是不能与之相捋的，尽管看起来也颇为抢眼养眼。

在绘制这些大画时，张鸿飞与历史之灵，画家与冥冥中的这些古人之间到底发生过什么心灵感应与对话，他有无奇术可致这些亡灵于画室，我们当然一无所知。我们知道的是，这是工笔画的重头之作，也是解读历史事件历史人物的史识之谈，他按他对历史的理解，用现代审美眼光观照，重现了那早已消逝在时空隧道中的历史之像。

<h2 style="text-align:center">三</h2>

张鸿飞经常把自己隐在画室中，同时也就把自己的灵魂隐在历史的深处。隐则隐矣，但他又非不食人间烟火之人，他一从历史走出，就热烈地投向那生他养他给他以生命和灵气的白山黑水关东大地。

看来他从历史与现实之间转换题材得心应手。

我知道最早印象也最深的是他画的《白山黑水》。这幅表现抗联战士艰苦战斗生活的工笔画上，没有武装人员，没有敌我对垒，没有剑拔弩张，没有弹飞血溅，没有大悲大喜，也没有浓墨重彩，整个画面淡雅如诗，只有一位面容娟秀而又神情凝重临溪洗绷带的抗联女战士在呵手解冻，她那么年轻，也许不到二十？这正是青春靓丽、满怀憧憬、被亲人视为掌上明珠的花样年华，可是她却已投身于残酷惨烈你死我活的抗日斗争——这就造成一个悬念：参加抗联的人成千上万，他们的战斗生活极尽艰难也极尽辉煌极为丰富多彩，从绘画选材造型角度看，可正面表现的对决、拼搏、牺牲、胜利的场景和情节无数，鸿飞为什么一概视而不见，独独选取了这么一个角色、这样一种场景？

这正是画家独具慧眼之处：用最柔弱最令人怜爱、最不忍心破坏的美丽来负载最艰难困苦最残酷惨烈的主题，以造成内涵与外象的强烈反差。

就像《这里的黎明静悄悄》中以纯真姣美的女兵的牺牲更反衬出侵略战争的反人性一样，《白山黑水》如此这般的处理赋予作品以悲壮的悲剧美的美学品格，它比直接地赤裸裸地表现战争场面、牺牲场面更能撼动人心中最柔软最脆弱的那部分，它是用最简洁的物象让观者生发出最繁复的想象……

题材、内容与《白山黑水》迥异的《云飘塞北》同样被赋予了这种美学风格。它的灵感、构思肯定与"羊群像白云"的歌词有关，但它将这只存在于想象中的图景变成了可视可观的画面形象：三个蒙古族牧女与一群白羊的构图简洁单纯，设色淡雅又层次丰富，轻灵飘幻的羊群真像朵朵白云簇拥着纯情俏丽的少女，极富诗情画意。

至于《竞骥图》，这幅作品在构思上别出心裁，独擅胜场。它在竖的条幅上层层叠叠安排了十多位骑手及其坐骑，人和马都冲左方，几乎顶着画幅的左边框，画面上没有多少剩余空间，乍看还真有点儿玄，因其违背了中国画计白当黑、事物运动方向要留有足够空白的传统法则。但细看此画，你可体会到，画面上竞赛者那要脱兔而出般的紧张爆发力正是从层层叠叠上下挤压的构图中产生的，不够大的左右空间实际上加剧了这种能力的迸发。

从张鸿飞有些作品如早期创作的《福临门》《暖》等画幅上，已经呈现出他后来创作理念和创作风格发展的走向。

四

近几年，张鸿飞在潜心创作现实与历史题材大画之余，又给自己拓出了一个新的创作空间，画出了一批介乎工笔与写意之间的小写意画。小写意在技法笔墨上兼具工、写之优长，又克服了二者之局限，既可墨沈淋漓线条奔放，又能谨衣慎貌从容勾勒，既保留了工笔画的工细逼真又不失写意画的纵情洒脱，难怪时下相当一批有实力的工笔画家走上了小写意之路并做出了成绩，鸿飞当算其中之可称道者。

数年前的一天，鸿飞邀我到他家去小酌，记得其时有漫画家徐鹏飞正在他家做客。在那里我第一次见到鸿飞的小写意小品，当时感觉蛮新鲜的，以后在不同场合又见过一些。我有时觉得小写意比工笔更见性灵，更好看，画家的品位修养、笔墨功夫更易于不经意处流露显现，看画的人也不必如迎贵客般端起身架来拜读，那有时是颇累的，而只需如观远山、望路人般，坐卧言笑皆可恣意品赏。所以，我愿意就鸿飞的小写意再写几句。

《阿妈的女儿》《草原春日》《晨风》《山妹》《收获时节》《乡间》《清饮图》《草原牧女》《山鬼》等等，可以集中反映鸿飞小写意的风致。从整体看，它们保持着鸿飞一贯的美学格调，不论画人物、动物，抑或是花木树石，都结构单纯、关系清晰，没有盘根错节环环相扣的情节

394

性构成，多是表达一种印象，一个图景，一种感觉或愿望，这也正是小品画的一大特色，与之相辅相成的是用墨用色上的纯净典雅，用线，尤其是人物脸部、手部的勾线细致、工整、准确，但又不是工笔用线，更多地渗入了水墨的变化，衣服、动物往往在外轮廓线内用大笔浓墨点染，呈现工笔画上不可能有的氤氲淋漓，但又不失形的羁勒制约。《乡间》一画颇能说明这一点。

记得鸿飞嘱我写此文时特别提到他的小写意画，可见他自己也看好此道。我本想对鸿飞说，你的小写意是否可以在造型、用线用墨上往生涩、奇崛上靠靠，不要那么甜吧。但事后思考，我想说，甜是生活中客观存在、人体不可或缺之物，只要不是甜得腻人，只要有品甜一族，那么，适度的甜又算什么毛病吗？这些年在画中看到的苦脸、丑脸、变形脸太多，鸿飞这些略带甜味的小品画还真让人喜欢呢。我觉得，这种小写意因其兼具工写之长，其实不应只限于小品，用这种方法是可以用来搞主题性大制作的。不知鸿飞及方家以为然否？

五

与鸿飞相识相交近二十年了，但同在一个城市，成年累月各忙各的，过从甚稀，谈得也不多。后来我到省美协，与他在工作上、业务上的往来才多起来，但直到他调离，才突然生出几许怅然：吉林画界又走失一位健将，我们又少了一位可常切磋的朋友。这就好比一个人生活的城市有一处风景，平时感觉就在身边，随时都可往观，结果忙这忙那总未及去，直到有一天离开了才觉得可惜、遗憾。

我的印象，鸿飞在绘画上是有大志、有追求的人，他敢搞大制作，我想他心底渴求的是大效应，像他那样总念叨着要提高要思想的画者并不多。不过在为人上他则一直低调，不显山露水，也不参与画界的一些琐屑。这恐怕也是他得以集中精力搞创作的一个原因。

这些年来，鸿飞一年中大概得有一半以上的时间在外奔走：登山观水、探亲访友、求道探珠，眼界因此开阔起来，画艺因此得以精进，生存和发展空间亦因此得以拓宽。他应算是吉林画界真正迈开双脚走出去看外面世界如何精彩的画家之一。他在北京、广东等地都有自己的绘画爱好者和画友、市场。他当然不会以此为满足，他必定会有更大的抱负，那就是在更广的领域内、更深的内涵中、更高的层次上去再现他心中的历史、他眼中的现实。

"泥上偶然留指爪，鸿飞那复计东西"。鸿飞这名字跟苏东坡这词句有关吗？当留下了已经有的那些作品和人生足迹后，志存高远的人是不会再计较、留恋、止步的，他一定在瞩望飞得更高更远的长天。

2005年3月6日

探求·尝试·遗憾

——谈谈《仁者》的创作

"关东画派中国画人物画作品展览"已经幕落人散，它奏起的铁板铜琶之音及由此引发的一片议论声似也渐行渐杳。费时二年，由三省四方众多同仁合力打造的"振兴关东画派"的宏愿也要随此展事的结束而消歇吗？有鉴于此，主办者在展事过后大画册出版之时就拟定了出一部文集的计划，以便总结经验、教训，探索创作规律，持之以恒地张扬关东画派精神，为繁荣中国画人物画的创作竭尽绵薄。

此良旨美意也。想来每一个与此盛事的组织者、画家、理论家都有许多话要说。但当《同泽书画》的戚亭湘先生向我索稿时，我却觉得犯难。一是因为一些不得不说或有感而发的话在这一筹展过程中已经说了，二是关东画派是个很大很难的题目，不是每个人想说就能随时说明白的，那还要经过一段沉淀，收集足够的资料，再作深入的思考之后方有可能。所以老戚一催再催，自己一拖再拖之后，觉得还是恭敬不如从命，就自己创作《仁者》一画的个案，说一点想法供同道参考。

一、关于主题、立意

20世纪90年代末，我开始关注动物保护、人类与非人类生命的关系、生态环境和"天人合一"的问题，浏览了不少这方面的资料，进行了一些思考。2001年，在一种冲动下，我画了一幅题为"仁者"的即兴之作。到2002年，我将这些思考系统化，写成了《你绝望的眼神让我心碎》的一篇长散文，其基本观点是人与非人生命都是从地球上孕育出来并共同构成了地球生命界，尽管在生命进化阶梯上人类居于顶端，但对孕育他的地球而言，人与其他非人生命都有生存、延续的平等权利，此谓"众生平等"，也正因为人类是高级生命，能够认识和驾驭自然规律所以他不仅不能肆意凌虐别的生命，反而要负起运用规律，正确处理好人类与非人类生命的关系，以维持大自然生命系统平稳和谐发展的重任，这才是不忘大地之母哺育之恩，以实际行动回报地球母亲之义。此文写就，觉意犹未尽，故仍在继续关注这一主题，收集资料，深化认识，准备继续做点文章。2003年，"关东画派中国画人物画作品进京展"活动的筹备工作开始启动，作为此项活动筹备小组吉林方负责人，组织吉林画家进行创作责无旁贷，不过当时并没有自己也画一幅的想法。到了2004年年底，临近展览筹备末期，我改变了初衷，因为在筹备期间，我数次和策展小组同志到沈阳、大连、哈尔滨、长春和三省画家座谈、观摩画作、评鉴展品，受到感染、鼓舞和启示，有一种想要将心中块垒形诸笔墨的欲望。主意既定，画什么就成了思考的中心。这时，以前画过的"仁者"这一主题又浮上脑际，原来想继《你绝望的眼神让我心碎》一文表述的若干想法也拢聚心头。我决定重画这一主题。

在2001年画的"仁者"一画上有一段题记："一支年代不详、以杀伐为生的武装队伍，不知从何而来、向何而去，没有谁能止住他们坚毅沉重的步伐，当之者必将遭遇一场血战。但是此刻，一个小小的意外使这些铁石心肠的战士猝然止步——就在他们的眼前，跌落了两只嗷嗷待哺的黄口雏鸟，两条幼嫩无助的弱小生命……"这段话是对这幅画主题的阐释和延伸，言外之旨是：尽管人类自身可能会因利益冲突、生存需要而兵戎相见，但这是人类社会自己的事，理应按照以正制邪的原则以适当的政治、经济、军事的方式去解决，然而，不管人类在解决自己争端时多么无情，在对待非人生命这弱势群体时则应满怀关爱；因为它们是与人世无争，于人类有益又完全命系人类之一族，人类应视其为赤子，有责任、有义务加以呵护关爱。如果这是天道之常，那么，即使是沙场喋血、见惯生死、心肠如铁石的硬汉也会为嗷嗷待哺的雏鸟而止步，为哀哀向人的小动物而动情，也就不足为怪了——我想，这是一种更宽泛、更博大、更理性的人道主义，也是孔子关于"老吾老及人之老，幼吾幼及人之幼""己所不欲，勿施于人"的仁术的深化，当然也是"天人合一"思想的具体体现。

我想，要重画《仁者》，就要在构图布局、人物塑造上更好地体现这一主题，实际上，这也是自己对孔子"仁术"理解的一次形象化的诠释。

二、关于构图和形象及其所体现的创作方法

我学历史出身，历史一科兼及文史哲，尽管后来自己改了行，但这个"出身"给我打下了注重历史和现实厚重感的"烙印"。我从小喜欢文学艺术，在麓山湘水之间、湖湘文化之所徘徊有年，浪漫主义的因子浸润骨

髓。参加工作之后又数十年与粗犷苍茫的白山黑水、关东汉子相伴。这三者的结合，决定了我的基本审美走向。我以为现实本身就蕴含着理想的萌芽、发展的希望以及偶然性、随机性、传奇性等大量导致事物超越常态发展的因素，因此文艺上的现实主义创作方法本身就内含着浪漫主义，写实主义并不排斥理想化因子的注入。否则，我们是脚踏实地、关注现实了，但搞不好就会泥足深陷，拖泥带水地对生活机械照搬、亦步亦趋、平铺直叙、平淡乏味。在这种理念引领下，我重新审视"仁者"这一主题。我觉得，原来题记所表述的主题所规定的场景是对路的：一群铁血战士与一只弱小生命不期而遇所引起的惊愕、同情、怜爱及由此引发的猝然止步的场面是富于动态和戏剧性的，强势与弱势对比强烈、思想感情及外在反映的变化有充分展现的空间。记得外国有个叫斯丢勒的画家画了一幅画：一匹马在山谷中突然碰到一只伏地休息的狮子，于是出现了紧张的一瞬间，狮子侧头狺然睨视，两爪似欲按地弹起，而马则猝然收步，脖颈弓起，后足及臀部下挫，头部表情和整个身形都处于骤然受惊、恐怖莫名的状态，极富冲突和刺激。但那是弱者碰到了强者，而《仁者》却是强者碰到了弱者，然却同样猝然止步，这个"止步"显然就包含着对生命的人文主义关怀，这正是我要放大的"仁"的本质。但"仁者"原稿中人物勾勒线条犹嫌粗率，人物面部表情刻画不细不够到位，主要人物不太确定，角色定位有的不够细致和准确，非人生命由两只雏鸟来体现如果搬上大画就嫌太小，这次重新创作此画，上述不足理应得到弥补。

　　我衷心欣赏西方文艺复兴时期以来米开朗基罗、伦勃郎的绘画，尤其欣赏德拉克罗瓦的浪漫主义和俄罗斯巡回画派的现实主义作品。米氏宗教题材画场面的宏大、人物强健伟岸的体魄和内在的巨大精神力量，伦勃郎作品辉煌的色彩，德拉克罗瓦画作中奔放的浪漫主义激情，列宾、苏里柯夫对人物内心世界的深刻揭示，都曾经给了我深刻的印象，并潜移默化或多或少地影响了我的画风。这次重画"仁者"，我的确有意识地久久遥望这些大师与巨匠，寻求某种精神上的感悟。结果是基本构图仍维持了第一稿的平面展开，因为这种图形符合"行进中的队伍"这一规定，但人物形象和组合做了较大的改动，首先是少女和受伤的小鹿这两个主要对应体。当然，之所以要选择这支武装队伍来对应受伤的小鹿，就是要在强烈的刚柔强弱对比中体现这些剽悍汉子的铁骨柔情，以强化主题和视觉冲击效果，但是在构思中我觉得还需要一个主角，一个能将这种柔情形象化具象化的载体，这个载体非清纯善良、静淑娴美的女性莫属，我想起了德拉克罗瓦的《胜利女神引导着人民》，那冲锋在武装起义民众最前面的半裸女神将要求和平的美好愿望与必胜决心恰到好处地融为一体，理想的形象在现实的硝烟中散发着浪漫主义的光辉。于是我毫不犹豫地将原定的弯腰伸手给小鹿喂食的老者改为弯腰双手要抱起小鹿的裸体少女——那光洁丰满的少女躯体不仅是为了展示人体美的需要，更是为了体现出"斯世当以同怀视之"的纯洁无邪的赤子情怀。而将嗷嗷待哺的雏鸟改为哀哀向人的受伤小鹿，也不仅是为了扩大这一主体的可视度，更重要的是想提醒人们注意，这世上还有人在残害无辜的弱小生命！

其他人物则大体分为三组：一组是少女后面不知前面出了什么事警惕地拔剑而出又立即推回剑鞘的小伙子和手按剑柄迈步向前探视的中年汉子；第二组是围绕小鹿的人群：叉腰、抄手凝视的壮汉，手撩长发若有所思的半裸少女等，及双掌合十默默祈祷的僧侣及悲天悯人的洵洵老者；第三组是离中心稍远一点的武士，他们有的在议论前面究竟发生了什么事，有的急欲挤过去一探究竟，有的在默默等待。这三组人物有机搭配、错落有序，围绕着少女与鹿这一中心展开。这些人物在衣饰上有意模糊了他们的年代、地点和具体身份，以强调其普遍性、象征性、典型性；而为了突出其铁血精神，我借鉴了前面提过的那些西方绘画塑造人物的特点，有意将其刻画得孔武有力衣履不整，这种造型要求也是为了适应关东画风，除了这二十来个人物外，我略去了一切背景。

但是，无论怎样立意，怎样构图，怎样安排角色，最后都要落实到笔墨上，这是决定一幅画能否实现初衷的最后关键。经过对自身条件的反复审视，对创作内容要求的再三斟酌，我采取了比较工谨的写实画法。至于是否成功，是否满意，下面还要谈到。

三、关于画后的遗憾和思考

一幅画画完，其社会影响和艺术效应究竟如何，那就非画者本人所能左右的了——画者甚至不一定完全清楚别人对它的评判。对其不足之处，画者肯定也会有自己的看法，包括明知有不足却又一时无力解决的遗憾。

众所周知，靠形象表意的绘画艺术同靠逻辑来思维的理论文章在功用上有着质的区别。不论你画上的内容多么繁复，形象如何饱满，也不论你采取多么传统或多么前卫、多么具象或多么抽象、多么纪实或多么象征的理念、手法、技巧、构成，你都不要指望你可以通过定格于某一瞬间的静止形象（包括自以为高超玄妙的线条、色彩）传达出等同或超过逻辑思维、理论表述所能表述的东西，也不要指望观众、受众会离开你画面的具体内容去领会什么玄言妙义——那只是英雄欺人又欺己。我以为，作为在二维平面抓取事物某一动态瞬间的静止的绘画艺术，是靠以感性的形式作用于受众的审美感官，唤起受众的审美体验、审美经验、审美愉悦来发挥作用的。这些审美的体验、经验同人生的体验、经验交织在一起，同其整个文化积淀融汇在一起，因而能触动其中跟画面音符最为吻合的那根思绪的弦、感情的弦，产生某种震撼、启示、思考、体会，引起受众进一步探究画面形象含义、事件背景、故事本身的兴趣。离开了具体形象，什么启迪思考都不可能。生活大于形象。形象大于思维。形象一经创造出，它自身的含义就会超越作者的主观规定，给不同观者以不同经验的唤醒。所以才有"一千个读者有一千个哈姆雷特"之说。

我就是本着这种理解和动机创作《仁者》的。我希望画面上比较直白、感性的人物形象、场景设置、戏剧情景这些直观的感性的审美要素能吸引观众的眼球，并促使他们进一步探求作品主题的深层含义。我不奢望人们能看出画面具象所能体现的意义之外的东西，我也不知道看过这幅画的人怎样看它。遗憾的是，据我所知，从个别涉及此画的文章来看，论者并没有说明它的主旨何在——这或许是论者忽略了，又或许是发现了另一个"哈姆雷特"？

当然，最让我遗憾的还是当时用以表现这个主题的技法上的不足。画了十几年的马，可以说，这个题材、这个物象在我而言是驾轻就熟，得心应手，无论是形体塑造，画面构成，气氛营造，命题立意，我都注入了自己的东西。对于人物，也自信抓形比较准确。然而，画这么大的主题性人物画，在我毕竟是第一次，过去画小幅人体的经验和技法远不够用。但作品送展在即，已不可能"十年磨一剑"地从容操练技法了。何况，若凡事都要等万事俱备才动手，那恐怕很多事都干不成。所以，边学边练边琢磨是唯一可行之途。为了实现当初确定的靠近油画效应的追求，为了让画面有凝重的历史感、整体感，我没有采用通常水墨写意画那种奔放的线条、墨彩混合的大块泼洒，以及大面积的留白虚化，也没有使用任何制作和特殊技法，而是老老实实用较工整的线条勾勒肌体和衣物，色彩基本平涂后再区分轻重明暗。画成后，整体效果尚可，但线条有些呆滞不畅，色墨未完全到位，特别是人体肌肤的大块用色，由于经验不足，留下不少瑕疵，如左方那个叉手背向而立的大汉，裸露的背部肌肉块显得琐碎，高光部留白与整体不协调，刺眼，他左面那个汉子一开始就没画好，连面部带衣服反复涂抹修改，最后还是露拙，等等。人说电影是遗憾的艺术。其实包括绘画在内的一切艺术在一般人那里都是遗憾的艺术。这些遗憾只能留待以后来弥补。不过，艺无止境，对于一个有追求的画家而言，恐怕永远也不会有了无遗憾的作品吧。

2006年9月于长春

404

生怕情多累美人

——话说陈政明

看政明的画，欲一见画这些画的人。

见到政明这人，便想到了他画的这些画。

画如其人，人画俱佳，于是有了这篇文章。

一

政明的画，真是很有些与众不同之处的。

第一印象就是光影徘徊，水汽蒸蔚，暗香浮动，色墨交飞，迥然不同于常见的那些中国画的人物画。这里绝无厚此薄彼之意，而只是说，常见的那些人物画，虽然不少画得笔精墨妙，令人叹赏，但离我们习见的传统笔墨、习惯章法比较靠近，讲究的是线条的勾勒，笔法的顿挫，尽管亦是佳山水、好头面，毕竟看熟的多见惯的多，由之审美新鲜感就淡了些。以至于有将画者之名张冠李戴之事发生。政明的人物画却在当今浩如烟海的

405

人物画中跳脱不羁，排闼而出，这得归功于他独特的审美理念以及由此形成的笔墨技巧、布阵章法。

据我妄测，政明眼中的世界、心中的人物形象，应该是很阳光的，相当唯美的，否则，他就不会找到或形成一套似乎是明媚阳光在碧波上灿灿闪烁流光溢彩般的用色用墨法。你看《阳光下》《正月里》《黄昏》《马六甲牛车》《都市丽影》《逛市场》《冬日》《特区姑娘》《夕阳红》《丰年》等画幅，不管出场的人物是谁，意在何处，都无一例外地荡漾着、弥散着、泼洒着一种明媚的、温馨的、暖暖的、柔和的光与影，甚至连《滇南月色》《夜大学生》这样与"夜"有关的篇什，上述感觉也存在着。水与墨的对撞激荡，色与墨的互渗互融，线与面的有机配合，大块泼洒与随机留白的巧妙搭配，正暗合了西画在高光、明暗、块面、边缘处理上的法度。

《正月里》就是政明这种用色用墨法的典型。此画的创作，看得出作者是谨慎从事的，众多的人物安排有序，形象各异而又刻画精细，姿态各具却又彼此呼应，前景中"聚焦"的老人和背景中的模糊的孩子们拉开了距离，形成一种纵深感。而近景人物被处理得透亮的面部和浓重墨色晕染泼洒连成一体的衣物，以及背景上淡淡画来、线面交融、色墨和畅的孩子，则使整个画面产生一种被清新明丽阳光照耀的印象或感觉，恰到好处地表现出"正月"的气候特征和男女老幼喜洋洋观赏演出、和谐团圆的人文主题。《阳光下》是政明这种画风的又一例子。

如果说此二幅画作是谨细的，那么《冬日》《马六甲牛车》《特区姑娘》则与之有明显区别。这是三幅看似随意，但却将政明画风体现得更为明显的作品。这些画面中，人物整个的身形和五官的轮廓，甚至面部的边缘都被政明用他那独特老到的手法轻描淡写而朦胧含蓄，面部和身体上的大幅留白被或浓或淡的湿墨烘托得一片强光灿烂，在这里，传统中要被特意强调出来、独立出来的中国画人物画线条，已被画家着意消解、消融在饱含水分的浓墨淡彩里，使得每一幅画都淹润华滋而又明艳照人。看《马六甲牛车》中女孩朦胧的脸颊、留白的衣服，特别是靠近女孩的牛由浓到淡的身躯，以及牛车上用简洁线条勾出的遮阳，我有那种在正午强烈阳光下看人看物的眩目之感，这种感觉能由中国画的笔墨表现出来，确非易事，是政明高标异帜之画风的一大贡献。

倘若将常见的中国人物画比作舞台芭蕾，那么，说政明的人物画是水中芭蕾诚不为过——那是一种被明净的水和明亮的光所浸润所照亮的画作。

二

我喜欢政明的画。尤其喜欢政明用这种画风熏染出来的女性。

那是一些置于万千美人阵中也一望即识、与众不同的形象。是政明塑造出来的种种人物形象中最出色的一群。

作为中国画传统科目中源远流长的不朽题材，美人画为历代画家所钟情，在当今整个社会都想为之饱餐秀色的现在更是如此。

"在我们这个电影文化的时代，人的形体又成为可见的……可见的美的形象又成为由来已久的生理的和社会的要求的一种表现。"匈牙利著名电影理论家巴拉兹这话说得实在好，所以我在此文中再次引述。绘画与影视的共同之处在于，它们都能使人的形体美成为可见的；而这可见的美的形象则是渊源于久远历史的人的生理的和社会的要求的一种表现。美女的形体代表美的理想，这当然不仅是一个生理上的进化标准，事实上，美女同英雄一样，其形体、形象从一开始就以经过高度美化的形式在文学艺术中出现，作为人们精神和伦理价值的体现物，体现出符合那些崇拜、喜爱她的人的理想和愿望的美。不同之处是，影视展示动态的美，绘画展示静态的美，而女性形象所体现的秀雅温婉之美，正是最适于在视觉艺术特别是绘画中静态地展示而给观者以直接作用于感官的审美愉悦的形式美，"米洛的维纳斯"之所以千百年来始终保持着它的审美效应，正在于它的静态。所以，对政明和其他画家们的美人画，不能简单地视为只是画几个活色生香的美人来迎合时人的喜好，而必须从美女现象的历史文化渊源以及时代审美需求和走向的大背景上来理解，否则就易流于庸俗和浅薄了。不过，同是画美人，却会因画家文化素养的高低、趣味的雅俗和技艺的精粗而千差万别。

就我所看到的画作而言，政明笔下的美人，不像一般画家明码实价地标明是西施、玉环等美女，或是文君、清照等才人，而只是他心目中、他理想中的美人，是能作为他精神和伦理价值体现物的女性。当然，我们不可能知道政明审美理想中能体现其价值观的女性为何样，幸运的是，政明高强的造型手段却将这精神的无形变成了画幅上可视可见的有形：他看重的不是"这一个"西施，也不是"那一个"文君，他可能认为，不需要借重哪个具体的美人之名来负载他的美人理念，他看重的应该是所有美女之成为"美人"而应具备的那些视觉可感的要素与特征，如面容的姣好、娇美、秀雅，体态的婀娜、窈窕、多姿，气质的温婉、雍容、庄静等等，以及由此体现出来、反映出来的美的精神气质。这样。人们从他画中看到的或是如"滇南月色"般幽静的滇南少女，李商隐词意中春风莺燕似的纯洁无邪色艺俱佳的闺秀，"春日"中娇憨如"新莺隐叶"的小妞，李贺词意中"小白长红越女腮"一样靓丽的姑娘，"赏花图"中回眸无语意堪怜的美女；或是展现女性行为特征的如执扇品莲、横笛倚荷、抱膝品雪、嗅菊娇羞的佳丽。总之，他选取的要么是最适于美人出现的典型场景，要么是与美人品味、气质、风采最适合的动作动态，要么是美人最美的神情、体态。这些作品同样张扬着政明独特的画风，但也许因为美人是主角，政明在处理人物的面部和衣饰时更注意线的简洁、整体的简约，似乎在追求那种"清水出芙蓉，天然去雕饰"的素雅高洁，而背景上花木的大笔渲染与之形成"浑厚"与"秀雅"的对立统一，使画面更见情趣。

这里要特别提到《都市丽影》《特区姑娘》《丰年》和《月移花影动》诸作。《都市丽影》《特区姑娘》都是反映当今现实生活的佳作，前者雍容华贵，馨香袭人，一派现代化都市的繁华靓丽，观之有"花重锦官城"之感；后者热情奔放，色墨泼辣老到，充满活力，味之有"青春做伴"之概。这是现代美人画——是用现代的中国画笔墨表现画家现代审美理念中的现代美女的成功之作。表现现代生活的《丰年》与表现古代美人的《月移花影动》则在艺术语言上大大拉开了距离。《丰年》人物众多，配景复杂，前后重叠，制作起来煞费功夫，一个处理不妥就可能全盘皆输，但政明画来却要言不繁，各种要素和诸多关系处置得十分得体，看上去一气呵成，浑然一体。尤其是左前方那位戏装女子，从面部塑形到整个体态勾描，都浑然天成，应是政明笔下美人中最出色的一个。《月移花影动》则删繁就简，只有一个人物，而且是用最简洁的几根线条和大笔湿墨勾染而成，背景是充塞画面的淋漓水墨造成的夜色中的光与影的浮动变幻，将"月移花影动，疑是玉人来"的迷离诗境无穷韵味状写得淋漓酣畅。从这两幅中可以看出政明根据不同题材驾驭艺术语言游刃有余的功夫。

虽然政明倾情于古今美人，其美人画蜚声当今画坛，但他绝没有让自己的目光和脚步止于女儿国。在绘画的取材立意上，政明是一位视野开阔、不拘一格的画家。他画美女，也画英雄；画古代人物，也画当代生活；画人物，也画花鸟山水。《憩》《草原情》《逛市场》《归途》《甘南草原》《牧歌》《归渔》等画作，实实在在证明着他对当代火热社会生活的关注程度和观察深度。也可看出他是如何将传统的中国画笔墨技巧推陈出新与时俱进为现实服务的。而当政明的目光从脚下的现实热土投向虚空时，他就仿佛与历史上的英雄高士视通思接，《黄河之水天上来》中仗剑云游天下的李白衣袂飘动远瞻洪涛破云直泻的侧影，让人领略到了诗仙当年欲澄清天下的雄心壮慨；《高山流水》则将中国古代一段最为历代士人艳羡期盼的"嘤其鸣矣，求其友声"的感人故事演绎成一幅可视可感的山水清音图。其实，画家选取什么历史题材，描绘什么人物，在相当大的程度上反映出画家本人的思想情绪，"借他人酒杯浇自己块垒"，此其谓也。政明亦莫能外乎？

值得一提的是，在这两幅人物画中，那滔滔奔泻的洪波，那飞泉溅玉的青山，政明处理得都有自己的特色。至于山水画《旭日东升》《三河坝落日》更能见出政明的山水画功底，尤其是《三河坝落日》，那意境，那妙手巧得的日晕时波光粼粼的视觉效果，也不一定是所有山水画家都能做到的。更为可贵的是，政明不独山水，他于花鸟画亦有较深的涉猎，且不论他不少人物画上都有花木作为背景、衬景或点缀，独立的花鸟画他也不惮乎其技。我曾在他的寓所看过挂在厅墙上的他与人合作的兰梅横披，他画人物时的一些只属于他自己的技法也应用到此画中，看了耳目一新。印在画册中的《迎春》画是又一例证。

行文到此，我还是想谈一点另外的感想。虽然政明不独对画美人情有独钟，也画了不少村妇、老农、牧女、藏民、渔夫、归侨之类的男女人物，但我在细细品赏之后还是觉得，政明的这种画风、画法似乎还是更宜于图写曼妙婀娜的美人、超逸出尘的雅士，以及知识分子、白领阶层，而于表现粗犷、霸悍、雄强的男性人物却还嫌少了一点什么内在的东西，哪怕是那幅用色用墨都非常到位的《钟馗图》，感觉上钟馗还是文气了些，儒雅了些，多少有些妩媚之气。当然，在捉鬼驱邪疾恶如仇的钟进士身上兑入少许妩媚，有时会因矛盾的对立统一而使人物更具情趣，但那种妩媚似应由人物的神态表情气质中体现出来，而非从笔墨造型上表现出来。宝玉不是说"女儿是水做的"吗，政明之法似乎主要就是为了表现这水做的女儿而生发的。这本身已是政明对中国画人物画技法的一个贡献了——人们有理由相信和希望，像政明这样的高手，今后在描绘另一类强人时完全有能力将一种粗粝和刚强力贯笔底的。

三

记得美国油画家理查德在为其人体画集写的序中说过：如果读者问这些油画人体中，为什么女人体居多，那么理由很简单，因为它的作者是男性（大意）。

这哥儿们很坦率，把可以说成一大块文章的道理概括成一句话了。只要是个有品味、有血性的男人，就会懂得尊重女性，欣赏美人。正是从政明的美人画中我感受到了画家的真性情。他的审美理念和这种真性情是一脉相承的。

我和政明相见也晚。在只见其画未见其人时，我曾寻思，能将这一腔真性情在宣纸上泼洒出明光丽影的人，能将女性的华赡娇美如此温情捧出的人，能创造出这种诱人审美艺术符号的人，会是何等人物。等到我前年在"中国画·画中国"南京采风行中见到政明，我就认定，此画风非其人莫属。

他从人群中向我走来，他在一群画家中向我走来，没有排场，不动声色，没有高大身材的威压，也没有刻意低姿态似的潜藏什么——十分常见的中等个，但身材匀称，秀骨清相，嘴角眉梢眼底无不漾动着一种与他的画风相近的气息。我恍觉面熟，心生好感。旁人告知这是陈政明。我打招呼，政明也如故人般握手。在两手相握的刹那间，我曾诧异为何与政明的初次见面会这样坦然无隔。也许是一种缘？以后在美术界的活动和会议上我们又数次见面，每次话虽不多，但似无敷衍之语。我坦率地告诉他，我喜欢他的画。因为我也颇唯美。我不排斥审美意义上的审丑，但更喜欢直观的美甚至唯美。因为除非练就到处发现美的火眼金睛，一般凡夫俗子还是对直接作用于感官的审美形式更易产生审美愉悦的直觉。有几次我看见他参与画家合作创作的人物大画，画的也多是古典美人，虽为即兴挥毫，然人物挥之即出，尺度谨严，依然是"水做的女儿"，风姿曼妙，款款多情。历史上的小范老子胸中有甲兵百万，我想，政明胸中亦有美人如许吧？将甲兵囤胸，得养浩然奇气，将美人留心，则须万斛深情。"曾因酒醉鞭名马，生怕情多累美人"。政明不善饮，但他用他的画笔使这么多绝色美人流布人间，会不会因自己的一往情深使蛾眉生妒而有所负累呢？

我原先以为政明与当今画坛上一些与他同年龄段的大腕同属绘画专业研究生毕业。后来才知他并非美术科班出身，这就有点奇了。非科班而画得不错的画家大有人在，但画得如政明这般高明者而非科班，则着实难得。不错，政明十几岁起即潜心绘画，数十年来未尝懈怠，且又壮游半个中国，更以艺术家身份多次到域外观光览胜，其功夫的扎实、眼界的宽阔、思维的活跃自是大大得益于此。但我总觉得，冥冥之中造物似乎还是将一股不轻易示人的悟性和灵气悄悄灌入了政明的灵台，不然，他这人，他这画，怎么就是有些与众不同呢！有政明这人这画在，以"不是科班出身"为由无端排斥、矮化他人的做法也该烟消火灭了吧？

有论者曾指出政明的为人作画风格与其潮汕文化的背景有关，我想这是自然的，愈是出色的人物愈是离不开文化大背景，愈是会从中汲取更多的营养，就像丹纳所说，只有一大片森林，才能生发出众多秀挺的乔木，而出色人物就正是乔木顶端秀发夭矫的那些枝丫。我到汕头，政明开车拉我们到海边，其时已是薄暮时分，虽不能极目远眺，但沉沉的大海更显其深邃，隐隐涛声传递阵阵天籁之音，使我蓦地想起了维纳斯的诞生……此时此景，政明是否亦心有同感呢？

2006年2月

现实主义：呼唤浪漫精神

　　正像厚重、辽阔、结实的关东黑土地孕育了白山黑水的大块文章和粗犷豪放的关东汉子一样，也熏染出关东画界关注民生、拥抱现实、雄强粗放的画风，它迥异于逸笔空灵、秀骨清相的南画风韵。去年五月举办的关东画派中国画人物画作品进京展，正是这个画派时隔半个世纪之后的一次重兵集结。其重要意义在于，它给了自觉认同并集结在这种画风大旗之下的画家们一次大规模操演技艺的动力和机会，给他们一个集中展示自己实力和魅力的平台，给众多画界内外人士的大脑审美皮层打下了一个不会很快遗忘的印记。

　　如果说图画江南小桥流水、淡月疏梅或美人逸士得有一枝玉管柔毫的话，那么，状写关东白山黑水、大石长松或刚烈的东北汉子，则非铁笔银钩不可。东北山水雄霸粗粝的地理状貌，关东生民粗豪狂放的社会风情，在某种意义上制约着要反映它、描写它的画家们的创作欲念和笔墨及技巧，一如这方水土塑造着、影响着画家们的性格和行为模式。这绝非玩人生、玩笔墨就能轻易改变得了的。更何况关东画派人物画家所认同和遵循的现实主义宗旨，本身由内含着关注民生、尊重历史、真实反映现实的原则，它要求画家直面矛盾和斗争，不矫饰生活，不回避沉重和苦难。在这里，胆识和技法同样重要。这样的要求，唤起的是画家的历史社会责任和道德良知，赋予画家的则是对人物关系准确的把握和摹写，是笔墨的厚重粗放，场景的宏大复杂。关东画派所独具的大尺幅、大场面、大笔墨、大制作的特色正是如此应运而生的。它所产生的震撼力也是由此而来的。

应该说这是关东画风的成功之处也是它的优长之处。正是依凭这一点，关东画派形成了自己有别于其他各种画派的独特风貌而承担起自己自觉自愿负起的社会责任。然而，任何事物都有其两重性，任何具有优势的东西如果把握不当，都有可能衍生出它的对立面，反过来无形中成了自己的束缚。

从去年5月的关东画派进京展上可以明显感到，不少作品在以自己的大气、豪放、粗犷之风以及直逼现实生存状态的锲而不舍、大胆无畏而让观众振奋、震撼的同时，有些画作也隐隐然使人在审美观赏上感到沉重、乏味、疲劳。究其所以，我以为一个重要原因就是浪漫精神的不足或缺失，这不仅是内涵上，也包括表现形式上。它太进入现实状态了，太执着于生活的原生态了，太黏滞于这片黑土地了，以至于有些作品把某些盛大场面（正由于盛大，所以可以提供无限的表现方式）模拟成了人物机械排列的摄影画面，有的对主题、题材或是单刀直入，或是平铺直叙，人物塑造则多为纪念碑式，让人一览无余，诗意和想象这个审美的最重要天使不翼而飞。而壅塞的画面，单调的构图，缺乏节奏的布局，一律粗重整齐的笔墨，更加重了那种沉重与乏味，使观众期待空灵幻化的审美欲求顿失所在。

真正的、深刻的、充分的现实主义应该内含着浪漫主义的精神元素。这不是给"现实主义"这个名词附加的外来成分，而是这个名词概念所指称、所反映的对生活那种积极能动的观照态度所必具的立场。今天的生活就是现实，但这个现实不是与过去和未来绝缘的固定不变的东西，"今天"长成的一切必然有过去历史的渊源，而明天会出现的未来态事物之胚胎又离不开今天现实的孕育，现实生活一天天往前滚动，走过了"今天"就成为历史，走到了"明天"又成为新的现实。苦难中有乐观，沉重中有激情，必然中有偶然，直行中有曲折，弱小的会成长，丑恶的会转化，呆滞的要生动，单调的要丰富，正是这种"星火燎原"的趋势使人产生希望，构建理想。这就需要我们时不时地从这现实的黑土地上腾跃升华。设若我们"泥足深陷"，对生活亦步亦趋，不敢超越现实一步，反映出来的物象倒是"忠实于原著"了，但有时充其量不过是我们在人流中看见的前面人的背影、后面人的面孔罢了。只有当我们纵身一跃，"灵魂出壳"，居高临下才能高瞻远瞩，纵览全局，看到自己身处其中的这种现实生活的潮流去向，看到潮流前端刚刚发生而后很可能左右潮流的新事物、新理念、新趋向。正是这种超前观照能使我们更清醒、更理性地把握现实生活的整体，从而有能力有魄力按照审美理想将生活解构并重建，于是，灵感被激活，想象会升腾，激情在迸射，丰富多彩的新的构想、新的形象、新的艺术手法定会相生相应，呼之即出或妙手偶得，而不必刻意雕琢，硬性变招。我们的画家将会进入一种自由的、跃跃欲试的、可以大展拳脚的创作状态，所产生的画作将让历史、未来与今天的现实融为一体，奇思妙想、创新手法将让观者兴味无穷。这将会是让人耳目一新的崭新的关东画风，这正是我们所追求的充满浪漫精神的现实主义艺术。

2006年5月16日

天山南北好地方

——新疆印象素描

"天山南北哟好地方……"从20世纪五六十年代起，这首歌的旋律就回荡在我们这一代人的心海上。伴随着当年社会主义的蓬勃热潮，它激动过多少年轻的心，引发了多少浪漫主义理想主义的遐想啊！然而直到去年，参加"中国画·画中国——走进新疆"采风活动，我才得以踏上新疆南疆之旅，真正走进了这片广袤的土地。这是汉唐丝绸之路曾蜿蜒穿越过的高天厚土，是烙印过无数名将、先贤、高僧、行者足迹，留下璀璨文化遗存的斑斓故土，是以喀纳斯湖的人间仙境和喀什少数民族风情名动天下的净土，是阳光充沛、物产丰饶、发展后劲十足的沃土，是到处涌动着改革开放、经济建设滚滚大潮的热土，更是歌喉舞袖、色彩缤纷、勤劳豪放、热情好客的新疆各族儿女生生不息的乐土……

于是，目之所接，兴之所至，完成了这几幅"印象"扫描。

2007年7月

骐骥百变写新姿

自有生民以来，无数种动物就以这样那样的方式走进了人类的生活，成为人类生存、发展的有机组成部分。但是，还没有任何一种动物能像马一样，曾直接参与了人类历史的创造，与人有着过命的交情——在近现代科技出现之前的冷兵器时代，马以它的强健有力、灵动快捷、忠诚聪敏，成为人类迁徙负重的最佳工具，更是冲锋陷阵、长征远讨、开疆拓土、卫国安邦的不可替代的重武器装备，一如现代的火车轮船和战车坦克。不同于冰冷的机械化器械的是，马是有灵性的血肉之躯，在其为人类的生存发展效命驰驱的漫长历史互动过程中，马与人成为了朋友、战友，成为灵犀相通的生死之交。

马与人的这种特殊互动关系，马的这种特殊历史作用，马所扮演的这种特殊角色，在东西方古典艺术中鲜明地展现出来。不论是古希腊罗马的雕刻，还是文艺复兴时期的绘画，马从来都是以雄伟壮美、风度翩翩的绅士姿态，作为人类的忠实战友而与英武的骑士、造反的英雄和雄才大略的君王统帅们连为一体的。而其他动物，威猛如狮虎、庞大如犀象，则往往

418

在艺术中被表现为人类要征服的对象，抑或矛盾冲突的对立面。中国古代艺术家亦不例外，从秦汉兵马俑、画像砖中的雄姿初现，到唐代昭陵六骏的横空出世，曹霸、韩干和宋代李公麟笔下的千骄百骏，再到清代郎世宁们描绘的帝王们雍容华贵的坐骑，直到徐悲鸿锻造出来的"一洗万古凡马空"的神骏，可以看得出马之于人类的重要性及人对马的那份千年难解的浓浓情结。"马上定天下"的浓烈英雄主义情怀，"马上看英雄"的独特审美视角，"人马画""鞍马画"这一画科的历史性诞生，无不映照出马在历史地平线上卓尔不凡的骏骨英风。

马的这种历史定位、历史作用和审美品格不是谁恩赐给它的，而是它固有的优良品格在漫长的社会实践中与人类的积极本质力量两相契合的结果。诚如英国作家布封所言，马是人类所能征服的最高贵的动物。它刀削斧劈般的高贵头颅彪炳着刚毅英武之气；温润的脉脉含情善解人意的大黑眼睛，简直能透视人类的心灵，让你与它生死相许；而被绸缎般光滑皮毛覆盖着的肌肉贲张、劲健剽悍的躯体，其壮美之慨往往令人怦然心动，豪气干云；至于它修长刚劲、翻飞电闪的四肢和迎风如旌旗般猎猎飘卷的鬃毛，则让人对这个生命体一往无前、一日千里、风驰电掣的力量、速度叹为观止。然而更让人为之一唱三叹、回肠荡气的是马那份九死不悔的赤胆忠心和踏破千山雪的无畏气概。体貌、品格上的这些特征，使马在古人的心目中具备了"龙相"的审美意义。龙腾虎跃，龙马精神，这些词语都因马而生。"胡马大宛名，锋棱瘦骨成。竹批双耳峻，风入四蹄轻。所向无空阔，真堪托死生。骁腾有如此，万里可横行。"诗圣杜甫这首咏马的千古名诗，酣畅淋漓大气磅礴，写尽了马的忠勇无畏超迈不羁。这是为马勒石立言，更是为古往今来人类所理想、所憧憬的高贵品格和精神境界抒怀放歌。所以，尽管在这个声光化电的现代社会中马的功利作用、实用价值愈来愈淡化，其身影在军旅、商贸、旅游等领域中逐渐淡出，但马因其与人类的特殊历史关系，因其自然的形象、力量、品格在实践中被赋予的社会意义，而愈来愈超脱世俗的狭隘功利，获得了愈来愈独立的历史评价和审美品格，成为一种文化现象，成为一种不朽的精神品牌、审美载体而受到人们长久广泛的喜爱和追捧。

这就是为什么在新时期的中国画艺术中，在广阔的艺术市场上，这种动物仍然被画家们执着描绘、马画仍然被艺术爱好者收藏者青睐的原因。在世界范围内，马，至今仍然是艺术家们为之着迷的题材，以马为主题的艺术品比比皆是。如何总结、继承和弘扬中外画马艺术的优秀传统，如何找到一种联系、团结同道的适当方式，一种可凝集力量、便于操作的抓手、平台，以利于从理论上和创作实践上推动中国画画马艺术的发展和繁荣，就成为有志光大此艺术门类的同仁同道的共同愿望。于是，2005年11月，来自京、津、唐、吉的一些朋友聚会京华，商议发起、筹建中华画马学会事宜及如何开展有关活动——此举完全是志同道合者心灵上的一个默契，自觉自愿者行为上的一个同步。两年多来，有不少画界内外朋友关注它，支持它，名家高手的加盟则为这支队伍、这个事业注入了强大的活力。"中国画画马名家作品邀请展"的举办既是这支队伍集结的一个证明，又是促进这一艺术门类发展的一个尝试。

我们注意到，已有不少画家、理论家指出，当今画坛在大繁华中亦有不少浮躁、喧嚣，一方面有识之士痛感如今大师之难得，另方面"大师"亦如"美女"之称一般，在坊间和传媒上成为恭维之熟语；一方面有卓拔之士淡出红尘于孤寂落寞中十年磨一剑，另一方面赶场作秀游走江湖者日众，直奔主题者有之，走终南捷径者有之，自上尊号如"×王""××王"者亦屡见不鲜。虽然这一切在当今这个转型时代都宜以黑格尔老人所谓"存在即合理"视之，但人们还是相信，"合理"的未见得就是最好的、常在的，不管一时一地被炒作得如何热闹，也不管尊号、市价上得如何离谱，时间终究会使一切喧哗者归位，经过历史长河淘漉之后，最终留下来的只能是真正的艺术品和艺术家。令人欣喜和鼓舞的是，改革开放30年来，一批"马语者"踵武前贤，前赴后继，在画马一道上或是在中国画传统内实行变法，突破藩篱，自成格调，或是借鉴西法，杂糅中学，广采众华，自铸新貌，于是在画马艺术的广袤领域里，出现了流派争雄竞秀、画风摇曳多姿的可喜局面，一时间万骏千骑来眼底，雄奇百变领风骚，成就了中国画坛上的一道可观可咏的风景。但这一切与称"王"道"孤"绝对无关，这只是画家们为繁荣发展画马艺术所做出的努力和奉献。法国艺术史家丹纳有言："艺术家不是孤立的人。我们隔了几世纪只听到艺术家的声音；但在传到我们耳边来的响亮的声音之下，还能辨别出群众的复杂而无穷无尽的歌声，像一大片低沉的嗡嗡声一样，在艺术家四周齐声合唱。只因为有了这一片和声，艺术家才成其为伟大。"众多的"马语者"在孜孜不倦驰驱的同时殷殷期待着，在不远的将来定会有韩干、悲鸿式的新时代画马大宗师涌现，他们自己大多或许只是"在艺术家四周齐声合唱"的使大宗师"成其为伟大"的那一片和声。但即便如此，他们也心甘情愿。因为他们坚信，只有在这种不事张扬、充满奋斗和奉献、追求的艺术实践中，才能超越前贤、超越自己，在造就大家的同时也成就自己。他们相信，在当今这个艺术多元化、审美多样化的时代，在艺术上没有最好，只有更好；没有定于一尊、傲视群雄的王者，只有勤于实践、不断超越的行者。

　　为此，造成一种宽松和谐的艺术氛围，鼓励创作创新和理论探索，使各种流派、各种风格的关于马的艺术共存并秀，形成画马艺术上"不拘一格降人才"的局面，才能有望于名家大匠的出现，有望于中国画画马艺术的进一步发展与繁荣。我们当为此竭尽绵薄。

2008年春节

60 · 丹青引

2009年金秋，时值中华人民共和国六十华诞之喜，九州飘红，普天同庆。白山松水之境，天高气爽，万类欣荣。墨侣文俦，诗朋画友，承国强民富和谐盛世之福泽，逸兴遄飞，灵思泉涌。岂可无书？何能无画！北群书画院乃请缨自任，诚邀国内书画界之同道友好，惠赐大作，以示嘤鸣求友、共赞盛世之意也。承蒙受邀诸公不弃，慨然援手，遂得佳作五十焉。其中多有久负盛名之大家手笔，及实力派写手之佳篇逸卷，亦有政坛学界同仁之妙品佳什，和后起新秀之水墨丹青。或人物，或山水，或花鸟，或法书；或意笔纵横，或银钩细镂；或遥追古贤，或直摹当世；或取南山北水，或采东禽西木。腕随意动，墨沈流光，以寄情思，可彰盛世，足显高谊，尽得风流。观之，四方荟萃，八面来风。诚难得之书画雅集矣。于是悬诸展场，文采墨华，与春城书画同好者之所共享；又付梓成册，以志斯事斯情，俾雅韵流风之远被也。

爰缀数语，聊为开卷之引。

2009年9月于北群书画院

一个不吝挥洒激情的人

——感悟亚明

蓝君亚明，相过从十数年，虽多为公务交往，却也察觉到他的交友之诚。现在读了他的这部《人生杂感》，我想我是发现了一个新的蓝亚明。

一

案头小书架上有一尊罗丹《思想者》的缩微塑像，搁那儿几年了，时间一长，竟熟视无睹。翻读亚明的文章，我的目光不期然又回到了《思想者》上。高级的思维活动、精神生活是人与非人生命的根本区别，是人得以超脱于动物界的标志。它使得人能从只关注自身生存的动物狭隘眼界中解放出来，用自己的头脑来思索自身及身外的一切乃至整个世界。人不论身处何等困境，思想都可以是自由的。思维着的人，或人的思维，有如原子核裂变般，爆发的巨大能量一旦变为实践，就会推动历史的发展，引发文明的巨变。所以，历代哲人皆将思想的权利、思维的能力视作人生最可贵的东西。在罗丹的《思想者》上，那高凸的眉弓、深邃的眼神、紧合的腮帮、右肘支额的姿态和全身内敛的肌肉，使人强烈感受到思想着的人之高贵、尊严和深邃，感受到思维、思想之有质无形的巨大力量和思想者本人的超凡脱俗不可企及……

亚明这部文稿却将我由《思想者》那似曲高和寡的超凡之境拉回到现实中，它表明，凡夫俗子、布衣草根辈和文化巨子一样，都有思考、思想的权利和能力。亚明并非只知上下班、忙公务的泛泛之辈，而是一位爱思考且有一定思想能力和思维深度的写手。从文集可以看出，从百味人生到民情政要，从草根英雄到精神贵族，从诗人心性到伟人胸襟，都在他的思想网络之内，在他对这些事物讲述和描写时，始终伴随着他的思考、判断和评价，这在《亦说潇洒》《说活得太累》《杂感人生》《女人四十岁》《微笑对人生　立足天地久》《民情明察政自通》等一类杂感、随想式文章中自不待言，就是在《感悟谭竹青》《王守兰其人其事》《人果真能活得如此高贵》《永远的诗人》等叙事类文章中亦随处可见。

活得累，这是时下于滚滚红尘中沉浮的国人半真半假的口头禅，也可算上"时尚语"，仿佛呼朋唤友、宴饮谈笑中不说句"活得累"，就有埋没自己、降份、不随缘之嫌。此言你我都听到不止一次了，这里有思想和没想法的区别在于：没想法者即使听了一百次，自己也说了一百次，也就是听听说说罢了；有思想如亚明者，则弄出一篇《说活得太累》，他首先肯定，当今中国举国上下忙，是发展中国家最有生气最有希望最有前途的发展状态。"忙是当代中国社会进步的一个标志。累也实实在在是中国人忙碌中的一个最普遍最真实最沉重的感受。"没有一定的思考，是不能对"累"的时代特征及其意义做此高屋建瓴之理论概括的。在这个前提下，亚明从主客两方面分析了之所以"累"的原因，如自身过多的欲望，把梦当作理想去追求，活得不真实，活得太具体，太微观，等等，探求破解之道，并进而升华为对人生意义的思考。"人活得太累，更多的原因在于自己，而最重要的则在于自己对人生欲望的度的把握。"这个结论，我以为是此文中颇具光彩的视点之一。《杂感人生》《人这一辈子》等也证明了作者对捉摸不定的人生、对杂芜的社会现象进行由表及里、由小见大、联系归纳、由具体上升到抽象的推理、概括、判断的思维能力。尤其是《杂感人生》，那里作者从生活中撷取的一个一个片断和画面，五光十色，但作者都从中看到了某种人生真谛，某种历史机缘，某种生命况味，有的似还透着顿悟的"禅"意。读之颇有"蓦然回首"之感。然而，这都不是干巴巴的理论说教，亚明是诗人，这些道理他以清新通达而又有形象感的语言出之。

《朝圣者引发的心灵震撼》更是一篇作者用擅长的诗的语言写出的关于人生哲理的散文。"反反复复地翻看着关于周国知事迹的报道与评论，一个愈来愈清晰的形象在眼前、在脑海中呈现：一个朝圣者，一个久经灵魂洗礼的朝圣者，一个身材并不高大，又瘦骨嶙峋；身居穷乡僻壤，却胸怀大爱；位虽卑微，家境难饱，却舍己度人的朝圣者，在荒瀚的大山中，匍匐于崎岖的山路，一步一仆，一步一伏，足、膝、头在沙砾的磨砺中破绽，血浸染着行程，朝圣者却似乎全然不顾……这个朝圣者奔向的不是麦加，不是布达拉宫，而是太阳升起的地方，是爱与温暖与辉煌相约的圣境。"这种诗情与哲理相交织的散文笔法，将全文八个章节打造成激情澎湃的华美乐章。你一路读过去，余音绕梁，而你的头脑却沉浸在它所传达的"崇高是怎样炼成的"的人生价值的思考之中。亚明有诗云："世界包容了无数颗心，一颗心却包容了整个世界。"又云："大海为什么这样蓝？她的怀里抱着天。"不要以为好文章就是语言的流畅，就是形象的生动。其实一篇文章最能给读者以深刻印象的，还是它内蕴的思想。没有思想的文章再华美也是空洞苍白的。亚明这诗句与雨果那关于大海、天空和心灵的著名诗句有异曲同工之妙，妙就妙在都道出了心灵、思想那无法限制、无法估量的博大与力量。

二

翻看这部文稿，我才发现亚明的入世程度之深。

关注社会，关爱民生，是自屈子以降，数千年来中国文化人挥之不去的情结和中国文化的优良传统。也是他们对自己立足之根的认同和社会责任的担当。所以，凡是有社会责任感、有良知的文化人，无不是积极的入世者。这种态度、这种良知，一直延续到今天。可以说，亚明也是这种优秀传统的传承者，是一位积极的入世者。

这部文稿的第三部分，即对周国知、谭竹青、王守兰、马孟寅、宋顺女等从人民大众中涌现的草根英雄事迹的描述、分析、思考、礼赞文字，我认为是文稿中最厚重、最炽热、最逼近现实，也是最能看出亚明入世人生态度的篇章。虽然文章只有数篇，但从1990年写王守兰到今年刚改完的写马孟寅的文章，他这种痴心不改的情愫贯串了20年。谭竹青，一位"职不入序""官不及品"的社区主任，一位名不见经传的平凡老人，她的离去，竟引起了亚明强烈的心灵震撼。不为别的，就是因为谭竹青老人本人既是当今之人民大众生存状态的一个典型体现，她的一生、她的工作、她的所作所为反映着社会生活、人际关系的方方面面，折射出我们时代的价值取向和人生理念，同时，谭竹青本人又是一位关注民生、关爱生命，以自己的微薄之力积极用世，"一直荫庇着一方土地、一方百姓"的"小巷总理"。这两方面内蕴的积极本质力量正契合了亚明经世致用的入世之心。所以他情动于中，笔形于外，他激情难抑地追踪老人74年的既有风雨交加，又曾鲜花绽放的漫漫人生之旅，48年尽职尽责、呕心沥血、为小区居民燃烧奉献的工作生涯，不计琐屑地叙述老人关爱他人、情寄社区的点点滴滴，解析了老人是如何由平凡走向崇高的。因此，老人去世时，上自副省长，下至小区社区民众，都来为老人送行，许多人涕泪纵横，更有人撕肝裂肺、失声呼唤，"一位残疾老大娘，背驼得脸朝着地，为谭竹青送葬时，她哭得悲天怆地，几次晕倒"！亚明深情地叩问历史，叩问现实："在当今之世，不，古往今来，历朝历代，在一方土地上，能如此赢得民心，让最底层民众为之痛哭失声、捶胸顿足的能有几人？……"与其说是叩问，不如说是责问。之所以有此责问，盖在苍生吁盼这样关注民生的官来得多，而苍天却情吝古今偏偏出得少。其实，追踪也好，叙述也好，叩问也好、礼赞也好、正反映出亚明自己对民生、对社会的用情之深。

在这本文稿中出现的草根代表还有个人义务办敬老院，给孤寡老人以幸福晚年、给走到生命尽头的生命以临终关怀的王守兰，有恪尽职守、默默无闻、几十年如一日恪守人格尊严、追求精神境界的马孟寅，有"作为一名特等残废军人的妻子，一名烈士的亲人，一名现役军人的母亲；作为一名为最光荣最可爱的人服务的人民公仆"，却把自己的工作干得风生水起的吉林省延吉市民政局优抚科科长宋顺女，这些人丹心报国的事迹感人至深，亚明为他们作传作赞，让每一个有良知的人一读之后心潮澎湃，情难自已，都会和作者一样达成如此共识：生而为人，若不为民众为社会做点什么，那人生就是苍白的；人文情怀的缺失，无疑是人性、人生的最大缺失！

我之所以说亚明是积极的入世者，是因为现在在滚滚红尘中打滚的人中真还有一些"出世"者。入世与出世，史上历来是文化人的两种处世态度。古之出世者，或生来就志存淡泊，不耐烦周旋于俗世种种，或对官场、社会的种种弊端格格不入而不屑置身其中，或官场、商场、情场失意，自觉人生无味，顿起出尘之想，或于平凡生活之外有更高远的精神追求而抛别红尘，于是或遁入深山，或皈依空门，或隐于闹市，或漂泊江湖，除少数欲走"终南捷径"者外，基本上是不问世事，看破红尘，乐得个六根清净。另之所谓"出世"则不然，其人长于闹市，生于富贵，或为官作宰，或经商生财，本来是须臾不能离开社会与民生的，但却对身边的民膜世弊虽视勿见，有时甚至到了"拔一毛利天下而不为也"的地步。而对于个人利益，则是锱铢必较，甚至见利忘义。

亚明的入世态度，还表现在他对社会生活方方面面的关注、观察及体味感悟上。《最是人生好去处》一文颇能说明这一点。所谓"人生好去处"就是长春的人民广场。相信长春人没有没来过此处的，可有几人细细品读过、体味过这"好去处"？亚明却读出了此中的七情六味：大秧歌扭动着生命的旋律；京胡拉响了心灵的和弦；一盘棋容下了所有人的智慧，等等。他将这些广场常景与"人生好去处"链接，予以细察深思，街头俗景便向人生至境升华，人生价值、人生快乐、人生内涵便也在凡人小事中处处闪烁。没有一种人文情怀，不关心民生民俗，是不会于此下笔、小中见大的。当然，亚明从"广场即社会"的宏观视角，也看到了"在广场和谐的气氛中，也有一些不和谐的现象"，他给出的事例是被人驱迫到这儿来卖艺的孩子，其行为几近自虐。他愤怒地抨击那些幕后牟利者："这是一种怎样阴森可怕的心理"；他大声疾呼：要净化社会风气，要用纯净的文化空气促进社会的进步与发展。

当然，亚明的大声疾呼远不止于广场，在《民情明察政自通》中，他从《吉林民情》刊名说开去，条分缕析为政者体察民情之五难，旗帜鲜明地提出明察民情的几大要点：一是必须树立当官为民生的思想；二是建立有关法制，明确明察民情的责任；三是鼓励微服察访；四是克服文山会海；五是要敢于为民众鼓与呼。这些意见的价值如何姑不论，这些建议也不谈，但有几个当政者注意到一句"老百姓最怕的就是自己用奶水喂大的儿子回过头来忘记了自己"的痛心疾首之言，却让人看到亚明这条关东汉子的血性！

三

文如其人。生活中的亚明，我所感觉到的亚明，是位不吝挥洒激情的人，他不会因长期从政而将自己的喜怒哀乐囿于人所习见的规行矩步之中。他的激情常常因人、因事、因境的契合而集中地一泻为快。

这在这部文稿中得到了淋漓表现。在关于周国知、谭竹青、宋顺女等英模事迹的篇章中，亚明可说是一路大呼疾行，为强烈的感悟而倾诉，为人物的嘉德壮行而礼赞，为社会的正义而呐喊，几乎每一个字都饱蘸浓情。这是可以理解的，周国知等英模的平凡人生彰显着伟大与崇高，向往崇高，追求卓越的人自然会对此发生强烈的共鸣，这是一种高层面的有着深刻人文内涵的情感互动，不是冷血者、拜物者、庸碌者所能共享的。情动乎中而发乎外。对于亚明这样情到笔随的写手来说，歌之舞之何如笔墨形之。于是有了这些令每一位读者一读之下热血喷涌甚至泪湿双睫的快意文章，既为亚明笔下的英模人生而情动，又被亚明对英模的倾心所感染。

"眼里能噙有泪水，心底就存有善良。周国知事迹报告会上，所有听众内心浮动和潜存的真善美，瞬时被全然发掘。泪水噙着真诚盈盈而落。这泪水是灵魂的洗涤剂，它所盛载的真诚与善良，在飞扬和升腾中，飘飘洒洒，在人世与天堂间架起了一道美妙绝伦的虹桥，拯救着人性，升华着灵魂。"类似这样深蕴着哲理、伴随文学笔法而又饱含激情的文字和段落在文稿中随处可见。是真情就能感人。亚明情之所至概出于真心，故无矫揉造作之嫌，而有豪士挥泪之慨。读之回肠荡气在所必然。

然而亚明行文亦非一味壮怀激烈，他也有深情内敛或温情款款之时，他写他的学友、朋友如邹进、建国、文昌之俦，就显得从容淡定，在对其人其状其诗其文的凡人琐事娓娓道来中，潜沉的挚情如被花草掩映的小溪，潺潺汩汩，悄无声息地浸润到读者的心田。如《心灵的自我养护》一文由诗集写到作者吴文昌，文昌兄是我相识有年的朋友，也是令我刮目相看的政坛才人。读了亚明之文，感受到了亚明对文昌其人的独到理解及用情之深，仿佛为朋辈打开了另一扇门，让我们看到了滚滚红尘中于另一境界中徜徉的雅士吴文昌。"在我们都捧着心不知放向何处的茫然中，在熙熙攘攘、忙忙乱乱的嘈杂中，文昌兄却能够把自己的心悄悄地、静静地置放于清风丽日的山水间，置放于大自然与文化名胜交融的怀抱里，用诗这只舒展而柔美的手，轻轻地、默默地抚摸着自己的心灵，擦拭着自己的心灵，撩起山泉与清风，洗涤着自己的心灵，慰藉着自己的心灵……"亚明自己也是诗人，他不是也将自己的手化为诗样的语言，在轻轻温情地慰藉着朋友的心灵吗！

而最能看出亚明这条血性汉子感情世界另一面的，是他写到女儿时那浓得化不开的柔情蜜意。《人这一辈子》一文，基调是深沉的，人生的艰难，社会的复杂，诸多的无奈，让作者不得不苦思疾首，期望以一己之力找个破解之法，而于无奈之际，他百炼钢化作绕指柔，话头一转说起了女儿，于是文调骤然一变，他细数三岁女儿的种种娇憨，当说到儿子将女儿"借"父亲抱5分钟时，亚明大发感慨："啊呀呀，你说，那五分钟，该是多么珍贵的五分钟呵！这五分钟，足以解除人一生的烦恼，让你把官场上的一切忘却，让你抛却人世间的一切恩恩怨怨，对于一个已有四十年风雨经历的人，该是多么温馨的慰藉啊，这五分钟，能揉平你心灵多少苦苦楚楚的皱纹，使你已经并不甜美的笑变得甜美起来，使你那久久呻吟着的心重又为幸福而激动欢呼。五分钟可以给我这许多，那么，我女儿的全部生命给我的该是多么巨大呵！……"在《女儿的五大享受》中，亚明津津乐道女儿自认的卧怀饮奶、卧凳枕膝、左右两亲、拉脚闭灯、骑脖儿的"享受"，关爱、惬意、欣慰之情溢于言表。"人生还是挺有意思的。让我们都带着梦一样美好的向往，用自己那独特的感觉，细细去体味它吧！"天下有儿女者伙矣，能真正由亲子之爱"怡然心会"，感悟到人生普世价值者又有多少？大仲马说，他一生最好的作品是小仲马。想来亚明亦作如是观吧。

有爱必有恨。像亚明这样对美好事物爱得有多深，他对丑恶的东西恨得也就有多深。如果说，他的几乎全部文章，在对先进人物的崇高行为、真善美的普世价值等等且讴且歌的同时，都夹杂着、伴随着对低俗、虚伪、不公、唯利是图、装腔作势的鄙夷、嘲弄乃至鞭挞、揭露，那么，《小人的十大特征》一文，则集中了他对丑恶、阴暗的憎恶和愤怒。也真亏得亚明，他居然历数出小人的十个特征，并加以条分缕析，为他人提供了一面鉴别小人的镜子。

《人生感悟》这部文稿可评可说的当然不止于上面几点。它的四个部分内容涵盖了社会生活与人生众相的种种。然而，长于思考、关注民生、激情充沛毕竟是其主要特征，且融会贯通于它的章章节节。读是书，可以想见作者绝不是那种正襟危坐、喜怒不彰、心如止水、冷眼旁观的出世之人，他的笔也不止于冰冷犀利的解剖。毋宁说，他是一位动辄为崇高壮美而激扬文字倾情礼赞，对民生世相十分敏感满怀人文情怀，路见不平心有所感便大声疾呼以祈匡正的入世之士。这样的人写出的文章放在手里都是发烫的。

亚明，一个不吝挥洒激情的人，一个真性情的人。

2009年10月于中之虚斋

433

"关东三马"十年回顾作品展感言

　　十年前，许勇、郭广业二位先生与余以"马"会友，缘结关东。意趣相得，且时有过从，遂有《关东三马——许勇、郭广业、易洪斌作品集》（人民美术出版社）行世焉。其时年过古稀之许勇兄名重画坛久矣，彼挟其深厚造型功底与入乎传统又出乎其外之创新笔陈墨法，于人物画、鞍马画上独扬高帜；其作多鸿篇巨制，人物众多，气势迫人，其鞍马画独出机杼，亦赋此浩然大气；偶为小品莫不精心描染，从无草草。其为人诚朴低调，深为时人所重。广业兄斯时正值耳顺之年，才情勃发而仪范潇洒，人或以为音乐指挥也。实则为画坛一骁将，于人物、骏马皆挥洒自如，其笔下雄骏瘦骨清相，造型精准，深得阿拉伯骏马之神髓。广业之作谋篇寄慨，造境抒情，独具慧眼，非鄙夫可及矣。余得引许、郭二兄为同调，与有荣焉。

　　十年容易又秋风。浮生万变，岁月催人。或问：今关东三马安在哉？余且告曰：许勇兄虽廉颇老矣，仍健笔凌云：此十年间以过人精力纵横画坛，不知又有几多新作次弟涌现。余每临其遮壁巨幅辄为慨叹：此老非人

434

耶？以年近80之身，何来如许能量与豪情！然则蓦然回首，英姿秀挺之广业兄杳矣！数年前，广业兄因患沉疴遽尔辞世，彼刚届花甲，画艺才思俱臻鼎盛，正谋一展骥足，更上层楼，孰料天妒英才，竟不假年。每念及此，投笔四顾，但闻骏马悲歌，不复斯人壮慨。"三马"缺一，宁不痛哉！

广业人虽逝而马仍在。喜爱其人其马者亦仍在。盖任何真正艺术品，较之其创造者必能活更长行更远也。近与许勇兄语此，深有同感。为缅怀故友，为回瞻来路，为艺术上再奏新曲，"关东三马"今年重新集结，自有一种感悟与意义在。笔随时势动，"风入四蹄轻"。料广业生前泼洒之千骐百骏，将偕吾侪踏足新途，直入大千佳境——此我辈之所共祷也。

2010年9月

"十分沉实见精神"

——张德泰印象

张德泰之名很早前就耳闻过，那时我还在报社工作，时不时在报刊上见过他一些即兴而作的短文。后来又听同事、朋友说他还善画，但也只在报刊上见过他发表的印刷不是很清晰的小品。十几二十年间我也见过他一两次，却都匆匆而过。只留下一个模糊的背影。再后来，当我们皆赋闲时，他发来一"投名状"——自制贺年卡，用他后来的话说，从此可以彼来此往了。然而仍旧各忙各的，也没照面。

今年初，因邀已故的孙吉安先生一聚，正好德泰刚来过一电，因此也请他来一起坐坐。这算是第一次"零距离接触"，使我得以将多年来关于他的零零碎碎的印象与眼前真实的他对接。感觉是，德泰是个甘于淡泊、朴实若老农的人，全无时下留大胡子、扎小鬏鬏的艺术家"范"儿。他说要写这写那，我且姑妄听之。又不久，他送来厚厚一本文集打印稿，要我写点什么。我当时本能的反应就是"No"。因久不为文，手疲思涩，自己又非"文化名人"，觉得写此既不能为对方造出什么"效应"，又给自个增加负担。真乃一苦差事。加之也无事穷忙，所以他虽来过电话，我一直唯唯。

不久前出差回来，得闲几天，将德泰的"画旅随笔初记"翻读一过。这部二十余万字的文集收录了他数十年来林林总总的文字，包括诗歌、散文、随笔、旅游纪行，写人评书、书画专论、翻译试笔、友朋激励等7个部分。从中我了解了他的人生经历、学画过程，知道了他的艺术理念、交友之道以及他生活的空间，尤为难得的是他对艺术、对人生理想的坚守、执着和不懈追求，我于中似乎看到了我们之间的某些默契之处，这让我动心。于是登门拜访。于是有机会观赏了他四壁琳琅的画作。

从读他的文集到观赏他的画作，我看到了一个过去不为我知（其实很多人都不知）的在不修边幅外表下的那个属于艺术和精神层面上的张德泰。

可以肯定的是，德泰是一个有多方面才能的人。就文字而言，他写散文、诗歌、评论似乎都得心应手，顺理成章，他对这些文学样式给人以驾轻就熟之感。为文，他不事铺排，不求华丽，开门见山，直抒胸臆，语言清新自然，文字朴实流畅，说人述事，抒情论理，均娓娓道来，即便写评论，也绝不故作高深，三言两语之间，往往有真知灼见。他那些关于亲友的回忆，无矫饰做作，"我手写我心"，而真情自然流泻，他透过"如烟"的岁月风尘，钩沉那或许早为常人忘却的"往事"，情真意切，看得出他真是个很重情谊的人。最能看出德泰真性情的是，他的文章都很短，他自己说是"豆腐块"，公开发表的也不算多，这在惯于写高头讲章的人来讲，或许真的不值一提，但德泰不以为琐屑而羞于示人，他说起这些"豆腐块"时的那种坦然，那种发自内心的收获的喜悦，神情间甚至还有几分天真可爱，最是使我难忘。这确乎是十分健康的心态。文章好坏、手眼高低真不是可以长短论之的，正如一幅画作的佳劣不能以尺幅大小论之一样。

德泰在学校时于绘画基本功上得到严格系统的训练，早年又曾在临摹敦煌古壁画上下过一番功夫，他将这些作品展示于我，令我对其画技刮目相看。那些线条，那些酷似原作的色彩，绝非一日之功，但他又非庸常的摹工画匠，这些作品实际上已是他的二度创作，熔铸进了他对原作的历史文化理解，他的艺术审美理念，不是所有画者都能为之的（我想我就不能）。但更让我眼前一亮的是他的油画、水彩作品。很久没见过这种造型严谨色调明快的画作了，我以为，与中国画不同，正宗的油画应该是厚重如金属器皿般掷地有声，色影斑斓若霓裳云锦的，而时下诸多油画却将这种特质淡化、边缘化，取而代之的是难见笔触、消弭光感、模糊物象、扭曲形体的灰色画面，当然这也是一种手法、一种风格、一种流派，但若全是这种套路，审美感觉上毕竟会有一种缺失、一种疲劳。所幸在德泰的油画中我重温了那种叫人振奋的感觉。有几幅风景画，远看，还以为是希施金、列维坦的作品，但它们出自德泰之手，它不是模仿，而是创作，它捕捉到了大师们对世界的微妙感觉，难怪让人想起那些早已逝去的古典画风。

德泰的文集是他精气神的外化，展现了一个不设防的灵魂。他的画作则让人发现了他多少被埋没的才气。按他的能力、水准和勤奋，他似乎不应该数十年来蛰伏于斯。好在从不崖岸自高的他并不因此烦恼，我看他真的是气定神闲，宠辱不惊，他只想在自个儿的一亩三分地上执着地耕耘下去，以期有新的突破，新的收获。事艺如此，做人如此，心态如此，真是难能可贵，令人感佩！

2011年7月

达如襟抱许斯人（代序）

——我看民先

　　吴君民先，浙江安吉人氏，余知友也。2008年夏，与书画同道会于包头。友援民先与见，曰，此缶庐公昌硕先生嫡曾孙也。握手致意间，恍忆五十余年前，余于岳麓书院侧近之山舍得见缶庐公画册。时虽冲龄，已知涂鸦，展卷即见枝藤龙旋蛇舞，大石虎踞熊扑，雄风满纸，撼余心扉。又二十余年前，余偕友游于西泠，于灵岩秀壁间得见昌硕先生坐像，瞻之庄穆神秀，有苍茫气氤氲其上，俨然古之高士，不觉肃然起敬。余生也晚，自度此生不得踵武前贤，甚而未获一睹遗墨，憾之甚矣。今不意于此塞外边城邂逅缶庐公嫡裔，自是一见如故。其时室内众声杂沓，而民先君与余抵桌而谈，旁若无人，趣甚相得，不亦快乎！

　　包头一别经年，与民先再聚于京华，后又数度偕游于吴越之间，盖有缘千里来相会也。民先君已古稀初度，然眸子有精光，瘦骨清相，洵洵儒雅，识者咸谓其得乃祖之风神。而与诗朋画侣指陈世事，谠论书画，兴酣处神情激越，顿挫抑扬，略无疲态病容。盖民先君早年于社会上历遭磨

439

劫，壮岁又染重疴，经两次大手术，身心屡遭重创而屡创屡奋，今大愈。然终未销湖海书生意气也。

民先禀乃祖之家学渊源，赋吴越之天地灵气，继之"二十读史，三十学诗，四十学书，五十学画"，且融入坎坷人生历练，于是画外修为尽蓄胸次，造化感悟全凝腕底，成就民先雅健沉雄、冲和蕴藉之文人画风。与乃祖相若，民先学书在画先，且各体皆能，石鼓文尤精，以书法入画，自有一番奇气在焉。其于书画外，熟知画史画论，于中国绘画美学特征诸理论之研究独具慧眼，其理论著述亦屡见国内外之学术刊物。又擅诗文，深谙传统，每每一画甫成，辄诗思涌至，旋即挥就，如大珠小珠之泻。书者神畅，观者兴酣，不亦乐乎！

当今画坛艺高者伙矣，自谓文人画者亦伙矣。唯如民先被如许醇厚之国学家风，著传统文史之学养修为，持神闲气定之文心人态，而又诗书画皆备于一体者鲜矣。即不谓民先为中国最后之真正文人画家，亦足跻身于最后一批真文人画家之列也。

得友若此，不亦悦乎！

2013年12月

"中国画·画中国"活动感言

金秋9月，有幸参加在南京举办的首届"中国画·画中国"全国系列艺术活动，感受颇深。

"中国画·画中国"大型系列艺术活动极富创造性和想象空间，据此次活动的策划和组织者构思，这个活动每年择定一个省（市）来进行，届时邀请全国画界名流、同仁亲临现场，用画笔记录下该省（市）的山河风貌、文物景观、社会生活图景，再通过艺术升华，成为体现时代、反映现实、回顾历史的精美画幅，或展出，或发行，或刊布，造成全国性影响。30余个省市全部搞完，积累下来，真是洋洋大观，对中国画的推广、研究、提高，对中国画艺术的建设，皆功不可没。能够亲身参与并看到它的全过程，这对于画家来说是衷心之愿。难怪一位年届古稀的老画家壮语撼人：我要争取活到一百岁！

改革开放20余年来，我们的文学艺术事业得到了前所未有的大发展，百花齐放、百舸争流的繁盛局面已经出现。仅就中国画一道而言，继承传统，开拓创新，流派竞艳，新作迭出，是不争的事实。但相对于小情小

441

景、临场发挥、逸笔草草、远离现实的作品而言，表现重大题材，反映火热生活、关注民生疾苦、讴歌悲壮崇高的大情大景之作毕竟少了些，这对于渴望从艺术作品中吸取诗情、豪情的人民大众来说是一种遗憾。

"中国画·画中国"系列活动可以说在一定程度上弥补了这个不足。"中国画·画中国"，是要用只属于我们中国人的绘画工具、绘画手法，来反映只属于我们的中国的过去、现在和未来，这无疑是艺术走向现实、走向生活、走向人民的一次重要行动，是艺术把握时代、表现重大主题的一次大胆尝试，是生活美向艺术美升华的一次可贵实践。

爱好艺术的人们对这项活动无疑是衷心欢迎的。这从江苏、南京方面对这次活动的热情关注、全力支持即可看出来。

这次来南京参加该项活动，结识了画界的诸多新朋老友，观览了南京、扬州、镇江的大好景色，深感振奋，是一次难忘的艺术实践之旅。实践表明，由于策划者、组织者的精心安排，此次活动的第一阶段得到了圆满成功。谨此诚祝"中国画·画中国"系列活动之花长开不败！

雄奇百变写风云

——在中国画马艺术研究会成立大会上的讲话

自有人类以来，无数种动物就以这样那样的方式走进了人类的生活，成为人类生存、发展的有机组成部分。但是，还没有任何一种动物能像马一样，曾直接参与了人类历史的创造，与人有着过命的交情——在近现代科技出现之前的冷兵器时代，马以它的强健有力、灵活快捷、忠诚聪敏，成为人类迁徙负重的最佳工具，更是冲锋陷阵、长征远讨、开疆拓土、卫国安邦的不可替代的重武器装备，一如现代的火车轮船和战车坦克。不同于冰冷的机械化器械的是，马是有灵性的血肉之躯，在其为人类的生存发展效命驰驱的漫长历史互动过程中，马与人成为了朋友、战友，成为灵犀相通的生死之交。

马与人的这种特殊互动关系，马的这种特殊历史作用，马所扮演的这种特殊角色，在东西方古典艺术中鲜明地展现出来。不论是古希腊罗马的雕刻，还是文艺复兴时期的绘画，马从来都是以雄伟壮美、风度翩翩的绅士姿态，作为人类的忠实战友而与英武的骑士、造反的英雄和雄才大略的君王统帅们连为一体的。而其他动物，威猛如狮虎、庞然如犀象，则往往在艺术中被表现为人类要征服的对象，抑或矛盾冲突的对立面。中国古代艺术家亦不例外，从秦汉兵马俑、画像砖中的雄姿初现，到唐代昭陵六骏的横空出世，曹霸、韩干和宋代李公麟笔下的千骑百骏，再到清代郎世宁们描绘的帝王们雍容华贵的坐骑，直到徐悲鸿锻造出来的"一洗万古凡马空"的神骏，可以看得出马之于人类的重要性及人对马的那份千年难解的浓浓情结。"马上定天下"的浓烈英雄主义情怀，"马上看英雄"的独特审美视角，"人马画""鞍马画"这一画科的历史性诞生，无不映照出马在历史地平线上卓尔不凡的骏骨英风。

马的这种历史定位、历史作用和审美品格不是谁恩赐给它的，而是它固有的优良品格在漫长的社会实践中与人类的积极本质力量两相契合的结果。诚如英国作家布封所言："马是人类所能征服的最高贵的动物"。它刀削斧劈般的高贵头颅彪炳着刚毅英武之气；温润的脉脉含情善解人意的大黑眼睛，简直能透视人类的心灵，让你与它生死相许；而被绸缎般光滑皮毛覆盖着的肌肉贲张、劲健剽悍的躯体，其壮美之慨往往令人怦然心动，豪气干云；至于它修长刚劲、翻飞电闪的四肢和迎风如旌旗般猎猎飘卷的鬃毛，则让人对这个生命体一往无前、一日千里、风驰电掣的力量、速度叹为观止。然而更让人为之一唱三叹、回肠荡气的是马那份九死不悔的赤胆忠心和踏破千山雪的无畏气概。体貌、品格上的这些特征，使马在古人的心目中具备了"龙相"的审美意义。龙腾虎跃，龙马精神，这些词语都因马而生。"胡马大宛名，锋棱瘦骨成。竹批双耳峻，风入四蹄轻。所向无空阔，真堪托死生。骁腾有如此，万里可横行。"诗圣杜甫这首咏马的千古名诗，酣畅淋漓大气磅礴，写尽了马的忠勇无畏超迈不羁。这是为马勒石立言，更是为古往今来人类所理想、所憧憬的高贵品格和精神境界抒怀放歌。所以，尽管在这个声光化电的现代社会中马的功利作用、实用价值愈来愈淡化，其身影在军旅、商贸、旅游等领域中逐渐淡出，但马因其与人类的特殊历史的关系，因其自然的形象、力量、品格在实践中被赋予的社会意义，而愈来愈超脱世俗的狭隘功利，获得了愈来愈独立的历史评价和审美品格，成为一种文化现象，成为一种不朽的精神品牌、审美载体而受到人们长久广泛的喜爱和追捧。在当代社会主义中国，画马艺术更是以其彰显的昂扬向上、腾跃奋进的时代精神和正能量获得了广大书画爱好者的青睐，对社会主义精神文明建设产生了积极的影响。

这就是为什么在新时期的中国画艺术中，在广阔的艺术市场上，这种动物仍然被画家们执着描绘，马画仍然被艺术爱好者、收藏者追捧的原因。在世界范围内，马，至今仍然是艺术家们为之着迷的题材，以马为主题的艺术品比比皆是。如何总结、继承和弘扬中外画马艺术的优秀传统，如何找到一种联系、团结同道的适当方式，一种可凝集力量、便于操作的抓手、平台，以利于从理论上和创作实践上推动中国画马艺术的发展和繁荣，就成为有志于光大此艺术门类的同仁同道的共同愿望。

于是，去年以来，长春、北京、河北的一些画马者聚会京华，商议发起、筹建中国画马艺术研究会事宜及如何开展有关活动，此举完全是志同道合者心灵上的一种默契，自觉自愿者行为上的一个同步。"奋骐骥之壮慨，写时代之风云"，这就是我们筹建研究会的初衷。半年多来，有不少画界内外的朋友在关注它、支持它。贵州、南京、天津、宁夏、江苏、浙江、新疆、辽宁、黑龙江、内蒙古等地的画马高手相继加盟，为这个事业注入了强大的活力。筹办期间，著名文艺界前辈，徐悲鸿夫人廖静文先生，中国文联副主席、中国美术家协会主席、中国画学会名誉会长刘大为先生，中国文联副主席、中国美术家协会副主席、中央文史馆副馆长冯远先生，中科院院士、北京大学校长周其凤先生等有关领导和名人雅士都给予了积极支持。有关文化、新闻、民政部门的领导更是鼎力相助。这才有了中国画马艺术研究会的成立和启动。

令人欣喜和鼓舞的是，改革开放30年来，一批"马语者"踵武前贤，前赴后继，在画马一道上，或是在中国画传统内实行变法，突破藩篱，自成格调；或是借鉴西法，杂糅中学，广采众华，自铸新貌，于是在画马艺术的广袤领域里，出现了流派争雄竞秀，画风摇曳多姿的可喜局面，一时间万骏千骑来眼底，雄奇百变领风骚，成就了中国画坛上一道可观可咏的风景。法国艺术史家丹纳有言，"艺术家不是孤立的人。我们隔了几世纪只听到艺术家的声音；但在传到我们耳边来的响亮的声音之下，还能辨别出群众的复杂而无穷无尽的歌声，像一片低沉的嗡嗡声一样，在艺术家四周齐声合唱。只因为有了这一片和声，艺术家才能其为伟大。"众多的"马语者"在孜孜不倦驰驱的同时殷殷期待着，在不远的将来定会有韩干、悲鸿式的新时代画马大宗师涌现，他们自己大多或许只是"在艺术家四周齐声合唱"的使大宗师"成其为伟大"的那一片和声。但即便如此，他们也心甘情愿。因为他们坚信，只有在这种不事张扬、充满奋斗和奉献、追求的艺术实践中，才能超越前贤、超越自己，在造就大家的同时也成就自己。他们相信，在当今这个艺术多元化、审美多样化的时代，在艺术上没有最好，只有更好；没有定于一尊、傲视群雄的王者，只有勤于实践、不断超越的行者。

为此，造成一种宽松和谐的艺术氛围，鼓励创作创新和理论探索，使各种流派、各种风格的关于马的艺术并存共荣，形成画马艺术上"不拘一格降人才"的局面，才能有望于名家大匠的出现，有望于中国画画马艺术的进一步发展与繁荣。现在社会上画会、画院虽多，但以画马为专题展开学术研讨和创作，以画马为使命成立研究社团，在当今画坛可能还是首次。我们将以此为平台广泛联系、团结全国的以马为题材的画家和马画爱好者，坚持党的领导，坚持社会主义方向，坚持为人民服务的方针，在党的十八大精神指引下，积极开展画马艺术的创作和理论研究，继承传统，开拓创新，努力提高画马艺术的水平，满足人民群众日益高涨的审美需求，为中国画马艺术的进一步兴盛和发展竭尽我们的力量！

2013年2月

风正一帆悬

——在吉林省中国画学会成立大会上的讲话

今天是吉林省中国画学会成立的喜庆日子。昨天下午，我们召开了预备会议，通过了学会组织机构和创会理事、会员名单。在这隆冬之季，大家冲寒破冻，从全省各地赶来聚会于此，就是为了亲历和见证这一创会的难得时刻，更是为了助力吉林省中国画事业的进一步发展，从这里开始我们的旅程。

众所周知，近三十年来，在改革开放的大环境下，中国画艺术、中国画事业、中国画产业都得到了前所未有的大发展，用"十三亿人民三亿画，剩下十亿也爱画"来形容似不为过。这是我们这些中国画传人的大幸。在这种钟情书画的氛围中，一个中国画画家，似乎一笔在手，走到哪儿都不愁关注，不愁活计，甚至到了无往而不利的境界，画家的个人自由度也臻于极致。然而，有识者也看到，正是这样的一片国画江湖，也存在种种怪象。作品速成代替了精品锤炼，市场期盼代替了学术探求，技术制作代替了文化积淀，单兵突击代替了群体沉思；价值与价格背离，追求与理想虚化。疑问、迷惘、质询在不少画家心头萦回。人们有理由要求像中国画学会这样的学术性团体出现，以便"从学术文化的高度，彰显中国画艺术的价值，提高画家们的文化自信，确立高品位的价值标准和评价体系"。《中国画学会通讯》的"发刊词"说，"成立中国画学会是我们想望已久的事"。当然也是吉林省画家之所愿所想。因此，成立吉林省中国画学会的工作得到了与会同仁的一致赞同，这就为学会今后的工作提供了良好的群众性基础。

在筹建吉林省中国画学会的过程中，中国画学会副会长兼秘书长孙克先生、副秘书长张桐瑀同志给予了很好的意见。在中国画学会成立大会上，刘大为先生说过，"中国画学会的成立，旨在倡导、继承、弘扬祖国优秀文化，团结当代中国画家，推动中国画创作及理论研究，探索中国画发展规律，关注当下中国画发展新的动向和现象，注意吸收全世界各民族绘画艺术有益成果，促进中国画的当代发展。"这也应当成为吉林省中国画学会的宗旨。

这里，结合吉林省现状，我提几点看法：

一、要明确吉林省中国画学会的专业性质和学术定位，这是学会存在的理由、意义和发展之道。吉林有老中青三代画家，是关东画派的发源地之一。老画家底蕴深厚，中年一代功夫扎实，年轻新秀才华焕发，过去、现在都已有不俗的表现。但是，由于种种主客观原因，吉林画家的品牌还没有很好地打出去，难免会被忽视，被淡忘，被边缘化。吉林不缺画家，缺的是抓手；画家不缺才华，缺的是机遇；个人不缺积极性，缺的是团队组织。我们这次发起、成立这个学会，就是为了整合力量，集合起一批志同道合的画家、理论家，探讨、研究过去和现在中国画发生、发展和演变的规律，特别是当代中国尤其是吉林省中国画的现状、特点、成就和缺失，从中汲取有益于我们创作、创新的经验、方法，以利解放思想，转变观念，进一步提升我们继承传统而又与时俱进、求变创新的能力，不断推出中国画的精品力作。这就是吉林省中国画学会的学术定位和专业精神。当然，学会要生存、要发展，缺了经费万万不行。所以，在学会的操办过程中，通过合理合法的渠道、方式，筹措资金也是办好学会的题中应有之义。这方面，还需要全体同仁集思广益，大家的事只有大家来办才能办好。

二、我们是为研讨当代吉林中国画的现状和发展，繁荣当代吉林中国画创作而走到一起来的，实现共同提高、整体提升的共赢是我们的目标，因此，团结合作、互相支持、和谐共处应成为我们学会的团队精神。我们相信，本着这种精神，吉林省中国画学会能吸引、团结更多有志于此的朋友来加盟，一定能把自己的事情做好。

三、吉林省中国画学会不是一个孤立存在的封闭式团体。我们在省民政厅注册，受省文化厅指导，在北京还有我们的大本营中国画学会。我们的成员基本上都是中国美协或吉林省美协的会员，有的还兼跨若干个艺术机构、艺术团体。因此，我们一定要处理好身处其中的种种社会关系。我们要在党和政府主管部门的领导下，在中国画学会的支持下，积极开展各项工作，争取社会各界特别是美术界的大力支持，广泛联系吉林省的中国画家，不断壮大我们的队伍，集思广益，群策群力，把学会真正办成吉林省美术事业发展的不可或缺的力量。

在三个月前举行的中共十八大报告中，胡锦涛同志将丰富人民精神文化生活，增强文化整体实力和竞争力，列为扎实推进社会主义文化强国建设的重要内容。他强调，"要坚持以人民为中心的创作导向，提高文化产品质量，为人民提供更好更多精神食粮。"他还指出，要增强国有公益性文化单位活力，完善经营性文化单位法人治理结构，繁荣文化市场。扩大文化领域对外开放，积极吸收借鉴国外优秀文化成果。营造有利于高素质文化人才大量涌现、健康成长的良好环境，造成一批名家大师和民族文化代表人物……。这些信息让人振奋，催人奋进。现在，新的一年刚刚开始。我们吉林省中国画学会就此成立，可以说是正赶上了好时候、好日子。我们要在党的十八大精神指引下，在党和政府有关部门领导下，在社会各方配合支持下，团结奋进，为吉林省中国画的繁荣发展做出力所能及的贡献！

2012年12月

中国画，时下缺失了什么?

时下的中国画到底怎么了? 业内人士说起的这个话题，其实本不应是个问题。我们放眼望去，国画江湖到处热闹，上自豪门巨宅，下至偏街野巷，何处无此国粹? 挥毫弄墨者日众，赏画藏画者日伙，动辄鸿篇巨制，时现精品力作，更难得的是"大师""大家"现世的频率步步走高，印证着国画的一派繁华。然而这只是问题的一个方面。另一方面是，虽说花繁渐欲迷人眼，但不少人，包括一些画家，还是觉得当下的中国画少了点什么，就在一派繁华之下，平庸之作、应酬之作、肤浅之作、雷同之作、跟风之作、恶俗之作也大行于市，更严重的是不少画家，包括我们自己，都不知下一步该怎么画，怎么做才能有所突破，有所创新；或则深感语言乏力，深入不进去；或则自己瞅着都没底气，没信心。而受众则抱怨好画难觅，多是不受看，不耐看，一览无余全无回味，有的面目雷同似曾相识，有的格调低下，俗不可耐。过往大师们画作中的深沉蕴藉、雅人高致、书卷留香的格调恍若隔世。这才是"时下中国画到底怎么了"话题的由头。

为什么会出现此种种乱象? 诚如识者所言，虽说有种种主客观原因，

452

但中国画在市场化大潮的冲击下流失了些钙质，少了点底气，也是重要因素之一。而这钙质，这底气，就是作为画外修为的文化素养和社会担当。

如果说，西方绘画、雕塑等艺术自古以来与哲学、科学及后来的人文思想有着密不可分、水乳交融的历史渊源，那么中国画自它成形之日起就同中国的国粹如中国哲学、美学思想及文学、史学传统等相伴相随，中国的传统文化特别是它的人文情怀、济世理念、天人哲学、历史思考和散文、诗歌等滋养着中国画艺术，并成为其生生不息、嬗变创新的灵感来源、内在动力。举凡中国历史上的大画家如阎立本、王维、韩干、唐寅、徐渭、顾恺之、董其昌、恽寿平、文征明、龚贤、郑板桥、石涛、沈周等等，虽以画名世，但首先是文学家或学问家，甚至是思想家，再不济也是政治家，因为古代只有饱学之士才有可能为官作宰、舞文弄墨，他们的画外文化修为，他们的思想理念、人文情怀、社会担当连同文学素养会以元素的方式通过形象思维、逻辑思维潜移默化地渗透到、融化进其绘画创作中，成为画中只可意会的文化积淀，因而具备着文学性、哲理性、情节性和书卷气。像《韩熙载夜宴图》《五牛图》《洛神赋图》《虢国夫人游青图》《富春山居图》等等，那里面散发出来的历史文化气息和精深的个人素养光辉，使这些杰作成为千秋范式。观之如对美人高士，如临古今风云，辄心神向往之。又如时乖命蹇的八大山人，明亡之后潦倒不堪削发为僧，将一生所学融一腔孤愤和墨入画，才成就了惊世骇俗超越古人并引来后人无数解读的画作。中国近现代大师们继承了这个传统，吴昌硕、齐白石、徐悲鸿等，无一不是饱学之士。齐白石的"一年容易又秋风"，"蛙声十里出山泉"，徐悲鸿的"日长如小年""逆风"，题材虽小，却意味绵长，启人思绪，遐想无尽，尽得"形象大于思维"之妙谛。齐白石的"他日相呼"，那两只叼着蚯蚓的鸡雏更具备了文学性、情节性甚至是人生哲理的启迪。而我们的一家知名出版社出的画册上，这幅画却被冠以"两只小鸡"之名，让人大跌眼镜。二者在画外修为上的差距真不可以道里计。

王国维曾谓古今成大事业、大学问者，必经三种境界。愚以为，就"画道"而言，欲达至妙之境亦有渐次而上的三个层面：一曰画技巧，此为笔墨功夫，没有这个，不成其为中国画，比如砖瓦木石，钢筋水泥，舍此盖不起楼来。但纵观艺术史，还没听说过哪位画家是纯靠笔墨技巧而成为大师的。笔墨只是建筑材料，你要完成一幅画，要搭起一个完整的建筑，就必须有另外层面的、能合理统筹、调动、运用这些材料的东西，这就是智商情商渗其中的悟性，或曰天分。无论从事何行何业，要做得得心应手，游刃有余，没有这方面的天赋是不行的。笔墨功夫，靠十年寒窗、临池水墨容或及之，但缺了悟性就没了灵气，笔墨再强也只是画师、画匠而已。而悟性或靠天赋得之，或自修为素养而来。故三曰学养，此为修为。修为或可补灵气之不足，或可发悟性之所潜，更可使陈腐之笔墨化为神奇，吴昌硕当可为证。至于任伯年，是笔者最佩服的近代大画家，其人物、花鸟、走兽、山水无所不能，下笔如风，倚马立就，才气不可羁勒，前后鲜有出其右者。然正如有论者指出，伯年之所以至巅峰尚差一步，一是天不假年，一是学养弗如昌硕也。

窃以为中国画写意之"意"，就是一种精神投射，是常年累积的哲理睿思、诗情文彩化作灵光、顿悟、思绪、情感、风神，借笔墨纸笺，展现出的意象、意境，这是一个羚羊挂角、无迹可寻的思维活动过程，但却是真真切切的纸上再现。它的有无，很大程度上决定着作品的内涵、底蕴、气象、气场和面貌，决定着画家对物象认识的角度、深度和高度，决定着作品的"含金量"。所谓"诗中有画，画中有诗"，指的就是多种文化素养互相融通而达成的一种创作高境界。很难设想，一个饱学睿思、富于书卷气的画家，其笔下会出现粗俗无文的画作。言而无文，行之不远。同样的，画而无文，也是行而不远的。

前人云"功夫在诗外"。靠老守穷隅，寻章琢句，雕文饰字，是出不了好诗、成不了大家的。画亦同理，画好画，功夫在画外。画外真功夫、画里见真金。记得若干年前，时任文化部长的王蒙先生曾提出，作家要文人化。这是抓住了根本的至理。要想成为大家、大师，要想弥补时下中国画的文化缺失，我们在勤习笔墨的同时也该尝试一下出入文史哲，了解了解国学，兼涉西学，补足自己的文化素养，以养浩然之气。画家文人化，想必不是多此一举。

2013年9月26日

我观玉森诗书画

　　薛君玉森，中州之雅士。戊子金秋，余赴湘参加"首届公务人员书画作品展"，与玉森初识于常德，讶其从政多年仍翩然未脱书生意气也。惜乎未及深谈。又数年，书画会友，始有过从，乃知玉森。玉森布衣学子之资，以长才跻身政界，历主一方文教、政法、行政多年，尽心竭力而应对从容，上以报国家，下以福乡梓，乃有政声。然终不脱文心本色，雅好文辞，流连书画，乐在其中。自言"不以书画为业，但引诗书为友。每有所悟，记以诗文，诗不能尽，溢而为书。变而为画"，尤精于写竹画竹，观其《写竹》诸册，披卷觉清气沁人，竹影横斜，奇石纵崛之间，恍若有美人高士款然纷至，徘徊清啸，倏忽失其所踪，空灵妙化，得其风神。其作诗书画浑然一体，秀骨清相中隐然有金石气焉，盖其书笔入画，以文史哲之画外修为养其文心画胆也。其章法立意自非庸夫可及。至若《竹论》一书，源溯先贤，意属当代，澄怀静滤，独获匠心，故每每发前人所未言，启时人之所思，一枝独秀于当代画论，良可观也。其《小品文集》广涉成趣，文采斐然，发乎当所发，止于当所止，足为佐证矣。

456

玉森持身正，交朋广，待友诚。勤于公务，公务之余继以诗文书画，乃有今日之所成。且正年富力强，假以时日，宁非晴空之鹤耶！近有新著付梓，告余，余喜，乃作上文以说之。聊附一联以博一粲云耳。

联曰：玉石中蕴金石气，森林深护此嘉篁。

2013年10月

是名士自风流

——写在陈曦光画展开展之际

二十余年前，由于工作关系，我受邀去东北师大艺术系看一个画展。出门迎宾、陪同参观、主持座谈的都是那位西服革履、长身卓立、翩然有书卷气的男士，师大艺术系的系主任。像他这样的儒雅范儿，在我以往所接触的文艺界人中尚未多见。他似乎也与我惺惺相惜，言谈举止似待旧朋。

这是我与曦光的初识。那时我们都还算年轻。此后二十多年来时有过从。曦光不仅是吉林省资深的画家和美术教育工作者，在朋友圈中，还是位受人欢迎的角儿。这主要源自于他正道、坦诚、热情的真性情。我们在一块很少谈什么艺术上的事儿。在那艺术老大四处充斥的年头，我们还是说些下里巴人的俗事儿得劲。每当此际，曦光胸襟尽敞，城府全无，酒酣耳热，连浮大白，与一众朋友频频握手，于是老少俱乐，满座尽欢。他为大伙带来欢乐，自个也乐在其中。

然而这份率真使性的背后，却是曦光半个世纪来对艺术的勤耕和苦守。我第一次读他的画册时就深有所感。他的作品，如《闹新春》《大漠沙如雪》等等，在题材取向、表现手法、艺术语言的运用等诸多方面的独到、创新和功力，甚至有些超出我的预期。这里隐然可见画家对生活的炯炯探究，对艺术的缜密思考，其学术内涵和审美价值毋庸置疑。这跟与朋辈雅集时快言快语、直陈胸臆、往往一语惊人的那个世俗化因而血性毕见的老陈相辅相成。是名士自风流，此其谓欤？诚如与他相处半个世纪的老朋友、老同学，同为知名油画家的金隆贵先生所言："曦光是一位出色的版画家和水彩画家，文如其人，画品亦如其人品，多年来他始终坚守着画家的良知和天职，清醒地守护着自我的艺术本真，稳健地拓宽着自己的艺术领地，以真实的艺术和艺术的真实律己育人。他的作品不论版画和水彩画多取材于他所熟悉和热爱的生活，他的作品严谨而充满激情，传统却蕴含着创新，朴实无华的画风除却任何矫情造作。品读他的作品，能唤起人们对生命的珍视，对生活的热爱，对岁月的记忆，对人生的思考。"我很赞许这个评价。好在有关对曦光画作、对其艺术成就的赏析、评论甚伙，无须敝人饶舌。更好在这个展览上，曦光的原作都摆着呢，零距离接触之下，一切的矫饰夸张和流风碎语都不值一哂。来观赏其画的观众自然有乐山乐水之分，但真山佳水总不会让人失望，想必大家都能从中得到赏心悦目的审美大欢喜。

隆贵还说："老陈不仅是一名出色的画家，也是当之无愧的美术教育家，他从事高等美术教育三十余年，可以说桃李盈门，弟子不仅遍布全国，而且许多旅居海外，很多学生已是相当有名气的画家。退休后，他一直被一些高校聘为业务院长、系主任，并组建新的院系，为美术教育事业继续做着贡献。"此话信然。而且每见有人对曦光执弟子礼，直令我辈羡煞。

　　最近又与朋友同曦光聚首，年逾古稀的他依然活力四射，万类关情，壮心未尝稍减。人生如此，夫复何求？！

2013年12月10日

她捧着一颗诗心而来

——读陈茜画有感

读陈茜的画，第一直观印象是"新"，那物象似拙实巧的独特造型，那别出心裁的造境，那横斜直杵的造势，都让人眼前一亮。这一点论者都已说得很到位了。当然，陈茜这些画，在笔墨、结构及章法上，前辈高人尤其是平西兄的影子还依稀可见，但也难掩她自己的本真面目。奇峭粗犷还只是第一层次的新颖感。更深一层的，是其画中并借助于画题升华、散发出来的人文气息。仿佛有一只看不见的手，在轻柔地、富于磁性地触摸观者的心灵，撩起某种难以言说的体验与情思。这才是陈茜画与人不同的特质，是属于她的"这一个"，这就是她放在画中的"诗心"。

陈茜步入画坛，是捧着一颗诗心而来。诗中有画，画中有诗，历来是中国传统艺术美学所推崇、所追求的一种境界。所谓诗心，就是诗意化观察世界，诗意化创造艺术的灵心慧眼和与之相匹的才具。诗心的要素深植于中国传统美学之中，是一种人文理想，一种悯世情怀，一种纯真浪漫气质，一种童趣，一种对美好事物的细腻品味和敏感体悟。由诗中有画，画

461

中有诗达于诗画合一，诗即画，画即诗。陈茜的画和画题可说是颇得此中妙谛。

记得白石老人有一幅《红蓼图》。初识此画时笔者只是一个十龄小童，画中恣肆的笔触，红亮的色彩，摇曳的动势已足令我怦然心动，而"一年容易又秋风"的画题，则如醍醐灌顶，使混沌未开的心灵訇然洞开，平生从未有过的悲秋之绪、乡愁之情瞬息全被勾起，它远远超出我那个年龄所能经验的感受，仿佛前世今生的人生况味都来心头眼底。这就是诗意化的力量！观陈茜的一些画作，也每每能产生类似的心灵感应。其画之新，有她自己探索出来的新的形式美，更有她诗性的内涵之美，她的题画，不是单纯的几个文字、一个标题，而是将整个画的诗性提炼出来，又用这诗性之光照亮画境并使其外延进一步拓展，造成画有尽而意无穷、余音袅袅的审美效应。如《路旁说话草棵听》《佳期如梦》《天下父母心》《后园佳树》《一场露水一场霜》《水边红娘》等等，都是诗画交映，情景相融的佳作。没有画外的诗性感悟和文化熏陶，是难以如此的。

有论者言，一幅画不能靠题款来引人入胜、启人情思。一般来讲这是对的。画毕竟是画，画的意境主要靠画面来体现、来传达。但对源于诗书画一体的审美传统的中国画尤其是具文人画特色的花鸟画而言则又当别论。郑板桥的竹图，本身已具高度审美价值，但是题上"衙斋卧听萧萧竹，疑是民间疾苦声"，境界就一下上升到人文情怀的高度。一个佳题，一句妙言，能"致广大，尽精微"，使画意无尽生发，俾能发微言之大义。若不看"闺蜜"这画题，人们也可从画面上花蕾高擎、疏朗有致的图景领略其含苞欲绽的婉约风情，而一旦点题"闺蜜"，那几枝花儿就倏忽幻化成三四豆蔻年华、风姿绰约、似在呢喃浅笑的小儿女，引人遐思。

《淡妆》《醉妆》俨然就是素面朝天、林泉雅致或是春愁邀醉、酡红旖旎的古之美人。《过一山又一山》《家在深处》的题签，引领着观者的思绪，随山鸟飞过重山，鸟瞰远方大地，或是游向芦苇深密处，一探天鹅爱巢个中温馨秘境……是的，题签于中国画而言也不是万能的，然而这些画作离了上引妙题却是万万不行的。这是文化素养的体现，是"诗心"的外化。这在画而无文之作充斥的当今尤为难得。自然，陈茜还很年轻，她的画也还有种种幼稚不足之处。但我相信，除了继续砥砺画技外，这小东西若始终捧着一颗诗心继续走下去，终能达于一枝独秀、艳冠群芳的妙境。

世间如陈茜这样姣好的年轻女子似不少，但像她这样能诗性地诠释世界的女画家真不多。平西兄晚年能得此佳弟子、贤内助，应是老天赐予他的一份恩物吧！

2015年3月

从平原出发，走向高原和高峰

——《意象纵横（吉林省中国画学会作品邀请展）》序

  从2013年元月创会以来，吉林省中国画学会已走过两个年头了。创会之际，各位同道携来他们的画作，张之于壁，满目琳琅，让会议室顿然成了创会成员的一次耀眼画展，让人感受到同道们的创作激情和蕴藏的创作潜力。这些画作在会后出版的《清华雅会图——吉林省中国画学会创会画家作品选》中得到了永久性的展示。2014年，本会又组织了一次国画小品展，画家们在平时不大常用的四尺四裁（136cm×34cm）的长条幅上腾挪挥洒，或人物，或山水，或花鸟，各显妙思，尽展身手。也许是那种不同常规的尺寸，有如格律诗的"格律"，既是束缚，又是动力，逼迫着画家独运匠思，别出心裁，来经营画面的布局铺陈，由是涌现出了不少佳构。当然是内容决定形式，但所谓"形式反作用于内容"，于此亦可见一斑。

  今年是中国人民抗日战争胜利七十周年暨世界反法西斯战争胜利七十周年。国有大事，焉能无画。在吉林省委宣传部、吉林省文化厅、吉林省文联、吉林省政府文史馆的关心和支持下，本会成员通力合作，筹办了这次"意象纵横——吉林省中国画学会首届会员作品展暨名家作品邀请展"，并被纳入省"第六届东北亚艺术周"系列活动之中。省内外百余位参展的书画家展示了他们近年来的佳作。这些作品的题材、内容，涉及了中国画的各个领域，在笔墨技法、绘画理念上时有创意、创新，显示了吉林省中国画学会同道们近年来的探索努力和可喜成绩。这些作品虽然直接表现抗战胜利这个主题者尚不多，但它们从各个方面、以不同方式、用多彩的艺术语言传递了社会主义正能量，不少是有筋骨、有温度的佳作。总体上反映出、折射出我们时代人民群众昂扬向上的精神风貌和对艺术审美的多样化需求。

在去年10月于北京召开的文艺工作座谈会上，习近平同志亲自主持并发表了重要讲话。习近平同志的讲话对社会主义文艺的性质、根本宗旨、发展方向、目标任务、队伍建设、创作方法、永恒价值等一系列重大原则问题做了精辟阐释，同时也深刻指明了时下文艺创作中存在的种种不足和问题。他指出："在文艺创作方面也存在着有数量缺质量、有'高原'缺'高峰'的现象，存在着抄袭模仿、千篇一律的问题，存在着机械化生产、快餐式消费的问题。"这里所说的抄袭模仿、千篇一律、机械化生产、快餐式消费等现象，在我省画界也不能说没有，当真值得我们高度警醒，戒之慎之！至于"有'高原'缺'高峰'"，这是针对全国的状况而言，具体到吉林省中国画界，应该说，或许也有达于高原正向高峰攀爬的行者，但毋庸讳言，大体上我们尚处在平原这一开阔地带。这显然是我们的不足和遗憾，但也给了我们巨大的发展空间和难得的机遇，让我们有着可憧憬的价值标杆和可追求的艺术高度。

我想，我们的当务之急和必须持之以恒的是，在坚持社会主义文艺方向、坚持为人民服务的大前提下，登高望远，开阔眼界，转变理念，增强画外的文化素养，在创作上戒骄戒躁，锐意创新，不断进取，以"十年磨一剑"的坚忍意志，不断打造出我们的精品力作。愿此次画展的隆重登场，成为吉林省中国画学会同道们从平原走上高原，进而攀登高峰，将个人小小的艺术梦想融入伟大的"中国梦"的一个新的起点。

谨以此文向为筹办本次展览而辛勤努力工作的各位和全体参展的省内外画家，向出席画展开幕式并参加评奖的从北京等外地远道而来的评委，向光临画展的省市各位领导和各方朋友致以真挚的谢忱！北京等外地画家的应邀参展，是对我们学会工作的大力支持，同时也为我们提供了一次难得的艺术交流的机会，再次感谢大家！

踏遍青山人未老

——写在"马文化展——一带一路·中蒙国际美术交流系列展活动之贵阳首展"开展之际

在甲午马年（2014）"世界汗血马协会特别大会暨中国马文化节"开幕式上，习近平同志指出："马在中华文化中具有重要地位，中国的马文化源远流长。建设国家需要万马奔腾的气势，推动发展需要快马加鞭的劲头，开拓创新需要一马当先的勇气。马是奋斗不止、自强不息的象征，马是吃苦耐劳、勇往直前的代表。今年是中国农历马年，中国人民正在策马扬鞭、马不停蹄，为实现中华民族伟大复兴的中国梦而努力奋斗。"

党和国家领导人中，对一种中国乃至世界人民所熟悉、喜爱和追捧的动物所体现的可贵品格，从现实意义和时代需求的高度做出如此精准的阐释，这还是第一次。这是对中国传统马文化精髓的一次升华和弘扬，也是对正在策马扬鞭、马不停蹄，为实现中华民族伟大复兴的中国梦而努力奋斗的中国人民的礼赞和激励，更是对以马为创作主题，志在通过艺术形象弘扬马文化、谱写时代精神新篇章的马语者的鼓舞和鞭策。

　　奋骐骥之壮慨，写时代之风云——这是中国画马艺术研究会同仁自创会伊始就秉持和坚持的立会宗旨与艺术创作理念。我们就是要通过以马为主题的绘画创作，开掘马文化的深层内涵，实现历史与现实、艺术与生活、形象与精神的融合与对接，运用马这个艺术载体，将习近平同志强调的那种宏大高昂的时代精神和沛然博大的正能量普及到全社会。两年多来，中国画马艺术研究会走过了马不停蹄的路程。2013年10月在首都军博主办了"奋骐骥壮慨写时代风云——当代中国画名家迎马年画马作品邀请展"。同年12月移师内蒙古，举办了"巡礼呼和浩特展"。去年，我们又筹办了习近平同志发表关于马文化重要讲话的"世界汗血马协会暨中国马文化节"系列活动中的画马艺术展，并在长春举办了同样的画马展。这年年底，中国画马艺术研究会还在广东中山市举办了"视觉中国梦——艺术世界行：中国当代画马名家马年精品邀请展巡礼中山展"。

　　这些展览和活动得到了有关部门和领导的关心与重视，刘大为先生为展览题写了展名，冯远先生为研究会题写了会名。当然，更是得到了研究会同仁的积极参与和大力支持，纷纷将自己的精品佳作奉献给画马艺术爱好者和广大群众。应该说，这些展览汇聚了中国当代艺坛的画马名家和高手，体现了中国当代画马艺术的水平，映射出社会的精神风貌和时代风云，因此受到广泛的好评。这是对我们的莫大肯定和鼓励。

　　尤其要指出的是，在研究会发展的历程中，不断有优秀画家加盟其中。正如人类的忠实朋友马将自己的蹄痕印遍社会的各个领域，足迹遍布神州的山山水水一样，在中国画各科目中，无论人物、山水、花鸟动物题材，从广义而言，都与马文化有着或多或少的内在精神联系。所以，当一批从事其他题材创作的画家加入本会，便是水到渠成，不足为奇的事了。

这些画家的加盟，为本会拓宽了视野，注入了新的生气。

今年，经过一段紧张筹备，中国画马艺术研究会与蒙古国画家协会联手开展"马文化展——中蒙国际艺术交流系列展"活动，首站于贵阳市举行。这次系列活动是将马文化实现国际交流的一次尝试。对于促进和丰富中国画马艺术必将起到积极作用。刘大为先生再次为活动题写了"马文化展"展名。作为主办单位之一的贵阳市政协和作为承办单位的中国中铁置业集团公司贵州公司提供了有力支持。中国美协、中国国家画院在学术上对本展给予了宝贵指导。中国女画家协会、国家画院青年画院、贵州美协和贵州省画院、北京六合文化传播有限公司对本次活动尤其是画展的参与和协助，更是丰富了展品的内容，扩大了展览的影响。谨此，本会同仁深致谢忱！

习近平同志在文艺工作座谈会上的讲话中指出："我国作家艺术家应该成为时代风气的先觉者、先创者、先倡者，通过更多有筋骨、有道德、有温度的文艺作品，书写和记录人民的伟大实践、时代的进步要求，彰显信仰之美、崇高之美。"这就要求我们的"马语者"进一步"奋骐骥壮慨，写时代风云"，通过对马文化的艺术诠释，创作出新的、更多更好的有筋骨、有道德、有温度的优秀画作，奉献给社会和人民。

我们坚信，紧扣时代风云，扎根人民伟大实践的艺术家和艺术品必将永葆青春。

我们的团队、我们的画家正走在新的征途上。我们越过平原，走上高原，最终必将登临风光无限的艺术高峰。正是：

踏遍青山人未老，扬鞭万里唱大风！

2015年

"走马为谁雄"

——袁辉印象

　　漫天风雪中，一骑破空骤至，犹蹴踏盘旋，咆哮嘶风，不可抑止。闪亮的臀肌上似有汗珠雪水在闪烁。马背上，白袍银铠的骁勇之将手执凝冻不翻的旌旗，腰悬弯弓劲羽，正瞬间回眸望向画外无限广阔的天地。是在召唤后续的精骑虎贲？还是稍作勾留，积蓄精力，旋即跃马向进犯之敌作致命一击？画面上这位年轻战将眉目儒雅而又透着一股刚烈之气，令观者不由遥想起卫青、霍去病、赵云、马超这些历史上早已逝去的英雄。这还只是象内之旨，观者由此还可品味出更多的象外之意。

　　"形象大于思维"，此其谓欤？

　　让我认识乃至认可袁辉胸次画艺的，正是始于这幅《西风烈》。此画立意高古，构图奇峭，回眸战将的形象在类似题材作品中似未曾见，是独创的"这一个"，令人印象深刻。袁辉还有一批同样充满英雄主义情怀的历史人物画，如《平生豪气安在，走马为谁雄》《大风歌》《怒发冲冠》《英雄》，等等。这些取材于历史的画作气象阔大，雄风鼓荡，个中人物似有所属，又无定指，当是画者心中的英雄意象。踔厉风发的形象，挥洒恣肆的笔墨，在纸上倾泻下来，看得出，袁辉是有情不得已、非一吐为快不可的英雄情愫在胸中郁结多年了。在中国当代以历史人物为题材的画家之中，少有如袁辉这样毫不遮掩正正堂堂，以"上马击狂胡，下马草军书"的豪情高奏英雄交响曲的画者，这胆识，这情怀就甚是了得。没有英雄的民族是可悲的民族。这话说得好沉痛，但的确如此。哪怕是和平崛起，也不能稍失雄魂。一片浅吟低唱、舌间指上美味留香之时，尤需有振聋发聩之作砥砺人心。这不仅是作画，更是做人；不仅事关个人创作，更关乎民气民风。我想，在这一点上，他与众多"位卑不敢忘忧国"之士的心是相通的。

袁辉这种历史认知和审美情怀也灌注在其他题材的人物画中，如《嘎达梅林》。即便是唐人仕女画，如《马球图》等，也洋溢着昂扬向上的生命激情。

难得的是，袁辉的审美之域绝非止于此。他还创作了一批多为条屏或长卷的历史人物画，哪管召唤金戈铁马、历史风云的毛锥，此时含情婉转，美人高士如清风徐来翩然而至。他画这类题材已驾轻就熟，美人秀雅脱俗，或倚，或立或坐，或执扇，或伴鹤或吹箫，神韵生动，眉目宛然。无以往仕女画人物的清愁幽怨，却多了份邻家女孩的清纯甜美。古之高士则清奇俊逸，或雅集于林泉之下，或徜徉于小桥流水之间，一派雅人深致之像。这些画少雕琢之痕，无牵强之意，下笔轻松放达，线条纯熟流畅，直出画家心臆。

当然，一个胸怀英雄情结，注重用世的画家，袁辉不仅仰望历史的天空，同样关注于现实的大地。不仅寄情于宽袍大袖的古人，也用相当大的精力描画当代生活图景。《心安即是归处》《欢舞》《沙韵驼影》《祈盼》《在那遥远的地方》《雪域情》《我的家我的天堂》等创作和人物写生之作，色墨绵密，造型准确生动，生活气息浓郁。足证袁辉是一位题材多样、功夫扎实、审美取向广泛、不"薄古人爱今人"的画家。做到这些，与他对人物和马的深入理解和形神把握分不开，看看他那些画马之作，如《逐风》《唐人诗意图》系列及《悠》《憩》等，无疑是当今一位画马好手。

　　作为学院派画家，袁辉相信功力、实力，他摒弃了那些花样翻新的"制作技巧"，只专注于手中这管笔，传统、现代元素、形象、意境、气场，全凭笔墨娓娓道来。这无疑是给自己出难题，却也推进了自己对中国画精髓把控的深度。

　　袁辉讲究章法布局，尤其是那些大主题的画，大开大阖中有生动的细节和流畅的气韵，而人物造型颇具匠心创意。这就已超出笔墨层面，达乎画外胸襟和文化素养了。生于这个可尽显风流的时代，又值年富力强，相信一路稳扎稳打的袁辉在画艺上必能给我们带来新的大惊喜。

2014年

湄公河三国采风有感

一踏上湄公河流域越、柬、泰三国土地，但见碧蕉滴翠，棕榈擎天，姹紫嫣红，无论是柬、泰王宫的美轮美奂，吴哥古寺的雄浑庄严，还是西贡湄公河上舟楫纵横、生意繁忙的水上集市，大街小巷汹涌的摩托车大潮，抑或是公路两旁吊脚楼村落中柬埔寨村民的纯朴浑厚，万象之国都市中驯顺的大象与熙熙攘攘行人、汽车同行的和谐一致，无不是一派景致旖旎的东南亚异国热带风情。它既有别于国内的山水民情，更迥异于西方的风物世态。对于画者而言，对于欧风美雨已大都耳熟能详的人而言，来此采风，其吸引力是不言而喻的。

今年3月，中国美协刘大为主席会同云南省文联、云南省美协筹划了这次"中国著名画家澜沧江—湄公河流域采风写生"活动，它使我们以一种非旅游可比的方式得偿夙愿。

这次采风活动，我以为有两点值得一说。

其一，坚持和弘扬了以写生方式把握生活的审美观照精神。

　　审美观照是人类认识世界、把握世界的一种艺术方式，也是一种审美实践，它可以是文学的、戏剧的、音乐的，当然更可以是美术的。而以速写为主要手段的写生是最贴近生活的审美观照实践。行前，大为就和全体同道相约相期，此次出访，有别于一般性旅游，主要不是到大都市、风景区观景、逛街、购物，而是要通过写生，捕捉原汁原味的民生民情，记录下一个艺术家的所见所感。据此，对行程安排做了若干调整，将写生、速写贯串采风全过程。大为率先作则，一停下即手不停挥，水彩、速写双管齐下，佳什迭出；众同仁亦皆当仁不让，每到一地即或坐或立，目接手挥，精彩纷呈。我久不为此道，至此也不禁技痒，似又回到了随处速写的青少年时代，并从中得到一种释怀之乐，感触良多。实际上，好的速写、写生之作，本身就是具有独立审美价值的艺术品，同时，它又是各类造型艺术的基础和素材，更是面向现实，用快捷手段艺术地反映生活的审美把握方式。此次出访将写生当做主线，无疑是抓住了根本，也是这次活动的一个亮点。

　　其二，贯彻了有张有弛、团结协作、共同进取的团队精神。

　　为了搞好这次采风活动，云南省文联、云南省美协经过了数月的紧张筹备，从出访日期、出访路线到衣食住行都做了精心安排，组成了精干有效的工作服务班子，大为等同志自始至终关注、指导了这次活动，从而为出访采风的成功提供了保障。采风过程中，无论是来自北京还是来自外省的画家，和云南省的同志相处融洽，大家基于采好风、画好画的共同目的，多有切磋、交流、互动。在生活中也能彼此关心，互相帮助，为采风营造了良好氛围，使此次活动成为一次快乐的采风之旅，提高了技艺，增加了了解，结下了友情，积累了素材，这对画家们今后的创作必定是一个有力推动。大家认为，参加这个活动，的确不虚此行。

2011年4月

天章云锦自天成

"2017年'中国梦书画臻品'暨百位名家迎新春书画大展"的成功展出，标志着艺术天成书画院成立伊始，就遵循着习近平同志关于文艺工作的要求和指向，在从平原走向高原，进而向艺术高峰攀登的征途上迈出了坚实的一步。

2016年岁末成立的艺术天成书画院，肇基于十年前创建的文超传媒和八年前创刊的《艺术天成》杂志。这些年来，艺术天成的同仁本着为发展书画艺术事业竭尽所能的初心，先后在全国政协、北京大学、中国美术馆、意大利米兰世博会和中央党校举办了规模大、品位高的"中国梦书画臻品"暨名家书画作品巡展，在书画界和社会上产生了较为广泛的影响。正是文超传媒和"艺术天成"十年来持之以恒的辛勤劳作，广泛联系、团结、推出了北京和全国一大批卓有成就的书画家、艺术家，通过展示、推广他们的作品，为艺术爱好者和广大受众送上了满满正能量的精神食粮，传播了真善美的价值取向，对社会主义文化艺术的繁荣发展起到了助推的积极作用，受到了艺术界的普遍点赞。要强调指出的是，这期间，习近平同志于2014年10月和2016年10月两次就文艺工作做了重要讲话。他深刻阐述了文艺和文艺工作的地位、作用和重大使命，创造性地回答了事关文艺繁荣发展的一系列带有根本性、方向性的重大问题，对在新的历史条件下做好文艺工作做出了全面部署。他强调，追求真善美是文艺的永恒价值。在艺术上要勇于走过高原攀上高峰。要坚持文艺为人民服务、为社会主义服务的方向，坚持双百方针。要坚定文化自信，用文艺振奋民族精神。要勇于创造，用精湛艺术推动文化创新发展。要坚守艺术理想，用高尚的文艺引领社会风尚。习近平同志这些论述在中国文艺界引起了强烈反响，为社会主义文艺在新形势下的繁荣发展指明了方向，注入了强大动力。这也正是艺术天成同仁和书画艺术家的心声与艺术追求。在这种形势下，一种锐意精进、更上层楼，更好地助力于艺术文化事业繁荣发展的强烈愿望油然而生，艺术天成书画院于是呼之而出，应势而生。

"艺术天成"不是一个随意的、率性的概念。它题中应有之义地内含着妙道天成、浑然天成、天作之合等诸多哲学、美学意蕴，强调的是主体与客体、观照与观心，师法与悟道的互动、互流、互通、互感，进而达于天人合一之境，反对刻意求成，急功近利，矫揉造作，无病呻吟，雕章砌句。这就要求艺术家与生活、与自然融为一体，澄怀悟道，厚积薄发，不断夯实自身文化素养和艺术修为。如此方能"养吾之浩然之气"，参透社会与自然生生不息规律之奥秘玄机，创作出的作品方能发乎己心，顺乎大道，出乎天籁，得天地之灵气，接人民之地气，妙笔天成。秉持这种艺术审美理念去实践习近平同志倡导的文艺理论思想和文艺工作方针，不忘初心，坚持自信，我们的书画艺术必将更有大成。

这次2017迎春大展，汇聚了北京和全国老中青三代书画家的臻品力作，题材涉及人物、山水、花鸟诸科，内容涵盖了社会和自然的各个方面，既有在传统继承上的锐意创新，又有借鉴吸纳其他艺术有益元素的崭新整合。这是"艺术天成"既往多次展事的继续，更是以实际行动响应习近平同志重要讲话精神和殷切期望的新年开局之展。不忘耿耿初心，坚定文化自信，执着于真善美的艺术理想，坚守文艺为人民服务、为社会主义服务的正确方向，相信我们的艺术定能浑然天成臻至境，无愧于这个推进"一带一路"建设、实现中华民族伟大复兴的中国梦的崭新时代。

2016年12月20日

附录：

寂静的风景
——易洪斌访谈录

朱竞（以下简称朱）：20世纪大部分时间处于战争与社会动乱之中，身受深重灾难的自然是中国人民，但从身体到精神上受到最痛苦迫害的是中国的知识分子。知识分子常常是时代的觉醒者，他们不断地追求和探索真理，要求思想解放，"五四"运动是20世纪最伟大的思想解放运动，科学与民主成了20世纪知识分子高举的思想大旗，它照耀着整个世纪，贯串于21世纪知识分子参与的许多重大的社会活动中，此起彼伏，延绵不断，而且至今还不曾完结。您对中国20世纪的印象是什么？

易洪斌（以下简称易）：中国的20世纪发生了三次时代性的大转折：一次是1911年，一次是1949年，还有一次我认为是1976~1978年，这些年代标志着什么是不言而喻的。因为有了这三次时代性大转折和在它们前后发生的种种，成就了这一百年的大起大落，大悲大喜。它的屈辱和成就、失败和辉煌、停滞和发展超过了过去一切世代的总和。它浓缩了中国几千年的全部戏剧性因素。中国人性格里的软弱、卑屈、麻木和坚忍不拔、慷慨悲歌、果决无前表现得淋漓尽致。这一百年过去，中国由大潮之末涌上了大潮之巅。

朱：得知您的父亲曾在南开大学和西南联大学习过并长期从事教育工作，您出生在知识分子家庭，从小受着良好的教育，那么，您如何理解知识分子精神？您认为这种精神存在吗？

易：如果说中国古代有所谓"知识分子精神"的话，那大约站得住脚。因为那时的知识分子基本上都属于统治阶级，尽管有些散落民间，但多数人迟早要挤进上层社会。在儒家思想支配下，政治目标、社会理想、道德风范容易趋于一致。那时的知识分子真正是知识的垄断者，掌握了话语权，这样就有可能形成一种独立于其他阶级的"知识分子精神"。

资本主义时代的无产阶级也会产生自己的独立思想，因为无产阶级的社会地位、阶级本性以及由此决定的经济利益、政治诉求、社会目标都十分明确，因而能达于一致，从而形成阶级精神，再经理性化升华，就可能形成一种独立的思想体系，一种主义。

但是知识分子从来不是一个独立的阶级或阶层，"知识分子"之所以被人视为特定的一群一族，是因为念过书、有知识，但这"知识"在知识分子手中有如资源、资本（现在叫"知本"），会卖给不同的对象，又如工具、武器，他们会带着它去为不同对象服务。

即便是专门从事思想和理论生产的 "人文知识分子"，他们个人和家庭在政治观念上、经济利益上、社会地位上的多种多样的区别，已是不争的事实。还能共生、共奉某种由一部分知识分子生产出来的统一的"精神"吗？祖国利益、民族大义、科学精神、民主欲求乃至自由个性、奋发图强等等，已不是某一特殊阶层或群体所垄断的东西，而是整个民族、人民、国家的精神财富。至于一个时期出现一股风行的社会思潮，那也是社会上政治、经济、文化、习俗等等因素在某种特殊社会动因下互动形成的产物，人们所看到的在这种社会思潮中出头露脸的知识分子，只不过是得风气之先御风而行罢了，他们本身不一定是这种思潮的制造者，更多的可能是这种思潮的代言者、表述者。这方面的佼佼者往往就是思想家、理论家。

当然，知识分子有其不可或缺不可替代不可忽视的特殊的地位和作用，而且随着知识与信息的日益社会化，这种地位和作用将愈其重要。这是不言而喻的。

朱：您认为中国20世纪知识分子，为社会应该承担什么样的责任呢？您最心仪哪一种类型的知识分子？

易：中国20世纪知识分子所承担的最大责任，是配合最积极最能担负起天下兴亡重任的社会主导力量，推动国家、民族走向重生和复兴。为达此目的，呐喊、批判、战斗、宣传、鼓动、研究、著述、从事各种行业和工作，无一不可。反之，如果将自己视为独立的超乎一切之上的社会精英，去扮演牧师和救世主的角色，那就可能是费力不讨好的事。

历史经验已不厌其烦地反复证明，所谓"纯粹"的知识分子从来主宰不了社会。过去如此，现在如此，再细想一下，将来大约亦必如此。有素养，讲风骨，敢担当，知进退，识大局，重然诺，轻死生的知识分子当然是我心仪和崇仰的，但这已近乎完人，难怪世所罕有。

朱：您认为中国20世纪最优秀的知识分子是哪些人？

易：鲁迅当然是最优秀者之一。读鲁迅杂文、散文、诗词，那种解剖人情世事的冷静深刻，那种逼视敌手的无情无惧，那种韧性作战的义无反顾，那种嬉笑怒骂皆成文章的睿智博学，直教人如仰高山，如临汪洋。有此城府者，当世除鲁夫子之外难作第二人想。他在思想上和文学上达到的高度在一个时期内亦难有能出其右者。

郭沫若晚年所为常为世人所诟病。但他那样痛彻真诚、诚惶诚恐地否定自己也显示出其性格中可爱的一面。一个人，在年纪尚轻时能在文学、史学等方面做出那么多"以启山林"的开创性工作已属不易，何况还投身于当时的革命政治运动。当世还有谁能写出《女神》？以此视之，说郭沫若当时亦在"最优秀"者行列，当不为过。

一批人文科学工作者亦当之无愧。

还有一批灿若星辰的自然科学工作者令我肃然起敬。

那些早早投身革命，成为职业革命家、政治家的知识分子中更有一大批民族精英。

这样的优秀知识分子太多太多，在此难以一一论列。

朱：对您影响较大的书和人有哪些？

易：谈不上哪些书对自己有最大的影响。但青年时代印象较深的有《三国》《红楼梦》、唐诗、宋词、《钢铁是怎样炼成的》《牛虻》《艺术哲学》《费尔巴哈和德国古典哲学的终结》《1844年经济学—哲学手稿》等。

印象较深的人当然不少，不过在这里只想说说其中一位，就是我大学的老师王德一。这是一位将与我相伴此生的友人。确切地说，王德一与其说是我的老师，更像我的兄长和朋友。1963年我考入北师大历史系，因为能画几笔，系里的黑板报就由我和另一位同学来搞。当我面对墙壁，在黑板上写写画画时，过往的师生或会站站看看说几句，但直到王德一在我背后问：你是新来的某某同学吗？我才回过身来，他的话音纯正、亲近，有一种诚挚的好意。他中等个，一身蓝色中山装，干净利索，戴副眼镜，鼻梁直且稍高，从镜片中透过的目光专注、热情。他那时也就是二十多岁吧，比我们大不了几岁，听说从系里毕业不久，属青年教师一族。从此我们开始了几年之久亦师生亦兄弟亦朋友的交往。王德一也爱好美术，和我同在校美工队。他没教过我们课，相反，他认为我画得比他好，在美工队为学校画宣传画、招贴画时，他总是虚心地向我请教，称我为"老师"，态度之谦和、真诚令我感动。他爱人钱媛，一位瘦瘦的清秀的总带着恬淡笑意的年轻女子，记得鼻尖上有一颗小痣，在外语系任教，不知是本人喜欢还是受王德一影响，她有时也到美工队客串。我有几次被王德一邀到他们在学校的宿舍闲坐，他们两口子和我谈的也多是画画的事。"文革"开始后，受美工队之托，我和王德一到中央美院去学习如何画领袖像，我们支起一个大的画架，在画布上涂抹，我画时，他甘当助手，他画一会儿，让我去帮助修改。在外面一片沸反连天的横扫封资修砸烂黑帮狗头的风暴中，我们两人在这间教室中度过了与世无争、亲密无间的一周，回想起来几乎像做了一个玫瑰梦，至今在我脑海中不肯淡去。

1968年冬天，我们毕业了，我和不少同学被分配到东北林区工作。王德一和我依依惜别，一直跟到北京站送行，临上车前反复问我有何困难，我说没有，他盯着我眼睛看，那真挚的目光似乎打进我心里，终于以一种任你无论如何不得拒绝的态度将60元钱塞进我手里，"你拿着，说不定用得着，别，别——就算我借给你的……"谁都知道，在当时的情况下这60元钱对我这即将远行千里的穷大学生而言意味着什么！

我像飞蓬，落到了长白山中的一个林业局。我和王德一通信，他总是详尽地介绍北京运动的情况，鼓励有加。我回过两次北京，他仍是那么亲切热情，将他的新自行车借给我，任我在市区骑用。这在当时物质十分匮乏的情况下无疑是慷慨之举。

我想我这一生中很少碰到这样的人。这种友情常常浸润干枯的心田。但是在我还没来得及细细品味它之前，在它可能继续发展成终生照耀我们友情的双子星座之前，王德一却突遭横祸，那是1970年，北京清理所谓"5·16"分子，王德一被诬陷。在劈头盖脸的重重政治压力下，他有口难辩，绝望之际投圜而死。他没有留下什么，事业、功名、青春、爱情，都随风而逝，甚至没有子女。

后来，我才知道德一夫人是钱钟书与杨绛先生唯一的女儿。但他生前从未向我说过。于此亦可见其为人之一斑。

朱：杨绛先生在《干校六记》中提到了这件事："德一承认自己总是'偏右'一点，可是他说，实在看不惯那伙'过左派'。他们大学里开始围剿'5·16'的时候，几个有'5·16'之嫌的'过左派'供出德一是他们的'组织者'，'5·16'的名单就在他手里，那时候德一已回校，阿媛还在工厂劳动；两人不能同日回家。德一末了一次离开我的时候说：'妈妈，我不能对群众态度不好，也不能顶撞宣传队；可是我决不能捏造个名单害人，我也不会撒谎。'他到校就失去了自由。阶级斗争如火如荼，阿媛等在厂劳动的都返回学校。工宣队领导全系每天三个单元斗德一，逼他交出名单。德一就自杀了。"（杨绛：《干校六记》14页，中国社会科学出版社，1992年版。）

易：王德一老师受迫害而死时我正在数千里之外的长白山下。关于他受迫害而死的情况是听同学们说的。像王德一这样善良、正直、开朗、懂得历史规律的人都只能用死来解脱，可见当时恐怖之深、威压之重，绝望之极。逝者魂伤，言者心悸。好在这一切都过去了。让这一切永远成为历史，这是我们和子孙后代永远的责任。

朱：您从湖南来到东北工作生活也有几十年的时间了。您有过痛苦和耻辱的体验吗？

易：在我已走过的人生历程中，开头的20年应该说是在一种基本没有外来精神压力的状态下正常生活的。那是我的青少年时代，物质条件当然相当差，我从小到参加工作几乎没穿过一件新衣，上下补丁摞补丁，或者干脆光膀子，一年之中大约有八九个月光脚丫子，父母身无长物，家徒四壁。但湘江和岳麓山给了我身心幻化的无穷天地和足够的生活乐趣。我觉得自己是自由的，我可以随心所欲地做我自己愿意做的事：上学、在课本上画画，淘气，与小伙伴恶作剧，满山溜达，吃野果，喝山泉，掏鸟窝，背着老师在湘江里扑腾……

我觉得自己也是自尊的，尽管穷，但从来没觉得比任何人低，没有什么外来因素可以让我自惭自卑，不论何时何地我都可以高扬着头，目光正视前方。在我当时的感觉中，世界真是美好的，希望在前头，要成就的事业在前头，有了"前头"的辉煌，眼下的一切又算得了什么。

总之，那是于我自己、于所有人都极为难得或者说是几乎不可再有的幸福时光。

但是从1963年上大学以后，日趋紧迫的阶级斗争教育使我从湘水麓山带来的纯真心态一夜之间发生裂变：原来依据出身和社会关系的不同，我们这批学子是分为等级的，有人天生优越高人一等，有人带着"原罪"，天生卑贱低人一头。一如印度的种姓制度。我出身于知识分子家庭，社会关系中也不是无可挑剔，虽还不至沦为最底层，但也属于被人轻视、漠视、疑视的一群了。家庭出身、社会关系使我痛苦、内疚，仿佛自己做了什么对不起人、见不得人的亏心事。当时，对新社会、对国家、对组织的那种赤诚和要自赎、要成为政治上可靠的人的强烈愿望促使我这个自小不问政治的年轻人提出了入团申请。于是，"与家庭划清界线"的谈话、反省、总结、汇报等等应运而生，我这才知道自己的内向、温情、脆弱、事业心等诸多小资产阶级思想情调与正在进行的"革命"格格不入，但要改掉这些又谈何容易。

参加工作后，在天高皇帝远的边疆林区，自知难有出息，抱着此生当一辈子工人算了的想法，与不太管我们这些"臭老九"闲事的林业工人和平共处，以自己踏实的劳动赢得了他们的同情和尊重，于是有那么一段时间，我几乎忘记了身上这个标志着自己身份、身价的不祥"胎记"，干活，有时写写画画，日子过得热热闹闹又混混沌沌。直到我有幸进入一家地区报社工作，在要求入党一事上再一次被人戳痛了我的"政治贱民"创疤。

尽管我的才干和能力是大家公认的，尽管我竭尽全力做好工作，但我还是不得不一次又一次地来"解剖自己"，挖掘家庭出身和我从未见过甚至压根不知道的"社会关系"对我的"不良影响"，反复痛陈弃旧图新的决心。不如此你就休想在政治上翻身。事实上，相当一个时期中，"小资"们无论在单位还是在社会上都是低人一等、不被信任，控制使用的——这表现在工作的安排上，社会地位上、人们对你的言谈态度上，乃至眼神表情上。

对于自尊心强、敏感，真诚而迫切地希望通过加入组织来取得政治上的平等地位以便堂堂正正干好工作的知识分子而言，这种政治上的"贱民"待遇就如一座沉重的大山压得人喘不过气来，委屈、酸楚、伤痛简直让人椎心泣血。

直到"四人帮"垮台，邓小平执政，我们才真正走出了令人窒息的政治阴影，获得了解放。改革开放二十余年的实践让世人明白了一个道理：在一个健全、公正而理性的社会里，人们政治上、人格上都应该是平等的，应该是站在同一起跑线上的。任何人都应该靠自己的本事吃饭。受荫庇、受株连都只能是封建社会的遗风恶俗。毕竟都是不正常的。

这就是我为什么衷心感谢邓小平同志的一个重要原因。

朱：您最挚爱的对象是什么？

易：祖国、事业、朋友、父母、孩子、爱人、大自然、文学艺术等等在理论上都是值得每一个人去挚爱着的。——这些对象与你的生存、发展、价值尺度、感情世界有着最密切的关系。没有它们，你将不复存在。但是细想一下，这些对象于主体又是有层次的，比如，爱祖国，这是无条件的。祖国对于任何人来讲都是高于一切、重于一切、大于一切的。爱国，从来是"铁肩担道义"的知识分子人文情怀的重要内容，中国乃至世界历史上那么多可歌可泣、可圈可点的人情世态差不多都是围绕这一主题展开的。可以说，离开了这一主题，很多的文学艺术名著就不会发生。对大自然的爱也应该是无条件的，这是人类赖以生存和发展的物质基础，对于中国文人来讲，它还是一种精神归宿。中国古代知识分子的人文精神中就包含着天人合一的山水情怀。在当代，珍爱大自然更是真正人道主义精神和现代意识的体现。因此，祖国的安危兴衰，大自然的生态平衡和环境保护，已愈来愈成为与人类生死攸关的问题。至于父母、爱人、孩子、朋友，是属于另一层面的对象，对他们的感情具有非常个人的性质，有时会随客体本身的状况及与主体的关系而有所变化，似不可一概而论。说到事业、文学艺术等，则又与上述两个层面的客体不同，当然，它们都是高尚的事物，有极其充足的理由值得我们去追求，去热爱。但是，它们既不像第一层面的对象那样，没有它就不行，必须无条件地去爱，又不像第二层面的对象，你天生就有条件去爱。事业、文艺是这样一种事物，它对于有的人而言可能是比生命、比恋人、比家庭还宝贵的东西，当然会狂热地追求它，珍爱它；而对于另一些人来讲，却可能由于不具备从事的条件如天赋等，因此与其无缘，当然也就谈不上成为挚爱的对象，没有它们，这些人的生活也不会受其影响。

对于我个人而言，谢谢上苍，它们都是我生命中的所爱。

朱：认识您的人都说您已经功成名就了，在文学、艺术研究等方面都有出色的成绩，您是否有成功感和成就感？

易：一个人成不成功，从客观而言是一种比较，从主观而言是一种感觉。比下有余时你会觉得成功，比上不足时你会生出遗憾。

就我而言，可能被周围或单位的人视为功成名就。但我自己觉得并不怎么成功，这不能从自己已经做了什么来衡量，而应该从本来还可以做什么，什么本来可以做得更好，但实际上并没有做到来评判。由此观之，非但没有多少成就感，反而常常使人在紧迫中时有沮丧、失落之意。

朱：您最推重的当代中国文学作品有哪几部？您认为对于作家和文学批评家来说最重要的素质是什么？

易：《白鹿原》《文化苦旅》。可能由于这些年涉猎文学领域不多了解不全、不广、不深的缘故，不好再一一列举，以免有遗珠之叹。在作家应该具备的种种素质中，我以为最重要的素质是对生活的悟性。那是一种难以表达、无迹可寻、油然而发的真知灼见，生活就如一件事物那样摆在那里，但思想在逐步接近它时却要经过种种曲折（陈见，偏见，近视，思维定式等），往往不能全面把握它，真正看透它，因而又难以确定如何写——反映它？表现它？楔入它？升华它？抽象它？参透生活的玄机，只能靠悟性。而在批评家应该具备的种种素质中，我以为最重要的是理性——它是一种不受任何功利和煽情左右的游刃有余的庖丁之刀。

朱：您认为中国当代文学创作的主要问题是什么？

易：主要问题似乎是处理不好市场利益机制与文学审美需求的关系。急功近利、喧嚣浮躁、商业炒作、制造卖点、走终南捷径，都与此有关。所以时下难得有扛鼎之作，不朽之作。

朱：近年来，您在绘画上的兴趣似乎超出了对文学的爱好，而且有很多评论家说您的画风自成一派，马成了您笔下的钟爱，那种源于生命的体验在您的绘画作品中表现得十分强烈，在绘画技法上也有了很深研究。如果离开工作岗位，退休后您最想干的事是什么？

易：从20世纪70年代后期到90年代初期，对文学的关注和探讨曾是我业余爱好的中心。由于行政工作繁忙，此后有一段时间与文学理论疏远了一些，但是散文、杂文等还断断续续在写。从目前看，文学研究虽然不一定是我终身要从事的事业（散文什么的则注定是要活到老、写到老的），但肯定是我终身的爱好。在弄文的同时，画画、学书，都是我想做的事情。

2003年春

某曰：

　　某，湘人也。籍于汨罗，长于长沙，束发就学即与麓山湘水、书院文庙、村舍田畴、虫鱼草木为伴，耳濡目染之际，幸稍被湖湘文化之薰陶焉。甫弱冠，负笈京华，就读于北京师大历史系，懵懂学子由此始悟文史哲相融之妙道也。1968年岁末毕业离校，"四个面向"，飘蓬千里，落户于吉林省延边汪清林业局。五年蹉跎磨砺，得窥白山黑水之粗犷沉雄博大。黑土地文化与湖湘文化之基因兼容并蓄，得以裨益一生。1974年调入延边日报，开新闻职业生涯之先河。1978年上调吉林日报，从编辑、记者做起，直至报社主管，且兼省新闻工作者协会主席，后复兼任吉林省委宣传部副部长。系中共吉林省委第六、七届委员，省文联第五、六届副主席、省作协第五、六届理事及第七届副主席。深荷时代知遇之恩，自当竭诚以报，乃全力以赴和同仁打理报社编务、行政、经营诸项业务，组建吉林日报报业集团，在前任基础上谋改革创新，力求为此后报社可持续发展打下一定基础。而绘事由此搁置二十余年矣。

　　工作之余，不弃旧好，于文艺理论、评论、美学、哲学等诸多社会学科之兴趣与探究未尝少息，尤孜孜于新闻实践及散文、杂文、小说创作之尝试。有多部小册子和论文问世，多次获省哲学社会科学奖和长白山文艺奖之一等奖、优秀奖、省世纪艺术金奖及中央各部委及国家、国际若干奖项，并获国务院特殊津贴待遇及国家有突出贡献专家称号。

长年之文化积淀，使潜藏心底少年时代之绘画欲求得以实现。1989年一个偶然机会重拾画笔，画思泉涌，乃至一发不可收。期间，与许、郭二兄以画马结缘，遂有"关东三马"之行焉。2002年兼任吉林省政协常委、文教卫委员会主任，当选吉林省美协主席、中国美协理事。2008年省政协换届，未几，被聘为吉林省政府文史研究馆馆员至今。

如是，乃有《米萝文存》存焉。即或不入时人眼，亦聊证此番人世游也。